마술사
오펜
뜻밖의 여행

나의 품에 잠들라, 망령

「죽어도 원망하지 마라」

그렇게 내뱉은 오펜은 오른손을 내밀었다.

「다 발하노라, 빛의 칼날—」

"망령"은 마치 금속을 마찰하는 듯한
날카로운 목소리로 절규했다.
「네 · 놈 · 은——포노고로스!
드디어 찾았다——」

C O N T E N T S

나의 품에 잠들라, 망령

◆프롤로그 ——————————————— 10

◆제1장　모여든 어리석은 자들 ————————— 15

◆제2장　덫에 걸린 어리석은 자들 ———————— 36

◆제3장　소문을 내는 어리석은 자들 ——————— 81

◆제4장　고백하는 어리석은 자들 ———————— 99

◆제5장　대결하는 어리석은 자들 ——————— 137

◆제6장　어리석은 자들이
　　　　어리석은 짓을 그만두다 ——————— 155

◆에필로그 ——————————————— 202

●후기 ————————————————— 213

SORCEROUS STABBER ORPHEN

마술사
오펜
뜻밖의 여행

애장판 2

나의 품에 잠들라, 망령

秋田禎信
Yoshinobu Akita

일러스트 쿠사카 유야   **번역** 곽형준   **디자인** 백진화
편집 정성학 김일철   **마케팅** 김정훈   **책임편집** 박관형

나의 품에 잠들라、망령

프롤로그

어디에나 흔하게 볼 수 있을 듯한, 그러면서도 인기척 없는 술집 안쪽의 테이블──.

'오펜이라는 남자에 관한 데이터──①'

아름다운 필체로 그렇게 기입된 얄팍한 파일을 바라보며, 그 여자는 킥, 하고 웃었다──. 혈색 좋은 입술을 일그러뜨린 위험한 웃음이다. 이렇게 정면에서 보는 한은 그렇게 나이를 먹은 것으로는 보이지 않는다. 20대를 맞이하고 몇 번의 생일을 거쳤을 정도이리라. 싸구려 창부처럼 야윈 얼굴에 날카로운 나이프로 생긴 상흔 같은 예리한 눈이 번쩍인다. 윤기가 흐르는 흑발을 허리까지 길렀는데, 몸에 빨려들 듯이 빈틈없이 밀착한 검은 가죽제의 보디 슈트에 녹아들 것만 같았다.

'가정적'이라는 표현과는 공존할 수 없는 타입의, 하지만 상당한 미인임에는 틀림이 없었다. 그녀는 삐죽한 손톱으로 파일의 표지를 튕기더니, 꼰 다리의 무릎 위에 팔꿈치를 대고 교태가 서린 눈빛을 보내 왔다. 그 눈빛은 요염했지만, 또한 다가가기 어려운 빛을 또렷하게 품고 있었다. 그런 그녀가 입을 열자 목 안에서 허스키한 목소리가 흘러 나왔다.

"……그래서? 이 남자를 어떻게 하라는 거지, 미스터 오스트발트?"

오스트발트라고 불린 남자──40대 정도의 백발에 여윈 체구의 신사는 자신의 이름이 나오자 적지 않게 놀란 모양이었다. 잘 어울리는 흰 정장으로 감싼 몸을 떨듯이 흔들며, 옆에 선 거목 같은 호위꾼에게 힐끗 시선을 던진 다음, 이제 와서는 조금 늦은 것도 같지만 여유가 담긴 미소를 띠었다.

"어떻게 내 이름을 알아낸 것이지?"

여자는 경망스럽게 흥, 하고 콧방귀를 끼었다.

"바란다면 댁의 저택 구조와 댁이 혼자서 욕실에 들어가는 시간, 보디가드가 내기 포커로 경비 교대 시간을 까먹기 일쑤인 것도 알려주지. 이 정도의 정보는 그 근처 골목에 주저앉아 있는 녀석들에게 동화(銅貨)라도 던져 주면 얼마든지 캐낼 수 있어."

"과연. 감탄스럽군. ——아니, 그런 허풍을 떠는 배짱이 말일세."

오스트발트는 큭큭 웃으며 섬세해 보이는 손가락을 흔들어 보였다.

여자는 개의치 않고 말을 이었다.

"그래서, 날 부른 이유는?"

"자네와 같은 여자를 저 먼 대륙의 반대쪽에서 불러와 부탁할 것이 있다면 하나밖에 없을 텐데? 안 그런가, 힐리에타?"

여자——힐리에타라고 불린 그 여자는 파일을 튕긴 손가락을 자신의 입술 앞에 대고, 사뭇 재미있다는 듯이 미소를 지었다. 그리고.

"맞아."

뜸들이지 않고 동의했다. 그녀는 파일 첫 페이지를 펼쳐, 소리 내 내용을 읽었다.

"흑마술사 오펜. 가문명은 없음. 추정 20세 전후. 미혼. 양친을 포함한 모든 혈연자는 존재하지 않음. ……어떤 도시에도 주민등록을 하지 않음. 《송곳니 탑》 출신이라는 정보도 있지만 덤즐즈 어리

전즈에서는 그 사실을 부정하였으며, 실제로 《탑》 출신자 명부 안에
는 오펜이라는 이름은 존재하지 않는다. 무직. 단——"

거기까지 읽은 후, 그녀는 힐끗 상대를 올려다보며 목소리의 톤을
바꾸었다. ——마치 조롱하듯이.

"비합법적인 금융 사업을 경영 중."

"녀석은 야매다. 내 관할 안에서 멋대로 장사를 하고 있어. 용납
할 수는 없다."

오스트발트는 흰 정장의 옷자락을 쓰다듬으며 그렇게 중얼거
렸다.

힐리에타가 빙글빙글 웃으며 말을 받아쳤다.

"당신네 방 안을 날아다니는 눈에 거슬리는 벌레라는 말이로군.
——딱히 때려잡지 않아도 별반 해는 없을 텐데도."

"그렇겠지. 하지만 주위에 보일 본보기가 필요해. 그리고 벌레는
다른 벌레를 꾀기 마련이지."

"그럼 당신은 어느 정도나 커다란 벌레일까?"

"네놈——."

그렇게 낮게 목소리를 깔며 몸을 내민 사람은 오스트발트가 아
니라, 그 옆에 서 있던 호위꾼이었다. 당사자인 오스트발트는 곧바
로 손을 들었고, 호위꾼은 그 자리에서 얼어붙은 듯이 움직임을 멈
췄다.

"그만둬. 이 자리에서 이 여자를 갈가리 찢는 일이야 간단하지만,
그렇게 하면 벌레를 잡는 데 다른 암살자를 준비해야만 한다. ……
그것도 '우견(愚犬)' 힐리에타와 필적할 만한…… 저렴한 암살자를
말이지. 매우 성가신 일이야."

그는 호위꾼에게서 건너편에 있는 암살자를 향해 우아하게 시선을 움직였다.

"뭐…… 용건은 그것이다, 미스 힐리에타. 너무 하찮은 소리를 입에 담지 말아 주게. 부하는 내 안색을 살피려고 필사적이고, 원래부터 혈기가 많은 남자야. 언제 내 제지를 무시하고 달려들지 알 수 없네."

"《송곳니 탑》 출신일지도 모르는 흑마술사와 맞붙을 정도라면 거기의 그 멍청이와 코피도 나오지 않게 될 때까지 치고받는 편이 더 나을 것 같은걸?"

도발하듯이 처절한 미소를 띤 그녀를 보고, 역시 오스트발트도 씨익 웃었다.

"하지만 의뢰는 수락해 줄 터이지? 들은 이야기로는 '우견'이 의뢰를 거절한 적은 한 번도 없다고 하던데……."

"물론."

아무런 주저도 하지 않고 대답하는 '우견'――힐리에타.

오스트발트는 그 대답에 만족한 웃음을 띠고, 허접한 품질의 의자 등받이에 무게를 실었다. ――그는 끼익끼익, 하고 과장되게 비명을 지르는 의자와 바닥을 무시하고 말했다.

"하지만 미리 말해 두건대, 녀석은 만만치 않아. ――전에도 내 수하를 몇 명 경고삼아 보낸 적이 있지만, 전부 반죽음이 되어 돌아왔다."

"그야――잔챙이 따위 몇 명을 보내든 마술사에게는 통하지 않겠지."

힐끗――오스트발트의 옆에서 동상처럼 굳어진 자세의 호위꾼에게 시선을 던지며 힐리에타가 도발을 담아 말했다. 호위꾼에게서 분노의 기운이 솟아올랐지만 아까 오스트발트의 제지도 있었던 탓인지 이번에는 표정 하나 꿈쩍도 하지 않았다.

"뭐야……. 시시하긴."

힐리에타는 매우 유감스럽다는 듯이 탄식했다. 그리고 의자를 밀고 몸을 일으키며 말했다.

"보수는?"

그녀는 액수를 물은 것이었지만, 오스트발트는 일부러 착각한 시늉을 하며 대답했다.

"일이 끝나는 대로 지불하지."

얼마? ──라고는 그녀는 묻지 않았다.

생각했던 대로다. ──우견 힐리에타는 돈을 위해 살인을 청부하지 않는다.

다만, 그렇다면 무엇을 위해 살인을 저지르는지는 오스트발트는 알지 못했고, 딱히 알고 싶다고도 생각하지 않았다.

제1장 모여든 어리석은 자들

그 사건이 일어났을 때——매지크는 마차 안에서 통조림을 세 개 정도 꺼내 온 참이었다. 지면에 양반다리를 하고 앉은 듯이 쌓은 장작 위에 하늘하늘 춤을 추는 장작불 근처에 앉아, 일단 오프너로 통조림의 테두리를 두드렸다. 의미는 없지만 습관에 가까웠다.

레이블에 쓰인 문자는 아무래도 요리 전문 용어인 듯하여 매지크는 잘 이해할 수 없었지만, 아마도 소스에 녹인 고기 통조림일 것이라고 예상했다. 전에도 똑같은 예상을 하고 따 보니 여성용 속옷이 들어 있던 적이 있었지만.

매지크는 캔 뚜껑에 오프너를 대고 저녁의 어둠에 그림자가 지기 시작한 주변의 광경을 둘러보았다. ——그곳은 가도에서 수 미터 정도 벗어난 숲 속의 작은 공터로, 가도에 접한 쪽에 마차를 세워 두었다. 그 뒤에 숨듯이 모닥불을 피운 매지크는 홀로 천천히 이른 저녁 식사를 하려던 중이었다.

"딱히 문제 될 건 없겠지 뭐."

그는 애교가 느껴지는 턱을 기울이듯이 위로 향하며 혼잣말을 내뱉었다.

"클리오가 만든 식사는 도저히 먹을 만한 것이 못 되고——아마 제대로 된 시설에서 멀쩡한 재료를 사용하면 훌륭한 요리겠지만———스승님은 내가 장작을 주우러 가서 돌아오지 않았을 때 가장 먼저 먹어치우는 사람이니까."

마치 소녀 같은 인상의 빼어난 미소년이었다. 나이는 열넷 정도. 짧으면서도 바람에 살랑거리는 금발은 순수하게 색이 다른 것만이 아니라 머리카락이 가는 탓에 금색으로 보이는 것이리라. 투명한 푸른 눈과 마치 일부러 빈틈을 보이듯이 나긋한 눈매. 어찌 되었던 검정을 바탕으로 한 흑마술사 차림이 어울리는 외모는 아니었지만 그는 불평하지 않고 바르게 차려입었다. 지금은 물론 덥기에 검은 망토는 마차 안에 두고 왔지만.

통조림 뚜껑이 열렸다. 안에는 끈적끈적한 완두콩 스프가 들어 있었다. 뭐 됐어, 하고 생각한 매지크는 장작불 안에 그 통조림을 밀어넣었다. 몇 분만 있으면 따뜻해지리라.

그때——등 뒤에 갑자기 발소리가 들리더니, 뒤이어 날카로운 외침이 터져 나왔다.

"아~!"

망했다——. 매지크는 몸을 움츠렸다. 조심조심 뒤를 돌아보자, 역시 그곳에는 금발을 허리까지 기른 흰 피부의 소녀가 이쪽을 삿대질하며 분개하고 있었다.

"클리오——."

매지크는 상대의 이름을 불렀지만 그녀는 무시하고 말을 이었다.

"뭘 하는 거야! 오늘은 내가 식사 당번이라고 말했잖아! 뭐야, 내가 만든 밥은 먹고 싶지 않다 이거야?"

아마 스승님이라면 뜯들이지 않고 "응."하고 대답했겠지, 하고 매지크는 마음속으로 조금 부러움을 느꼈다. 그 사람은 클리오의 요리를 싫어하니 클리오가 식사 당번인 날에는 항상 모습을 감춘다. ——오늘처럼.

하지만 매지크가 내뱉은 변명은 그보다는 무난하고 거슬릴 곳 없는 말이었다.

"아, 저기, 계속 기다리다가 참질 못해서——."

두 손을 들고 변명하며 그녀를 관찰했다. 숲속을 걸은 탓인지 조금 더러워진 진즈 바지에 위는 더위 때문인지 버터플라이 옐로의 민소매 블라우스를 입고 있을 뿐이었다. 이것은 양쪽 모두 자기 옷(이라고 해도 돈을 지불한 것은 스승님이지만)인 모양이지만, 이 아가씨는 어째서인지 매지크의 옷을 멋대로 뒤져서 빌려가는 나쁜 버릇이 있었다.

"기다리다가 참지 못했다아~? 아 그래! 내 준비가 늦다고 대놓고 시위를 한다 이거지?"

"그, 그런 게 아니라……."

"그럼 뭔데!"

"그, 그러니까……."

매지크는 우물쭈물 입을 오물거리고 지면에 앉은 채로 후퇴하며 클리오의 순전히 화가 난 얼굴을 바라보았다——매지크는 언제나 감정 일직선인 이 여자가 정말 껄끄러웠다. 토라지면 며칠은 그대로 입도 열지 않고 화를 내면 가차 없이 두들겨 패려 한다. 스승님은 용케도 이런 상대와 대등하게 어울릴 수 있구나 감탄이 나온다. 아마도 유유상종이겠지만.

"그래서? ——무슨 의도인 거냐고!"

그렇게 물고 늘어지는 클리오에게 견제하듯이 오른손을 뻗으며, 매지크는 거의 절망적인 심정으로 하늘을 올려다보았다.

◆◇◆◇◆

그 사건이 일어났을 때, 오펜은 숲 속에 있었다. 마차를 세워 둔 장소에서 수백 미터는 떨어진 곳이다.

그가 숲 안에 있는 이유로 말할 것 같으면, 딱히 클리오의 요리에서 도망치기 위해서는 아니었다. ——실제로 그는 클리오가 준비한 요리를 매지크가 평가하는 정도로 지독한 놈이라고는 생각하지 않았다. 그가 자취하던 시절에는 훨씬 엉망으로 먹고 살았기 때문이다.

그래서 그는 다른 용건으로 이 숲 속에 들어왔다.

험상궂게 눈꼬리가 위로 치켜져서, 아무리 잘 봐 줘도 냉소적인 인상의 젊은이다. 흑발을 반다나로 정리했고, 전투적인 검은 색 차림을 하고 있지만 무장은 하지 않았다. 실력이 좋은 마술사에게 무기로 무장하는 일은 그다지 필요하지 않다. ——자신의 마술이 최대의 무기이자 방어구이기 때문이다. 다만 실력이 좋고 또한 빈틈이 없는 마술사라면 보통은 몸 어딘가에 무기 하나나 둘쯤은 숨기고 다니기 마련이다.

그의 복장은 평범한 마술사들의 전투용 복장과는 취지가 많이 달랐다. 그가 입고 있는 옷은 가죽을 무두질하여 만든 재킷풍의 외투였다. 보통 마술사는 전신을 전부 덮는 차림을 좋아한다. 예컨대 옷 아래에 방어용 사슬갑옷을 걸칠 수도 있고, 또 숲 안에서도 기생충 부류에게 피해를 입지 않는 장비도 되기 때문이다. 그가 유일하게 대륙의 마술사들과 접점이 있다면——그것은 목에 걸고 있는, 검에 얽힌 외다리 드래곤의 문장. 대륙 전체 흑마술사의 최고봉, 《송곳니 탑》 출신자의 증거인 펜던트뿐이라고도 할 수 있다.

그때──

오펜은 발을 멈추고 주변을 둘러보지도 않고 말했다.

"왔다."

"보면 알아."

부스럭…… 하고 수풀 왼쪽에서 소리가 들렸다. 잡초를 헤치고 다가온 사람은 신체의 라인을 완벽하게 투사한 듯이 팽팽하게 달라붙은 전신 가죽 슈트의 여자였다.

"당신이 오펜?"

"보면 안다면서?"

오펜은 코웃음을 치며 나타난 여자의 전신을 훑어보았다. ──눈에 띌 정도로 윤기가 흐르는 흑발이 개별적인 생물체인 것처럼 천천히, 그리고 자연스럽게 여자의 슈트를 감싸고 있다. 살짝 야윈 인상의 뺨 사이에 조그맣게 자리한 새빨간 입술이 살짝 혀끝을 보이며 열렸다.

"내가 힐리에타야. 초대장은 잘 도착한 모양이네?"

"몇 킬로미터 전의 마을에서 꼬맹이가 가져온 그거지?"

오펜은 그녀의 말에 대답하면서 그때까지 바지 주머니에 넣었던 손을 꺼냈다.

여자──힐리에타는 현재 상황을 즐기듯이 고개를 끄덕였다.

"맞아."

"그럼 받았다. 그리고 읽었어. 그러니까 여기에 있는 거고."

"어머나. 멋없는 대답."

"용건은 뭐냐."

"뻔하잖아……?"

힐리에타가 그렇게 말한 순간──오펜은 뒤로 뛰었다. 그러자 한 순간 전까지 있던 공간을 은색의 섬광이 추적하듯이 달렸다!

어느새 그녀의 손안에 나타난 대형 나이프를 보며 오펜은 긴장했다.

'이 녀석──.'

내심 혀를 차며 달려드는 힐리에타의 옆을 빠져나가듯이 피했다. 그녀는 두 번 공격이 실패했어도 그다지 동요한 기색 없이 다시 이 쪽을 돌아보았다. 오른손에 역수로 든 나이프가 나무들 사이를 누비고 내려오는 저녁노을을 반사하며 핏빛으로 물들었다──.

오펜은 스읍 숨을 들이쉬고 마음속으로 신음했다. 짐작이 가는 바가 없는 것도 아니다.

'오스트발트가 고용한 처형인인가?'

그 예상은 정확했지만 확인할 수 있는 내용도 아니었다.

'어찌되었든 암살자의 표적이 된 내가 있다는 사실은 변함이 없어──. 망할, 타블로이드지의 기사 제목도 아니고!'

그는 오른팔만을 주저없이 여자에게 향하며 외쳤다.

"나의 손끝에 호박의 방패!"

순간 그가 손을 향한 공간에 공기가 압축되었다. ──두드리면 소리마저 튕겨낼 듯한 공기의 벽에 부딪힌 힐리에타가 몇 걸음 정도 뒤로 밀려나는 것이 보였다. 보통이라면 아무런 능력도 가지지 않은 인간이 무기를 들고 덮친다고 해서 마술사에게 손가락 하나 댈 수 있을 리 없다. 하지만──

'전문 암살자라면 이야기는 다르지. 어떤 수를 쓸지 알 수가

없어.'

아니, 정확하게 말하자면 그런 업자는 승산이 없는 한 행동하지 않는 법이다. 그러니까 그들이 덮쳐올 때에는 반드시 함정이 있다고 여기는 편이 좋다.

그리고 함정이라는 것은 한 번 치면 거의 확실하게 걸리는 종류일 테고, 혹시 그렇게 되면 십중팔구는 죽음을 피할 수 없다. 그래서 오펜은 무엇보다——마력이 뛰어난 드래곤 종족 따위보다——암살자를 두려워했고, 언제나 충분히 주의를 기울여 왔다.

'그래도…… 경고도 없이 살해당할 거라고는 생각하지 못했군. 혼자서 태평스럽게 여기까지 온 건 실수였나.'

오펜은 혀를 차며 그 자리에 머무른 채 공기의 벽에 튕겨 날아가 저 너머에 머리를 위로 향한 채 쓰러진 힐리에타를 보았다. 본능은 무조건 이곳에서 도망치라고 호소하고 있었지만 허투루 움직이는 것은 위험했다.

'함정에 걸리지 않기 위한 요령——가능한 한 움직이지 않을 것.'

스스로 자신을 타이르며 움직이지 않은 채로 쓰러진 여암살자를 향해 손가락을 향했다.

"나 이끄노라, 죽음을 부르는 찌르레기!"

구웅…… 하고 충격을 동반한 음파가 대기에 전파되며 주변의 지면과 함께 암살자의 날씬한 몸을 감쌌다. 지면 그 자체가 가느다란 진동에 떨리듯 흔들렸고——몸을 일으키려 하던 힐리에타의 몸도 감전을 당한 듯한 충격을 받고 덜컥 뛰어올랐다.

그리고 그대로 움직이지 않게 되었다.

귀가 아플 정도로 정적이 내려앉은 숲 속에서 오펜은 계속해 긴장을 풀지 않은 채로 힘없이 지면에 누운 암살자를 바라보았다. 그녀는 흰자위를 드러내고 꼼짝도 하지 않았지만——

"이봐. 정말로 기절한 것도 아닐 텐데?"

오펜은 방심하지 않고 말했다.

"그렇지 않다면 공격이 너무나도 조잡해. ——아니면 날 얕봤던 거냐?"

그의 예상대로, 몇 초가 지나자 그녀는 천천히 상반신을 일으켰다. 그리고 입가에 흐른 피를 가죽 슈트의 소매로 훔치며 땅에 떨어뜨린 나이프를 주웠다.

"안 걸리네……. 하지만 정말 몇 초 정도는 기절했어."

"위력은 억눌렀지만 직격했으니까. 잠시 동안은 제대로 움직이지 못할걸."

"과연 그럴까?"

힐리에타는 사납게 웃더니 펄떡 뛰어 일어났다. ——그리고 오펜이 아연해 있는 가운데 순식간에 나이프를 겨누고 팔을 휘둘렀다. 촤악——이라는 소리가 확실하게 난 것도 아니지만, 철제 나이프가 바람을 가르는 기척은 대개 그런 느낌이었다.

오펜은 후방으로 몸을 쓰러뜨리며 그 공격을 피하고 비명을 질렀다.

"이 무슨——!"

'마술에 직격을 당하면 말도 졸도할 수준이야. 인간이 움직일 수 있을 리 없어——.'

하지만 현실적으로 여자는 계속해서 예리한 칼날을 뻗어 오고 있다. 오펜은 공격을 피하며 재빠르게 그녀의 품에 파고들었다. 그리

고 오른손을 그녀의 아랫배 부근에 대며 외쳤다.

"나 가르노라, 하늘의 벽!"

즈웅——! 그가 손을 댄 부근의 공기가 예리한 진공으로 변질되었다. ——그러자 그 진공으로 급격하게 공기가 빨려 들어가 충격파가 되어 여 암살자의 몸을 쳐냈다. 본래라면 조금 굵은 나뭇가지 정도는 양단할 정도의 날카로운 공격이다. 하지만——

충격으로 몇 미터나 날아가 나무줄기에 처박힌 그녀의 가죽 슈트에는 상처 하나 나지 않았다. 다만 나무에 머리를 크게 부딪힌 그녀 자신은 가벼운 뇌진탕이라도 일어났는지 고개를 흔들며 비틀거렸지만.

'어쩌면……'

오펜은 하나의 가능성을 떠올리고는,

"죽어도 원망하지 마라."

오른손을 그녀를 향해 내밀었다.

"나 발하노라, 빛의 칼날!"

뻗은 오른손 끝에서 순백색으로 물든 빛의 격류가 터져 나왔다. 위력을 억제한 광열파는 한 줄기의 창처럼 힐리에타의 아랫배에 꽂히고 폭음을 울리며 폭발, 불꽃을 피웠다. 화악…… 하고 뜨겁게 달구어진 공기가 피어올라 모래 먼지를 일으켰다. 하지만——역시 암살자는 상처 없이 서 있었다. 폭발의 충격을 받았는지 괴로운 표정으로 배를 누르고는 있지만, 역시 슈트 자체에는 상처는커녕 그을린 자국마저 없었다.

"젠장, 역시나——."

오펜은 인상을 찌푸리며 투덜댔다.

"그 슈트, 뭔가 있군 그래."

"바로 맞췄어. ——어중간한 공격이 통용될 물건이 아니야."

암살자는 열기와 충격으로 비틀거리면서도 대답했다. 그리고 일어난 불꽃 탓에 그을린 머리카락 끝을 아무렇지도 않게 나이프로 잘라내며 앞으로 나왔다.

오펜은 슬슬 소음을 듣고 매지크나 클리오가 달려와도 좋을 때라는 거의 희망이 섞인 예상을 하며 말했다.

"그래도 안쪽은 맨몸의 인간이야. 머리를 날리면 될 뿐이잖냐."

"그럼 그렇게 하지 그래? 정당방위로 벌은 받지 않을 거야."

힐리에타가 여유롭게 나이프를 들며 말했다. 입가에는 웃음까지 띠고 있었다.

오펜은 힐끗 혀를 내밀었다.

"요즘 법률론 뭘 해도 과잉방어가 된다고. 특히 댁의 머리 없는 시체 사진을 배심원들이 봤다간——"

"그럼 좋은 사실을 알려주지——."

힐리에타는 풀썩 흑발을 쓸어 올렸다.

"당신의 암살을 내게 의뢰한 자는 오스트발트라는 남자야. 재너 듀 오스트발트."

"토토칸타의 그 악명 높은 고리대금업자냐. 그야 녀석의 나와바리에서 다소 장사도 했지만 말이지. 그건 그렇고, 그렇게 간단히 의뢰인의 이름을 밝혀도 상관없는 거냐?"

"괜찮아."

힐리에타의 방긋 웃음은, 아마 굳이 분류하자면 매력적인 부류에 들어갈 것이라고 오펜은 판단했다.

그녀는 매우 태연한 말투로 말을 이었다.

"괜찮고말고. 내 의뢰인은 하나만이 아니거든. ──말하자면, 오스트발트의 의뢰는 덤인 셈이지."

"……그럼 그 외에도 댁에게 내 암살을 의뢰한 남자가 있다는 건가."

"유감이네. 당신, 세상 모두가 자신을 죽이고 싶어 한다고 생각하는 거야?"

힐리에타는 그대로 표정도 바꾸지 않고──손에 들고 있던 대형 나이프를 던졌다.

"──큭──!"

오펜은 살짝 움직여(애초에 한순간의 틈에 '살짝' 이상의 움직임 따위가 가능할 리 없었다) 나이프를 피했지만, 나이프는 원래 피할 것까지도 없이 그를 벗어났다. 오펜이 그 점을 깨달았을 때에는 그의 뒤에서 비명이 터졌다.

뒤를 돌아보자 전체적으로 사각형 얼굴을 한 중년 남자가 목 아래에 나이프가 꽂힌 모습으로 피를 토하고 있었다. 남자의 손에는 소형 보우건이 화살이 장전된 상태로 겨누어져 있었다.

즉사해 지면에 쓰러진 남자를 보며 오펜이 아연해하자, 힐리에타는 태연하게 어깨를 으쓱이며 사실을 밝혔다.

"오스트발트는 조심성 많은 남자야──. 나 외에도 암살자를 몇 명 더 고용한 듯해."

"……그럼 어째서 댁이 그 동업자를 죽인 거지?"

"말했잖아? 오스트발트의 의뢰는 덤이라고."

그녀는 별 것 아니라는 듯이 말하고는 나이프를 회수하기 위해서인지 거침없는 발걸음으로 오펜의 옆을 지나쳤다. 오펜은 그런 그녀를 향해 물었다.

"사태가 좀 이해가 안 가는데."

"요컨대 말이지, 오스트발트가 아니라 내 진짜 스폰서가 바라는 일은——실력 좋은 마술사 한 명을 그에게 안내하는 것이야."

오펜은 납득이 가지 않는 기분으로 머리카락을 쓸어 올렸다.

"그럼 왜 날 공격한 거야?"

"당신의 실력을 시험하고 싶었어. 거기서 만약 당신이 죽어 버리면 오스트발트의 의뢰를 완수한 셈이 되니 보수를 받을 수 있잖아? 그러니까 그의 의뢰는 덤이야. 당신이 정말로 우수한 마술사라면 내가 당해낼 리 없으니까. 그렇지?"

그녀가 마지막에 '그렇지?'하고 물었기에 오펜은 무언가 대답을 해야만 하게 되었다. 하지만 그는 그 대신 수상하다는 듯이 질문했다.

"진짜 스폰서라는 건 누굴 말하는 거냐?"

"글쎄…… 누굴까!?"

힐리에타가 그렇게 중얼거리며 남자의 시체에서 나이프를 뽑았다. 절명한 시체에서는 이미 피가 뿜어져 나오지 않았지만 피투성이가 된 남자의 시체를 안아 세운 탓에 힐리에타의 슈트는 이미 피범벅이 된 상태였다.

그녀는 뺨에 피가 묻은 얼굴을 오펜에게 향하며 말했다.

"의뢰인의 이름을 그리 간단하게 밝힐 수는 없잖아?"

"말은 잘 하는군."

오펜은 콧방귀를 끼고 그녀를 바라보았다. 사실을 말하면 이런 악

취미스러운——암살자와 함께 일을 하라고?——짓에 어울릴 생각은 추호도 없었다. 단지 얼굴에 묻은 피를 훔치는 그녀를 보며 오펜은 힐리에타라는 이름에 대한 정보가 머릿속에 있음을 떠올렸다.

'우견' 힐리에타. 만약 그 소문이 사실이라면——

그녀는 마술사 암살의 전문가이다.

그 사건이 일어났을 때, 도틴은 그 사건이 발생한 현장에 뜻밖에도 가까운 곳에 있었다. ——하지만 그렇다고 해서 무언가 특별한 일이 있는 것도 아니었다. 오히려——

"자아 자아 자아! 거기 도련님도 아가씨도 들러서 보고 가십쇼! 이곳으로 이 나라에서 첫 공개! 볼칸 상회 비장의 아이, 공포! 뱀 남자가 있습니다. 구경료는 보신 뒤에 선의로 주셔도 상관없으니, 어허 거기 지나가는 형씨! 이것을 놓치셨다간 7대까지 손해입니다요! 6대에 걸쳐 저주를 받아도 부족한⋯⋯."

바깥에서는 그런 형의 호객 행위가 들렸다. 어찌되었든 상자 안은 어둡고 좁았다. 심지어 형이 어딘가에서 주워 온 지 알 수 없는 이 나무상자는 원래는 뭐가 들어 있었는지 묘하게 냄새가 고약했다.

"6대라고 하면 증손자의 손자, 그것으로도 부족해 한 세대 더 고통을 받아야 하는, 이거 정말로 어마어마한 세월을 뜻합니다요. 그만한 세월을 버티기 위하여 대체 몇 쌍의 부모가 애달픈 밤을 보내야만 하는 것인지⋯⋯."

무슨 말을 하는지 잘 이해는 가지 않았지만, 어쨌든 목소리를 들건대 형은 신이 나서 호객을 하고 있다. 다시 말해서 순조롭게 구경꾼이 모이고 있는 듯하다. 이제는 팡파레와 함께 형이 나무 상자의 뚜껑을 열면 이 무지막지하게 시시껄렁한 흥행은 끝이 날 것이다.

'나 원 참.'

도틴은 마음속으로 한숨을 쉬었다.

'뭐지, 이게. 어째서 내가 이런 꼴을 당해야만 하는 거야.'

애초에 그는 이 구경거리 제안을 처음부터 반대했었다. ──아무리 이곳이 도회에서 다소는 떨어진 변경 마을이라고 해도 이런 어린애 장난 같은 속임수에 돈을 낼 사람이 있을 리 없다.

도틴은 다시 탄식하고 두꺼운 안경을 벗고는, 언제나 착용하는 모피 망토 자락으로 안경을 닦고 다시 얼굴에 걸쳤다.

그가 집을 나온 지 2년이 지났는데, 스스로도 참 용케도 목숨을 부지하고 있다고 감탄한다. 이 2년 동안 형이 가져오는 명백히 수상한 장사 이야기에 협력했다가 그 뒤처리에 쫓겨 다니는 생활의 반복이었다. 그것도 형이 그 사갈처럼 끈질긴 인간 사채업 마술사에게 고액의 돈을 빌린 탓이지만…….

그렇게 중얼중얼 생각에 잠겨 있자 상자 바깥에서 형이 큰소리로 외치고 있었다.

"그럼! 두 눈을 똑똑히 뜨고 봐 주십시오. ──이 세상에서 가장 가엾은 뱀남입니다!"

도틴은 움찔 몸을 떨었지만 이미 늦었다. 형의 손이 상자 정면을 열었다. 아까까지 그렇게 어두웠던 상자 안에 새하얀 햇빛이 쏟아졌다.

마을 광장에는 도틴이 예상했던 것보다 훨씬 많은 구경꾼들이 모여 있었다. ──초여름이라는 계절인 만큼 한창 일할 때인 남자는 역시 없었지만, 한낮의 한가함을 견디지 못한 주부로 보이는 중년 여성이나 그 여성이 데리고 온 어린아이, 점심 시간에 교회(이런 변경에는 학교도 겸하는 경우가 많다)에서 빠져나온 소년소녀들이다. 훤히 트인 상자 앞에는 형인 볼칸이 뚜껑을 들고 청중의 반응을 가만히 기다렸다. 평소처럼 덥수룩한 머리에 모피 망토, 허리에 검을 찬 신장 130센티 정도의 '지인(地人)'이다. 본래는 대륙 남단 마스마튜리아──지인령──에서 벗어나지 않기에 인간령에서 모습을 볼 일은 거의 없다. 수백 년 전에 이 대륙에 들어온 인간들과는 달리 완전한 토착 종족이다. 다만 어느새 반대로 그들 종족 측이야말로 인간들에게 성가신 존재로 여겨지게 되었지만.

도틴도 뭐, 형과 비슷한 차림이었다. 그리고 그것에 더해 형이 어딘가에서 주워온 큰 뱀의 허물을 모자처럼 머리부터 푹 뒤집어쓰고 있다. 도틴은 청중의 시선에 필사적으로 버티며 빨개진 얼굴로 자포자기가 섞인 대사를 국어책 읽듯이 내뱉었다.

"우…… 우오!"

…….

별안간, 정적에 가라앉았던 광장이──

우오오오오오오오오오오오오오오오오!

환성으로 뒤덮였다.

"좋았어!"

승리 포즈를 취하는 형을 곁눈으로 보며 도틴은 두근거리는 가슴을 누르고 환성에 귀를 기울였다.

"굉장해, 엄마! 이게 아빠가 말했던 '방랑하는 낙오자'라는 거

구나!"

"지방 순회 구경거리 행사는 이미 한 세기도 전에 없어진 줄 알았는데!"

"어허, 마이클. 너무 쳐다보면 안 된단다. 구멍에서 튀어나올지도 모르잖니."

'……아무래도 노림수랑은 다른 방향으로 반응이 온 모양인데…….'

하지만 볼칸 쪽은 전혀 신경을 쓰지 않거나, 반대로 깨닫지 못한 모양이었다. 그는 가죽 주머니의 입구를 벌리며 외쳤다.

"자아, 여러분! 저희는 이 불쌍한 뱀남을 진짜 인간으로 되돌리기 위한 수술비를 벌기 위해 이 지역을 시작으로 각지를 방랑하고 있습니다. 만약 이 자를 가엾다고 생각하신다면, 부디 이 자루에 여러분의 후의를——"

형이 방긋방긋 웃으며 자루의 입구를 벌렸을 때에는, 이미 구경꾼의 대부분이 이쪽에 등을 돌리고 있었다. 다들 각자 제 갈 길을 가며 흩어졌다.

"이야, 오랜만에 웃었네 그래."

"가끔은 남을 보고 웃는 일도 괜찮군."

"설마 요즘에 저런 걸 뻔뻔스럽게 벌리는 녀석이 있을 줄은 생각도 못했어."

"저런 건 보존해 둬야만 하는데 말이야."

"나 곤충 채집용 방부제 가져올게!"

"……."

단숨에 썰렁해진 광장에 외롭게 남겨진 도틴은, 형의 등을 보며 세 번 탄식을 내뱉었다. 그리고 뒤집어쓰고 있던 뱀의 허물을 옆으로 내던지며 말했다.

"그러니까 그만 두자고 했잖아."

하지만 형은 전혀 반성의 기색이 없는 표정으로 뒤를 돌아보더니 당연하다는 듯이 말했다.

"음. 역시 당초 예정대로 '괴기! 칼에 찔려도 죽지 않는 남자'로 할 걸 그랬어."

"그러니까 그걸 하는 건 누군데."

"당연히 넌데……. 아니면 역시 '눈이 빛난다! 악령 도틴 업화 속으로 사라지다'로 해 두는 편이 좋았을지도 모르겠군……."

"……왜 내 이름을 쓰는데?"

"뭔 소리냐! 너는 신인 배우의 비극도 모르는 거냐! 기용되는 것만으로도 고마운 줄 알아! 네슬러 시약에 녹여 죽인다!"

그렇게 고함을 치는 볼칸에게 맞아 쓰러지며 도틴은 포기한 표정으로 코피를 훔쳤다.

고개를 흔들며 몸을 일으키고 주변을 둘러보았다. 광장은 마을 거의 중앙, 오래된 교회 바로 앞에 있었다. 마을은 그다지 크지는 않지만 그렇다고 해서 작지도 않다. 광장에서 거미줄처럼 듬성듬성 뻗은 가느다란 길이 여기저기 점점이 세워진 집으로 이어져 있다. 이만큼 큰 곳이라면 마을이라기보다는 도시라고 부르는 편이 적당할지 모른다. 다만 인간 관공서에서는 성벽 내부에 존재하지 않으면 얼마나 규모가 크든 '도시'라고 인정하지 않는 게 규칙일 터다.

마을이라는 단위는 흔히 가도를 따라 자리잡는다. 여행객이 왕래하는 경우가 많기 때문에 마을에는 대개 숙소를 경영하는 집이 하나는 있기 마련이다. 도틴과 볼칸은 며칠 전부터 마을 외곽에 있는 집의 헛간에 숨어서 숙박을 했는데, 그 사실을 알아차린 마을사람이 가사를 돕는다면 무료로 묵어도 좋다고 마을에서 유일한 여관을 소개해 주었다. 그렇게 그들은 그곳에 묵으며 당면한 생활비를 벌기 위해 이런 장사를 시작한 것이다. 오늘이 첫날이지만…….

도틴은 발밑에 떨어진 큰 뱀의 허물을 보았다. 어마어마하게 큰 놈으로, 머리만으로도 한 아름은 될 정도의 크기다. 이것이 실물이라면——전체 길이 10미터, 아니, 혹은 십수 미터는 될지도 모른다.

"……그건 그렇고 형, 이런 허물은 어디서 주워온 거야. 이렇게 큰 뱀이 이 근처에 있을 리 없잖아."

"음."

형은 텅 빈 가죽 주머니를 휙 뒤집어 만지작거리며 자랑을 하듯이 대답했다.

"이 텅 빈 나무상자와 함께 근처 숲에 굴러다니고 있던 거다."

"으음……."

도틴은 신음하며 형이 가리키는 대로 나무상자를 보았다. 사람이 ——라고 해도 지인이 간신히 한 명 들어갈 수 있을 정도의 크기로, 가로세로 1미터 정도의 육면체다. 튼튼하게 만들어져서 뚜껑을 간단히 벗길 수 있도록 개조하는 데 고생했다.

하지만 그건 그렇다 쳐도, 도틴은 그 부분에 미묘하게 위기감을 느끼지 않을 수 없었다——.

"왜 그러냐, 도틴. 오늘 네 실패를 토대로 내일 벌일 흥행 계획을 짜야 할 때인데."

"아니, 딱히 아무것도 아닌데……."

도틴은 그렇게 대답하며 힐끗 나무 상자를 보았다. 그 나무 상자 표면은 풍화된 듯이 희미하게 더러워져 있지만 붉은 페인트로 무언가 문자가 적혀 있었다. 제조 번호인 듯한 숫자는 제로가 5개 정도 늘어선 후에 1이 붙어 있다. 그 옆의 연도——제조연월일? 은 대충 10년 정도 전을 가리켰다. 또 그 밑에 주의 문구가 있었다. 상하 전복 주의, 깨지는 물건, 옆으로 세움 금지, 모서리 주의, 기타 등등…….

　그리고 마지막에 '위험——개봉 엄금'이라고 적혀 있었다.

　이 마을에서의 사건은 누구도 깨닫지 못하고 조용히 일어났다. 킹크홀 마을. 그 누구도 염두에 둘 일 없는 평범한 변경 마을.

　그리고 그 사건이 일어났을 때, 원래 당사자였어야 할 사람은 이미 옛날에 죽어 있었다.

제2장 덫에 걸린 어리석은 자들

"가끔 생각하는데 말이야, 오펜."

"나도 가끔 생각하는데 말이다, 클리오."

두 사람은 서로 동시에 말했다.

"넌 껄떡쇠인 것 같아."

"너란 녀석은 도저히 감당이 안 되는 어리광쟁이더라."

그러자 마차 위가 싸늘한 정적에 감싸였다. 터벅터벅 발소리를 내는 말까지 마부석에서 보이지 않는 불꽃을 튀기는 두 사람에게 한기를 느낀 듯했다. 오펜은 쥐고 있는 고삐에서 두 암말의 동요가 전해지는 듯한 기분을 느꼈다.

그는 자신 옆——마부석 옆자리에 오도카니 앉은 작은 소녀 쪽은 보지 않도록 노력하며 낮은 목소리로 중얼거렸다.

"왜 내가 껄떡쇠냐."

"왜 내가 어리광쟁이야."

그대로 대화가 뚝 끊어졌다. 마차와 같은 속도로 주변 풍경이 뒤로 흘러간다. 바람이 불어 잡초를 살랑살랑 쓰다듬으며 가도의 훤히 벗겨진 지면에서 살짝 흙먼지를 일으킨다. 태양은 슬슬 기울기 시작할 무렵일까.

오펜은 매우 거북한 심정으로 어젯밤의 일을 떠올렸다. ——매지크와 클리오가 저녁식사로 뭔가 다투고 있는 자리에 피투성이가 된 가죽 슈트를 입은 힐리에타를 데리고 돌아왔을 때에는 어떻게 설명해야 할지 망설이지 않을 수 없었다. 그리고 결국 있는 그대로 이야기했다. 잘은 모르지만 아무래도 공짜로 날 돌봐줄 모양이다, 라고.

다음날 아침이 되자 힐리에타는 어디론가 사라진 상태였다. 오펜의 침낭 위에 메모를 두고.

그 메모에는 그녀에게 무언가 용무가 생겨서 급히 떠난다는 말과, 혹시 자신의 의뢰인과 만날 생각이 있다면 이곳으로 오라는 전언이 적혀 있었다.

하지만 그 내용과는 상관없이 메모 자체가 문제였다. ——아마도 클리오는 묘한 오해를 하고 있음이 틀림없었다. 적어도 그가 힐리에타와 하룻밤 내내 함께 있었다는 정도로는 착각하고 있으리라. 직접 말로 꺼내지는 않지만.

"너랑 알게 된 뒤로 한 달 가까이 지났는데 말이지——."

클리오가 마치 손가락으로 잡아당긴 듯이 입술을 삐죽 내밀며 말을 이었다.

"우선, 우리 언니한테 프러포즈했잖아."

"그건 연극. 심지어 발안자는 볼칸 그 극락 너구리다."

"가도 옆 여관에서 웨이트리스 엉덩이 만졌어. 엄청 글래머러스한."

"그건 순수한 우연. 거, 있잖냐——. 볼륨이 있는 만큼 손이 부딪칠 확률도 큰 법이라고."

"그 전의 아렌하탐에서도——"

"스테프를 말하는 거라면, 그 녀석은 그냥 친구."

"아냐. 단 것은 좀처럼 입에 대지도 않는 주제에 크레이프를 샀잖아. 그건 분명히 여자를 낚으려고 하는 눈빛이었어. 점원이 귀여웠

는걸."

"그건 너한테 사 준 거잖냐. 네가 부루퉁해 있으니까. 뭐야, 그 일로 화가 났던 거였냐."

"아냐. 그 전에 마차에 탔던 부잣집 아가씨 같은 여자한테 손을 흔들었잖아."

"잘도 그런 걸 본다, 너⋯⋯. 근데 먼저 손을 흔든 사람은 상대 쪽이었다."

"무시하면 되잖아! 그리고 요즘엔 숙소에 묵을 때마다 매일 밤 매지크랑 단둘이 방에 틀어박히고 날 쫓아내잖아. 불결하게."

"너 말이다! 마술 강의에 네가 참가해 봐야 뭘 어쩌려고."

"⋯⋯."

그 말을 들은 클리오가 잠시 입을 다물었다. ──거기서 그녀는 별안간 무언가를 떠올린 듯이 눈을 빛내며 그때까지의 부루퉁한 기색은 완전히 잊은 듯 밝은 목소리로 말했다.

"나도 마술 배우고 싶어!"

"안 돼."

오펜은 곧바로 거부했다.

클리오가 불만스러운 듯이 몸을 내밀었다.

"왜에~?"

"헛수고니까. 그리고 너, 월사금 못 내잖냐. 일단 매지크 녀석은 저래 보여도 쟤네 아버지가 돈을 내 주는 엄연한 내 학생이라고. 매월 마을 신탁은행에 입금된단 말이다."

그래서 한 달에 한 번은 큰 마을에 들려야만 한다. 심지어 전서구로 토토칸타 은행과 연락을 취하는 데 며칠이라는 시간이 필요하기 때문에 그 동안에 그곳에 체재할 필요가 있었다.

가도 근처에서 야숙하는 것과는 달리 숙박료가 들지만 어쩔 수 없다.

클리오는 잠시 생각에 잠긴 듯이 허공을 바라보더니 물었다.

"월사금은 일단 그렇다 치고…… 헛수고라는 건 뭐야."

"자질이 없는 인간은 마술을 쓸 수 없어. 이건 유전 문제니까 어쩔 도리가 없지. 다시 태어나지 않는 이상 말이야."

"다시 태어난다, 라……."

클리오는 마치 동경하듯이 그 말을 나직하게 읊조렸다. 이렇게 보면 어디 특별할 것 없는 평범하고 가련한 소녀에 지나지 않는다. 하지만——오펜은 탄식과 함께 덧붙였다. 이 녀석이 검을 들고 마구 날뛰는 모습을 보지 않았더라면 나도 착각했을지도 모르겠어, 하고.

"다시 태어난다면 나, 마술사가 됐음 좋겠다."

몸을 옆으로 흔들며 속 편하게 말하는 클리오에게 오펜은 곁눈으로 시선을 던지며 물었다.

"전생 같은 걸 믿는 거냐? 뭐, 그게 정말 있다면 나도 부잣집 차녀로 태어나고 싶군 그래. 아무런 고생도 하지 않고 살면서, 절대로 야매 사채꾼의 빚 징수 여정에 따라오려고 하진 않을 거다."

"뭐야, 그게. 비아냥대는 거야?"

"글쎄다. 딱히 멋대로 따라오고 심지어 내 지갑에서 옷이니 뭐니 사제껴도 네가 감당이 안 되는 어리광쟁이라는 말은 하지 않아. 그저 대체 왜 날 따라왔는지가 알 수 없다."

"음~?"

클리오가 곤혹스러운 듯이 인상을 찌푸리는 모습이 보였다. 그대로 그의 말을 무시하고 입을 다무는가 했더니 그렇지는 않은 모양이었다. 단지 말할지 말지 망설이는 기색이다. 그녀는 상당히 신중하게 말을 고르다가, 전혀 상관이 없는 대답을 내놓았다.

"나 말이야, 오펜 넌 절대로 그런 질문은 하지 않을 줄 알았어."

그리고 손가락으로 턱을 긁는 시늉을 하며 말을 이었다.

"근데 말이지, 좀 시간이 지나니까 반드시 물을 것 같더라. 그래서 준비해 둔 대답은 있지만……."

"뭐냐, 그게."

"응. 그러니까, 오펜, 얼마 전에 나한테 말했잖아. 날 '파트너'라고."

"……."

오펜은 대답하지 않았다. 하지만 스스로도 움찔 몸이 떨렸음을 알 수 있었다.

클리오는 상관하지 않고 말했다.

"잘은 표현을 못하겠는데, 나 있잖아, 응, 양갓집 아가씨잖아? ──뭐야, 그 의심스러운 눈초리는."

"아니, 딱히……."

오펜은 눈길을 피했다.

"뭐, 됐어. 그래서 말이지, 나 오펜 같은 사람을 보는 건 처음이었거든. 뭐라고 하더라? 야쿠자?"

"……너 말이다."

"농담이야. 어쨌든 그때 생각했어. 너랑 대등하게 되고 싶다고──응, 맞아. '파트너'라는 관계야."

"……왜 또."

오펜은 쉰 목소리로 간신히 내뱉듯이 중얼거렸다. ——분명 그도 그런 말을 한 기억은 있다. 그저 가벼운 기분으로 한 말이었을 뿐이지만 아마도 오해했겠지, 하고는 여기고 있었던 것이다.

"그러니까 말이야, 난 오펜 널 굉장한 사람이라고 생각해서, 너도 날 똑같이 여겨 주었으면 해."

"……아니, 너 이미 굉장한지 아닌지를 따지면 엄청 굉장한 녀석이다만……."

"그래?"

클리오는 방긋 미소를 지었다. 하지만 오펜은 도저히 따라 웃을 마음이 들지 않았다. 완벽하게 급소를 바늘로 찔린 기분이었기 때문이다.

'요컨대 이 녀석, 내게 한 번은 앓는 소리를 내뱉게 만들지 않으면 만족할 수 없다는 소릴 하는 거잖나.'

그때…….

"스승니임~."

마치 원통을 반으로 갈라 눕혀 놓은 듯한 짐칸의 장막 너머에서 매지크가 얼굴을 내밀었다. 클리오가 그런 그를 날카로운 시선으로 노려보는 모습이 보였다. ——아마도 얼굴을 내밀지 말라고 명령을 했으리라——. 하지만 오펜에게는 오히려 구세주였다. 아무래도 덥고 답답한 짐칸 안에서 얌전히 참으려 노력했는지 땀투성이가 된 매지크는 이제 한계라는 듯이 입을 열었다.

"아직 멀었나요~? 그 킹크홀이라는 마을. 거기에 묵는다면서요?"

"응."

오펜은 바지 주머니에서 힐리에타의 메모지를 꺼냈다. 그리고 메모지를 펼쳐 눈으로 읽었다.

"그 여자의 전언으론 말이지. 일단 그 마을에서 합류하자는군."

쓰여 있는 말은 그뿐만이 아니지만 일단 꾸깃꾸깃 말듯이 종이를 접은 오펜은 재빨리 다시 바지 주머니에 넣었다.

"그 킹크홀이라는 덴 뭐가 있어?"

"글쎄다, 들은 적도 없는데. 아니…… 유명한 마술사 한 명이 그곳에 은거하고 있다는 말은 들은 적이 있다만."

"마술사? 역시 《송곳니 탑》 출신인가요?"

매지크의 질문에 오펜은 고개를 끄덕이며 대답했다.

"그래. 하지만 뭔가 황당무계한 연구에 혼이 나갔느니 어쩌느니 하는 이유로 《탑》에서 추방당했어. 아니면 장로의 비서(秘書)에게 손을 댔다고 했던가? 어쨌든 사이비라니 돌팔이라는 소리를 들어 가면서도 그 마을에서 연구를 계속했다고 하더군."

"……말씀이 과거형인 게 마음에 걸리는데요……."

땀을 훔치며 매지크가 말했다. 오펜은 다른 주머니에 있던 손수건을 꺼내 그에게 던져주며 대답했다.

"그래. 이미 살아 있지 않을 거야. 죽었다는 소문도 듣지 못했지만. 《탑》에서 추방당한 게 50년 정도 전의 일이고 살아 있다면 올해로 백 살 이상은 될 테니까. 물론 살아 있을 가능성도 있지만……."

"나, 내년에 백스무 살 되는 할머니 아는데."

"그러냐."

오펜은 클리오의 머리를 툭툭 두드리며 대답하고 마음속으로 안도의 한숨을 내쉬었다. 어찌되었든 여기까지 이야기가 엇나갔으면 클리오의 머릿속에도 이제 '파트너'라는 단어 따위 남아 있지 않으리라——. 그녀는 그런 소녀다. 다만 머릿속이 아니라 뱃속에서는 무슨 생각을 하는지 알 수 없지만.

오펜은 일단 안심하면서도 앓는 이를 건드리는 듯한 느낌을 주머니 속에 있는 힐리에타의 메모에서 받았다. 매지크나 클리오에게는 말하지 않았지만, 이 싸구려 종이에는 또 하나, 아마도 중요할 터인 전언이 남겨져 있었다. 너무나도 농담 같은 말투로.

'본래 스폰서의 의뢰든, 오스트발트의 의뢰든, 난 전혀 상관없거든?'

다시 말해 킹크홀에 오지 않으면 죽이겠다는 협박이었다.

킹크홀 근처까지 마차로 가도를 나아갔다. 마을로 이어지는 갈림길에 접어들고 저 멀리 언덕 뒤에서 새하얗고 작은 교회가 보이기 시작했을 때, 클리오와 교대해 마부석 옆에 앉은 매지크가 감탄성을 내뱉었다.

"우와~."

"? 뭐냐?"

영문을 알지 못한 오펜이 물었다. ——마을은 딱히 특별한 곳도 없이 평범한 변경 촌락이나 다름이 없었다. 넓게 펼쳐진 보리밭은 저녁노을을 쐬어 마치 수확철처럼 황금색으로 물들어 있었다. 변경의, 라고는 해도 촌스럽고 한산한 분위기는 아니고, 오히려 도시 근교의 교외 같은 느낌이다. 마, 실제로 이곳은 키에살히마 대륙 4대 도시 중 하나인 고도 아렌하탐과 백 킬로도 떨어져 있지 않지만.

길을 나아감에 따라 훌륭한 대문의 멋들어진 저택이나 깔끔하게 청소되었을 듯한 작은 학교, 중앙에서 변경 마을 치안 유지를 위해 설치한 파견관 대기소, 작은 농장 등도 보였다. 매지크보다 몇 살 정도 어려 보이는 어린아이가 건초를 쇠스랑으로 찌른 자세로 고개를 돌려 이쪽을 바라보고, 어린아이의 발밑에는 늙은 셰퍼드가 누워 있다. 아무래도 본래 일인 양치기는 자식에게라도 맡기고 본인(?)은 은퇴한 것이리라. 바람을 타고 저 멀리에서 양을 쫓는 개의 울음소리가 들려온다.

어찌되었든 별난 곳은 무엇 하나 없었다.

"뭐라도 있냐, 매지크?"

오펜은 아직도 경탄한 얼굴의 매지크에게 물었다. 소년은 비취색의 두 눈을 놀랄 정도로 반짝이며 대답했다.

"좋은 곳이네요."

오펜은 쌀쌀맞게 대답했다.

"아마도."

"……뭔가요, 아마도는. 스승님, 실은 또 반 년 정도 여기 농장에서 산 적이 있고, 심지어 현지처랑 숨겨 놓은 애가 있는 건 아니겠죠?"

"'또'라니, 너 인마……. 아니, 나도 여긴 초입이야. 아마라는 말은, 다시 말해서, 겉보기에 속지 말라는 말이고."

──거기서 마치 그의 말이 신호라도 된 듯이 바로 뒤에서 짐칸 커튼이 열리며 클리오가 얼굴을 내밀었다. 낮잠을 자고 있었는지 머리가 조금 흐트러졌지만 멍한 얼굴만은 어떻게든 하려고 세수를 했는지 피부가 조금 젖어 있다. 오펜은 바로 그녀를 가리키며 말했다.

"저게 견본이다."

"……오호라……."

묘하게 실감이 담긴 동작으로 고개를 끄덕이는 매지크에게, 클리오가 찌릿 시선을 던지며 낮은 목소리로 말했다.

"뭘 수긍하는 거야."

"아니, 딱히……."

매지크가 당황하며 중얼거리고는 전혀 상관없는 방향으로 고개를 돌렸다. 오펜은 힐끗 클리오 쪽을 돌아보며 말했다.

"야, 네 검은 짐 가장 안쪽에 숨겨 둬라. 강도라고 오해받아 체포되는 사태는 사양이니까."

"말하지 않아도 알아. 나라고 바보는 아닌걸."

그렇다면 처음부터 날붙이 따윈 가지고 돌아다니지 마라, 하고는 생각했지만 오펜도 그런 말을 입 밖으로 낼 정도로 생각이 없지는 않다. 이 소녀가 기분이 상하면 나중에 갖가지 의미로 후회를 하게 된다. 엄청나게.

클리오는 그다지 흥미도 없다는 듯이 주변 광경을 둘러보고 굉장히 무뚝뚝한 목소리로 물었다.

"그런데 왜 굳이 이런 마을을 약속 장소로 지정한 걸까? 얘, 오펜. 그 뭐라더라? 어쩌고 하는 사람 말이야."

하지만 아무래도 이미 심기가 상한 모양이다——하고 오펜은 씁쓰레하게 떠올렸다.

짐칸 안에서 이쪽으로 몸을 내밀고 있기에 그녀의 머리카락이 어깨 부근에 걸려 있었다. 왠지 모르게 뱀에게 휘감긴 듯한 심정이라 그다지 좋은 기분은 아니다. 그는 클리오의 얼굴을 보지 않고 대답했다.

"그러니까…… 아마, 내가 지금 어떤 상황에 놓여 있는지는 이미 설명했었지?"

"콜걸 같은 미인이 느닷없이 애인처럼 굴면서 다가오나 했더니 다음 날 아침엔 도망쳐서 그 여자 엉덩이 쫓아서 어슬렁어슬렁 이런 곳까지 온 거잖아?"

"그! 러! 니! 까! 그 여자에 대해선 나도 잘 모른다고!"

오펜은 참지 못하고 클리오 쪽을 돌아보며 거의 절규하듯이 말했다.

"잘은 모르지만, 그 여자는 용병이야. ──스스로 그렇게 말했어. 그리고 날 호위하기 위해 어떤 인물에게 고용된 거야."

힐리에타를 '암살자'가 아니라 '용병'이라고 말한 것은 그저 이야기를 복잡하게 만들고 싶지 않아서였다.

클리오는 아직도 수상쩍어 했지만 그래도 조금은 적의를 누그러뜨리며 말했다.

"……왜 널 호위할 필요가 있는데?"

"내가 지금 목숨이 노려지고 있으니까."

오펜은 투덜투덜 불평하듯이 설명하며 다시 전방을 보았다. 마차는 천천히 마차를 가로질러 여관이 있을 듯한 방향으로 나아가는 중이다. 거기서 매지크가 이야기에 참가했다. ──방긋방긋 웃으며, 하지만 식은땀을 흘리며.

"저기~, 혹시, 그거 저한테도 불똥이 튈 수도 있다는 말씀인가요?

"……아마 괜찮을 거다. 너 같은 녀석을 죽인다 해서 아무런 이득도 안 될 테니까."

"아, 다행이다."

"뭐가 '다행이다'냐. 스승의 목숨이 위태로운 시국에……. 아, 그래. 어쩌면 녀석들 네가 스승의 원수를 갚으러 올지도 모른다면서 만약을 위해 너도 처치할지도 모르겠다."

"저는 그런 생각 추호도 안 해요~."

"……어딜 보면서 외치고 앉았냐."

"아니, 저 산 너머에 날아가는 새들에게 들리면 좋겠다 싶어서……."

"뭔 뚱딴지 같은 짓거릴……. 뭐, 됐어. 어찌되었든 난 여러 암살자들에게 목숨이 노려지고 있다는 모양이야."

"하지만…… 누가 오펜 네 목숨을 노리는 거야?"

클리오가 질문을 던졌다. 오펜은 아무렇지도 않게 대답했다.

"내가 야매로 사채업을 했다는 건 알고 있겠지? 지금은 빌려줄 자금이 없어서 오로지 징수만 하고 있고, 그 볼칸 빌어먹을 자식을 쫓아 빚을 받아내야만 하는데……. 난 토토칸타에서 그 복너구리 외에도 버그업 녀석의 중개를 받아 몇 명을 고객으로 받았어."

"그쪽은 제대로 징수했어?"

"일곱 명 중 여섯이 도망쳤는데 다섯은 붙잡았다. 그 시점에서 일단 돈이 될 만한 재산을 가지고 있던 게 넷이고, 갚을 마음이 있었던 게 그중 셋. 그리고 도중에 마음이 바뀌어 도망친 놈이 있어서 남은 게 둘. 하나는 교통사고로 추간판 탈출증을 일으켜 급하게 입원하고, 나머지 하나는 무전취식으로 경찰에 붙잡혔다가 유치장에서 경찰을 패서 형무소에 들어갔다."

"……인생의 카운트다운……."

매지크가 겁에 질린 듯이 내뱉었다.

"카운——야, 너 인마……."

이미 자신도 알고 있는 사실을 갑자기 남에게 듣고 어깨를 늘어뜨리자, 그 어깨에 툭 손을 올리며 위로하듯이 클리오가 말을 걸었다.

"하지만 오펜, 처음에 '일곱 명 중 여섯이 도망쳤다'는 말은, 하나는 도망치지 않았다는 뜻이잖아? 그 사람한테는 돈을 받아낸 거 아니야?"

오펜은 너무나 무겁게 느껴지는 머리를 천천히 클리오에게 향했다.

"그게 복너구리. 그 녀석의 경우는 단순히 도망칠 만한 능력이 없었을 뿐이야."

"……절망적이네~."

"어쩌면 스승님, 생활력 전혀 없으신 거 아닌가요? 덤으로 암살자에게까지 노려지고."

"인생이란 그 사람의 인품을 비추는 거울이지. 인격이 극명하게 기록되잖아."

"왜 니들한테 그런 소리까지 들어야 하는 거냐……."

오펜은 목구멍 안쪽에서 신음을 쥐어짜듯이 중얼거리며 말을 이었다.

"어찌 됐든 말이다, 제대로 관공서에 허가를 받은 정규 사채업자——라고 해도 원래 사채업이라는 건 야쿠자 같은 일이니 말이지. 녀석들에겐 나 같은 야매꾼은 눈에 거슬리는 법이야. 나라에 신고를 하지 않는 만큼 야매 쪽이 더 유리한 조건에서 장사할 수 있으니까."

매지크와 클리오는 둘이 똑같이 수상쩍은 눈빛을 보내며 동시에 입을 열었다.

"회수율 제로인 주제에."

"시끄러워! 어쨌든 토토칸타의 금융업을 감독하는 게 재너듀 오스트발트라는 남자다. 고급스러운 정장을 입고 전직 모델인 애인이나 떡대들을 데리고 다니며 거드름을 피우는 짜증나는 녀석이지. 만난 적은 없지만."

"……뭔가요, 그건……."

"아 됐고! 요컨대 분명 그런 녀석일 게 틀림없다는 말이야! 그 녀석이 날 처리하려고 암살자를 고용했어. 아마 토토칸타에서 영업하는 야매 사채꾼들 전원에게 본보기를 보여 줄 셈이겠지. 그리고 그 사실을 안 어떤 인물이 날 지키기 위해 호위를 붙여 줬다는 말이다."

오펜은 그렇게 말하면서 자신의 거짓말을 깨달았다. ──힐리에타는 이렇게 말한 것이다. 오스트발트의 의뢰는 덤이라고. 즉 그 '어떤 인물'의 의뢰 쪽이 그녀에게는 우선도가 높았다──. 오스트발트보다 먼저 의뢰를 받았을 터다. 힐리에타에게 오스트발트의 의뢰는 단순한 우연이 겹친 결과에 지나지 않는다. 다만 마술사를 찾아내는 것이 본래의 의뢰였던 그녀가 마술사를 처치하고 싶어하는 오스트발트의 소문을 주워듣고 그것을 이용했다는 의혹은 거론할 수 있을지도 모르지만.

'하지만 마술사를 찾아내 뭘 어떻게 하려는 거지?'

하지만 그 의문까지 입에 담아 클리오나 매지크를 혼란스럽게 만들어 봐야 별 수 없다. 어차피 노려지는 대상은 자신이지 자신의 일행이 아닐 테니까.

"이제 이해했냐?"

오펜은 두 쌍의 눈동자를 바라보며 그렇게 물었다. 하지만 돌아온 것은 클리오의, 조금 곤혹스러운 듯한 말뿐이었다.

"저기…… 말인데."

"앙? 아직도 모르겠냐?"

"아니, 사정은 알았는데, 오펜. 아까부터 딴 델 보고 있으니까……."

"뭐야. 딴 곳을 보고 있다고 해서 말이 길에서 함부로 벗어날 리가——"

"그게 아니라, 방금, 누가 치인 모양이야. 봐봐."

꾸직.

"……."

마차 바퀴 밑에서 들려온 너무나 생생한 소리에, 오펜은 무표정한 채로 한 줄기의 땀을 흘렸다.

"어어……."

말문이 막힌 오펜은 일단 동승자 둘을 순서대로 보았다. 클리오와 매지크는 묘하게 뻔뻔한 미소를 띠며 한 마디씩 내뱉었다.

"출소할 때까지 기다릴게♥"

"안심하세요. 저만큼은 무사평안하게 행복한 일생을 보낼 테니까요."

"이 자식들……."

오펜은 신음하면서도 일단 고삐를 당겨 마차를 멈췄다. 사람 한 명이 바퀴에 깔렸는데도 이 암말들은 당황하기는커녕 오히려 귀찮은 듯한 시선(이라고 오펜은 느꼈다)으로 이쪽을 보며 발을 멈췄다. 그는 황급히 마부석에서 뛰어내렸고, 그런 그가 처음으로 본 것은——

이상할 정도로 커다란 뱀의 허물과, 나무상자를 끌고 있던 지인 소년.

"아――."

오펜은 그 소년의 안경 안쪽에서 이쪽으로 향하는 절망적인 시선을 확인했다.

"도틴!"

"사채꾼!"

서로를 향해 외친 오펜은, 거기서 마치 밑으로 시선을 던졌다.

"그렇다면――."

역시나 바퀴 밑에 뜻밖에도 멀쩡한 듯이 발버둥을 치는 사람은 너덜너덜한 모피 망토로 몸을 감싼 덥수룩한 머리의 지인. 이런 곳에서, 심지어 검 같은 것을 가지고 돌아다니는 사람은 이 녀석 이외에 있을 리 없다. 상대는 이쪽을 깨닫지 못한 모양이었지만――.

"이 자식! 얀마! 누구인진 모르지만 갑자기 남의 뒤통수를 밟고 말이야! 잽싸게 비키지 않으면 파이프 의자로 접어 죽일 거다!"

저녁 해가 가라앉으려 하는 시간대. 산과 숲 너머에서 까마귀의 울음소리가 울려 퍼졌다.

킹크홀은 드물게도 동시에 다섯 명이나 되는 여행객을 맞이하여 조금은 떠들썩해지려 하고 있엇다.

킹크홀에 여관은 한 곳밖에 없다. 애초에 가도에서 살짝 벗어난 이 마을은 이렇다 할 특산품도 없어 이곳을 목적지로 방문하는 여행객도 그다지 없다.

그래서――라고 속단하기는 난폭하지만, 마을 유일의 여관은 겉보기로는 거의 민가와 다를 바 없었다. 원래는 아렌하탐의 좀 유명했던 명사가 변덕으로 교외에 살기로 결심해 지었던 저택을 조금 개조한 건물이라 묵기에는 나빠 보이지 않았지만.

"……그건 그렇고, 그 명사인지 뭔지 하는 사람은 왜 이 저택을 판 거지?"

여관의 잡일꾼으로 보이는 아이에게 짐을 맡기고, 그 뒤를 매지크와 클리오를 데리고 줄줄이 계단을 올라가며 오펜이 물었다. 참고로 볼칸과 도틴은 이 여관 부엌에서 일을 도우며 묵고 있는 모양인지 이곳에 도착하자마자 곧바로 그쪽으로 향했다.

대답은 매우 타이밍 좋게 돌아왔다. 아무래도 이곳에 묵는 손님은 빠짐없이 묻는 모양이었다.

"변사했거든. ——이라고 해도 이 저택에서 죽은 건 아니니까 안심해. 마을 밖 멀리서 죽었어."

매지크보다 조금 어린 그 소년은 동그란 눈을 반짝반짝 빛내며 말을 이었다.

"마술사에게 살해당했거든."

"마술사에게?"

그렇게 되물은 사람은 클리오였다. 그는 가장 뒤에서 터벅터벅 따라오던 중이었다.

소년은 잘하면 팁을 받을 수 있다고 생각했는지 크게 대답했다.

"응. 마을 외곽에, 포노 어쩌고 하는 이름의——"

"포노고로스다."

오펜은 나지막한 목소리로 정정했다. 소년은 한순간 휘둥그레 눈을 떴지만 개의치 않고 말했다.

"응, 그 포노고로스. 그런 이름의 마술사 저택이 마을 외곽에 있거든. 지금은 폐허가 되어서 다들 유령 저택이라고 불러."

"유령 저택?"

짝, 하는 소리가 들려 뒤를 돌아보자 클리오가 가슴 앞에서 두 손을 맞대고 얼굴을 빛내고 있었다. 푸른색의 두 눈동자는——평소처럼——당치도 않은 생각을 떠올려 묘하게 활기차 보였다. 그녀의 높은 목소리가 여관 안에 울려 퍼졌다.

"재미있을 것 같아!"

"농담이지?"

믿을 수 없다는 표정으로 클리오를 바라보며 매지크가 중얼거렸다. 하지만 클리오의 기백에 주눅이 들었는지 그는 머뭇거리며 오펜을 올려다보았다.

"농담이죠?"

"클리오에 관해서라면, 이 녀석은 진심이겠지."

오펜은 체념이 담긴 한숨을 내쉬며 그렇게 내뱉고는, 클리오를 향해 척 손가락을 가리켰다.

"새삼스럽게 떠올리도록 할 필요도 없겠지만, 네가 그 '재미있어 보이는 일'에 고개를 처박을 때마다 사태가 죄다 성가시게 되는 걸 명심해라."

클리오는 흥, 하고 고개를 돌렸다.

"천만의 말씀이거든?"

"심지어 자각도 없으니, 이것 참."

하지만 방까지 오자 클리오는 그 화제를 완전히 잊은 모양이었다. 방은 원래 침실이었던 곳을 개조한 모양이었는데 그다지 넓지 않은 방에 침대가 두 개 늘어서 있었다. 창문은 원래 채광용의 작은 창뿐이었지만 옷장 하나를 없애고 그 자리에 큰 창문을 설치한 듯했다. 튼튼한 구조의 벽에는 그다지 품위 있는 취향이라고는 할 수 없는 덩굴과 이파리 문양의 벽지가 발라져 있었는데, 그것도 아무래도 여관 주인이 개조하며 붙인 모양이었다.

소년에게 팁을 (다소 많이) 들려 방에서 내보낸 클리오는 신이 난 듯이 침대를 정리하기 시작했다. 오펜은 방구석에 짐을 내던진 매지크와 클리오 옆에서 꼼꼼하게 방의 구조나 설치된 옷장의 내용물을 살펴보았다. 그리고 멍하니 가스등 불빛 아래에서 파닥파닥 뛰어다니는 클리오를 보며 문득 무언가를 깨달은 듯이 말했다.

"——어라, 클리오. 왜 네가 우리랑 같은 방이냐."

"어?"

클리오는 내딛은 발로 삑, 하고 소리를 내며 멈춰 서더니 깜짝 놀란 목소리를 내뱉었다.

"이 방에 침대 세 개 있잖아."

"……."

오펜은 두 개의 침대 사이에 비좁게 놓인 간이침대를 힐끗 보았다. 그 시선을 가로막듯이 클리오가 방긋 웃으며 단언했다.

"이런 경우엔 연장자가 사양하려고 들더라고."

"조신하지 못해요."

갑자기 매지크가 오펜에게인지 클리오에게인지 알 수 없는 말투로 말했다.

"젊은 남녀가 동침이라니!"

"아무도 그렇게까진 말 안 했다만……."

오펜은 곤혹스러운 듯이 머리를 긁적이며 클리오를 보았다. 소녀는 어깨를 살짝 움츠리고 금발을 몸에 두르듯이 쓸어 넘기며 뭔가 불만스럽게 오펜을 마주보았다. 그는 내심 탄식하며 짐작하였다.

"뭔가 꿍꿍이가 있군 그래."

"알겠어?"

클리오는 빙글빙글 웃으며 대답했다.

"어차피 이제부터 매지크에게 마법을 강의할 거잖아? 그럼 나도 들으려고."

"들어봐야 헛수고라고 했잖냐……."

오펜은 상의를 벗으며 가까운 침대에 걸터앉았다. 그리고 재빠르게 계산했다. ——까놓고 말해 이 소녀와 같은 방을 쓰는 일은 죽어도 사양하고 싶은 참이다. 딱히 이유가 있는 것은 아니고, 그저 단순히 클리오가 근처에 있다는 것만으로도 뭔가 성가신 일이 벌어질 것만 같은 기분이 들기 때문이다. 하지만 그와는 별개로 마술에 관한 강의라는 것도 딱히 다른 사람에게 들려줘서는 안 될 일은 아니다. 그리고 방 두 개를 빌리자니 남은 노잣돈을 생각하면 거의 불가능에 가깝다. 평소는 마차 위에서 자니까 거의 돈이 없더라도 그다지 여행에 불편한 일은 없지만…….

'뭐, 됐어.'

"강의는 저녁 먹고다."

오펜이 그렇게 말하자 클리오는 문자 그대로 뛰어오를 듯이 환성을 질렀다. 뭐가 그렇게 기쁜지 오펜은 전혀 짐작도 가지 않았지만.

'……설마 진심으로 마술사가 되고 싶다고 바라는 건 아니겠지? ……뭐, 그렇게 생각한다고 해서 뭔가 해가 있는 건 아니지만.'

그때는 그렇게 생각했다.

"강의라고 해도, 오늘은 따지자면 시험이다."

일단 저녁식사를 마친 후 샤워실은 없는지 클리오가 떼를 쓴 것을 따로 떼어 둔다면 평온한 시간이 흘러, 밤의 정적 속에 벌레 울음소리가 조용히 섞이기 시작할 즈음이 되자 오펜은 매지크, 클리오와 함께 방에 모였다. 그리고 창문을 열며 그렇게 중얼거린 오펜의 말에 클리오가 이상하다는 듯이 되물었다.

"시험?"

"그래."

오펜은 클리오 옆에서 침대에 걸터앉은 매지크에게 시선을 던졌다. 그리고 활짝 연 창문의 창틀에 엉덩이를 걸쳤다.

"내가 지금까지 네게 했던 말──. 그걸 이번엔 네 입으로 설명해 보는 거다. 마침 클리오도 있으니까 이 녀석에게도 이해할 수 있도록 말이다."

"제대로 해야 해."

수업 참관에 온 학부모처럼 클리오가 매지크에게 말했다.

"응⋯⋯."

매지크가 클리오를 힐끗 보았다. 그 표정을 보건대 그다지 자신이 있어 보이지는 않았지만, 그래도 일단 살짝 치뜬 눈으로 허공을 바라보며 이야기를 시작했다.

"이 대륙에는 마술이라고 불리는 것이 크게 분류하여 일곱 종류가 있습니다."

그리고 기억을 떠올리듯이 살짝 고개를 기울엇다.

"그중 여섯 종류는 고대 신들이 가진 '마법'의 힘을 '마술'로 훔친 여섯 종류의 드래곤 종족이 만든 것이며, 나머지 한 종류는 그 드래곤 종족 중 하나, 천인들에게서 우리 인간이 혼혈이라는 형태로 물려받은 것입니다. ──저기, 스승님."

매지크의 부름에 팔짱을 끼고 눈을 감고 있던 오펜이 대답했다.

"뭐냐."

"참고서 봐도 되나요?"

"안 돼."

즉답을 당한 매지크는 탄식을 내뱉었다. 그리고 어쩔 수 없다는 표정으로 말을 이었다.

"우리가 사용하는 능력은 '마술'──그리고 세계의 탄생과 동시에 신들이 가지고 있던 만능의 힘은 '마법'이라고 부릅니다. 그래서 '마술'과 '마법'은 의미가 다릅니다. 신들의 힘에는 불가능이 없다고 하지만, 우리의 '마술'에는 자연스레 가능한 일에 한계가 있습니다. 그 한계에는 개인차가 있으며──"

"그 개인차를 가리켜, 우리는 '재능'이라고 부르지."

매지크의 뒤를 이어 오펜이 창틀에서 엉덩이를 떼었다. 그리고 무언가를 깨달은 듯이 매지크를 향해 손을 저었다.

"어이쿠──미안하다. 방해하려고 한 건 아니었어."

"아뇨. ……뭐, 즉 그런 겁니다. 이 역량의 차이에는 어떠한 원인이 있는지 아직 결론이 나지는 않았습니다. 체력과는 관계가 없고, 나이와도 관계가 없다. ……숙달에 따라 마술의 능력이 강해지는 경향은 확실히 존재하지만요."

클리오가 이야기를 들으며 잠시 생각에 잠긴 듯이 입술에 손가락을 대는 것이 보였다. 그녀는 잠시 그 자세로 경직된 듯이 조용히 있더니 느닷없이 입을 열었다.

"강한 마술사라는 사람들을 전부 쭉 늘어놔 보고, 거기서 공통점을 찾아보면 되지 않을까?"

"그 발상은 나도 생각해 보지 않은 건 아니다만."

오펜은 살짝 쓴웃음을 지었다.

"차일드맨 교실──《송곳니 탑》에서 내가 참가했던 교실의 마술사는 나까지 포함해 전부 7명이 있었어. 교사인 차일드맨은 물론 차원이 달랐지만 그래도 모두가 《탑》 안에서는 정상급 실력을 가지고 있었지. 그런데 7명 전원이──"

그리고 어깨를 움츠리며 말했다.

"완전히 타입이 달랐어. 공통점은, 음, 완전히 없다고 해도 될 정도였다. 뭐, 이 부근은 개론이라 클리오도 흥미가 없겠지. 건너뛰어라."

"허어······. 어, 그러니까, 우리가 다루는 힘은 음성 마술이라고 불리는 것으로, 이것은 대륙에서도 1, 2위를 다툴 정도로 강력한 마술입니다."

"1, 2위는 지나친 과대평가다."

오펜이 참견하자 매지크는 곧바로 말을 고쳤다.

"뭐, 그렇게 약한 부류는 아니라는 뜻이에요."

"지극히 일반론적으로 순위를 매기자면, 일곱 종류의 마술 중 가장 강력하다고들 하는 것이 워 드래곤 종족이 사용하는 파괴 마술."

"파괴?"

클리오가 굉장히 얼빠진 목소리로 물었다.

"그래. 문자 그대로 무언가를──혹은, 모든 것을 파괴하기 위해서만 존재하는 마술이지. 강철의 군마(軍馬), 워 드래곤이라는 이름의 유래이기도 해. 다음으로 큰 효력을 가진 것이 하늘의 인류, 월드 드래곤──우리가 흔히 고대 마술사라고 부르는 천인들이 이용하는 침묵 마술. 다음으로 심연의 흑랑(黑狼), 딥 드래곤의 암흑 마술이 오고, 우리의 음성 마술은 그 다음쯤 돼."

어깨를 으쓱이며 창가에서 떨어진 오펜의 말을 이어 매지크가 클리오를 향해 설명을 계속했다.

"우리가 사용하는 음성 마술의 가장 현저한 특징은 목소리──즉 주문을 매개로 해서 마술을 행사하는 거야. 그러니까 주문의 목소리가 닿지 않는 곳에는 마술 효과도 미치지 않고, 효과도 영원하게는 지속되지 않아. 목소리를 그대로 보존할 수는 없으니까. 그리고 음성 마술이라고 해도 거기엔 두 종류가 있고, 나나 스승님이 다루는 건 흑마술이라고 불려."

"흑마술은 열이나 파동 같이 물리적인 에너지나 물질──육체 그 자체를 다루는 마술을 가리킨다."

오펜은 창가에서 떨어져 방을 가로지르듯이 걷고는, 거기서 다시 몸을 돌려 창문 쪽으로 향하며 강의 말투로 말을 이었다.

"백마술은 반대로 시간과 정신까지 다룰 수 있지. 뭐, 흑은 실존하는 물건을 다루고, 백은 실존하지 않는 사항을 다룬다는 표현도 있어. 일반적으로 백마술 쪽이 기능적으로는 월등하게 수준이 높으며 또한 위력도 크다……."

거기서 침대에 있는 학생들 쪽을 돌아보았다.

"알겠냐, 클리오?"

"……쿨~."

"아, 얀마! 뭘 자빠져 자는 거냐!"

오펜이 침대로 달려가 클리오를 흔들어 깨우자, 그녀는 음냐음냐 잠꼬대를 하듯이 대답했다. 침대 위에 엎드려 누운 채로.

"그치만, 지루한걸."

"나 참……. 그러니까 헛수고라고 했잖냐. 그럼 넌 대체 뭘 듣고 싶었던 건데?"

그 말에 클리오는 별안간 상체만 벌떡 몸을 일으키며 말했다.

"내일부터 쓸 수 있는 마술♥"

"그딴 게 어딨냐!"

"그럼 잘래. 쿨~."

"이 망할 꼬맹이가……."

다시 풀썩 침대에 쓰러져 숨소리를 내기 시작한 클리오를 향해, 오펜은 두 손을 부들부들 떨며 신음했다.

"잘 들어라──. 자는 시늉을 하더라도 똑똑히 들어 둬. 시간을 헛되이 쓰고 싶지 않다면 마술사가 되겠다는 쓸데없는 생각은 잽싸게 버려라. 아무리 노력을 해 본들 소질이 없는 인간은 마술을 쓸 수 없어. 인간이 가진 마술의 소질은 지극히 순수하게 유전적인 거야. 천인과의 혼혈이라는 형태로 인간에게 섞인 거니 말이다."

"드르렁~!"

대놓고 시위하듯 베개를 끌어안은 클리오가 외쳤다.

오펜은 그런 그녀를 위에서 내려다보며 더욱 박차를 가했다.

"아무리 주특기인 떼를 쓰든 안 되는 건 안 돼! 네가 얼마나 쓸데없는 노력을 하든 네 마음이다만 두 번 다시 나한테 매달리지 마라.

귀찮으니까. 약오르냐? 헤헹~!"

"스승님……."

매지크는 머리를 부둥켜안으며 물었다.

"왜 말싸움을 벌이면 정신 연령이 내려가는 건가요?"

"거 시끄럽네. 상대 수준에 맞춰 주는 거야."

오펜이 매지크에게 고개를 돌리자, 그는 이상하다는 듯이 말했다.

"그런데 스승님 말씀에 하나 궁금해졌는데요, 소질이라고 하니까 스승님은 절 보기만 하고 마술사의 소질이 있다는 걸 알아차리셨잖아요? 어떻게 아신 건가요?"

"딱히 보기만 하고 알아낸 건 아니야. 인간의 소질을 한눈에 꿰뚫어 볼 수 있다면 그건 괴물이거나 신이겠지."

오펜은 아직도 고집스럽게 자는 척을 하는 클리오의 베개맡에 앉아 고양이 등을 쓰다듬듯이 그녀의 머리 위에 가볍게 손을 두었다.

"버그업 녀석은 말이다, 술이라도 들어가면 그런 낯짝으로 엄청 자기 아내 팔불출을 떨거든. 그리고 녀석의 마누라──네 어머니──거 있잖냐, 지금은 어디에 있는지 모르지만, 아이리스 린이라든가 하는 여도적. 그 여자가 옛날에 마술사에게 스카우트될 뻔했다, 같은 이야기를 들은 적이 있어. 그리고 넌…… 뭐라고 해야 하나, 아무리 생각해도 네 아버지를 닮진 않았잖냐. 그래서 모친의 피가 훨씬 더 진하리라고 본 거다."

험상궂은 해적 같은 풍모를 가진 매지크의 부친을 떠올리며 오펜은 그렇게 설명했다. 그러자──손안에서 클리오가 움찔 몸을 뒤척이는 것이 느껴졌다. 아래를 보자 소녀는 자는 척을 그만두고 참새가 꼬리를 흔들 듯이 속눈썹을 파르르 떨고 있었다. 그녀는 머뭇거리며 찬찬히 입을 열었다.

"……난, 마술사의 피를 이어받지 않았으니까 안 된다는 말이야?"

"뭐, 그런 거다."

오펜은 조금 가엾은 마음에 그녀의 금발에서 손을 떼었다.

"하지만 뭐…… 결국 솔직히 말하자면 마술의 재능이 없다고 해봐야 겨우 그뿐이야. 그 대신 네겐 클리오 에버래스틴이라는, 다른 누구도 흉내 낼 수 없는 엄청난 소질이 있잖냐."

클리오가 휙 몸을 돌려 오펜을 바라보며 물었다.

"다시 말해서, 내 개성이라는 거?"

"개성이라는 말은——왠지 그럴듯하게 지어내 붙인 것 같아서——그다지 좋아하진 않지만 말이다. 여하튼, 그런 거다. ……뭐냐, 매지크. 너 왜 그렇게 안색이 새파래져서 뒤로 물러나는 거야?"

"아니, 저기……."

매지크는 믿을 수 없다는 눈빛으로 대답했다.

"설마 스승님이 클리오를 걱정하고 위로하시다니……."

"시끄러워!"

오펜은 뺨에 약간 홍조를 띠고 고함을 지르더니, 클리오의 품 안에 있던 베개를 빼내 매지크의 얼굴에 내던졌다.

샤랑……. 샤랑……. 샤랑…….

방울 소리? 같은, 조용한, 하지만 또렷하게 귀를 파고드는 소리가 어딘가 멀리에서 들렸다——. 눈을 가늘게 뜨며 둘러보았지만 그것이 어디에서 들리는지는 잘 알 수 없었다. 주변은 빛 없는 어둠으로도, 혹은 그저 짙기만 한 안개에 갇혀 있는 것으로도 보였다. 그저 방울 소리만이 울려 퍼진다. 귀 안쪽이 근질거리고, 뇌가 진동하듯 이 그 소리에 응한다…….

"————!"

오펜은 꿈에서 깨어나 황급히 몸을 일으켰다. 셔츠가 땀으로 푹 젖어 있다. 그는 덮은 이불을 쳐내고 간이침대에서 뛰어내렸다. 심 장이 쿵쿵 소리를 내며 뛰었다. 비유할 바 없는 공포가 마구 자신을 조급하게 만들었다.

'뭐지——? ——이, 감각은……?'

별빛만이 희미하게 들어오는 방 안을 재빨리 둘러보았다. 간이침 대를 사이에 끼우듯이 놓은 침대 위에는 각각 매지크와 클리오가 쿨 쿨 숨소리를 내고 있었다. 자면서까지 똑바로 차렷 자세로 자는 매 지크와, 조금 단정치 못하게 누운 클리오의 잠버릇을 비교하며 오펜 은 의자 등받이에 걸어 두었던 자신의 셔츠를 낚아챘다. 그리고 그 옷을 걸치려고 하지 않고 오른팔로 끌어안은 채 눈을 감았다. 기억 을 닫으려는 듯이——혹은 필사적으로 찾듯이.

오펜에 한하지 않더라도 《송곳니 탑》의 흑마술사는 어느 정도까 지라면 자신의 기억이나 정신 상태를 조절할 수 있도록 철저하게 훈 련을 받는다. 하지만——

'안 되잖아……?'

오펜은 마음속으로 읊조렸다. 그저 오로지 마구 휘젓기만 하듯이 평정심이 깎여 사라져 간다. 호흡조차…… 할 수 없었다.

'이건…… 백마법……인가?'

털썩, 하고 다리에서 힘이 풀린 그는 순간적으로 의자 등받이를 잡아 균형을 잡았다. 백마술이라면 몇 번인가 걸려 본 경험이 있다. 본래라면 왕실의 압력으로 바깥과는 완전히 격리되어야 할 백마술사들과 만날 수 있을 리 없지만, 오펜의 옛 동료 중에는 백마술에 정통했던 자가 있었던 것이다.

하지만 지금의 느낌은 그 감각과는 다른 종류였다.

'아니야…… 훨씬…… 다른…… 몸이…… 자신의 것이 아니게 되는 듯한…… 아니, 그게 아니면, 내가 나 자신이 아니게 되는 듯한──.'

차아가 소멸하는 감각?

오한, 그리고 혐오감이 전신에 퍼졌다. 다음 순간 오펜은 붙잡았던 의자를 모든 힘을 쥐어짜 천장까지 닿도록 내던지고는 절규했다.

"까불지 마라아아!"

동시에 그의 몸 중심에서 마력이 폭발할 정도로 팽창했다──. 그 힘은 충격파가 되어 밤의 정적을 폭음으로 밀어냈다. 충격의 파도가 무차별적으로 주변에 부풀어 올라 방 안에 있던 가재도구나 장식품을 단숨에 파괴했다. 옷장 문이 우그러들고, 외투 걸이가 방구석까지 튕겨 나가 찌그러지고, 세 개의 침대도 별다른 저항도 하지 못하고 뒤집어졌다. 창유리가 깨지고, 물병이 바닥에 떨어지고, 천장에 힘없이 매달려 있던 가스등이 콰직 짜부라지는 모습이 보였다.

"히에에에에에에!"

──이것은 매지크가 지른 비명일 테지만, 지금의 오펜에게는 그런 일을 확인할 여유가 없었다. 이미 아까 전까지의 기묘한 감각은 사라졌다. 오펜은 쑥대밭이 된 방 한가운데에 딱딱하게 서서 재킷에 팔을 넣었다. 그리고 그 재킷 주머니에서 드래곤 문장 펜던트를 꺼

내 재빨리 목에 걸었다.

"무, 무슨 일인가요, 스승님!"

두 침대가 반대로 뒤집혀 겹쳐진 아래에서 매지크가 고개만 내밀어 외쳤다. 그 옆에는 클리오가 베개를 끌어안고 잠이 덜 깬 눈으로 웅얼거리고 있었다.

오펜은 목소리를 낮게 깔며 대답했다.

"적……이다."

그 말에 확신은 없었다. ——스스로 말해놓고도 무슨 말을 하는 거냐, 하고 미심쩍어 할 정도였다. 적이라고? 악몽에 시달리다 깨어나서 착란에 빠져 폭발했을 뿐일지도 모르잖나. 애초에 어디에 적이 있다는 거냐——.

——아니——

"적이다."

오펜은 그 말을 다시 되풀이하며 왼손으로 조용히 가슴 앞의 펜던트를 쥐었다.

'지금 내 몸에서 빠져나간 건…… 폭발해 방출한 마력만이 아니었어.'

오싹한 기분을 참으며 떠올려 보았다. 훨씬 다른, 어떠한 이질적인 존재가 마력의 폭발에 떠밀려 그의 몸에서 빠져나간 것이다.

'그렇다면——. 그 녀석은 지금은 내 마력에 찢겨져 방 여기저기에 흩어져 있을지도 모르는데…….'

그는 주르륵 땀을 흘리며 시선을 예리하게 집중했다. 방 곳곳에서 무언가 검은 안개 같은 것이 하늘하늘 떠돌고 있다. 밤의 어둠에 뒤섞여 공간에 녹아들 듯이 보이는 그 안개는 서서히 방 중앙으로——

창문을 등진 오펜이 가만히 바라보는, 그와 매지크, 클리오의 중간 지점 정도에 모이기 시작했다.

"이봐!"

목소리. 그리고──쿵쿵쿵! 세차게 문을 두드리는 소리.

"마술사! 너 인마! 무슨 난리냐! 조용히 잘 수 없다면 달빛으로 쪄 죽어 버려!"

소란을 듣고 올라온──아무래도 볼칸인 모양이다. 그렇다면 도틴도 함께일까.

안개는 이미 반지름 50센티 정도의 구형 공간에 모여 형체를 이루기 시작했다. 문을 열고 저 지인들에게 사태를 설명할 시간 따위는 없었다. 다만 사정을 설명하려고 해도 뭐가 뭔지 알 수 없기는 오펜도 마찬가지였지만.

그때──안개에서, 소리가 들렸다.

"──비·슷·하·다──."

오펜은 움찔 몸을 떨며 반 걸음 뒤로 물러났다. 일단 동그랗게 모인 안개는 서서히 위아래로 뻗더니 인간의 형상으로 변모하려 했다.

안개는 계속해 소리를 냈다. 그것은 분명 공기를 진동시켜 만드는 완전한 '목소리'였다.

"너·는──녀·석·이·다──."

쿵쿵쿵…….

노크 소리만이 무의미하게 계속되었다.

"뭐……라고?"

오펜은 놀라며 신음했다. 그 시선이 반투명한 인간 형상의 무언가를 관통해 침대 밑에 깔린 매지크의 옆에서 어리둥절한 표정으로 서 있는 클리오와 부딪혔다. 그녀는 그제야 알아차린 듯이 아무런 망설임 없는 목소리로 말했다.

"아, 유령이다."

'유령……. 귀신……. 망령?'

그 너무나도 뜬금없다면 뜬금없는 단어에 오펜은 당혹스러운 기분이었다. 분명히 윤곽은 어렴풋하다고는 해도 이미 완전히 인간의 형태를 취한 그 안개를 부른다면 그 단어가 가장 적절할 것 같았다. 하지만…….

"웃기지 마라. 이 세상에 망령 따위가 있을까 보냐──."

그 투덜거림이 신호가 된 듯이 안개──아니, '망령'은 날카로운 쇳소리에 가까운 목소리로 절규했다.

"너·는──포노고로스! 드디어 찾아냈다──."

망령은 지금은 윤곽이 흐릿하지만 젊은 풍모의 남자 같은 모습이었다. 심약해 보이는, 하지만 뒤에서 숨어서는 험악하게 찡그릴 것 같은 가느다란 눈매의 여윈 젊은이. 싸구려로 보이지만 결벽스러울 정도로 청결한 백의를 두른 연구원 느낌의 남자였다.

"포노고로스?"

오펜이 되물은 그 순간, 볼칸이 문을 발로 차 부쉈다. 망가진 문이 경첩을 파닥거리듯 매단 채 힘차게 망령의 등에 부딪히려 했다──.

"──!"

오펜은 순간적으로 몸을 내던지듯이 옆으로 뛰었다. 그 옆을 어마어마한 기세로 망령이 날아갔다!

방은 다시 폭음에 휩싸였다. 충격과 폭음이 몰아치고 망령은 튀쳐나간 기세 그대로 창문이 있는 벽을 박살내고 그대로 날아갔다──.

하고, 오펜은 생각했다.

"……?"

하지만 망령이 빠져나간 그 벽은 상처라고는 하나도 없었으며——
——물론 아까 전 오펜이 입힌 손상은 별개로 치면——지금은 아까의
정적이 다시 주변을 감싸고 있었다.

"뭐, 뭐냐, 방금 그건?"

부순 문을 타고 넘어 인간 크기의 잠옷을 바닥에 끌며 볼칸과 도
틴이 폴짝 방으로 들어왔다. 침대 밑에서 매지크가 투덜대듯이 그
말에 대답했다.

"……유령이라는데요."

"유령?"

도틴은 의심스럽다는 듯이 말하고는, 졸린 듯이 안경의 위치를 바
로잡았다.

"그런 소리는 하지 말아 주세요. 형이 또 곧장 진심으로 받아들이
고 또 돼먹지도 않은 장사를 하려고 들 테니까——"

"이봐."

오펜은 그런 대화를 귓등으로 흘려들으며 낮은 목소리로 내뱉
었다.

"닥치고 있어, 너희들……."

그리고 창밖을 응시했다. 다른 자들의 시선도 그의 시선을 뒤쫓아
똑같은 곳에 모이는 기척이 느껴졌다. 깨진 창유리——망가진 창틀
너머에는 조용한 밤의 킹크홀 마을와, 저 멀리 아이덴 산맥. 동물들
의 울음소리가 울리는 깊은 숲의 그림자. 밤하늘. 별——그런 풍경
속에 뻐끔 떠오르는 하나의 그림자가 있었다.

마치 창 바로 바깥에 서서——2층인 이 방을 엿보는 듯한 기괴한 형상의 그림자였다. 평평한 타원형의 머리에 위아래로 찢어진 눈동자를 깜빡이지도 않고, 달빛을 반사하는 매끈한 비늘 피부——.

"뱀⋯⋯인가요, 저거?"

매지크의 목소리에 고개를 끄덕일 여유는 없었다. 그것은 분명 뱀이었다. 하지만 뱀은 아니었다. 뱀의 머리 아래——길고 가느다란 목 아래에 축 처진, 인간의 어깨가 보였다.

"뱀인간!"

볼칸이 멋대로 이름을 붙이고 외쳤다. 그리고 잠옷 차림으로 검을 빼들려고 하였다. 거기에 더해 털썩 소리가 들렸다. 오펜이 그 소리가 돌린 곳으로 고개를 돌리자 마침 클리오가 졸도하는 참이었다.

"나 발하노라——"

오펜은 긴장하며 마술을 발하려 했다. 하지만 뱀인간의 모습은 그보다 먼저 어둠 속으로 사라졌다. 아무런 전조도 없이, 그저 홀연히.

"뭐지?"

그리고 뱀인간이 사라진 밤의 어둠 속에서 대기를 가르고 무언가가 날아왔다!

"우와아아아아아아!"

오펜은 엉덩방아를 찧으며 그것을 피했다.

하지만——

"끄아!"

뒤에서 매지크의 비명이 들렸다. 고개를 돌리자 매지크를 위에서 누르고 있던 침대 매트에 긴 화살이 꽂혀 있었다.

"좋았어——!"

오펜은 느닷없이 자신에게 기운이 솟아나는 것을 느꼈다. ──화살이라면 인간의 무기다. 영문 모를 망령이나 뱀인간과는 다르게 인간이 상대라면 정리할 방법을 알고 있다.

그는 펄떡 뛰어 일어나 단숨에 창문으로 몸을 던졌다. ──지면까지 떨어지는 그 찰나의 순간, 화살로 노려지고 있는 상황에 매우 위험한 짓을 벌인다는 느낌도 없는 것은 아니었지만, 야간 사격은 그리 쉽게 명중할 놈이 아니다.

탓! 하고 발밑에서 올라오는 충격을 무릎으로 흘리며 오펜은 지면에 내려섰다. 찌르르, 찌르르 하고 마음 급한 벌레들의 울음소리. 그 소리를 귀로 들으며 주변을 둘러보았다.

'만약 지금 날 노리는 녀석이 암살자라면──'

오펜은 여관 입구 근처에 있는 초목을 향해 오른손을 내밀었다.

'입구 근처에서 매복하다가 내가 뛰쳐나오는 순간을 노릴 거다!'

"나 발하노라, 빛의 칼날!"

어둠 속에 폭발하는 광열파가 여관의 현관 주변을 둘러싸듯이 심은 나무를 불태웠다. 하지만 그와 동시에 굵은 목소리가 외치는 소리가 들렸다──.

"사라져라!"

그러자 밝게 불타오르던 열파와 불꽃이 순식간에 사라졌다.

'마술──암살자 중에 마술사가 있다?'

오펜은 곧바로 자세를 잡으며 상황을 분석했다. 하지만 지금의 마술 파동──마력과 이미지의 구성에서 느껴지건대 그다지 대단한 실력을 가진 마술사는 아니다. 아마도 수업 도중에 좌절한 무리 중 하나이리라.

수풀 안에서 팟, 하고 인영이 뛰쳐나와 도망치는 모습이 보였다.

"놓칠까 보냐!"

그는 그렇게 외치면서도 뒤쫓지는 않았다. 뛰쳐나온 인간은 여럿인 것이 힐끗 보였다. 그렇다면 그들 중 하나를 쫓는 동안 다른 암살자의 매복에 당할 가능성이 크다.

그렇다고는 해도 놓칠 생각이 없는 것도 마찬가지였다. 그들이 오스트발트가 고용한 암살자들이라고 한다면——아까 전 망령이나 뱀 인간과 어떤 관계가 있는지 캐내야만 한다.

오펜은 조용히 숨을 들이쉬고 머리 위에 팔을 교차하며 외쳤다.

"나 부르노라, 파열의 자매!"

동시에 들었던 팔을 지면을 향해 내려치듯이 힘차게 내렸다.

화악——공기가 일그러지며 무차별적인 충격파가 주변에 파열음을 터뜨렸다.

"크윽!"

"우오!"

신음소리가 근처 나무 위에서 들렸다. ——몇 미터 정도 떨어진 곳에 있는, 이파리가 무성한 나무 위에서다. 다음 순간 가지에서 활을 든 남자 둘이 지면까지 거꾸로 낙하했다.

'붙잡는 건 한 놈이면 충분해.'

오펜은 마음속으로 만족스럽게 중얼거리고는 주의 깊게 경계하며 떨어진 남자들 쪽으로 다가갔다.

우선 가까이 있던 쪽 남자의 명치에 가차 없이 발꿈치를 찍어 몸부림치게 만들고, 다른 남자에게 걸어갔다. 그 옆에 한쪽 무릎을 꿇고 앉은 오펜은 낙하할 때의 충격으로 신음을 흘리는 남자의 멱살을 거칠게 잡아 올렸다.

"너희를 고용한 녀석은 오스트발트겠지. ──토토칸타의 재너듀 오스트발트."

오펜은 사납게 노려보았지만 활만 오른손에 걸친 그 암살자는 긴 머리를 땀으로 적신 채 공포의 눈빛으로 이쪽을 바라볼지언정 입을 열려고는 하지 않았다.

오펜은 기막히다는 듯이 탄식했다.

"뭐, 그야 그렇겠지. 프로 암살자라면 자신이 살해당한다고 해도 고용주의 이름을 대지 않을 거야. 설령 그게 도망치는 게 늦으면 버려질 만한 하급 정도라 해도 말이지."

그 점이 암살자와 단순한 건달이 다른 부분이며, 그 차이는 절대적이었다.

"그럼 이쪽 질문이라면 어떨까──? 대체 그 망령과 뱀 자식은 뭐였냐?"

"마, 망──?"

허를 찔린 듯이 암살자가 얼빠진 소리를 내뱉었다.

응? 하고 의심스러운 눈빛으로 오펜이 말을 이었다.

"망령 말이다. 너희가 나타나기 조금 전에 방에 나타났던──"

"무슨 이야기냐? 우리는──"

암살자는 아무래도 왼쪽 어깨가 부러진 모양이었지만 가지고 있는 활을 시선만으로 가리켰다. 그리고 계속해 입을 열었다.

"우리는, 네가 자고 있는 사이에 야습을 걸고, 일단 네가 창문 근처에 모습을 나타내면 저격할 계획이었어. 그래서 네가 얼굴을 내밀었을 때 화살을 쐈는데, 젠장, 그 녀석들이 아직 야습을 걸지 않았던 건가──."

암살자는 원통하다는 듯이 입술을 깨물었다. 그 표정에는 아무래도 거짓말을 하는 기색은 보이지 않았다.

"야습은 당했어."

오펜이 벌레를 씹은 표정으로 말했다.

"단지 현관 뒤에 숨어 있던 너희 동료가 아니라, 영문을 알 수 없는 망령한테 말이다. 망할, 너희가 모른다면 대체 누가──"

"끄아아아아아아아아아!"

비명──.

오펜은 퍼뜩 놀라며 아까 고통을 가한 남자 쪽을 어깨 너머로 보았다. 그 나머지 암살자는 지면에 드러누워 쓰러진 자세로 크게 입을 벌려 절규하고 있었다. ──그 크게 벌린 입밖에 오펜의 위치에서는 보이지 않았다. 암살자 얼굴의 위 절반은 지면에서 튀어나온 하나의 손──그 손가락 하나하나에 주방칼과 같은 것이 가느다란 강선으로 묶여 있는, 새하얀 피부를 가진 남자의 '손'에 거칠게 붙잡혀 있었다. 마치 어린아이가 장난을 치며 뒤에서 "누구게~?"하고 눈을 가리는 듯한 자세다. 하지만 그 장난과 다른 점이라면 그 손이 조금 힘을 줄 때마다 손가락에 묶인 칼날이 암살자의 뺨이나 눈을 가릴 것 없이 파고들고 있다는 점──.

암살자의 몸이 고통으로 꺾이고, '손'의 손가락 틈새에서 피가 흘러나왔다──.

"으──끄아아아아아아아!──!"

잠시 간격을 둔 뒤에 암살자가 다시 비명을 질렀다. 깡, 하고 꽃병이 깨지는 듯한 소리를 내며 암살자의 두개골이 갈라졌다. ──흰 뼈가 피부 바깥으로 드러나며, 정체가 무엇인지 알고 싶지 않은 색의 액체가 한순간 분수처럼 뿜어져 나와 주변에 튀었다.

그리고 '손'은 짜부라진 암살자의 두개골을 그대로 관통하듯이 지면 속으로 사라졌다. 흔적도 남기지 않고.

"으, 으아아아아아아!"

이번에 비명을 지르며 뒤로 물러난 사람은 '손'에게 살해당한 암살자의 동료가 아니라 오펜이었다. 기관과 식도 중간에서 뜨거운 위액이 솟구쳐 올랐다. ——구토만큼은 하지 않도록 필사적으로 자제하며 그는 자신이 히스테리의 파도에 짓눌릴 듯한 감각에 사로잡혔다. 사람이 죽는 모습은 몇 번이나 보았다. ——하지만——이것은 너무나도 이상한 광경이었다.

새우처럼 몸을 굽히고 뒷걸음질로 도망치다가, 몇 걸음도 내딛지 못하고 등에 쿵, 하고 무언가가 닿는 감촉이 느껴졌다. 나무껍질처럼 어딘지 미지근하면서도 딱딱한 감촉이다.

"……?"

땅바닥에 주저앉은 채 조심조심 뒤를 돌아보자, 그의 등 뒤에는 키가 큰 인영이 우두커니 서 있었다. 밤하늘을 향해 우뚝 선 칠흑의 인영 오른손에는 식칼처럼 두꺼운 대형 나이프가 쥐어져 있었다.

"이 자식——!"

반쯤 공황 상태에 빠진 오펜은 펄쩍 뛰어올라 그 인형의 목을 향해 수도를 질렀다. 하지만 그 인영은 수도를 나이프의 칼등으로 받아냈다. ——오펜은 개의치 않고 거의 밀착하듯이 인영에게 왼쪽 어깨를 대고는, 적의 뒤통수를 빙 돌아가듯이 스르륵 왼팔을 돌려 곧게 세운 엄지로 상대의 왼쪽 눈을 노렸다!

하지만──그 손가락은 표적의 눈꺼풀을 스친 지점에서 우뚝 움직임을 멈추었다.

'……?'

오펜은 일단 영문을 알 수 없어 눈을 깜빡였다. ──자신의 시야 가득 인간의 얼굴이 펼쳐져 있다. ──눈을 감아야 한다, 하고 광기에 치민 본능이 고했다. 하지만──그는 자신을 타일렀다. 목숨을 걸고 싸우는 도중에 눈을 감으라고?

'이것이 목숨을 건 싸움인가?'

머릿속 어딘가──저 아득한, 어두운 심연 안에서 그런 대답이 들려왔다.

오펜은 눈을 감았다.

눈을 감은 뒤에는 그다지 긴 시간이 걸리지 않았다. 그를 끌어안은 손──그렇다, 그것은 여자의 손이었다──이 그의 등을 한 차례 가볍게 애무하더니, 허리를 툭 두드리며 몸을 놓았다. 오펜은 다시 눈을 떴다. 히스테리를 일으키기 직전에 몰렸던 머릿속은 어느새인가 또렷하게 맑아져 있었다. 굳이 비유하자면 찬물을 뒤집어쓴 듯한 감각이었지만 불쾌하지는 않았다.

어찌되었든, 마음을 진정시킨 지금이라면 그녀가 지금 자신에게 키스를 하고 있음을 판단할 수 있었다.

"힐리에타……?"

오펜은 스스로도 참으로 넋이 나갔군, 하고 느껴지는 목소리로 나지막하게 내뱉었다. 그녀는 마치 아까 전의 감각을 다시 맛보려는 듯이 새빨간 입술을 혀로 핥고는, 너무나 이상하다는 듯이 웃음을 띠었다.

"얼토당토않은 체술을 쓰는걸, 당신……. 방금 그건 《송곳니 탑》에서 배운 거야?"

"체술?"

오펜은 어리둥절한 표정이었다.

"아, 아아──아니. 바, 방금 그건──체술, 같은 게 아니라……."

목소리가 차츰 사그라들고 있음을 자각하면서 얼굴을 붉혔다. ──공황 상태에 빠져 저지른 실태를 보인 것보다, 아직도 심장의 고동이 가라앉지 않는 게 더 당황스러웠다.

"그건──그, 살인 기술이다. 아직도 쓸 수 있을 줄은 생각도 못했어……."

"흐응?"

힐리에타는 관자놀이를 나이프의 자루 부분으로 긁적였다.

"당신도 그 기술로 사람을 죽인 적이 있어?"

"설마."

오펜은 땀으로 흠뻑 젖은 이마를 훔치며 부정했다.

"단순히 배우기만 했을 뿐이야. 평소엔 어지간해선 안 써. 호신 수단으로 쓰기엔 그다지 유효하지도 않고. 호신 수단──수──."

거기서──떠올렸다.

"손! 손이──지면에서 튀어나와서, 암살자를──"

"죽였지? 그런데 다른 한쪽도 살해당하기라도 하면 큰일 아니야?"

힐리에타가 긴 흑발을 밤하늘에 내던지듯이 휙 쓸어 올리며 말했다. 오펜은 퍼뜩 놀라며 장발의 암살자 쪽을 보았다.

하지만 이미 도망친 뒤였다. 근처에선 기척이 느껴지지 않는다.

"망할――."

오펜은 답답한 심정으로 투덜댔다. 그리고 가공의 벽을 두드리는 듯한 동작으로 팔을 휘둘렀다.

"뭐, 그 상황에선 어쩔 수 없지――."

힐리에타가 완전히 남 일이라는 듯이 중얼거리는 말이 들렸다.

그 순간 갑자기 여관 문이 열리며 현관 앞이 시끄러워졌다.

"오펜!"

"스승님!"

클리오와 매지크가 연달아 바깥으로 뛰쳐나왔다. 매지크는 그대로 달려왔지만, 클리오 쪽은 힐리에타의 모습을 깨달은 순간 울컥한 표정으로 발을 멈췄다.

"대체 무슨 일이――"

오펜은 질문을 하는 매지크를 손으로 제지했다. 솔직히 말해 대답할 수 있는 질문이 아니다. 아까 전 일어난 일은, 무엇 하나도.

힐끗 시선을 던지자 배려해 준 것이리라――. 힐리에타는 눈에 띄지 않게 어딘가에서 가져왔는지 모를 검은 시트 같은 것을 암살자의 시체에 덮는 중이었다. 안도의 한숨을 내쉬며 클리오를 보았다. 소녀는 잠결에 뻗친 금발을 손으로 빗으며 말했다.

"뭐야, 갑자기 창문으로 뛰어내리기나 하고! 조력도 없이 암살자랑 싸우다니 자살 행위잖아!"

그래그래, 하고 힘없이 손을 흔들어 대답한 오펜은 가능한 한 피가 튄 지면 쪽은 보이지 않도록 몸으로 가리며 클리오의 어깨에 팔을 둘렀다. 그리고 그대로 여관 쪽으로 밀었다.

"그 복너구리 놈들은 어디로 갔냐?"

매지크에게 묻자 그는 살짝 어깨를 움츠렸다.

"그 지인들 말씀인가요? 방 안을 어슬렁대면서 수리비는 얼마라든가, 배상금은 얼마라고 계산하던데요."

"……."

오펜이 탄식을 내뱉자 뒤에서 힐리에타가 다가왔다.

"이 마을의 파견관에게는 뭐라고 말할 거야?"

"네가 보고해 줄 수 없을까? 난 도저히 설명을 못하겠고…… 아무래도."

거기서 그는 예리하게 눈을 찡그리며 상대를 노려보았다.

"아무래도 나보다 네가 훨씬 더 사정에 밝아 보이니 말이다."

그녀는 전혀 동요하지 않고 보디슈트에 직접 붙어 있는 칼집에 나이프를 넣을 뿐이었다. 심지어 이렇게까지 말했다.

"그런데 오펜."

"뭐야."

끈질기게 설교인지 뭔지를 마구 내뱉는 클리오의 등을 음울한 기분으로 밀며 오펜이 물었다. 힐리에타는 조용히 귓가에서 속삭였다.

"밝은 곳으로 돌아가기 전에 닦는 편이 좋지 않겠어?"

"뭘?"

"입술연지가 묻어 있거든."

꺄하하, 하고 웃음을 터뜨리는 힐리에타의 앞에서, 이번에야말로 절망적일 정도로 얼굴을 붉게 물들인 오펜은 황급히 손등으로 입술을 훔쳤다.

제3장 소문을 내는 어리석은 자들

절망적이다, 하고 오펜은 생각했다. ──적어도 자신이 날려 버린 방 안을 다시금 돌아보았을 때에는 그렇게 생각했다. 옷장은 허리가 굽은 마녀처럼 찌그러졌고, 낡은 촛농이 받침에 고여 있던 촛대는 청동제 몸통이 힘없이 휜 채 바닥을 구르고 있다(그리고 보니 침대에서 일어날 때 무언가를 밟은 기억이 있다). 벽지도 왠지 매캐한 탄내를 발하고 있고, 볼칸이 발로 차 망가뜨린 문에 대해서는 말할 것까지도 없다.

변상액은 최저한으로 따져도 어마어마하리라──. 정확한 금액 등은 생각하고 싶지도 않고 알고 싶지도 않았다. 여차하면 지명수배당할 각오를 하고서라도 튈 수밖에 없으리라. 그 정도까지 시야에 두고 있었다.

그래서 다음 날에 파견관 대기소에 불려나갔을 때 그 늙은 파견관이 꺼낸 말의 첫 마디에는 매우 곤혹스러움을 느꼈다.

"고생이셨군요. 그럼 위자료는 어느 정도나 청구하실는지?"

"예?"

오펜은 얼빠진 목소리를 내며 되물었다. 믿을 수 없다. ──귀로 들어온 단어가 자신의 예상을 너무나 완벽하게 배신하였기에, 그냥 실없는 농담이 아닐까 싶을 정도였다.

'청구할 거냐고? 내가 지불하는 게 아니라?'

마음속으로 의아해하면서도 오펜은 질문을 던졌다. 가능한 한 부자연스럽지 않도록.

"아뇨, 저기——이런 사태는 처음인지라. 보통은 얼마 정도를 청구합니까?"

"평균 시가라면…….."

노파견관은 중얼중얼 하얀 수염 아래에서 메마른 입술을 움직였다. 언뜻 보기에 사람 좋아 보이는 인상의, 갈색 조끼를 입은 노인이었다. 좁은 대기소 구석에는 옷걸이에 챙이 넓은 모자가 걸려 있다. 방의 유일한 가구인 목제 책상에 **빼빼** 마른 팔꿈치를 올리고 아까부터 멍한 눈빛으로 이쪽을 보던 노파견관——중앙에서 교외의 치안을 담당하기 위하여 보내진 퇴직 경관(이라고 오펜은 예상했다)은 잠시 생각한 뒤에 대답했다.

"일단 말씀드리면, 3년 전, 역시 마찬가지로 같은 여관에서 마술사의 유령에게 잠이 깨 한밤중에 교회까지 도망쳤던 부인은, 분명————"

금액은 별 것 아니었지만, 어쨌든 그 정보는 내용 그 이상의 의미를 가지고 있었다.

'그 망령인지 뭔지는 지금까지도 때때로 등장했었다는 말이로군.'

오펜은 팔짱을 끼며 생각에 잠겼다——.

'그 남자, 날 포노고로스라고 불렀지…….'

자세한 사정을 조사해야만 하리라. 단지 대체 누구에게 물어야 할지.

어젯밤 '손'에게 살해당한 암살자에 대해 파견관이 사정청취를 시작하려는 모습을 말없이 바라보며, 오펜은 일단 힐리에타와 만날 필요가 있음을 느꼈다.

대기소에서 나오자 매지크가 기다리고 있었다. 길옆에 앉아 이쪽을 보던 매지크는 오펜이 나타나자 파앗 얼굴을 밝혔다.

"스승님!"

자신에게 달려오는 학생에게 오펜은 한손을 들어 응했다.

"뭐야. 여관에서 기다리라고 했잖냐. 아니면 여관 쪽에 무슨 일이 있었냐?"

"아, 아뇨, 그것이――."

매지크는 비취색 눈동자를 살짝 주저하듯이 움직였다.

"저기…… 도저히 가만히 있을 분위기가 아니라서요."

"……?"

오펜은 말없이 시선으로 물었다. 매지크는 탄식 섞인 목소리로 대답했다.

"그 힐리에타라는 사람이 스승님을 만나러 왔거든요. 그래서 아래 식당에 있는데…… 그게――"

"되게 뜸들이네. 그게 뭐?"

"그러니까, 클리오랑 같이요. 무슨 변덕인지는 모르지만, 같은 테이블에 달라붙어서 말없이 서로 노려보지 뭐예요."

"오호라."

오펜은 매지크와 동시에 한숨을 쉬었다.

여관은 어젯밤 그만한 소동이 있었음에도 매우 조용했다. 어젯밤 묵었던 방을 밑에서 올려다보자 깨진 창 부분에 두꺼운 종이 같은 것을 씌워놓았다. 그것 이외에는 어제 낮에 도착했을 때와 아무런 변함이 없었다.

입구에서 문을 열고 들어가자 한산한 공기가 그를 맞이했다. 식당에는 한가운데 테이블에 척, 하고 변함없이 보디슈트 차림을 한 힐리에타와 그 정면에서 부루퉁한 표정을 짓는 클리오가 있을 뿐이었다. 클리오의 뺨이 조금 부은 것과, 그녀가 입은 블라우스의 가장 위 단추가 떨어지기 일보 직전인 것, 그리고 옆 테이블의 의자가 쓰러져 있음을 알아차리고——오펜은 앗차, 하고 혀를 찼다. 저건 이미 한 판 벌인 후다.

오펜이 들어가도 힐리에타는 얼굴에 엷은 웃음을 띤 채 꼼짝도 하지 않았지만, 클리오는 곧바로 이쪽으로 시선을 향했다. 뺨의 까진 상처를 숨기듯이 금발이 두둥실 떠올랐다.

"야, 너 말이다——."

기막히다는 목소리로 오펜이 말하려 했지만, 클리오가 의자를 박차고 몸을 일으키는 쪽이 더 빨랐다. 그녀는 확 이쪽을 노려보고는 고함을 질렀다. 단 한 마디.

"바보야!"

그리고 그대로 몸을 돌리더니 계단을 올라갔다. 멍하니 그녀를 바라보던 오펜의 시야에서 그녀의 운동화가 보이지 않게 될 즈음에 뒤에서 쫓아온 매지크가 나지막하게 중얼거리는 소리가 들렸다.

"그렇게 화낼 건 없을 텐데. 그렇죠, 스승님."

"과연 그럴까?"

거기서 힐리에타가 끼어들었다. ——그녀는 슈트 오른쪽 허벅지 부근에 은밀하게 달려 있는 새카만 칼집 위를 손가락으로 훑으며 대담하게 웃었다.

"그게 무슨 의미냐?"

오펜은 되물으며 천천히 그녀가 앉은 테이블로 걸어갔다.

힐리에타는 곁눈으로 시선을 던지며 대답했다.

"저 애에게는 화를 낼 정도의 권리는 있지 않을까 싶다는 말이야. 당신, 저 애에게 사실을 이야기하지 않았지?"

오펜은 말없이 클리오가 발로 차 넘어뜨린 의자를 세우고 그 자리에 앉았다. 힐리에타는 이어 말했다.

"내가 당신을 죽이기 위해 고용된 마술사 처리의 전문가라고 이야기했더니, 눈을 휘둥그레 뜨던걸."

그 말을 들은 순간──매지크가 뒷걸음질을 치다 뒤에 있던 테이블에 허리를 부딪히는 소리가 들렸다. 오펜은 그쪽으로 손을 들어 제지하며 살짝 쓴웃음을 지었다.

"저 녀석 성격을 생각하면 눈을 휘둥그레 뜨는 걸로 끝나지 않았겠지."

"맞아. 그 자리에서 곧바로 나한테 달려들었는걸. ──순간적인 일이라 때리고 말았지만 좀 미안한 짓을 했으려나."

"나 원 참. 그딴 걸로 화를 내 봐야 내가 알 게 뭐냐. 암살자에게 달려들었다가 얻어맞았다고──"

오펜이 말을 채 끝내기도 전에 힐리에타가 웃었다. 너무 하찮다는 듯이.

"그런 일 때문에 화를 내는 게 아니잖아. 저 아가씨는──당신을 걱정한 거야. 아무런 훈련도 받지 않은 여자애가 대륙에서도 일류라고 해도 좋을 흑마술사인 당신을 지켜 줄 수 있다고 생각한다니, 귀엽지 않아?"

"······부정은 안 해."

오펜은 그렇게 대답하고는 마술사 처리라는 단어에 완전히 겁에 질린 매지크 쪽을 돌아보았다.

"위에 올라가라. 그리고 클리오 좀 달래 줘."

매지크가 부릅 눈을 뜨며 두 손을 들었다.

"무슨 말도 안 되는 말씀을 하세요!"

"됐으니까 올라가."

오펜은 스윽 눈을 가늘게 뜨며 덧붙였다.

"혹시 어젯밤의 망령인지 뭔지가 아직도 우리를 노리고 있다면 저 녀석을 혼자 놔두는 건 위험해."

"······기분이 상한 저 애랑 같이 있어야만 하는 제 몸의 안전은 어떻게 되는 건가요."

그렇게 투덜거리면서도 매지크는 일단 2층으로 향하는 계단을 올랐다. 식당에는 오펜과 힐리에타만이 남았다. 아직 점심 전의, 주방에 불도 넣지 않은 어두운 식당 안에서 오펜은 가만히 눈앞의 암살자를 바라보았다.

"하나 확인해 두고 싶다만."

"뭐지?"

그녀는 결국에는 사람을 거부하는 듯한, 이 여자 특유의 교태를 띤 미소를 띠며 물었다. 오펜은 의자 등받이에 체중을 실으며 말했다.

"넌······ 적이냐, 아니면 아군이냐?"

"그 적인지 아군인지는 어떤 기준으로 구별하는 거지?"

그녀는 마치 놀리듯이 말했다. 오펜은 이런 부류의 말장난은 매우 싫어했지만 무시할 정도로 혐오하는 것도 아니었다.

"이 자리에서 날려 버려도 될 상대인지 아닌지 말이다."

"날려 버려지고 싶진 않은걸."

그녀는 목 안쪽에서 큭큭 숨죽여 웃음을 터뜨리며 말했다.

"오케이. 난 당신의 편이야. 적어도 당신의 잠자리는 노리지 않을 거고, 필요한 정보도 제공할게."

"그럼 그 필요한 정보인지 뭔지를 전부 내놔. 지금 당장."

"성급하긴. 좀 더 오래 이야기하고 싶지 않아?"

"공교롭게도."

"나 미움 많이 받았네……. 어제의 키스, 별로였어?"

"시끄러워."

오펜이 실눈을 뜨며 중얼대자 힐리에타는 무엇이 우스운지 방긋 웃으며 흑발을 손으로 빗었다. 그리고 때가 낀 오래된 테이블에 팔꿈치를 대고 살짝 몸을 내밀며 이야기를 시작했다.

"결국은 말이지……. 내 스폰서와 직접 만나지 않으면 당신도 수긍하지 않을 거라고 봐. 당신은 조심성이 많아 보이니까."

"그렇다면 믿을 만한 가치가 있는 이야기는 해 주지 않는다는 의미냐."

"……맞아. 실제로 그렇게 생각해도 별 지장은 없을지 몰라."

그녀의 동의를 듣고, 비아냥댈 셈으로 말했던 오펜은 허를 찔린 듯이 눈을 휘둥그레 떴다. 그리고——어느새인가 얼굴에 그늘까지 드리운 암살자의 표정을 보며 지금까지 믿어 볼 마음도 들지 않았던 '우견' 힐리에타에 대한 소문을 떠올리는 자신을 깨달았다.

그녀는 새빨갛게 칠한 입술을 살며시 열며 이야기를 시작했다.

"내 스폰서는 이미 옛날에 죽었어. 내가 죽였거든. 하지만 아직 존재하고 있어. ······이 마을에 말이야."

"정말——정말이지, 바보야!"

클리오는 방에 들어가자마자 화를 풀 길이 없다는 듯이 그렇게 고함을 지르고 침대에서 베개를 잡아 던지더니, 그것이 공중에 머무르는 동안 재주 좋게 돌려차기를 박아 넣었다. 퍽, 하고 베개는 불평을 내뱉으며 벽에 부딪혀 바닥에 떨어졌다. 오펜이 예전 방을 부순 탓에 그녀의 일행은 다른 방으로 안내를 받았는데, 이쪽은 아무래도 객실로 쓸 생각이 없었던지 평범한 침실 그대로인 곳이었다. 아마도 벽지를 바르지 않은 탓이리라.

클리오는 바닥에 떨어진 베개를 줍고는 이번에는 조금 앞으로 던졌다. 다음에는 그 뒤를 쫓듯이 도움닫기를 하여 또다시 중심이 묵직하게 실린 아름다운 날아차기를 먹였다. ——아니, 발차기라기보다는 발의 옆 부분, 즉 족도(足刀)로 후려치는 듯한 동작으로 그때까지 태평하게 공중을 부유하던 베개를 바닥에 내려찍었다. 기세 좋게 바닥에 떨어진 베개는 퍽, 하고 한 번 튀어 올랐다. 이번에는 그 위로 조금 늦게 엉덩방아를 찧듯이 공중으로 뛰어올랐던 클리오가 떨어져 뭉갰다.

어찌되었든 어지간한 운동신경으로는 이렇게까지 움직일 수 없으리라.

베개 위에 주저앉아 가만히 앞쪽의 벽을 바라보며 클리오는 투덜

투덜 불평을 내뱉었다.

"바보……. 뭐든지 전부 자기 혼자 할 수 있다고 착각하고 있으라지."

그때——열려 있던 창문 바깥에서 외침이 들렸다.

"좋아, 모두 모였겠다!"

볼칸의 목소리였다. 클리오는 궁금해진 듯이 움찔 눈썹을 움직이고는 베개에서 일어나 창가까지 걸어갔다. 창틀에 손을 대고 살짝 몸을 내밀자, 바로 창문 아래 공터에 볼칸이 우뚝 서 있었다. 클리오의 위치에서는 뒤로 향한 정수리밖에 보이지 않았지만 목소리를 듣건대 아무래도 뭔가 신나는 일이 있는 모양이다. 그 볼칸에게서 한 걸음 물러난 곳에 멍하니 서 있는 도틴은 묘하게 지친 듯이 어깨를 늘어뜨리고 있었지만.

'그러고 보니 저 둘은 나보다 오펜을 더 오래 알고 지냈지.'

클리오는 저 지인 형제에 관해서 일단 아무것도 모르는 관계였다. 기껏해야 오펜에게 어느 정도의 빚을 지고 있다는 정도뿐.

'하지만…… 생각해 보면 나, 오펜에 대해서도 저 지인 정도에 대한 수준밖에 알지 못해.'

살랑…… 하고 갑자기 불어온 산들바람에 부드러운 금발이 흩날리려 하자 클리오는 손으로 눌렀다. 그리고 가만히 말없이 창 아래를 내려다보았다.

볼칸과 도틴 앞에는 작은 어린아이 다섯이 정렬하고 차렷 자세로 서 있었다. 모두 10살 내외의 나이로 보였고 가장 오른쪽 끝에는 어제 방으로 안내해 준 이 여관의 꼬마 심부름꾼의 모습도 있었다.

볼칸이 목청을 높였다. 팔짱을 끼고 뭔가 굉장히 거만하게.

"음! 이제까지 소수로만 영업을 꾀한 우리 볼칸 상회에도 새로운 지원자를 맞이하게 되어 더할 나위 없이 송구하기 그지 없다!"

"송구하다라는 말은 편지에나 쓰는 말이고, 심지어 이 경우에는 부적절한 의미──"

뒤에서 그렇게 중얼거리던 도틴을 돌아보지도 않고 칼집으로 때려눕힌 볼칸이 말을 이었다.

"그럼! 이제까지의 활동에 공감하여 이렇게 모여 준 나의 새로운 동료들이여! 우리는 오늘까지 '사랑받는 볼칸 상회, 사랑받기 위한 볼칸 상회'를 사훈으로 걸고 영업·봉사 활동을 행해 왔으나, 먼젓번의 대회에도 그랬듯이, 현상유지도 어려운 상황에 있으며──"

풋, 하고 클리오는 입에 손을 대고 웃음을 뿜으려던 것을 참았다. 어린아이들은 자신들의 귀에도 좀처럼 의미가 통하지 않는 볼칸의 연설에 어리둥절한 표정으로 서로를 바라보았다. 당사자인 볼칸은 그런 기색을 전혀 깨닫지 못했는지 득의만만하게 연설을 계속하고 있지만, 뒤에서 도틴이 크게 한숨을 내뱉었다.

"다시 말하여! 장애는 굴뚝을 막아 죽여서라도 배제하고, 병에 걸리지 않도록 상회 구성원 일동은 유의할 것이다! 그럼 곧바로 향후의 활동 방침에 대해서──"

클리오는 창문을 닫았다. 그리고 그대로 창을 등지고 허리의 체중을 창틀에 맡겼다. 그렇게 창문에 기댄 그녀는 후우, 하고 한숨을 내뱉었다.

"쟤네들은 참 속 편하네."

'하지만 생각해 보면 나도 얼마 전까지는 비슷했는데 말이지…….'

그런 생각이 마음속에 떠올랐다.

언제부터 그러지 않게 되었을까──아니, 결국은 지금도 별반 다를 바 없으리라. 간지 토토칸타에 있을 때에는 맛보지 못했던 초조함을 확실히 자각하고 있었다.

'나…… 그렇게 짐이 되는 걸까…….'

천장을 바라보며 가만히 생각했다.

'오펜이 말이지, 보호자처럼 구는 걸 나도 이해를 못하는 건 아니야. 애초에 미성년자를 둘이나 데리고 여행을 하고 있으니 연장자로서 책임을 자각하는 게 오히려 당연할지도 몰라. 하지만──'

그녀는 의식해서 목소리를 내어 중얼거렸다.

"나도 오펜이 마음만 먹어 준다면 제대로 파트너로서 일할 수 있는걸."

아무리 양갓집 출신이라 하더라도 학교도 저잣거리에 위치한 곳으로 다니고, 친구도 그쪽이 훨씬 많은 자신이 그렇게까지 세상 물정을 모르고 큰 것은 아니라고 자부한다. 갑작스러운 상황에서도──그 행동 방침의 옳고 그름은 별개로 치자면──적어도 신속하게 어떠한 판단을 내릴 수는 있다. 검도 쓸 수 있고, 무엇보다 얼마나 돈에 찌들든가, 어떤 절망적인 상황이든가, 자신은 절대로 그를 배신하지 않을 것이다, 라고 생각하고 있다.

'이렇게나 조건이 모여 있으면…… 뭐, 대등하게까지는 아니라고 해도 파트너로 나서기엔 부족하지 않잖아. 응. 만약 아직도 부족한 점이 있다고 한다면──'

똑똑, 하고 문을 두드리는 소리가 들렸다. 그리고 클리오의 대답을 기다리지 않고 조금 가냘픈, 기가 죽은 목소리가 뒤를 이었다.

"클리오. 난데…… 들어갈게."

"그러든가."

클리오는 울컥한 표정으로 문을 노려보았다.

문이 열렸다. 그곳에는 매지크가 서 있었다.

'아직 부족한 점이 있다고 한다면——'

클리오는 마음속으로 되뇌며 또렷하게 질투의 마음이 담긴 눈빛
으로 소년을 노려보았다. 부족한 점이 있다고 한다면, 그것은 이 녀
석이다.

'오펜이 날 인정해 주지 않는 건, 그 돌머리, 내가 마술을 쓸 수 없
어서일 게 틀림없어.'

방 입구에서, 아무래도 클리오의 표정에 깜짝 놀란 모양인 금발
소년은 곤혹스러운 듯이 그저 그곳에 우두커니 서 있을 뿐이었다.

"……성가신 사태가 되었군."

마을에서 수 킬로 정도 떨어진 숲속, 덥수룩한 흑발 속에 숨듯이
졸린 듯한 눈빛을 보이는 그 남자는 나지막하게 그렇게 중얼거렸다.
실제 나이는 그다지 많지 않겠지만, 액면가는 실제 나이보다 더 늙
게 보이는 남자였다. 실제 나이는 30살 이하, 겉보기로 40대 이상
정도일까. 아무렇게나 수염을 기른 이목구비가 단정한 남자였다. 납
빛의 전투복——그것도 사슬을 박아넣은 마술사용 슈트를 입고 허
리에는 가느다란 한손용 군도(軍刀)를 찼다. 우락부락한 손이 검의
자루에 닿은 채 손등의 흉터를 꾸물꾸물 움직이고 있다.

자칫하면 본인과는 다른 생물인 것이 아닐까 싶을 정도로 별난 흉터의 움직임을 보며, 남자 주변에 모여 있던 몇 명의 남자들——나이도 차림새도 제각각인, 명백히 급하게 모인 분위기인 암살자 중 하나가 물었다.

"……성가신 사태? 그게 무슨 말입니까, 코젠 씨."

코젠이라고 불린 남자는 졸려 보이는 눈을 힐끗 들어 올리며 대답했다.

"요컨대, 우리는 녀석의 암살에 실패했다. 녀석도 앞으로 얼마 동안은 강하게 경계할 테고, 그렇게 되면 우리도 다음 기회를 기다려야만 해. 하지만 이런 교외 마을에선 의심을 받지 않고 몸을 숨기기에는 무리가 있다."

"역시…… 《송곳니 탑》의 마술사를 상대하는 건……."

암살자 중, 이번에는 다른 하나가 겁을 먹은 목소리를 내뱉는 것을 코젠은 비아냥대는 시선으로 응했다.

"바보 같은 짓이다, 라고 말하고 싶은가?"

"그럼…… 댁은 그렇지 않다는 게요?"

"그 남자가 우수한 마술사라는 점은 인정한다."

코젠은 칼자루에서 손을 떼고 턱에 손을 대더니, 수염 하나를 쏙 뽑았다.

"《송곳니 탑》의 마술사라는 소문도 그다지 헛소문인 건 아니겠지. 저 정도의 힘을 가진 남자가 완벽하게 무명이라니 믿을 수 없다만. 혹은 오펜이라는 이름은 가명일지도 몰라. ——실제로 바보 같은 이름이니까. 장난을 치는 것으로밖에 보이지 않아. 자료에는 불명이라고 적혀 있던 녀석의 경위도 신경이 쓰이는 참이다."

"그럼, 저 녀석을 적으로 돌리는 건……."

"그렇지만도 않아. 아무리 힘을 가지고 있다고 해도 어차피 애송이야. 기술도 미숙해서 거칠고 무엇보다 담력도 경험도 없어. 눈앞에서 적이 죽은 정도로 혼란에 빠져 모처럼 붙잡은 포로를 놓칠 정도의 남자다. 그렇지 않나?"

하고──오른쪽에 서 있던, 오른팔을 붕대로 감아 고정한 장발의 남자에게 눈짓을 보냈다. 오펜의 마술로 나무에서 떨어져 심문을 받을 뻔했던 암살자이다. 하지만 그는 동의라기보다는 굳이 분류하자면 당혹스러운 듯이 입을 열었다.

"그야, 댁도 마술사니까 그렇게 말할 수 있겠지. 하지만 미숙하든 아니든 우리가 보기엔──"

거기까지 말하던 장발의 남자는, 갑자기 덜컥 한 번 몸을 경련했다.

"──?"

주변의 남자들이 전부 일제히 의아한 시선을 던졌다. 그 시선 한가운데에서 장발은 눈을 부릅뜨더니, 복화술 인형 같은 말투로 지껄이기 시작했다.

"아──아──"

그리고 자신의 목에 손을 대며 말을 이었다.

"찾──아냈──다──아──."

이상 현상에 대한 암살자들의 반응은 재빨랐다. 촤악──하고 장발에게서 거리를 두며 뒤로 물러나고 각자 무기를 손에 들었다. 그 안에서 코젠만큼은 아무런 무기도 없이 손가락을 장발에게 내밀며 외쳤다.

"열려라!"

아마도 그 너무나도 일반적인 단어가 어떤 결과를 의미하는지, 들은 순간에 이해한 자는 그 자리에 없었으리라. 그런 아무래도 좋은 추측이 코젠의 뇌리에 떠올랐다. 그리고 다음 순간 그의 마술이 발동하였다.

서벅——커다란 구두 바닥으로 눈을 밟는 듯한 소리가 울리며 장발의 왼쪽 어깨에서 오른쪽 옆구리에 걸쳐 대각선으로 거대한 상처가 아가리를 벌렸다. 심장 근처 부근에서 양동이에 담은 물을 내버리는 듯한 기세로 단 한 번 선혈이 흘러 넘쳤다. 이미 그 시점에서 장발은 절명하여 의식을 잃은 상태였다. 장발의 시체는 고정한 붕대에서 빠진 팔을 힘없이 늘어뜨리며 털썩 뒤로 넘어가 쓰러졌다.

그리고…… 그 상처에서 화악——검은 안개 같은 것이 솟아올랐다. 안개는 숲속의 바람에 흩날리듯이 흔들리면서도 인간의 형상으로 변화했다.

"뭐, 뭐야?"

암살자 중 하나, 빼빼 마르고 긴 팔다리를 가진 남자가 비명을 질렀다. 손에 든 나이프는 덧없게도 허공에서 떨리고 있었다.

안개 인간은 백의를 걸친 가냘픈 젊은이의 모습으로 코젠만을 바라보고 있었다.

"찾아냈다——너는——마술사다——포노고로스!"

"포, 포노?"

전혀 이해가 안 간다는 말투로 코젠이 되물었다.

"포노고로스——네가——저지른 짓을——깨달아라!"

"날아라!"

코젠은 그 말을 무시하고 주문을 발동했다. 그가 내민 두 손에서 섬광과 함께 전광이 튀었다. 벼락은 일직선으로 안개 인간을 관통했지만, 검은 안개는 한순간 주변으로 흩어졌을 뿐 몇 초 후에는 다시 인간의 형상을 취했다.

"망할——."

코젠은 나지막하게 신음하며 자세를 낮추었다. 다른 암살자들은 손에 든 무기를 의미도 없이 안개를 향해 휘둘렀다. 공격들은 나이프든 뭐든 문자 그대로 아무런 의미도 없이 검은 안개를 스쳐 지나갈 뿐이었다.

"망령이다——."

누군가가 그런 말을 내뱉었다. 그 순간——

"어……?"

키가 크고 마른 남자가 그런 얼빠진 신음을 내뱉었다. 그쪽을 보자 그는 꽁꽁 언 듯이 움직임을 멈추고는, 자신의 가슴에 천천히 펼쳐지는 피 얼룩을 내려다보고 있었다.

그리고 다른 방향에서도——

"아얏!"

이것도 이 사태 안에서는 얼빠진 반응임에는 틀림이 없었지만, 그럭저럭 의미는 있는 비명이었다. 이쪽은 갑자기 지면에 쓰러지더니, 발목부터 아래가 싹둑 잘린 상처를 보고 몸이 굳었다. 지면으로 가라앉는 칼날이 달린 손이 한순간 보인 듯했다.

피익——!

이번에는 날카로운 소리가 바람을 갈랐다. 가슴에 피 얼룩을 만들던 남자의 머리가 아무런 저항도 없이 털썩 지면에 떨어졌다.

"대체 무슨 일이 일어나는 거지?"

코젠은 일단 주변을 둘러보며 당황이 담긴 말을 내뱉었다. 이렇게 되면 마술이든 뭐든 무의미했다. ──적의 정체를 알 수 없고, 모습 조차 보이지 않으며, 대항할 방법도 떠오르지 않는다.

"망령이 아니야. 이 녀석들──"

코젠은 그렇게 중얼거리면서 재빨리 몸을 돌려 마지막으로 남은 동료의 얼굴을 힐끗 보았다.

"이 녀석들은 괴물이다!"

외침.

하지만──어째서인지 아까부터 조용하다 싶었던 동료는 이미 절 명한 상태였다. 선 채로 강렬한 산성 액체를 뒤집어 쓴 듯이 머리가 절반 이상 녹아 사라져 있었다.

"젠장──!"

코젠은 필사적으로 달렸다. 그 뒤에서 발목을 잃고 쓰러져 있던 동료의 단말마가 숲 속에 크게 울려 퍼졌다.

제4장 고백하는 어리석은 자들

　누구에게나 과거는 존재한다. 다른 말로는 과거가 없다면 인간이 될 수 없다. 다만 현명한 인간이라면 그것은 단순히 시간이라는 흐름이 지나간 것일 뿐이며 억지로 의미를 부여하려는 짓은 감상에 지나지 않는다고도 말하겠지만.

　하지만 이런 표현이라면 어떨까, 하고 오펜은 생각했다. ──사람에게는 누구에게나 잊은 과거가 있다. 물론 잊고 싶은 과거도 있으리라.

　그는 싸늘하게 조용한 어두운 홀을 둘러보며 탄식했다. 막힌 창문에서 마치 나뭇잎 사이로 빛이 새어들 듯이 가느다란 빛이 덧붙인 판의 틈새를 빠져나와 실내를 밝혔다. 공기는 쓸데없이 퀴퀴하다. 바닥에도 두꺼운 먼지층이 발자국도 없이 뽀얗게 쌓여 있다. 저택 입구──홀 한가운데에는 올려다봐야 할 정도로 높은 조각상이 위풍당당하게 자리해 있다. 대륙에서는 흔히 숭배되는 월드 시스터즈, 운명의 여신들을 본뜬 조각이다. 가느다랗고 무표정한 웃음을 띤 여성의 상.

　"《현재의 여신》……."

　오펜은 아무에게도 향하지 않은 말을 내뱉었다. 그리고 팔짱을 끼고 있던 팔을 풀고 솟아오르는 먼지를 정면에서 뒤집어쓴 바지를 팟, 하고 털었다.

　그의 중얼거림에 놀랐는지, 힐리에타가 응? 하고 물었다.

"뭐라고?"

"아니. ……이 저택 주인의 인품에 감탄하던 중이야."

오펜은 씨익 웃으며 말했다. 여신의 조각상에는 미간 한가운데에 정으로 일격을 넣은 듯한 상처가 남아 있었다. 그 탓에 여신은 눈이 세 개인 것처럼 보였다. 다정해 보이는 두 눈 한가운데에 뚫린, 일그러진 제3의 눈──.

홀에는 그 외에 딱히 눈에 띄는 것은 없었다. 힐리에타가 뒤에서 문을 닫자 저택 안은 거의 새카맣다고 해도 될 정도의 어둠에 가라앉았다. 철컥──하는 소리와 함께 힐리에타가 휴대용 간이 가스등을 켰다.

어렴풋한 불빛이 다시 조각상을 드러냈다.

누구에게나 과거는 존재한다, 하고 오펜은 마음속으로 되풀이했다. ──그리고 그것은 신도 마찬가지이리라. 장녀인 과거의 여신──차녀인 현재의 여신──그리고 막내인 미래의 여신.

운명의 세 자매. 운명의 세 자매에게는 아무래도 미래도 있는 모양이다. 인간에게는 그 여부를 알 수 없다. 어쩌면 오늘이나 내일 갑자기 죽어 버릴 수도 있으니까.

오펜은 감상적이 된 자신을 조소하듯이 흣 웃고는 하얀 가스의 불빛에 떠오른 힐리에타를 바라보며 말했다.

"거 참……. 결국 중요한 말은 무엇 하나 듣지 못한 채로 이런 곳까지 태평하게 따라오고 말이지. 나도 어지간히 사람 좋군 그래."

"어머. 하지만 가장 중요한 부분은 이야기했잖아? 이 일은 당사자인 내 스폰서와 직접 만나지 않는 한 이해하기 어려울 거라고. 그래서 지금부터 그가 있는 곳으로 안내해 주려고 이곳으로 온 거잖아."

"지금 내가 가장 묻고 싶은 건——"

오펜은 가스등의 빛이 닿지 않는 천장을 올려다보았다. 진하게 괸, 검기만 할 뿐인 어둠. 그림자의 덩어리 같은 느낌의, 침묵하는 칠흑의 수면. 그대로 천장을 올려다보면서 그는 말을 이었다.

"내가 묻고 싶은 건, 왜 나냐는 거야. 단지 실력이 좋은 마술사라는 조건이라면 내가 아니어도 얼마든지 강력한 녀석이 있을 텐데."

"예를 들어…… 《송곳니 탑》의 키리란셀로, 라든가?"

느닷없이 힐리에타의 입에서 흘러나온 그 이름에 오펜은 자신도 모르게 몸이 움찔했음을 느꼈다. 시선을 던지자 힐리에타는 놀리듯이 갈색 눈동자를 빛내고 있었다.

"날 오스트발트 따위와 똑같이 생각하지 말아 주겠어? ——내가 접촉하고 싶었던 자는 키리란셀로라는 남자야. 대륙 최강의 흑마술사 차일드맨에게서 모든 암살 기술을 전수받은 흑마술사. 차일드맨의 애제자 키리란셀로. 약관 15세의 나이로 그 명성은 대륙의 끝까지 다다를 뻔했던——"

"그만 둬."

오펜은 새된 목소리로 제지하려 했다. 하지만 힐리에타는 아랑곳하지 않고 말했다.

"하지만 지금으로부터 5년 전, 그는 《탑》에서 실종되었지. 이유에 관해서는 암흑가에서도 여러모로 소문이 돌았어. 스승인 차일드맨과 사이가 틀어졌다든가, 그 너무나 거대한 힘을 위험시한 《탑》의 장로들의 눈 밖에 났다든가, 혹은 궁정마술사단 《십삼사도》의 우두머리, 대륙에서 유일하게 차일드맨과 쌍벽을 이루는 왕도 최강의 마인 플루토를 암살하러 갔다든가. 뭐, 그런 이유는 아무래도 좋아. 나한테는 말이지."

그녀는 오펜을 향해 윙크했다.

"대륙 서부에는 당신보다 강력한 마술사는 없어. 역시 실종되어 행방불명인 차일드맨을 제외하면 말이지. 당신과 똑같은 차일드맨 교실의 인간이라도 몇 년 전에 급사한 '천마의 마녀' 정도밖에——"

"그만 두라고 했잖아!"

오펜은 히스테릭하게 고함을 치고는 가스등을 든 그녀의 손목을 잡아 꺾었다. 그는 더러운 말로 욕설을 내뱉고 싶은 충동을 필사적으로 참으며 간신히 대답했다.

"난 키리란셀로가 아니야. 5년 전부터 오펜이라고 이름을 대고 있다. 《탑》을 나온 것도 나름대로의 이유가 있어서야. 그리고 이름에 는——"

그는 모든 분노를 담아 상대를 노려보았지만 힐리에타는 움츠러 든 기색도 없이 웃음을 띤 채로 냉정하게 오펜을 바라보았다. 오펜 은 의지가 꺾일 듯한 심정으로 말을 이었다.

"이름에는 의미가 있어. 내가 오펜이라고 이름을 대는 한, 키리 란셀로였던 난 죽은 거다. 누구도 그것을…… 억지로 불러낼 수는 없어."

오펜은 목에 걸린 것을 토하듯이 그렇게 말하고 그녀의 손을 놓으 려 했다. ——하지만 그보다 먼저 힐리에타의 다른 쪽 손이 부드럽 게 자신의 손 위에 겹쳐지는 모습을 보았다.

"사람을 죽일 수 없는 살육자……. 울지 못하는 작은 새. 그런 말을 들으며 업신여김을 당했구나?"

"그딴 건 아무래도 좋아."

오펜은 답답함과 초조함, 짜증이 섞인 신음을 흘렸다.

"애초에 남의 사정을 그렇게 파고드는 너는 뭐냐. 우견(愚犬) 힐리에타. ——결코 의뢰를 거절하지 않는 힐리에타. 하지만 결코 의뢰를 수행하지 못하는 힐리에타! 물론 의뢰를 수행하지 못할 정도로 실력이 나쁜 게 아니야. ——너는 의뢰주를 배신해. 모든 의뢰의 9할을 말이다. 사람을 죽이라고 의뢰하면 갑자기 그 녀석을 다른 마을까지 도망치게 만들고, 새로운 일거리까지 마련해 준다면서? 그러나 싶더니 호위 의뢰를 내팽개치고 갑자기 모습을 감추기도 하고. 네가 유일하게 수행하는 일거리는——마술사 처리뿐이야."

"……맞아."

힐리에타는 오펜의 말에 동의했다. 겹쳐져 있던 손이 힘이 빠진 듯이 스르륵 떨어졌다.

"그것에 대해서는 걸으면서 설명할게. 이 저택의…… 지하로 가는 도중에."

"낙오자……. 그리고 아웃사이더."

"……?"

의아한 시선을 그녀에게 던지자, 힐리에타는 쑥스러운 듯이 미소를 지었다. 가스등의 불빛에 의지해 먼지투성이에 사람 없는 저택을 나아가며.

"바로 나야. 요컨대 난, 그런 애였어."

저택은 이야기에 따르면 십 년 전에 버려졌다고 한다. 당시는 고용인의 손으로 구석구석 왁스칠이 된 청결하고 세련된 저택이라 자부했으리라. 저택의 주인은 가족도 없이 이곳에 묵으며 일하는 고용인 몇 명과——조수를 집에 두고 생활했다.

그때는 그렇다고 하지만 지금은——당시의 흔적은 찾아볼 수도 없다. 어둠 속에서 날카로운 울음소리와 발소리를 끌며 생쥐 무리인 듯한 집단이 도망친다. 오펜은 열 겹, 스무 겹으로 쳐진 거미집을 걷어내며 말없이 그녀의 이야기를 재촉했다.

힐리에타는 가벼운 말투로 말을 이었다.

"이곳으로부터 서쪽으로 조금 나아간 곳에 말이지——. 지도에 이름도 실리지 않은 작은 마을이 있어. 그곳 사람들은 레인더스트라고 불렀지. 우리는 시대의 부스러기, 레인 더스트다, 라면서. 수십 년 전에 있었던 매우 사소한 전쟁으로 고향에서 쫓겨난 인간이 아무에게도 의지하지 않고 간신히 살아가다가…… 그리고 시간이 지났더니 어느새 마을이 생겨 있었던 거야. 그곳이 내 고향이지."

그 말에 오펜은 나지막하게 내뱉었다.

"내 생가가 있는 곳도 분명 그 부근이지."

"집이 있어? 고아(오펜)라고 이름을 대는 주제에."

힐리에타는 조금 뜻밖이라는 듯 되물었다. 오펜은 한숨을 쉬었다.

"지금은 네 신상을 이야기하는 도중이잖냐. 계속해."

"뭐, 좋아. ……어디든 있다니까. 건드리고 싶지 않은 화제가 나오면 곧장 남에게 배턴을 떠넘기는 사람."

그녀는 어깨를 으쓱이고는 다시 이야기를 시작했다.

"내가 마을을 나온 것은 열다섯일 때였어. 마을 전체가 하나부터 열까지 전부, 왠지 모르게 재미가 없어져서——간단히 말하면 가출을 한 거지. 간단한 짐만 챙겨서 처음으로 도착한 곳이 가도 근처의 이 마을이었어."

"열다섯이라⋯⋯."

오펜은 옆을 걷는 힐리에타를 머리부터 허리 부근까지 슥 훑어보고는 나이를 추측해보았다.

"그렇다면 대충 10년 전이라는 거냐?"

"아깝네. 9년 전이야."

"아무래도 좋아."

오펜이 그렇게 말하자 힐리에타는 킥, 하고 웃고는──

"실은, 좋지 않아."

하고 대답하며 어둡게 표정을 흐렸다. 살짝 시선을 내린 그녀를 바라보며 오펜은 머리를 긁적였다. 하늘에서 벌레가 떨어졌기 때문이다.

"혹시 내가 마을을 나오는 것이 1년만 늦었더라면⋯⋯ 난 그를 만나지 않을 수 있었겠지."

"그?"

오펜은 머리카락 사이에서 발버둥치는 거미를 붙잡으며 물었다.

힐리에타의 목소리는 충치의 아픔을 참듯이 일그러진 목소리로 울렸다.

"그래. 이 마을에서 쓰러진 날 간호해 준 사람이⋯⋯ 새미. 그 사람이야."

그 사람이야.

그 말만으로 그 남자의 모든 것을 전부 설명했다는 듯이 그녀는 갑자기 말을 끊었다. 오펜은 굳이 입을 열지 않고 흘려듣듯이 걸음을 걸었지만 이름만큼은 또렷하게 기억했다. 새미.

동시에 붙잡은 거미를 뒤로 던졌다. 던진 부근에서 부스럭부스럭

사냥감을 노리고 달려드는 생쥐들의 소란이 일어났다.

그대로 잠시 저택 안을 나아가——홀 안쪽 통로를 빠져나가 부엌인 듯한 곳을 통과하고 지하 술 창고로 이어지는 계단을 앞에 두자, 오펜은 마치 지나가는 말처럼 물었다.

"왜 이 마을에 도착하는 것이 1년 후였으면 그 새미인지 뭔지 하는 사람과 만나지 않을 수 있었다는 거냐?"

힐리에타의 대답은 지극히 짧았다.

"죽었으니까. 만난 지 1년 뒤에."

'……어디든 있지. 건드리고 싶지 않은 화제가 나오면 갑자기 말수가 줄어드는 녀석이.'

오펜은 앙갚음을 하듯이 마음속에서 중얼거리고는, 아무런 신호도 없이 계단을 내려가기 시작한 힐리에타의 뒤를 느긋한 발걸음으로 따라갔다.

우기가 지난 지 얼마 되지 않은 탓인지 계단은 묘하게 습했다. ——습한 것만이 아니라 찌듯이 더웠다. 손을 댄 벽면에 축축한 감촉을 느낀 오펜은 가죽 바지에 손을 닦았다. 한 계단, 또 한 계단씩 돌계단을 내려갈 때마다 습도가 올라가는 듯한 느낌이 들었다.

오펜은 문득 자신의 인내심이 끊어지기 직전임을 깨달았다.

"그래서, 그 새미라는 남자가 뭘 어쨌는데?"

힐리에타는 돌아보지도 않고 대답했다. ——그래서 어떤 표정을 짓고 있었는지는 보이지 않았다.

"그는 조수였어. 이 저택의 주인——《송곳니 탑》에서 추방되어 이 마을에 흘러 들어온 흑마술사 포노고로스의 조수."

계단은 그녀의 대답과 함께 갑자기 끝났다.

계단 밑은 층계참이 되어 있었고 바로 정면에는 철제 문이 하나 자리하고 있었다. 문패고 뭐고 아무것도 없고 장식마저 하나 없는 단순한 문이다. 힐리에타가 가스등의 불을 껐다.

주변이 새카맣게 되었다.

"……뭘 할 셈이야?"

오펜은 별반 개의치 않으면서도 물었다. 힐리에타가 어깨를 으쓱이고 있음을 기척으로 알 수 있었다.

그녀는 그대로 손을 더듬어 문을 찾더니 그대로 밀어 열었다. 무거운 문이 삐걱거리는 소리와 함께 기압이 높아진 지하실에서 화약 공기가 흘러 나왔다.

흘러나온 공기에서는 물 냄새가 났다. 그것도――다 썩어 가는 물비린내.

열린 문에서 흘러나온 것은 공기만이 아니었다. 방 안에서 담담한 빛도 흘러나오고 있었다. 안을 들여다보자 방 한 가운데에 아무런 지지대도 없이 거대한 반디 같은 빛의 구가 하늘에 떠 있었다.

방 오른쪽에는 커다란 나무상자가 3단으로 쌓여 정리되어 있었다――높이 1미터 정도의 튼튼해 보이는 나무상자다. 모두 엄중하게 봉해져 있고 개봉 엄금 주의서가 빼곡하게 붙어 있다. 그리고…….

"제조년월일? 적광제 38년……. 지금으로부터 10년 전……?"

오펜은 의아하다는 듯이 그 문장을 읽었지만 힐리에타는 굳어진 표정으로 아무런 대답도 하지 않았다. 새빨갛게 칠한 입을 실제로 원수를 씹어 죽이고 있는 것처럼 굳게 닫은 채로.

그녀의 표정은 마음에 걸렸지만 오펜은 일부러 무시하고 입구에서 방 안을 둘러보았다. 나무상자가 늘어서 있는 탓에 원래는 넓었을 지하실도 상당히 비좁았다. 그리고 방 안쪽에 한층 더 커다란 나무 상자가 놓여 있었고——

아니, 그것이 아니다——오펜은 사실을 깨닫고 아연실색했다. 안쪽에 있는 것은 나무상자가 아니라 거대한 유리 수조였다.

벽에 빈틈없이 붙어 설치되, 높이 2미터는 됨직한 거대한 수조였다. 유리면은 이끼로 빈틈이 없을 정도로 더러워져 있었지만 곳곳에 몇 번인지 닦아낸 듯한 흔적이 있었다. 수조는 상어도 들어갈 정도로 거대했지만 그 안에는 물이 넘실넘실하게 채워져 있는 듯했다.

"이곳이——"

힐리에타는 마치 연극배우와 같은 말투로 말하며 주저 없이 방으로 들어갔다. 그리고 광구 위에 손을 올리며 입을 열었다.

"이곳이 포노고로스의…… 안치소야."

"안치소?"

무심코 되묻는 오펜. 그러자——

"그렇다."

대답은 수조 안에서 울렸다.

"용케 이곳까지 왔군. 기다리고 있있다……. 내가 라몬 포노고로스——.《송곳니 탑》에서 추방당한 키에프 포노고로스의 연구를…… 이은 자다."

'볼칸 상회의 기념할 만한 제1회 대회——떨어진 금붙이를 모아 부자가 되자!'

시트로 보이는 하얀 천에 커다랗게 파란 페인트로 쓰인 그 깃발은 빨래널이 장대 끝에 매달려 바람에 크게 펄럭이고 있었다. 막대를 높이 들고 있는 사람은 선두를 나아가는 볼칸이고, 그 뒤로 다섯 명의 아이들이 열심히 길바닥에 핏발이 선 시선을 던지고 있었다. 그리고 도틴은 가장 뒤에서 아이들을 따라 터벅터벅 걷는 중이었다.

쨍쨍 해가 비치는 오후 무렵, 여관에서 손님이 두고 간 물건을 혼자 대강 정리한 볼칸이 떠올린 새 장사가 이것이었다——. 설명하는 것도 바보 같다, 하고 도틴이 생각할 정도의 발상이었는데, 요컨대 길가에 떨어진 쇠부스러기 부류를 모아 이 근처 행상인에게 다소의 돈을 받고 팔겠다는 계획이다.

'뭐, '전율! 뱀인간'보다는 훨씬 제대로 된 발상일지도 모르지만……'

그는 그렇게 생각하며 전방의 행렬을 보았다. 형은 상회인—— 즉 어린아이들——을 고무할 셈인지 탁한 목소리를 지르며 파닥파닥 깃발을 흔들었다. 그다음으로 어린아이 중 두 명이 볼칸이 주워 왔던 그 나무상자를 안고 나아간다. 그 나무상자 안에 자잘한 철사라든가 휘어진 못 등을 주워 던져 넣는 것이 뒤에 있는 세 어린아이, 그리고 덤으로 말하자면 도틴의 역할이었다. 다만 도틴은 이런 쇠 부스러기의 가격이 얼마나 하는지 알고 있었기에 도저히 적극적으로 참가할 마음은 들지 않았다. ——그렇다고 해도 곧바로 대열을 벗어나 여관으로 돌아가는 건 아마도 그 뒤 며칠이나 이어질 볼칸의 괴롭힘을 생각하면 실행할 수 없는 상황이다.

그렇게 하여 딱히 무엇을 하지는 않지만 일단 의리로 어울려주고 있다, 라는 사정이었다. 들키면 퍽퍽 두들겨 맞겠지만 선두를 걷는 형에게 이쪽은 사각지대다.

거기서——그는 길 건너편에서 아는 얼굴 둘이 나란히 걷는 모습을 발견했다. 티셔츠 위에 색이 바랜 파란색의 남성용 셔츠를 덧입은, 평소와 마찬가지로 진즈 차림의 클리오와 몇 번인가 얼굴만은 본 적이 있는 온통 검은 차림의 소년. 도틴은 간신히 기억의 바닥에서 희미한 이름을 찾아냈다. 매지크. 그렇다——그 사채업 마술사의 제자라던 매지크다.

두 사람도 이쪽을 알아차리고는 길을 가로질러 이쪽으로 뛰어왔다. 뭔가 토라진 분위기의 클리오가 날씬한 오른손을 들어올렸다.

"안녕."

"……안녕하세요."

도틴은 멈춰 서서 인사에 답했다. 볼칸을 비롯한 '상회'는 그를 두고 천천히 나아갔다.

그것을 곁눈으로 보내며 도틴은 안경 위치를 바로잡고 클리오에게 물었다.

"산책이신가요?"

"아니……. 오펜을 찾고 있어. 갑자기 사라져서."

클리오는 그렇게 말하며 한숨을 쉬었다. 그 뒤에서 매지크가 불편하다는 듯이 고개를 돌렸다. 잘은 모르지만 복잡한 사정이 있을지도 모른다.

"저는 오늘 보지 못했어요. 오늘 아침엔 파견관이 있는 곳에 가지 않았나요?"

"점심 전에 돌아왔어. 그런데 또 나간 모양이야. 암살자랑 같이."

마지막 한 마디에는 묘한 박력이 담겨 있었다. 더 이상 이 이야기에 어울리는 일은 아무리 생각해도 현명한 행동이 아니었지만 도틴은 일단 되물었다.

"암살자요?"

대답을 한 사람은 매지크 쪽이었다.

"아──그러니까──그게 아니라, 키가 큰 여자. 머리도 길고, 있잖아요, 어젯밤에는 같은 여관에서 묵었을 텐데."

"그 사람이라면 기억하는데요…….'

아니, 그토록 눈에 띄는 인간을 그리 쉽게 잊을 수도 없으리라.

클리오는 찌릿 매지크를 흘겨보고 신음을 하듯이 중얼거렸다.

"얼른 찾아내지 않으면 오펜이 위험해. ──그 여자, 오펜을 죽이러 온 암살자니까. 나이프를 가지고 있는 거 봤지?"

'아무리 생각해도 암살자 따위보다 마술사 쪽이 더 무서운데…….'

도틴은 마음속으로 그렇게 생각했지만 입 밖으로는 내지 않았다. 어찌 되었든 눈앞의 이 인간 여자에게 거스르면 험한 꼴을 당하게 된다.

"그럼 저도 주의를 기울여 볼 테니──"

도틴이 말을 끝내려던 바로 그때──

"우와아아아아아아아아!"

비명이 터졌다.

소리가 들린 곳을 보자 볼칸이 깃발을 안은 채 벌렁 뒤집어지는 참이었다. ──지인을 떠밀고 그 뒤에 있던 아이들을 발로 차며 이쪽으로 돌진하는 사람은──언뜻 보기에는 좀처럼 나이를 알아채기 어려운 남자였다. 허리에는 검을 차고 입가를 씰룩이고 있는데, 아무래도 아까의 비명은 볼칸이 아니라 이 남자가 지른 듯했다——.

"비켜!"

남자는 이쪽을 향해 그렇게 외쳤다. 도틴은 곧바로 길 옆으로 비켜 다시 진정하고 그 남자를 보았다. 아무렇게나 기른 수염 탓에 언뜻 보기에는 매우 늙어 보이지만, 주점 안쪽의 어둠에라도 몸을 들이면 상당히 남자답게 보이지 않을까. 눈매는 예리해서 그 부분만 보면 어딘지 모르게 그 사채업 마술사와 닮았다. 코는 오뚝하게 솟고 얼굴 한가운데에는 신발이——

'신발?'

도틴이 어리둥절한 순간 퍼걱! 하는 소리가 주변에 울렸다. 그와 동시에 남자는 달리던 와중에 정면에서 무언가 방해를 받아 뒤로 벌러덩 쓰러졌다. 잘 보자——아무래도 남자의 옆에서 클리오가 뒤돌려차기를 선보인 모양이었다. 그녀는 높이 든 다리를 조용히 내리며 흥, 하고 콧방귀를 끼었다.

그 옆에는 매지크가 아~아 하고 한탄하며 머리를 부여잡았다.

"우오오? 새빨간 피가아!"

남자는 코피가 터진 코를 부여잡으며 외쳤다.

"뭔 짓이냐!"

"시끄럽거든!"

클리오는 지면에 넘어진 채로 상체를 일으킨 남자에게 대들듯이 척 손가락을 세웠다.

"그쪽이야말로 무슨 짓이야! 갑자기 나타나더니 어린애까지 손을 대고!"

"아무리 생각해도 기분이 나쁜 참에 우연히 나타난 통행인에게 화풀이를 한 것으로밖에 안 보이는데…….”

뒤에서 그렇게 중얼거린 매지크도 클리오가 확 노려보자 곧바로 고개를 돌리며 입을 다물었다.

도틴은 굳이 입을 열지는 않았지만 따져보자면 매지크의 말에 찬성이었다.

“계, 계집년이——. 말해 두지만 지금은 그럴 겨를이 아니야!”

남자는 몸을 일으키고 팔을 수평으로 확 휘둘렀다. 아무래도 달려온 쪽을 가리키려 하는 모양이었다.

남자가 가리킨 방향을 보자 거꾸로 뒤집힌 상자에서 쏟아진 쇠부스러기를 어린아이들이 열심히 주워 모으고 있었다. 볼칸은 깃발을 휘두르며 의미도 없이 응원만 질러대었다.

어찌되었든 다치지는 않은 듯했다. 거기서——클리오가 외치는 소리가 귀에 들어왔다.

“그럴 겨를이 아닌 건 이쪽도 마찬가지야! 그 음란 암살자에게서 오펜을 지켜야만 한다고!”

“음란……?”

스승과 똑같이 의심스럽다는 듯이 실눈을 뜬 매지크가 중얼거렸다.

하지만 아무도 듣지 않았다. 남자는 갑자기 클리오의 손목을 확 낚아채더니, 표정에 경계의 빛을 띠는 클리오에게 얼굴을 가까이 가져가서,

“뭐가 암살자냐! 어린애 놀이에 어울릴 시간은——”

하고 말하다 갑자기 입을 다물었다. 그리고 무언가를 깨달은 듯이 나지막하게 내뱉었다.

"오펜, 이라고?"

그 빈틈이 치명적이었다. 클리오가 붙잡힌 손목을 잡아당기며 외쳤다.

"만지지 마, 이 코피남!"

뻐억! 하고 클리오의 박치기가 남자의 안면에 작렬했다.

"우오오오오?"

다시 쓰러지는 미스터 수염남.

"아~, 뭐야 정말. 머리카락에 피 묻지 않았어?"

잘 보자 클리오는 그런 소리를 하며 매지크에게 머리를 보이고 있었다.

"괘, 괜찮으세요?"

도틴은 일단 남자 쪽으로 달려갔다. 왠지 모르게 그가 더 피해자인 것처럼 보였기 때문이다.

남자는 다시 코를 부여잡고 신음하는 중이었다.

"비, 빌어먹을──. 어린 계집이 이 그림자의 코젠에게 두 번이나
──."

아무래도 이 남자는 코젠이라는 이름인 듯했다. 도틴은 남자에게 다가가 다시 물었다.

"괜찮으세요?"

"으, 음──혹시 휴지 같은 건, 없나?"

"죄송해요. 없어요."

"으으으."

코젠이라는 남자는 신음을 내뱉고는 몸을 일으켜 칼을 빼 들었다. 아무리 안하무인에 용맹한 클리오라도 켁, 하고 뒤로 물러설 수밖에

없었다.

"자, 잠깐──무슨 생각이야, 그런 물건을 빼들고."

"어린 계집에게 손을 대는 것은 본의가 아니지만, 그냥 넘길 수 없는 말을 들어서 말이지."

그는 아까 온 길을 보며 말을 이었다.

"아무래도 추적자도 따돌린 모양이니, 마침 잘 됐군──."

"너, 넘길 수 없는 말이라니, 코피남 말이야? 아, 아휴 참, 농담이잖아."

"그딴 일에 일일이 칼을 빼는 녀석이 있을까 보냐!"

코젠은 외날의 군도를 붕 휘둘렀다.

"네놈이 말했을 텐데──. 오펜이라고! 네놈들이 그 흑마술사의 동료라고 한다면, 마침 잘 되었다. 인질로 삼아 주마!"

"근데──"

도틴은 코젠을 올려다보며 말했다.

"백주대낮에 그런 소리를 쳐도 괜찮아요?"

"윽…….."

아픈 곳을 찔린 모양인지 코젠은 뺨을 한 번 씰룩였지만, 그뿐이었다. 아무래도 그런 면은 이미 포기한 모양이었다.

주변을 둘러보자 구경꾼들이 우글우글 몰리기 시작했다. 개중에는 볼칸이 데리고 다니던 아이의 부모도 있는지 크게 비명을 지르고 있었다. 어느새인지 안전한 곳──즉 그 구경꾼 사이로 뒤섞인 볼칸이 괜찮습니다! 상회인의 안전은 저 안경잽이가 보증할 겁니다! 하고 외치는 소리가 들렸다.

'이보쇼…….. 내가 보증하는 거야, 형?'

뭐, 어차피 살펴본 바 어린아이들은 나무상자를 짊어지고 이쪽에서 조금 떨어진 곳에 있으니, 이 코젠이라고 하는 남자가 이성을 잃고 이상하게 폭주라도 하지 않는 한 위험할 일은 없을 것이다.

클리오는 매지크의 뒤에 숨어 외쳤다.

"다, 당신이구나——. 오펜이 말했던, 오합지졸 모임의 암살자 집단이라는 게!"

"스승님은 '여러 명의 암살자에게 노려지고 있다'고 말씀하셨는데……."

매지크는 자신의 등 뒤에 숨은 클리오에게 곤혹스러운 시선을 던졌다.

결국 화를 참지 못한 코젠이 소리쳤다.

"남을 멋대로 조연 취급하지 마라! 난 이쪽 업계에선 조금은 이름이 알려진——"

"조금밖에 알려지지 않았구나?"

"시끄러워! 나는 잿더미의 용병, 해안을 달리는 그림자라며 두려움을 받았던 코젠 와이세트 님이시다!"

"저기……."

도틴은 코젠의 전투복 소매를 잡아당기며 말했다.

"이제부터 남을 납치하려고 하는 사람이 일일이 이름을 대는 건……."

"시끄러워! 얼굴을 보인 이상 마찬가지야!"

"어어……."

매지크가 지친 듯이 중얼거렸다.

"이제 됐어. 죽지 않을 정도로——십, 구, 팔, 칠, 육……."

"⋯⋯?"

어리둥절한 얼굴로 암살자가 매지크 쪽을 보았다. 그러는 동안에도 매지크는 눈을 감고 조금 천천히 카운트다운에 들어갔다.

"오, 사, 삼, 이, 일——."

카운트가 3을 지난 지점부터 화악——하고 소년의 금발이 바람에 펄럭이듯이 흩날렸다. 그 순간 코젠이 비명을 질렀다.

"마술이라고요!? 자료에는 없었는데——"

"나 발하노라, 빛의 칼날!"

번쩍——!

앞으로 내민 소년의 손에서 순백의 빛이 폭발했다. 빛의 띠는 대기를 가르며 뻗어나가더니, 그대로 코젠의 정면에 꽂히고——그대로 통과했다.

바람 하나 일어나지 않았다.

"⋯⋯엥?"

순간적으로 얼굴 앞에서 두 팔을 교차시키고 방어 자세를 취했던 코젠이 얼빠진 목소리를 내뱉었다. 아무렇지도 않았다. 눈이 부실 뿐이었다.

"어라~?"

매지크는 불량품을 산 소비자 같은 얼굴로 자신의 오른손을 들여다보았다.

"잘 안 되네. 시간을 들여서 집중하면 어떻게든 될 줄 알았는데."

"정말, 하나도 도움 안 돼!"

소년은 어깨를 붙잡은 클리오가 그렇게 질책했다. 매지크는 입술을 삐죽이며 반론했다.

"도움이 안 되진 않잖아. 적어도 빛은 나왔으니까 오늘은 급제점이라고."

"나랑 장난하자는 거냐, 이 자식드으으으으으을!"

'큰일이다!'

고함을 지르는 코젠의 옆에서 도틴이 몸을 움츠렸다. 암살자가 결국 인내심의 한계를 느낀 모양이다. 그는 검을 한 손에 들고 정면의 매지크와 클리오를 향해 달려들었다!

그 뒷모습을 바라보며 도틴은 자신이 무엇을 할 수 있을지 자문하였다. ──시간은 그다지 없다. 몇 초만 있으면 암살자는 두 사람에게 다다라 서격──둘 중 하나를 베어 버리리라. 암살자는 자제심을 잃은 듯했으니 일격으로 치명상까지는 입지 않을지 모른다. 검으로 사람을 죽이는 것은 식칼로 찔러 죽이는 것보다 어렵다고 어떤 책에서 읽은 적이 있었다. 참으로 살벌한 책이다. 저자는 누구더라──아니, 그런 것은 아무래도 좋다.

전에 클리오가 검을 쓰는 모습을 본 적이 있다. ──그럭저럭 기량은 있었다. 하지만 지금 그녀는 맨손이고, 어찌되었든 제대로 된 암살자와 정면에서 맞붙을 정도의 실력이 있을 리 없을 터다. 그렇다면 그녀가 이곳에서 자신의 몸을 지킬 수 있을 가능성은 거의 없다. 하물며 저 매지크라는 소년은 자신을 향하는 날붙이를 피할 수 있으리라곤 도저히 보이지 않았다. 한마디로 말하면 절망적이었다.

하지만 그렇다고 해서 내가 무엇을 할 수 있을까. 암살자는 굉장한 기세로 돌진하고 있고, 지금 쫓아가도 그를 따라잡을 수 있으리라는 생각은 들지 않는다. ──돌이라도 던질까? 맞을 리는 없지만, 뭐 자갈을 주울 수 있는 만큼 주워 보고, 일단 노력은 했다고 말하면 주위도 인정해 주리라——.

'어라?'

도틴은 길바닥에 웅크려 돌을 주우며 암살자 쪽을 보았다. 몇 초는 이미 훨씬 전에 지났다. 이제 슬슬 칼에 베인 매지크나 클리오가 비명을 질러도 좋을 즈음이다.

고개를 들어보자 암살자의 뒷모습은 사라져 있었다. 아니, 정확하게는——그가 위를 본 순간 암살자가 있던 부근의 공간을 어떠한 검은 그림자가 스쳐지나가며 암살자가 옆으로 튕겨 날아간 것이었다. 암살자 코젠은 마치 말에게 차인 듯이 하늘을 날아 길바닥에 옆으로 나가떨어졌다. 퍽, 하고 한 차례 몸이 튕겨 올라간 암살자가 외쳤다.

"망할——. 역시 쫓아온 거냐!"

"어……?"

도틴은 암살자가 노려보는 쪽——그가 원래 도망쳐 온 쪽으로 시선을 던졌다. 어린아이들은 물론 훨씬 전에 도망친 모양이었지만 그 나무상자는 길바닥에 벌러덩 쓰러져 있다. 그리고 그 바로 옆에——정체 모를 무언가가 서 있었다.

"뭐, 뭐야 저게?"

클리오가 신음하는 소리가 들렸다. 아무도 대답하지 못했다. 대답할 길이 없었다.

갑옷, 처럼 보였다. 귀족 응접실 같은 곳에 흔히 장식되어 있는 그것이다. 단지 저곳에 서 있는 갑옷은 광택을 지우기 위해 새카맣게 칠한 물건으로, 손에는 방패도 검도 창도 들고 있지 않다. 힘없이 두 팔을 옆에 늘어뜨린 채 투구 안쪽에서 눈 없는 얼굴로 가만히 이쪽을 보고 있다.

철컹……하고 갑옷이 오른팔을 들었다. 동시에 그 갑옷 틈새에서 뭔가 검고 가는, 채찍 같은 것이 튀어나오더니——

암살자가 쓰러져 있는 지면을 후비듯 쓸었다. 단순한 끈으로도 보인 그 그림자는 아무래도 심상치 않은 위력을 가진 모양이었다. 그것은 폭발하는 소리를 내더니 암살자가 옆으로 뛰어 피한 그 지면 부근을 몇 십 센티나 파낸 뒤에야 튕겨 올라갔다.

"받아랏!"

이것은 코젠의 외침이었다. 암살자의 오른손에서 벼락이 일었다. 전광은 똑바로 갑옷을 타격했다. 갑옷이 충격을 받은 듯이 진동하더니 커다란 소리를 내며 쓰러진다. 하지만——갑옷은 곧바로 아무 일도 없었다는 듯이 벌떡 일어났다.

그리고 이번에는 팔을 들지 않고 살짝 몸을 떨었다.

피잉——예리한 소리가 울리더니 이번에는 아무것도 보이지 않았는데도 갑자기 코젠의 어깨에 상처가 벌어졌다. 상처가 깊은 것은 아닌 듯했지만 암살자가 몸을 비트는 바람에 그 기세로 주변에 피가 세게 튀었다.

구경꾼들 사이에서 비명이 일었다.

그때…….

부왁——하고 공기가 흔들리는 듯한 소리를 내었다.

그저 아연실색하는 관중의 시선 속에서 매지크와 클리오의 바로 앞에 그것이 출현했다. ——어제 본 그 망령이다. 검은 안개가 천천히 형태를 취하더니…… 인간의 모습으로 변모했다.

구경꾼 중 누군가가 외치는 소리가 들렸다.

"나왔다——. 또 나왔어! 포노고로스의 저주다!"

그 외침을 신호로 구경꾼들이 거미 새끼가 흩어지듯이 사방으로 도망쳤다. 비명과 아우성 속에서 도틴은 그 망령이 중얼거리는 내용을 똑똑히 들었다.

"네놈——네놈·은——깨닫지 못했다——네놈도——마술사·인가!"

망령은 신경질적인 젊은이의 모습으로 매지크를 향해 말했다.

"언제가 되어야——나타날 것이냐! 포노고로스——!"

"저, 저는 포노고로스라는 사람이——"

매지크가 반론했다. 하지만 망령은 듣지 않았다. 그저 계속해서 뭔가를 중얼거리며 두 팔을 펼치고 절규했다.

"네놈이 저지른 짓을——깨달아라!"

구웅!

바람이 거세게 몰아쳤다——소용돌이 형상의 기류에 모래 먼지가 일어나 도틴은 두 팔로 눈을 가렸다. 비명, 욕설——그것이 마을사람들의 것인지, 클리오와 매지크의 것인지 잘 알 수 없었지만——.

바람이 수그러들자 그곳에 남은 사람은 도틴뿐이었다.

그는 멍한 표정으로 구경꾼들이 도망친 그곳에서 주변을 둘러보았다. 도망치는 게 늦은 마을사람이나 도망치는 군중에 실컷 짓밟힌 모양인 볼칸이 땅에 쓰러져 있지만, 그 암살자와 클리오, 매지크의 모습은 없었다. 그리고 검은 갑옷과 망령도.

"어……어떡하지."

도틴은 털썩 땅에 주저앉아 신음하듯이 말했다. 그리고 흘러 떨어지려던 안경을 고쳐 썼다.

"대낮에 암살자가 나타나질 않나, 유령이 나오질 않나, 뭔가가 잘

못됐어."

그런 문제가 아닌 기분은 들지만, 일단 도틴이 떠올린 생각은 그 정도였다.

그는 터벅터벅 볼칸 쪽으로 다가갔다. 형은 온몸에 발자국을 또렷하게 새긴 채 땅바닥에 엎어져 뭔가를 웅얼거리는 모양이었다.

"젠장……. 갑자기 남을 구름판 취급하다니……. 이렇게 된 이상 갓난아기로 밤에 울어 죽어──"

"혀, 형. 형."

도틴은 볼칸을 흔들었다.

"어, 어떡할 거야. 클리오도, 그 매지크라는 인간도 사라졌는데."

볼칸도 천천히 몸을 일으키고 관자놀이 부근을 손바닥으로 쓰다듬으며 신음했다.

"으음……. 아무래도 그 유령에게 납치당한 모양이로군."

"응……."

도틴은 주변을 둘러보았다. 그리고 적당히 어림짐작한 위치에서 시선을 멈추었다.

"……어찌되었든 그 사채꾼에게 말할 수밖에 없겠지만──그렇지만──."

그는 거기서 입을 다물었다. 볼칸도 그가 하려는 말을 이해한 모양인지 한껏 인상을 찌푸렸다.

"그 사채업 마술사, 분명 이번 일이 우리 탓이라고 우길 게 뻔해. 지금까지처럼."

"아니, 지금까지의 일은 실제로 형이 발단이었는데……."

하지만 볼칸은 도틴의 말을 무시하고 짤뚝한 손가락을 세우며 제

안했다.

"머리를 싹 밀고 그곳에 먹으로 '미안!'하고 쓰고는 구두를 핥으며 사과하는 건 어떠냐."

"큰 뱀에게 먹히면서 하는 편이 좋지 않을까……."

"내 탓 아닌데."

"내 탓도 아니야."

"부조리하군."

"그렇지?"

지인 형제는 최후의 한 마디를 동시에 내뱉으며 하늘을 올려다보았다.

"라몬…… 포노고로스?"

오펜은 턱에 손을 대고 되물었다. 이끼에 뒤덮여 안이 보이지 않는 수조를 가만히 바라보며.

"나의 아버지——키에프 포노고로스에 대해서는 알고 있겠지?"

목소리는 수조 안에서 들려오는 것이 아니었다——잘 보자 수조 위에 전성관(傳聲管) 같이 가느다란 통이 튀어나와 있었다. 오펜은 아무런 감정이 담기지 않은 눈빛으로 그것을 보고는——

고개를 돌려 힐리에타에게 말했다.

"미안하지만 자리를 비켜줄 수 없겠어?"

"어째서?"

그렇게 물으면서도 그녀는 그가 그렇게 말하리라고 예상했었는지

──한쪽 눈을 감고 미소를 띠며 짓궂은 표정으로 오펜을 보았다.

오펜은 천천히 탄식을 내뱉었다.

"이제부터는 《송곳니 탑》 마술사끼리의 이야기가 될 거라서."

"오케이."

그녀는 곧바로 동의하고는 방에서 나갔다. 무거운 문이 끼이이, 하고 울리며 닫혔다.

오펜은 수조 쪽을 다시 돌아보았다.

"포노고로스에 대해서는 들어본 적이 있는 정도다. 《탑》의 장로들은 그 남자를 특급 금기로 지정했지. 다만──"

가슴의 펜던트──《탑》의 마술사라는 증거인 드래곤 문장을 만지작거리며 말을 이었다.

"우리 교실의 선생은 포노고로스의 연구에 대해 아주 잠깐 흥미를 가진 듯했지. 나도 자료를 본 적이 있어."

"아주 잠깐?"

라몬 포노고로스의 목소리는 놀란 듯이 방에 울렸다.

"그래. 금방 흥미를 잃었지만 말이야. 남은 자료는 불완전했고…… 애초에 그 선생에게는 필요가 없었거든."

"호오……. 필요가 없었다니 무슨 의미지?"

오펜은 초조와 짜증이 섞인 동작으로 머리를 긁적였다.

"포노고로스의 연구는 인간을 인간 이상의 존재로 만드는 것을 명제로 하고 있던 모양이더군. 하지만 차일드맨 교사는──"

거기서 일단 한 번 말을 끊고, 적절한 표현을 찾았다.

"그는 태어날 때부터 이미 인간 이상이었어. 몇 백 년에 한 번 나올 천재였지."

"과연……."

라몬──아니, 그 목소리는 재미있다는 듯이 큭큭 웃었다.

"그렇다면 아버지의 연구는 필요 없었을지 모르겠군. 하지만 자네는 착각을 하고 있어. 아버지의 연구는 결코 인간 이상의 존재를 만드는 것이 아니었다."

"뭐라고?"

"그리고 그것이야말로 키에프 포노고로스의 연구 결과를 《탑》이 인정하지 않았던 이유지. ──아버지는 매일 밤 내게 불평을 했다. 어째서 이해하지 못하는 것이냐며. 아버지는."

목소리는 담담하게 고했다.

"아버지는 드래곤 종족에게 이길 전투 생물을 만들려고 하셨다."

"드래곤에게 이길 생물, 이라고……?"

오펜이 되물었다.

"드래곤──."

라몬은 시가라도 읊듯이 말했다.

"먼 옛날 전설의 시대──거인의 대륙, 요툰헤임에서 신에게서 '마법'의 비의를 훔쳐 '마술'로 만들고 자신의 힘으로 삼았다는 여섯 종류의 짐승들. 인간은 물론 드래곤 종족이 아니었지만, 그 드래곤 종족 중 하나 천인들과 혼혈을 만들어 마술의 힘을 얻었다──. 그 후예가 자네나 아버지와 같은…… 인간의 마술사인 셈이지."

"나나…… 아버지와 같은?"

그의 부자연스러운 표현에 오펜이 질문을 던졌다.

라몬은 웃음을 참는 듯한 목소리로 대답했다.

"그래. 나는 마술사가 아니다. ……아버지의 자식이니 마술의 소양은 있었겠지만 말이다. 하지만 아버지는 내게 훈련을 시키지 못하셨어. 자신의 연구로 바쁘셨으니까."

그리고 그 목소리는 자조하는 듯한 음색으로 변했다.

"그래서 나는…… 그 크리쳐를 처리할 수 없었던 거다."

'크리쳐…….'

오펜의 뇌리에 그 신경질적으로 보이는 젊은이의 '망령'이나 기괴한 뱀인간의 실루엣, 그리고——암살자의 머리를 쥐어 짜부라뜨린 '손'의 모습이 떠올랐다.

하지만——그것이 그 크리쳐라고 불리는 존재라고 한다면——.

"하!"

오펜은 코웃음을 쳤다.

"바보 같군. ——분명 그것들은 일일이 의표를 찌르는 모습을 하고 있긴 했지만, 그런 건 드래곤 종족의 마술에는 통하지 않아. 녀석들의 전투능력은 인간에게는 헤아릴 수도 없을 정도로 강대해. 나도 몇 번인가 녀석들의 마술과 겨룬 적이 있지만——"

"그리고 살아 남았지?"

냉정한 라몬의 목소리에 오펜은 벌리려던 입을 다물었다. 한순간 정적에 휩싸인 방 안에 불빛만 흔들렸다. 라몬은 천천히 말을 계속했다.

"그 크리쳐들은 시험제작품이다……. 아버지는 단계적으로 보다 강한 크리쳐를 만들 셈이었던 모양이야. 인위적으로 진화시킨다는 말도 했었지. 이런 이야기를 아는가? 옛날——인간이 마술의 힘을 얻은 당시는 딱히 특기할 만한 정도의 힘이 아니었다고 하더군. 하지만 시간이 지남에 따라 그 힘은 차츰 커졌다……. 그리고 어떤가.

현재에는 몇몇 드래곤 종족을 능가할 정도까지 성장하지 않았나?"

"하지만 한계는 저절로 찾아올 거라고도 여겨지고 있지. 특히 최근에는 강력한 힘을 가진 마술사가 오히려 감소 경향일 정도고."

"나는 도태되고 있다고 생각한다."

라몬의 말투는 마치 조용한 연구실에서 강론이라도 펼치는 것처럼 매우 침착했다. 오펜은 초조함을 느끼며 전성관을 노려보았다——거기서 어떤 것을 깨달았다. 전성관 위, 수조 위 천장에 구멍이 뚫려 있었다. 쓰레기 투하구처럼 생긴 네모난 구멍이 수조 위에 빼꼼 입을 벌리고.

하지만 오펜이 천장의 구멍을 수상히 여기기 전에 라몬이 말을 이었다.

"인간의 진보는 과거를 보존하려 하지 않아. ……오히려 현재보다 좋은 무언가를 얻은 순간 과거의 무언가가 희생이 되는 방법을 되풀이해 왔지. 만약 마술사의 능력이라는 것에 어떤 단계를 설정할 수 있다고 한다면 지금보다 한 단계 위의 마술사가 탄생한 순간, 그것보다 한 세대 전 수준의 마술사는 사멸하는 것이 아닐까 예상한다. 그 진화의 속도가 급하면 비극이 될 수도 있지만 말이지……."

"그건 댁네 아버지의 의견이기도 한 거냐?"

팔짱을 끼고 오펜이 묻자 라몬의 목소리는 동의의 기색을 풍겼다.

"그래, 그렇다. 아버지는 굳이 그 비극에 도전하려 하였다. 다시 말해 진화의 속도를 빠르게 만들어 보려 했다는 말이다."

"……일단 말해 두는데, 내게는 그다지 흥미 깊은 내용이라고는 보지 않아. 만약 그런 사고의 바탕으로 홀에 있는 《현재의 여신》상에 상처를 입혔다면 뭐, 아까운 짓을 했다고밖에 말을 못하겠군. 저

거, 그럭저럭 비싼 골동품이잖아?"

"……저것에는 또 다른 의미가 있다."

"뭐라고?"

딱히 의미도 없이 비아냥댄 말에 목소리를 낮추며 대답이 돌아올 줄이야, 오펜은 당황했다. 하지만 라몬은 아직 그 부분에 대한 설명을 할 마음은 없는 모양인지 딱히 양해도 구하지 않고 바로 전의 화제로 돌아왔다.

"결국 아버지는 실패하셨다. 뭐, 애초에 인간의 손으로 인간 이상의 존재를 만드는 행위가 하찮은 난센스지. 탄생한 것은 기껏해야 이쪽의 제어조차 통하지 않는 괴물들뿐. 아버지는 크리쳐라고 불렀지만 말이야. 나는 몰래 폴스(실패작)라고 불렀다. 아버지의 연구는, 잘 포장해 봐도 완벽하게 노림수가 엇나간 것이지."

"……나쁘게 말하면, 어떻게 되는데?"

"어리석은 짓이다."

라몬의 말에는 막힘이 없었다.

"아니면 범죄다. 몇 명의 희생자를 내고 스스로 목숨을 끊었지."

오펜은 여관 저택을 세운 명사——마을 외곽에서 변사체로 발견됐다는 명사에 대해 떠올렸다. 그리고 아무래도 좋다고 생각하면서도 일부러 물었다.

"희생자……라면 어느 정도나 있지?"

"그곳에 있는 나무상자의 수를 세어 봐라."

오펜은 고개를 돌려 방에 쌓여 있는 나무상자를 올려다보았다. 대충 세어서——열 몇 개 언저리일까. 스무 개는 되지 않는다.

"하나의 상자에 하나의 동물——뱀이나 토끼 등이 들어 있는데,

그 몸에 최고 세 가지의 《요소》가 담겼다. 쉽게 말해 생물의 시체에 괴물의 알이 둘에서 셋 포장되어 들어간 셈이야. 난 《요소》의 생성법까지는 알지 못하지만 아버지는 아무래도 크리쳐의 전투능력을 조사하기 위하여 극비리에 인체실험까지 한 것 같더군. 《요소》는 상자가 열림과 동시에 부풀어 올라 기생했던 시체를 먹고 성체로 성장한다. 제어할 수 없는 괴물을 보관하는 유일한 방법인 셈이야."

"자, 잠깐 기다려——."

오펜은 뭔가가 떠올라 황급히 손을 들었다.

"설마 싶은데——부풀어 오른다고 했냐? 그 뱀인지 뭔지도 비대화한다는 거냐?"

"……비대화한다만, 그게 무슨 문제지?"

"아아아아아아아!"

오펜은 아우성을 치며 어제 도틴이 이 방의 상자와 똑같은 나무상자와 어마어마하게 커다란 뱀 허물을 끌고 다녔던 일을 떠올렸다.

그리고 그 사실을 전하자 라몬은 별 일 아니라는 듯이 대답했다.

"과연……. 힐리에타에게서 듣기는 했다만, 마을에 출몰하는 크리쳐가 늘어난 건가……."

"그, 그럼——"

"나무상자——아버지는 '크리쳐즈 판도라'라고 불렀다만, 그것은 이곳에 있는 것이 전부가 아니다. 아버지의 사망 소동으로 행방을 알 수 없게 된 것이나, 혹은 도적이 돈이 될 물건이라고 착각해 가지고 나간 것도 있지……. 이 방에서 저것들을 가지고 나간들 난 어쩌지도 못하니 말이야. 그 하나가 숲에 방치되어 있었겠지. 자네의 친구가 연 것인지, 아니면 이미 열려 있던 상자를 발견했을 뿐인지는 알 수 없지만……."

"아아아아아아."

오펜은 두 손으로 머리를 부여잡고 그 자리에 웅크려 앉았다. 그리고 반쯤 울상이 되어 신음했다.

"망할……. 이야기만 들을 만큼 듣고 협력은 거절할 셈이었는데……. 이걸로 관계가 없게 되지 않았잖아."

젠장──그 복너구리놈들, 언젠가 반드시 죽여 버린다!

물론 빚을 징수한 다음에.

오펜은 굳건히 맹세한 뒤 손가락을 하나씩 접으며 말했다.

"……내가 본 크리처인지 뭔지는 전부 해서 세 마리야. 유령 같은 놈이랑 뱀인간, 그리고 손."

"처음으로 거론한 유령은, 새미다."

"……뭐──?"

"그리고 뱀인간이라는 녀석은 키큐임이겠군. 손은…… 켄크림. 그렇다면 같은 판도라에 악셀도 들어 있었을 터이다만."

"아니…… 이름 따위 아무래도……."

하고 말하려던 오펜은, 관자놀이 부근이 욱신거림을 느꼈다. 빙글빙글 단어들이 회전한다. ──새미──그에게 간호를──나는 낙오자──.

그는 포노고로스의 조수──.

아버지는──인간 이상의 존재를 만들려 하였다. ──실패했지만 말이야. 그 노림수가 엇나간 결과──많은 사람이 희생이 되었다. 희생. 비밀리. 인체실험. 희생!

떠올렸다──. 신경질적으로 보이는 백의 차림의 젊은이. 포노고로스! 네놈이 저지른 짓을! 깨달아라!

"포노고로스는 자신의 조수까지 크리쳐로 개조한 건가!"

오펜은 자신도 모르게 절규에 가까운 목소리를 터뜨렸다.

라몬은 대답하지 않았다. ──오펜은 이끼투성이의 수조에 달라붙어 유리를 쿵쿵 주먹으로 두드렸다.

"대답해! 인간을, 전투를 위한 생물로 개조한 거냐!"

"아버지는──"

"빤히 보이는 자작극은 그만 둬, 포노고로스!"

오펜은 정말로 수조를 깨 버릴 듯한 기세로 두드렸다. 주먹의 피부가 찢어져 살짝 피가 스며 나왔다.

"뭐가 라몬 포노고로스냐! 네놈은 포노고로스 본인이잖냐!"

아무런 근거도 없는 때려 맞추기였지만, 수조 안의 포노고로스는 반론하지 않았다. 오펜은 더욱 말을 쏟아냈다.

"포노고로스에게 가족 따위 있을까 보냐! 인간이 싫었으니까 인간을 다른 존재로 바꾸는 연구도 할 수 있었던 거겠지! 네놈은 새미를 전투생물로 개조한 거야!"

"……그렇다면 자네는 순수하게 전투를 위한 훈련을 받은 마술사이지 않나, 키리란셀로?"

지극히 냉정함을 유지하는 수조의 목소리에 오펜은 움찔 몸을 떨며 손을 멈췄다. 온몸에 소름이 돋는 느낌에 한 걸음 뒤로 물러섰다. 목소리는 그런 그를 도발하듯이 이어졌다.

"힐리에타에게 자네의 자료를 읽도록 부탁했지……. 자네가 정말로 내가 준비한 역할──크리쳐의 처분에 적절한 인재인지 아닌지를 확인하기 위해서. 자네는 《송곳니 탑》에서 철저하게 전투와 암살을 담당하는 요원으로 키워졌다. 이떠한 무기도 다룰 수 있으며……
혹은 맨손으로라도 사람을 죽일 있도록 말이지. 본인은 잊었다 여길
지 몰라도 몸은 똑똑히 그 기술을 기억하고 있다. 그렇다면 크리쳐
와 마찬가지가 아닌가?"

"서생님은……."

오펜은 목에 건 펜던트를 힘주어 쥐고는, 머뭇거리면서도 단호한
목소리로 말했다.

"내 담당 교사는 천재였어. 괴물 같은 천재였지. 우리 차일드맨
교실의 학생 전부가 하나가 되어도 손발도 내밀지 못할 정도로 말이
다. 그의 기술 전부를 한 명이 물려받는 일은 불가능했어……."

꿀꺽──. 오펜은 입에 고인 침을 삼키며 말을 이었다.

"그래서 그는 학생 한 명 한 명에게 전부 다른 분야를 가르쳤다.
나는 우연히 그의 전투기술을 배우게 되었지. 하지만, 그래도, 그는
날 길러 줬어. 만들어낸 게 아니라고. 그리고──"

오펜은 최후의 말을, 이를 악물며 중얼거렸다.

"난 이미 키리란셀로가 아니야. 오펜이다."

그렇게 말한 순간──

천장에서 무언가가 들렸다.

…………아아아아아아아아아**아아아아아아아아아**…………

'비명?'

그렇게 생각한 다음 순간에는──

첨버어어어어어어어어엉!

쓰레기 투하구처럼 생긴 천장의 구멍에서 무언가가 미끄러져 떨
어지더니 수조 안에 낙하했다.

이끼로 탁해진 물이 천장까지 솟구치고, 유리 안도 탁한 물이 마구 휘젓듯이 소용돌이를 그리는 모습을 보고 오펜은 순간적으로 외쳤다.

"나 발하노라, 빛의 칼날!"

손에서 터져 나온 광열파는 수조의 정면에 명중해 폭발했다. 사방으로 튀는 유리조각을 집어삼킬 기세로 더러운 물이 흘러 넘쳤다. 방 안으로 쏟아진 물 안에는 익숙한 얼굴 한 명과, 유선형의 기묘한 물체가 하나——.

일단은 아는 쪽부터다. 오펜은 그쪽으로 달려갔다.

"매지크!"

그는 금발이 이끼로 더러워진 제자의 팔을 잡고 물속에서 꺼냈다. 매지크는 한 번 기침을 토하고는 투명한 눈에 눈물을 담고 외쳤다.

"스승님! 왜 중요할 때엔 안 계시는 거예요!"

영문을 알 수 없었지만 일단 사과하는 게 좋을 듯했다. 오펜은 제자의 박력에 거의 주눅이 드는 듯한 기세로 고개를 숙였다.

"아, 아아, 미안."

"미안이 아니에요! 클리오가, 죽었단 말이에요!"

"……뭐?"

너무나도 갑작스러운 말에 오펜의 뇌는 이해를 거부했다. 아무 것도 듣지 않은 시늉을 하고——그는 문득 자신의 발밑을 보았다.

매지크도 그 시선을 따라가 그것을 본 모양이었다——. 헉, 하고 숨을 들이쉬는 소리가 들렸다.

그의 발밑에는 길이 2미터는 됨직한 거대한 물고기가 뉘여 있었다. 형태로 보자면 참치에 가까울지 모른다. 도회에서 자란 오펜에게는 통조림에 들어 있지 않은 물고기의 구별 따위 불가능했지만, 물고기는 새빨간 아가미를 크게 부풀리더니——호흡을 할 수 없는 탓인지 갑자기 축 늘어져 움직이지 않게 되었다. 하지만 그가 응시한 것은 그런 물고기의 죽음이 아니었다.

물고기의 배——새하얀, 아니, 은색으로 빛나는 비늘로 감싸인 배에 사람이 붙어 있었다. 아니, 정확하게는 물고기의 비늘 안에 있는 듯했다. 마치 뱀에게 삼켜진 짐승이 그 뱀의 위장을 한껏 부풀린 듯한 모습이다. 얇은 고무막으로 감싸여 접착된 것처럼 납작한 눈과 코의 윤곽만을 드러낸 채 차렷 자세의 인간이 물고기에 달라붙어 있었다. 하지만 그 입 부분만은 살짝 벌어져 가느다란 튜브를 물고 있었다. 그 튜브는——시선을 더듬어 보자——역시나, 수조 위 전송관으로 이어진 듯했다.

거기까지 관찰할 즈음에서 물고기는 이미 완벽하게 움직이지 않게 된 상태였다.

"뭐, 뭔가요, 이게……?"

매지크가 얼굴에 잔뜩 달라붙은 이끼를 떼며 물었다. 오펜은 고문이라도 당한 듯한 심정으로 대답했다. 질문과 전혀 상관없는 말을.

"나도 몰라. 자기까지 크리쳐로 개조한 거야, 이 바보 자식……."

"……예?"

"단지 할 수 있는 말은…… 이것이, 라몬인지 키에프인지 알 수 없는 흑마술사 포노고로스의 최후라는 거다."

그리고…….

기적을 느꼈다기보다, 아마도 그곳에 있으리라는 직감으로 오펜은 뒤를 돌아보았다. 발밑에서 더러운 물이 튀기며 소리를 냈다. 그리고 돌아본 그곳에는——

천장의 구멍에서 검은 안개가 천천히 내려오고 있었다. 안개는 역시나 사람의 형상이 되더니——떨리는 눈으로 이쪽을 노려보았다.

"놓칠까 보냐——포노고로스——."

그 안개가 힐끗 매지크를 보자, 소년은 파르르 몸을 떨었다.

"저만 간신히 도망쳤어요. 틈을 보다가 쓰레기 투하구 같은 곳을 발견해서. 하지만 클리오는——"

거기까지 말하고는 더는 말하지 못하는 기색이었다. 매지크가 몸을 떨면서 다시 눈가에 눈물이 맺히는 모습을 보고, 오펜은 천천히 발밑에 축 늘어진 물고기를 가리켰다.

"포노고로스라면 이 녀석이다. 이미 죽었어."

하지만 망령——새미는 완고한 태도로 고개를 저었다.

"그것은——크리쳐다——포노고로스가 아니다——."

"큭……."

'설마…… 포노고로스 자식, 새미에게서 도망치기 위해 자신을 개조한 건 아니겠지?'

오펜은 살짝 자세를 낮췄다. '망령'을 상대로 어떤 마술이 통할지 짐작도 되지 않았지만…….

바로 그때, 등 뒤에서 문이 열리는 소리가 들렸다. 오펜은 고개를 돌리지 않았지만 그 문을 연 힐리에타가 단호하게 내뱉는 말은 뚜렷하게 들렸다.

"어서 와, 오펜. 소개해야겠네. ——그가 내 진짜 스폰서, 새미야."

제5장 대결하는 어리석은 자들

깨진 수조에서 흘러나온 오수가 바닥에 떨어져 튕기고는 다시 떨어졌다. 힐리에타가 연 출입구 쪽으로 흘러가는 물 위에서 오펜은 말없이 서 있었다. 단지 가만히 '망령'──새미를 노려보며 매우 냉정하게 생각에 잠긴 채로.

'포노고로스의 이야기로는, 크리쳐는 전부 네 마리……'

그가 전혀 반응하지 않자 조금 의외였는지, 힐리에타가 조금 목소리를 높였다.

"포노고로스는 수많은 크리쳐를 만들었어. 동물이나…… 혹은 무생물을 기반으로 해서. 하지만 그가 궁극의 목표로 삼았던 것은, 오펜, 인간을 개조하는 것이었어."

"그래서…… 희생자로 뽑힌 게 이 녀석이었다는 건가."

오펜은 매지크를 자신의 뒤로 밀어내며 천천히 물었다. 눈앞의 새미는 하늘하늘 윤곽을 무너뜨렸다가 다시 되돌리길 반복하고 있었다.

힐리에타가 앞으로 나오고 있음을 젖은 바닥을 밟는 딱딱한 발소리가 알려 주었다. 그녀는 오펜의 옆에 서서 조용히 칼집에서 단검을 빼 손에 들었다.

"맞아. 그의 이름은 새미. 포노고로스의 조수로서 이 저택에 산 인물이지. 지금은 포노고로스가 만든 최후의 크리쳐야. 최후이자…… 최악의."

"……저 녀석에게는 멀쩡한 사고능력이 남아 있는 거냐?"

오펜은 오른손을 새미에게 내밀어 위협하며 조용히 물었다. 힐리에타의 표정이 움찔 일그러지는 모습이 보였다. 그녀는 잠시 고민하다가…… 고개를 저었다.

"있을 리 없잖아. 육체도, 뇌도 없는걸. 훨씬 전에 발광해서 마술사를 보면 덮칠 뿐이야. 포노고로스와 착각해서 말이야. ──온다!"

그녀가 외침과 동시에──오펜은 등 뒤에 있는 매지크의 어깨를 붙잡아 깨진 수조 쪽으로 뛰어 피했다. 힐리에타도 방 반대쪽으로 똑같이 뛰어 물러났다. 그 모습을 보며 오펜은 자신들 사이를 어마어마한 기세로 스쳐 지나가는 검은 안개에 전율했다. 안개──새미가 질풍 그 자체처럼 지하실의 공기를 가르고 입구 옆 벽에 격돌하여 흩어졌다. 폭음과──벽에 망치로라도 때린 것처럼 무수한 균열을 남기고.

오펜은 탄식이 섞인 목소리로 중얼거렸다.

"아무래도 느긋하게 사정을 들을 여유는 없는 것 같군. 나중으로 미루자."

하지만 그런 소릴 중얼거릴 여유조차 없었던 모양이다. 화아악……하고 방 전체로 펼쳐진 안개는 다시 천천히 방의 중앙에 모이더니──인간의 형태를 취하자마자──

다시 이쪽을 향해 날아왔다!

"나 발하노라, 빛의 칼날!"

오펜은 닥쳐오는 안개 한가운데를 향해 외쳤다. 열파를 흩뿌리는 빛의 소용돌이가 새미의 안개를 사방으로 흩뜨렸다. 흩어진 안개가 된 새미는 바다를 떠도는 물고기 무리처럼 천천히 방황하고는……

세 번째로 방 중앙에 모였다.

"스, 스승님……."

뒤에서 매지크가 겁에 질린 목소리로 말했다. 오펜은 새미에게 시선을 두고 귀찮다는 듯이 물었다.

"뭐야."

"저런 유령을 어떻게 쓰러뜨려야 하나요……?"

"녀석은 유령 같은 게 아니야. 전투용 크리처다."

"그, 그러니까, 그 크리처라는 건 어떻게 쓰러뜨리는데요?"

"거기 있는 물고기한테 물어."

오펜은 그렇게 말하며 바닥에 쓰러져 있는 포노고로스의 시체를 가리켰다. 비아냥댈 셈으로 한 말이었지만 매지크는 아무래도 진심으로 받아들인 모양인지, 하아, 하고 한숨을 쉬며 엉금엉금 그쪽으로 향했다──.

"위험해!"

오펜은 상황을 알아차리고 뒤에서 매지크를 떠밀었다. 체구가 작은 소년은 그대로 몇 걸음 비틀대더니 오수로 더러워진 바닥에 고꾸라졌다. 그리고 벌떡 일어나 비난이 담긴 표정으로 오펜을 보았다.

"뭘 하시는 거예요, 스승님──"

하지만 소리를 지르려던 매지크도 깨달은 모양이었다. 방금 전까지 그가 서 있던 바닥에서 짧은 팔을 한껏 뻗은, 나이프가 달린 '손'이──켄크림이 나타난 것을.

"켁……."

매지크가 기분 나쁘다는 듯 내뱉는 신음이 축축한 공기의 지하실에 울렸다. 오펜은 재빨리 자신의 팔을 활시위처럼 당기며 외쳤다.

"나 치켜드노라, 항마의 검!"

그 외침과 동시에 손안에 실제로 검을 쥔 듯한 무게감이 느껴졌다. 그는 숨도 들이쉬지 않고 그 보이지 않는 '검'을 바닥의 켄크림이 모습을 보였던 부근에 내려쳤다. '검'이 굉음을 내며 콘크리트 바닥을 몇 센티 정도 파고들었지만――아무런 성과도 없이 통통한 '손'은 균열이 생긴 바닥으로 천천히 가라앉아 사라졌다.

그리고――

"우와악!"

다시 매지크가 비명을 질렀다. 고개를 돌리자 뭔가 검은 채찍 같은 것이 여러 개 천장의 구멍에서 모습을 드러내고 있었다. 채찍은 촉수처럼 기분 나쁜 동작을 보이더니 느닷없이 튀어올라 힘차게 매지크의 발밑에 작렬했다. 촤악! ――하고 고깃덩어리를 후비는 소리와 새카만 피가 육편과 함께 튀었다. 명중한 것은 매지크가 아니라 그의 발밑에 굴러다니던 포노고로스의 시체였다. 거대한 물고기의 시체가 차가운 피를 튀기며 양단되었다.

"나 발하노라――"

오펜은 구멍으로 조준을 맞추고 오른손을 들었다. 하지만 그보다 먼저 채찍이 이쪽의 기척을 깨닫고 목표를 오펜으로 변경하는 모습이 보였다――.

'늦었어!'

오펜은 마음속으로 비명을 질렀다.

마술의 발동보다 상대가 이쪽의 목을 쳐내는 게 더 빠를 터. ――하지만――

키잉!

날카로운 쇳소리에 목을 움츠리자 그의 바로 옆에서 힐리에타가 검은 채찍 끝을 나이프의 칼등으로 받아내는 모습이 보였다. 그녀의 얼굴──긴장한 미소를 띤 여윈 표정에서 눈길을 피하며 오펜이 외쳤다.

"나 발하노라, 빛의 칼날!"

번쩍! ──

새하얀 섬광이 지하실을 비스듬하게 가로지르며 구멍을 포함한 천장의 일부를 부쉈다. 파편과 함께 토사가 떨어지고, 동시에──더스트 슈트 통로에 끼어 있던 모양인 인물이 무거운 소리를 내며 바닥에 떨어졌다. 바닥에 아직 남아 있던 물에 뒤섞인 토사에 범벅이 되며 천천히, 그 인물──새카만 갑옷이 몸을 일으켰다.

힐리에타가 나이프를 한손에 들고 경고했다.

"……저것이 악셀. 조심해. 위험한 녀석이야."

"무슨 소리세요! 전부 다 위험하잖아요!"

매지크가 비명처럼 날카롭게 소리를 지르며 이쪽으로 달려왔다.

'뭐, 그렇지──.'

오펜은 마음속으로 동의하며 이미 방 한가운데에서 인간의 형상을 취한 새미를 보았다.

"어디에서 얼굴을 내밀지 알 수 없는 '손'에, 어마어마한 속도로 채찍인지 강선인지를 던지는 '갑옷', 거기에 더해 열도 충격파도 듣지 않는 '망령'이라. 이 녀석들을 쓰러뜨리려면 실력 좋은 마술사가 한 부대는 필요해. 나보고 어쩌라는 거냐."

"그를 죽여 줘."

힐리에타가 즉답했다.

"……뭐?"

"할 수 없다는 말은 듣지 않을 거야. 이러쿵저러쿵 말해도 당신은 이 대륙에서 가장 사람을 능숙하게 죽일 수 있는 남자잖아. 흑마술사 차일드맨의 애제자──《송곳니 탑》의 키리란셸로!"

"?"

매지크에게는 그녀의 말이 하나부터 열까지 이해되지 않았으리라. ──오펜과 힐리에타를 번갈아 보며 어리둥절한 표정을 지었다. 오펜은 어금니를 악물고 그녀를 노려보았다. 힐리에타는 방심하지 않고 크리쳐들을 향해 나이프를 들며 이쪽의 반론을 예상하고 기다렸다. 하지만──오펜은 반론하지 않았다.

그 대신 패배의 변명삼아 한 마디만은 해 두기로 하였다.

"……녀석들이 인간이었을 경우의 이야기잖냐."

"새미는 인간이었어."

"알 게 뭐야."

오펜은 낮은 목소리로 불평했다. 속이 굉장히 부글부글 끓었다. 당사자인 새미는 '갑옷' 뒤에 대기하듯이 서서 이쪽을 보고──토사 안에서 일어선 칠흑의 '갑옷' 악셀은 무표정하게 우두커니 서 있다. 어디에 있는지 알 수 없는 '손'은, 기척만 사방팔방에서 느껴졌다. 이대로 녀석과 맞붙어 보아야 언젠가 이쪽이 체력을 소모하여 자멸할 것이 틀림없다.

'최선의 수는 도망치는 거겠지. 하지만…….'

오펜은 이마의 땀을 훔치고 나지막하게 내뱉었다.

"괴물이 되는 건, 아자리 혼자만으로 충분했다고."

"……어?"

스스로도 생각한 것보다 큰 목소리를 내뱉은 모양이었다. 매지크와 힐리에타가 동시에 그를 돌아보았다.

오펜은 그런 그들을 무시하고 조용한──고요한 눈빛으로 정면의 매지크를 보았다.

"……매지크. 클리오가 죽었다는 게 사실이냐."

"아……."

벌린 입에 손을 대며 매지크가 경악했다. 내뱉었던 말을 후회한 것이리라. 하지만 그대로 말없이 바라보자 그는 더러워진 얼굴에 조용한 그늘을 드리며 고개를 끄덕였다.

"예──예에."

"그래……."

오펜은 그 말만을 남기고 이번엔 힐리에타를 돌아보았다.

"이 자리에선 퇴각이다. 이런 밀실에선 언젠가 궁지에 몰릴 거야. 신호를 하면 출구를 향해 뛰어. 네가 처음이고, 다음이 매지크──"

"……일단 네 의견에는 찬성인데."

힐리에타는 새빨간 입술을 깨물며 오펜의 말을 가로막았다.

"중요한 걸 잊고 있진 않아? 크리쳐는 전부해서 네 마리야."

그녀의 중얼거림에 퍼뜩 놀라며 오펜은 훤히 문이 열린 출구로 시선을 던졌다──.

그곳에는 홀쩍 마른 체구의 반인반사(半人半蛇)──키큐임이 딱히 무언가를 할 기색도 없이 멍하니 서 있었다.

"으……."

길고 가는 신음을 쥐어짜듯이 목구멍에서 밀어내며——코젠은 의식을 되찾았다. 머리 안쪽에서 파도가 몰려오듯이 두통이 느껴졌다. 침착하게 몸의 감각을 살피자 아픔이 머리만이 아님을 깨달았다. 왼쪽 어깨의 상처도, 출혈은 멎은 듯했지만 두통이 남아 있다.

"빌어——먹을."

그는 침을 뱉으며 상체를 일으키고, 아픈 머리를 누르며 주변을 둘러보았다. 아직도 흐릿한 시야로는 너무나 어두웠다. ——실명한 것이 아닐지 오싹한 의문이 솟아올랐다. 하지만 잠시 후 눈이 천천히 어둠에 적응되었다.

그곳은 방 안이었다. 창문이고 뭐고 전부 안쪽에서 덧대어 막은, 창고로나 쓸 법한 방이었다. 다만 힐끗 둘러보기만 해도 이 방이 창고가 아님은 쉽사리 알 수 있었다. 그가 쓰러져 있는 곳은 바닥 위였지만 방 중앙에는 떡하니 침대——정확하게는, 수술용 침대가 있었다. 천장에 조명기구 부류는 없었지만 가스등을 매다는 후크만은 당장에라도 떨어져 나갈 듯하면서도 매달려 있다. 뭐, 방에 불빛이 완전히 없는 것은 아니라 천장에 큰 구멍이 뚫려 그곳으로부터 한낮의 푸른 하늘이 엿보였다.

방은 상당히 넓었고, 막연한 느낌으로 2층임을 예상했다. 방구석에는 잡동사니로밖에 보이지 않는 잔해에 뒤섞여 캐비닛이나 수술용품? 같은 것들도 보였다.

"수술실이라……."

코젠은 지극히 단순히 그런 결론을 내렸다. 그렇다면 이곳은 병원 같은 곳일까…….

허리에 찬 칼집에서 검을 뺀 코젠은 주의깊이 주변을 살폈다. 기억은 확실하지 않았지만 자신은 그 정체 모를 '망령' 놈에게 이곳으로 끌려온 것이다──. 아마도. '망령'이 일으킨 돌풍과 소형 소용돌이에 태워서. 저 천장 구멍으로 이 방에 떨어뜨린 것이리라. 그런 방법으로 장거리를 이동할 수 있을 리 없을 테니 이곳은 마을에서 그리 멀리 떨어지지 않았을 터다.

"잠깐."

코젠의 머릿속에 어떤 생각이 스쳤다.

"그래──. 포노고로스다. 그렇게 말했었지. 이단자 포노고로스의 저택이 이 부근에 있다는 말을 들은 적이 있어. 어쩌면 이곳이 그곳일지도 몰라……."

그는 발걸음을 내딛고는 우직, 하는 감촉을 발밑에서 느꼈다. ──질색이라는 표정으로 아래를 보았다. 그것은 거대한 먼지덩어리였다. 짓밟힌 덩어리 여기저기에서 가늘고 흰 뼈가 튀어나오듯이 꽂혀 있다. 아무래도 고양이 뼈인 모양인데──곳곳에 고양이의 것으로는 보이지 않는 기괴한 뼈도 섞여 있다.

"완전히 부식해 먼지가 된 건가. 그건 그렇고 뭐냐, 이건. 고양이라는 놈이 다리가 다섯 개나 있었나?"

있을 리는 없지만 그런 것은 아무래도 좋다. 코젠은 그렇게 판단하고 고개를 들었다. 중앙에 있는 침대가 마음에 걸렸다. 누군가가 힘없이 그 위에 누워 있었다──.

가까이 다가가자 그 사람은 아까 마을에서 만난──게다가 자신을 발로 차기까지 한 소녀임을 알 수 있었다. 눈을 감고 가슴 앞에 손을 겹쳐 얹고는 손가락 하나 꼼짝 않고 누워 있다. 호흡을 하는 움직임조차 없었다.

'외상은 없어 보이는데…….'

코젠은 의아해하며 소녀의 목에 손가락을 대었다. 그리고 잠시 후 탄식했다.

"죽었군. ──아니……? 뭐지?"

알 수 없다. 분명히 맥박은 없다. 체온도 실온보다는 높지만 상당히 낮았다.

하지만 위화감이 느껴졌다. 이 소녀의 가슴에 나이프라도 꽂혀 있었다면 코젠도 그다지 신경을 쓰지 않았겠지만──죽은 원인을 전혀 짐작할 수 없었다. 질식사라면 이렇게 깨끗한 얼굴로 죽을 리 없다. 척추 같은 곳이 부러진 흔적도 없다. 쇼크사라면 눈을 감고 있는 것이 이상하다. 가스 중독사나 동사라면 이런 상태로 시체가 발견되는 경우도 있지만 이렇게 여름도 가까운 계절에 동사고 뭐고 있을 수 없는 일이고, 가스라면 자신도 마찬가지로 죽었을 터이다. 유일하게 있을 법한 원인이라면 병사지만, 빈사 상태의 병자에게 자신이 그렇게까지 화려하게 발차기를 먹었으리라고는 생각할 수 없다.

"뭐…… 됐어."

코젠은 그 한 마디로 추측을 마치고 검을 집어넣은 다음 대신 소녀를 안아 올렸다. 딱히 의미는 없고 결국은 자신이 짐작할 수 없는 살인 방법이 있을 뿐이라고 여겼지만, 가령 시체라고 해도 안면이 있는 여자아이를 이런 괴물 저택에 놓고 떠나자니 잠자리가 뒤숭숭할 테니까.

생각했던 것보다 가벼운 소녀를 두 손으로 들어 올린 코젠은 어떻게 해야 할지 망설이듯이 주변을 둘러보았다. 바로 앞에는 출입구가

있다. 하지만——순순히 그곳으로 나가도 괜찮을지 어떨지 확신이 서질 않았다. 소녀의 겨드랑이 밑 부근에서 그의 오른손 흉터가 고뇌하듯이 움직였다.

그때——

그는 문득 묘한 사실을 깨달았다. 잡동사니에 뒤섞여 방구석에 실내에 있는 것이 아니라면 우물이라고 착각할 법한 구멍이 있었다. 그곳으로 다가가 들여다보자——

쿠우우우우우우우우우우우웅!

폭음이 들린 다음 섬광 같은 것이 번쩍였다.

"——마술인가?"

그가 중얼거림과 동시에.

"그거 전부 위험하다고요!"

분명히 이 소녀와 함께 있던 그 견습 마술사 소년의 목소리가 희미하게 들렸다.

"이 구멍 밑에서…… 전투가 일어난 건가?"

코젠은 빠른 말투로 중얼거렸다.

"깊이로 따지면…… 지하실, 즈음인가. 마술을 썼다는 것은 그 남자가 그곳에 있다. ——뭐지?"

쿵!

갑자기 몸을 밀어내는 힘에 코젠은 두세 걸음 뒤로 물러났다. 그를 떠민 것은——검은 안개!

동시에 그를 감싸듯이 솨아——하고 안개가 퍼졌다. 원래 검은 방 안이지만, 이번에는 소용돌이를 그리는 암흑에 집어삼켜졌다. 혼란스러운 상황에서 코젠은 소녀의 시체를 떨어뜨려 혀를 찼다. 그녀를 버려두고 가자니 가엾지만——도망치지 않으면 자신이 당할 것이다.

"망할——!"

허리춤의 칼집에 손을 가져갔다. ——하지만 있어야 할 검이 없었다.

"뭐——?"

비명을 지르는 그의 눈앞에 갑자기 검은 안개가 둘로 갈라졌다. 그 한가운데에서 그의 검이 서슬 퍼런 칼날을 빛내고 있었고, 원래의 주인은 그의 가슴으로 검이 날아오는 광경을 보았다——.

"……실력으로 보아 뭘 어떻게 해도 당해낼 수 없는 상대와 싸워야만 할 때——그리고 그 녀석에게 어떻게 해서든 이기고 싶을 땐 어떻게 하면 될 것 같은가, 키리란셀로?"

천천히 검은 그림자 안쪽에서 말을 거는 사람은 조용하고 감정이 없는 목소리——대륙 최강의 흑마술사 차일드맨…….

오펜, 아니, 당시의 키리란셀로는 모르겠다고 대답했다. 그 대답에 교사는 어깨를 움츠리며 뜸들이지 않고 말했다.

"사기를 치면 된다."

떠올려 버렸다——. 오펜은 혀를 찼다. 차곡차곡 쌓인 십수 개의 나무상자를 등지고 이쪽을 보며 나란히 선 새미와 '갑옷'——그리고 유일한 출구를 막고 이쪽을 포위하듯이 서 있는 '뱀', 그리고 모습이 없는 '손'——네 마리 크리처의 기척을 가만히 견디며 그는 혼잣말을 내뱉었다.

"떠올려 버렸어."

"예?"

그 혼잣말에 매지크가 눈을 휘둥그레 떴다. 그는 미아가 될 뻔한 어린아이처럼 힐리에타의 허리에 꼭 매달려 있다. 암살자가 귀찮다는 듯이 내려다보았지만 매지크는 깨닫지 못한 모양이었다.

오펜은 살짝 쓴웃음을 지으며 이마의 반다나를 잡아 벗었다.

"떠올려 버린 이상…… 잠시 동안 난 오펜이 아니야."

어리둥절한 시선을 보내는 제자를 무시하고 말없이 소년에게 반다나를 던졌다. 다음으로 재킷을 벗고 그것도 건넸다. 마지막으로…… 목에 건 문장 펜던트도 벗었다.

검에 얽힌 외다리 드래곤의 문장——《송곳니 탑》의 흑마술사라는 증명. 손에 들고 찬찬히 바라보았다. 날개를 펼친 드래곤의 등, 즉 문장 뒤쪽에는 주인의 이름이 새겨져 있다. 그의 문장에는 키리란셀로——대륙 마술사들 사이에서는 기괴한 전설이 되려 하는 이름이 적혀 있다. 오펜은 그것을 보고 씨익 웃고는——그 은제 펜던트도 매지크에게 건넸다.

"스승님……?"

그렇게 건네받은 짐들을 두 손에 든 매지크가 오펜을 보며 이름을 불렀다. 오펜은 새미 쪽으로 시선을 던지며 입을 열었다.

"내가 죽으면 그 문장을 가지고 《송곳니 탑》으로 가라. 적어도 상대는 해 줄 거다. 《탑》에서는…… 차일드맨 교실의 포르테 퍼킹검을 교사로 골라. 내 이름을 대면 어지간해선 거절하지 않을 거야."

"스, 스승님!"

매지크가 완전히 경악한 얼굴로 소리쳤다. 그는 녹색 눈동자를 크게 뜨며 말을 이었다.

"죽으면이라니, 무슨 불길한 말씀을――"

"아 거 시끄럽네. 만에 하나의 일이야. 보험이라고."

오펜은 이번엔 힐리에타를 바라보았다.

"저 '뱀'은 내가 처리한다. 녀석이 입구에서 모습을 감추면 매지크를 데리고 도망쳐."

"……처리한다니, 어떻게 하려고?"

뺨에 땀을 늘어뜨린 힐리에타가 물었다. 오펜은 대답하지 않았다.

"그걸 말하면 녀석들에게도 알려지잖냐. 어쨌든 내가 녀석들을 잡아 두겠어."

"혼자서 이 녀석들 전부와 싸울 셈이야?"

"뭐, 그렇게 되겠지."

"아무런 조력도 없이 싸울 수 있다고 생각해?"

'……클리오와 똑같은 소릴 하는군.'

오펜은 쓴웃음을 지으며 말했다.

"그래."

그가 너무나 망설이지도 않고 고개를 끄덕여 의표를 찔린 것이리라. 힐리에타가 한 번 놀란 표정을 짓는 모습이 보였다. 그 옆에서 매지크가 초조한 표정을 지으며 빠른 말투로 끼어들었다.

"전부랑 싸울 수 있을 리 없잖아요, 이런 녀석들을 상대로!"

"돼."

오펜은 무표정하고 조용한 미소를 띠었다――.

"같이 뒈지는 한이 있어도 이 녀석들을 전부 스탭해 줄 거다."

스탭(stab, 암살)이라는 말이었지만 매지크는 그런 단어는 모르는 듯했다. 이해가 가지 않는다는 눈빛을 보내왔지만 곧바로 그런 것은 아무래도 좋다는 걸 깨달은 모양이었다.

"왜 그런 짓을 할 필요가 있는데요! 이딴 녀석들 스승님이랑은 상 관없잖아요!"

"네가 말했잖냐. 클리오가 이 녀석들에게 죽었다고 말이다."

"예……!?"

매지크가 경악해 소리를 질렀다.

"설마 스승님, 원수를 갚겠다는 건가요?"

"이 녀석들은 클리오를 죽였어. 그에 상응하는 대가는 치르게 해 야지."

그렇게 말하며 오펜은 달리기 시작했다. 지하실 안쪽——새미를 향해 일직선으로. 그의 움직임을 본 '갑옷'이 느긋하고 완만한 동작 으로 움직였다——.

"오펜!"

"스승님!"

등 뒤에서 쫓아오는 두 사람의 부름을 무시하며 오펜이 크게 외 쳤다.

"나는 여기다, 새미!"

바로 앞으로 다가온 '갑옷'의 칠흑색 투구를 향해 오른손을 내밀 며——

"내가 포노고로스다!"

그 목소리를 주문으로 삼아 마력을 방출했다. 지근거리에서 터진 광열파가 정면에서 '갑옷'의 안면을 후려쳤다. 딱히 공격이 통한 감촉은 느껴지지 않았지만 그래도 폭발의 충격으로 2백 킬로는 나갈 듯한 거대한 갑옷의 인영이 수 미터 뒤까지 날아갔다. 와장창, 하고 무거운 울림이 지하실에 울려 퍼졌다.

오펜은 발을 멈추지 않고 그대로 달렸다.

그 정면에서 새미가——명백히 굳어진 표정으로 외쳤다——.

"포노고로스——여기다! 죽여라——!"

키샤아아아아아아아아!

뒤쪽, 방 입구 부근에서 괴성이 들렸다. '뱀'이 목을 쥐어짜 내뱉은 소리——생각했던 대로다, 하고 오펜은 마음속으로 내뱉었다.

'역시 이 크리처 놈들은 전부 새미에게 조종당하고 있군!'

"나 발하노라, 빛의 칼날!"

혼신의 힘을 담은 빛의 격류가 새미의 중심에 꽂혔다. 폭음과 함께 새미의 안개로 된 몸이 문자 그대로 사방팔방으로 흩어졌다.

동시에 오펜은 휙 몸을 돌렸다. 입구에 대기하고 있던 '뱀'이 휘청대는 발걸음으로, 하지만 이상할 정도로 재빠르게 이쪽으로 오고 있었다. 매지크와 힐리에타의 옆을 지나——정면에서 보면 럭비공 같은 형태의 머리가 입을 벌리더니——

쉭!

짧은 숨소리가 들리더니 그 입 중앙에서 갈색으로 보이는 액체가 분사되었다. 오펜은 순간적으로 옆으로 뛰어 피했지만, 바닥에 쏟아진 액체는 이상한 소리와 냄새를 내며 흰 연기를 피워 올렸다. 슈우슈우 소리를 내며 콘크리트 바닥이 녹아들었다.

'독액!'

오펜은 미끄러지듯이 '뱀'의 몸 옆을 빠져나가 등 뒤로 돌아가며 그 공격의 정체를 깨달았다. 곧바로 턱, 하고 가볍게 손을 대듯이 '뱀'의 비늘투성이인 등에 오른손을 올리고,

"나 보노라, 혼돈의 공주!"

초중력의 소용돌이가 뱀인간의 몸을 감싸더니, 길고 가느다란 그 몸을 가차 없이 바닥에 내동댕이쳤다.

침몰하는 배와 같은 모양새로 쓰러지는 '뱀'을 지켜보지도 않고 왠지 모르게 다음 공격을 예상한 오펜은 위로 뛰었다. ──밑을 보자 역시 바닥에서 튀어나온 켄크림의 손가락이 사냥감을 놓쳐 분하다는 듯이 다시 바닥으로 사라지는 광경이 보였다.

탁, 하고 착지한 오펜은 크리쳐들을 돌아보았다. 이곳에는 이미 매지크와 힐리에타의 모습은 없다. 서둘러 계단을 달려 올라가는 발소리가 바쁘게 울릴 뿐이다.

가만히 적들을 바라보자──각각 일격을 받았음에도 크리쳐들은 전혀 대미지를 입은 모습을 보이지 않았다. '갑옷'은 아무 일도 없었다는 듯이 천천히 일어나고, '뱀'도 치릭치릭 소리를 내며 어깨 너머로 이쪽을 보았다. 일단은 흩어졌던 새미도 역시 또 같은 위치에 모이고 있었다. '손'은 어디에도 모습을 나타내지 않는다.

전투생물들과 방에 홀로 남은 오펜은 팔짱을 꼈다. 그대로 대치하며──새미가 다시 원래대로 돌아오려는 모습을 지켜보며 그가 말했다.

"까불지 마라. 난 진심이다. 만약을 위해 말해 두는데……."

눈꼬리를 위로 치켜 올리며.

"난 완전히 화가 났거든."

제6장 어리석은 자들이 어리석은 짓을 그만두다

"나 발하노라, 빛의 칼날!"

한 줄기의 광열파가 몸을 일으킨 '뱀'의 머리를 뒤흔들었다. 옆에서 휘두른 망치로 얻어맞은 듯이 쓰러진 뱀인간에게 오펜은 더욱 주문을 박아 넣었다.

"──빛의 칼날!"

문자 그대로 빛의 검처럼 하얀 빛의 띠가 표적의 몸을 세로로 베었다. 그리고──

"나 발하노라, 빛의 칼날!"

쿠쿵! ──작은 폭음을 내며 세 번째의 광열파가 불꽃을 피웠다. 공간에 고여 있던 열기가 구상번개로 화한 것이다. 다만──새빨간 빛을 피우는 열파 안에서도 '뱀'은 상처를 입지 않은 듯했지만.

그 모습을 지켜본 오펜은 뒤로 뛰었다. 탁, 탁, 하고 뒤를 향해 점프하며 그대로 지하실에서 바깥으로 뛰쳐나갔다. 다음에 훤히 열려 있던 문을 있는 힘껏 밀어 닫았다. 다음에는 두 손을 문에 댄 채로 외쳤다.

"나 닫노라, 경계의 테두리!"

덜컹──하고 무거운 철제 문이 흔들렸다. 이것으로 이 문은 어지간한 일로는 움직이지 않게 되었을 터. 또한──

"나 내리노라, 거인의 행운!"

그렇게 외친 순간 문이 태동하듯이 진동했다. 지켜보는 동안 문은 아주 살짝 팽창하더니 주변의 벽에 우직 소리를 내며 박혔다. 문의 금속을 팽창시킨 것이다.

오펜은 후우, 하고 탄식했다. 그리고 턱 밑으로 흐르는 땀을 훔쳤다.

"여기까지 하면 해체반이라도 부르지 않으면 열지 못할 거다──저 새미나 갑옷이라면 모를까, 적어도 뱀 녀석은 폐호흡을 할 테니 저 불꽃 안에 가둬 놓으면 질식해 죽겠지──."

그는 자신에게 확인하듯이 중얼거렸다. 그리고는 지하실 안의 흐릿한 조명이 차단되어 새카맣게 어두워진 계단 층계참에서 공포를 느낀 듯이 몸을 떨었다. 문에서 문을 떼고 한차례 숨을 내쉬었다. ──그러자──

찌이이이이이이익!

젖은 천이라도 찢어지는 듯한 소리가 한 번 울리더니, 문이 파고 든 벽의 틈새에서──옅은 황색의 액체가 스며 나왔다. 악취가 코를 찌르고, 벽은 점점 녹더니──

이윽고 문이 이쪽으로 쓰러졌다.

"우와앗!"

오펜은 뒤로 뛰어 문을 피하고 방 안을 노려보았다. 입구에 '뱀'이 서 있었다. 녀석의 입에서는 남은 독액이 뚝뚝 떨어지고 있었다. 뱀의 뒤, 지하실 안에는 이미 불꽃이 꺼져 원래부터 존재했던 작은 불빛만이 이쪽까지 흘러나왔다.

"망할……."

오펜은 아연실색한 얼굴로 욕설을 내뱉었다.

"어떻게 된 거야? 문은 어쨌든 그만한 열충격파를 먹으면 요새의 벽이라도 구멍이 뚫린다고."

하지만 '뱀'의 몸에는 상처 하나 없다. 다만 저것도 생명체인 이상 충격으로 내장에 어느 정도 대미지를 입었을 터이지만──아니, 잠깐.

오펜은 등골이 서늘해지는 느낌을 받았다.

'이 녀석의 피부……. 힐리에타의 보디 슈트. 그것과 똑같은 거 아니야?'

그의 뇌리에 어떠한 물리적인 가격도 통용되지 않았던 검은 가죽 슈트가 떠올랐다.

그렇다면──

아연히 앞을 보는 동안에도 '뱀'은 키릭키릭 소리를 내며 이쪽으로 얼굴을 향했다.

'설마──힐리에타. 그녀도 크리쳐인 건가?'

'뱀'이 입을 벌렸다.

그 한순간 뒤에 독을 토해 내리라는 정도는 알고 있다. ──그래서 오펜은 반사적으로 뒤로 뛰어 물러나려 했다. 하지만──갑자기 오른다리가 바닥에 달라붙은 듯이 움직이지 않게 되었다.

'──!'

끔찍한 오한을 느낀 그는 움직이지 않게 된 오른다리를 내려다보았다. 철판을 안에 넣어 보강한 튼튼한 부츠를 키친나이프를 매단 두꺼운 '손'이 덥석 붙잡고 있었다. 가죽 표면에 거스러미 같은 상처를 내며 나이프의 칼날이 파고든 것이 보였다.

그리고 다음 순간, 그는 독액을 뒤집어썼다.

"큭──!"

비명을 지르지 않은 일은 기적에 가까웠다. 살짝 몸을 비틀어서 안면에 튀는 것은 피했지만 강렬한 산성의 냄새를 발하는 독액은 그의 오른쪽 어깨에서 배꼽 부근까지 대각선을 그리며 이상한 연기를 내뿜었다. 우선 옷의 섬유가 용해하는 악취와, 다음으로 격통이 전신을 꿰뚫었다──아니, 꿰뚫었다기보다는 스며들었다는 표현이 더 가까울지 모른다. 눈에 띄게 피부가 녹고 근육의 핑크색이 엿보였다. 샛노란 연기를 피워 올리는 처참한 상처에 피가 스며 나와서는, 독액에 분해되어 단순한 악취로 변했다.

"나, ──"

오펜은 어깨에 오른손을 대며 외쳤다. 아까 비명을 질렀더라면 이 주문은 외지 못했을지도 모른다고 생각하며.

"치유하노라, 석양의 상흔!"

무엇보다 위험했던 것은 격통이었다. ──그리고 그 이상으로 정신적인 충격이었다. 외상은 치유하는 것이 가장 간단하지만, 정신적인 부담은 어마어마하게 커진다. 특히 상처의 상태가 처참하면 처참할수록 그것만으로 쇼크사하는 경우도 생긴다.

하지만 마술을 발동하자 상처는 시간이 역전한 듯이 단숨에 치유되었다. 망가진 셔츠는 그대로 놔둔 채 아래의 피부만은 맨들맨들한 새로운 육체가 재생되었다.

오펜은 상처가 낫자마자 오른손만을 '뱀'에게 향하며 외쳤다.

"나 부르노라, 파열의 자매!"

보이지 않는 충격파가 '뱀'의 몸을 튕겨냈다. 그와 동시에 오펜은 자신의 몸에도 그 충격파를 쏟았다. ──숨이 막힐 정도의 충격에 내장이 저렸지만, 자신의 몸도 뒤로 튕겨져 오른다리를 '손'의 구속에서 빼낼 수 있었다.

오펜은 계단에 심하게 등을 부딪히면서도 몸을 일으켰다. 그리고 비슷한 자세로 쓰러져 있는 '뱀'에게 손가락을 향했다.

"나 이끄노라, 죽음을 부르는 찌르레기!"

구웅──하고 예리한 날갯짓 같은 음파가 '뱀'의 몸에 빨려 들어갔다. 묘한 형태로 허리를 굽히고 있던 뱀인간은 움찔 튕겨나듯이 몸을 떨더니, 장난꾸러기 어린아이가 던진 장난감 같은 궤도로 바닥에 쓰러져 졸도했다.

'역시──반응이 힐리에타와 마찬가지야. 이 녀석, 튼튼하다고 해도 피부뿐이었어. 내장의 강도는 그 정도는 아니군.'

그것이 무엇이든 단 하나라도 약점이 있다면 해결책은 무한하다. ──이것도 그의 스승이 한 말이다.

'그러고 보니 포노고로스 녀석, 이 녀석들은 전부 시험제작품이라고 했었지. 그렇다면 각자 결함이 있을지도 몰라.'

"따라와라, 새미! 나는 포노고로스다! 위로 도망칠 거다!"

오펜은 계단을 달려 올라가며 보이지 않는 등 뒤를 향해 외쳤다. 지하실──힐리에타는 안치실이라고 불렀던가? 그 방 안쪽에 있을, 아마도 기억력도 가지고 있지 않을 '망령'을 향해.

덤으로 그 목소리를 주문으로 삼아 마술을 걸었다. ──새카만 계단을 그의 손바닥에서 튀어나온 도깨비불 같은 빛이 밝혔다. 그는 그 도깨비불을 쫓듯 전력으로 계단을 올랐다. 그리고 계단 위의 복도에 몸을 내던지듯이 뛰쳐나왔다.

그리고──

계단을 전부 올라와도 발을 멈추지 않고 옆으로 뛰었다. 그 바로 뒤를 예리한 소리를 내며 검은 채찍——'갑옷'이 아래에서 쏘았을 촉수가 스쳤다. 명중 직전에 표적에서 빗나간 채찍은 벽을 직경 수십 센티 정도 함몰시켰다. 그것으로도 모자라 채찍의 끄트머리가 벽에 꽂히더니——

"——!"

오펜은 소리로 나오지 않는 비명을 질렀다. 채찍은 갑자기 밑에서 당겨진 듯이 팽팽하게 뻗더니, 윈치 같은 소리를 내며 단숨에 아래에서 '갑옷'의 본체, 칠흑의 갑옷을 끌어올리기 시작했다. 덜컹덜컹 계단 여기저기에 부딪히는 소음을 내며 검은 '갑옷'이 총알처럼 튀어나왔다!

쿠쿵! 하고 마지막으로 채찍이 꽂혔던 벽에 충돌하며 '갑옷'이 멈췄다. 하지만 아무 일도 없었다는 듯이 고개만을 이쪽으로 돌리더니——

갑옷의 투구 부분이, 살짝 열리는 모습이 보였다. 그 순간 오펜이 외쳤다.

"나 춤추노라, 하늘의 누각!"

부웅——하고 시야가 떨리듯이 흐려졌다. 그다음 순간 그는 공간을 도약해 그때까지 서 있던 곳에서 수십 센티 정도 후방으로 순간이동하였다. '갑옷'의 투구에서 피잉, 하는 예리한 소리가 울림과 동시에 무언가 반짝반짝한 것이 아까까지 서 있던 곳을——다시 말해 눈앞을 가볍게 후려쳤다.

'강사(鋼絲)——.'

도깨비불의 불빛에 반사되어 물방울처럼 터지는 빛은 어마어마한

기세로 날아온 강철의 실 그 자체였다. 이 기세라면 팔 하나까지는 가지 않아도 손가락 두세 개 정도라면 가볍게 베어 떨어뜨릴 수 있으리라. 거리만 맞으면 목도 벨 수 있을지 모른다. 그렇다면 저것을 막는다는 생각은 할 수 없다.

'정말 성가신 괴물을 만들었군, 망할——.'

미간 부근에 작은 통증이 일었다. 지금의 강사가 스쳤음에 틀림이 없다. 피부에 피가 스며 나오는 감각에 오펜은 초조함을 느꼈다. 아까부터 계속 부상을 입고 있다. 《탑》에 있던 시절의 자신이라면—— 키리란셀로라면——이 정도의 공방으로 상처를 입을 일은 없었을 터다, 하고 마음속으로 욕설을 내뱉었다.

'난…… 약해졌군.'

하지만——

"클리오를 죽였으니, 너희도 지옥으로 떨어져라!"

오펜은 토해내듯이 그렇게 외치고 두 번째의 동작을 보이던 '갑옷'을 향해 팔을 뻗었다.

"나 발하노라, 빛의 칼날!"

'갑옷'이 폭발과 빛에 감싸이는 모습을 보며 오펜은 몸을 돌렸다. 도깨비불을 길잡이 삼아 홀을 향해 달렸다.

'여신상의 무릎 아래에서 결판을 내 주마. 하지만——'

하지만 나 혼자서 이길 수 있을까? 그는 가만히 자문했다.

'분명 조력은 필요할지도 모르겠다. 미안하다, 클리오——.'

오펜은 말없이 계속해 달렸다.

"······정말로 여기냐, 상회원 A?"

"허셜인데."

"뭐가?"

"그러니까 내 이름. 허셜 루이스."

자신을 가리키며 그렇게 이름을 대는 여관에서 일하던 아이——뭐, 어차피 형의 머릿속에서는 영원히 '상회원 A'인 채이겠지만——를 바라보며, 볼칸은 역시나 흥, 하고 콧방귀를 뀌었다.

"전사에게 과거 따위 필요 없다! 이름은 버려라!"

'또 저렇게 아무렇게나······.'

도틴은 한숨을 쉬며 생각했지만 아무 말도 하지 않았다. 그저 말 없이 형이 짊어지고 있는 시트로 만든 깃발을 보았다. 어디서 조달했는지는 모르지만 형은 또 새 시트에 페인트로 '볼칸 상회의 부침을 건 제2회 대회——무자비한 빚쟁이에게 사과해 보고 틀렸다 싶으면 도망치자!'라고 쓰고, 그것을 어깨에 올리고 있다. 그런 볼칸에게 허셜이 반론했다.

"이름을 버리면 뭐라고 자기를 소개해야 하는데?"

"당연히 상회원 A다."

볼칸은 앞에 나란히 선 다섯 명의 어린아이 중 하나를 척 가리키며 말했다. 삿대질을 받은 어린아이가 눈을 동그랗게 뜨며 말했다.

"난 웨스야. 허셜은——"

"아, 이쪽인가."

"난 미켈레······."

"그럼 이쪽."

"램버트라니까. 기억 좀 해."

"너는?"

"토비."

"에에이, 헷갈리게시리! 그럼 너다!"

"나한테도 카우프만이라는 훌륭한 이름이 있어."

"이런 망할――."

도틴은 오기를 부리며 또 다른 아이를 눈으로 찾는 형의 망토를 뒤에서 쭉 잡아당겼다.

"뭐야?"

볼칸이 뒤를 보았다. 도틴은 중얼거리듯이 말했다.

"형. 이름 수가 벌써 사람 수를 넘었어."

"……"

형은 그 말을 듣고 허공을 올려다보며 잠시 생각에 잠겼다. ―― 한낮을 지나 저녁에 가까워지고 있는 하늘은 아름답게 개어 있었다. 바람은 기분 좋게 불고, 새의 지저귐이 울린다. 형은 잠시 지난 뒤에야 간신히 깨달았는지, 어린아이들을 향해 외쳤다.

"너 이 자식들! 날 가지고 놀았겠다!"

볼칸이 때리려고 하듯이 깃발을 들어 올리자 꺄아~ 비명을 지르며 어린아이들이 사방으로 흩어졌다. 그런 그들을 쫓는 형의 등을 차가운 시선으로 바라보며 그곳에 멈춰 선 도틴은, 그들 '상회'를 내려다보듯이 우뚝 선 커다란 저택을 올려다보았다――.

눈앞에 있는 것은 여관에서 일하던 어린아이인 허셜――인지 토비인지 카우프만인지――가 희희낙락 안내해 준 '유령 저택'이었다. 뭐, 적어도 이름에 지지 않을 정도로 오래된 폐가로, 창문도 안쪽에서 덧대어 막아 바깥에서 내부를 들여다볼 수 없었다.

그 후 유령이 자리 잡고 있는 곳은 이 저택이라는 정보를 형이 입수하고(굳이 물을 것도 없이 짐작할 수 있잖아, 하고 도틴은 생각했지만, 역시나 입밖으로 내지는 않았다), 포로가 된 클리오 일행을 유령에게서 해방하면 빚쟁이도 화를 내지 않을 것이라는 이유로 이곳까지 온 것이다.

"니들, 작작 하지 않으면 인생으로 깨달아 죽일 거다!"

목소리가 들린 쪽으로 시선을 향하자 형이 최후의 상회원 하나를 붙잡아 발로 차는 도중이었다(약한 사람에게는 강한 형이다). 볼칸은 붕붕 깃발을 휘두르며 말을 이었다.

"잘 들어라! 이 미션에는 나의 운명이 걸려 있다고 해도 과언이 아니다! 그 망할 빚쟁이의 분노 따위는 바겐세일을 해도 사는 게 아니야! 그 인간도 아닌 자식은 언제였던가, 내가 살짝 어깨를 부딪힌 것만으로도 시계탑에 거꾸로 매달았던 적이 있다고!"

뭐, 그것은 사실이지만, 하고 도틴이 마음속으로 내뱉었다. 그것은 실험 조수 아르바이트를 하던 때의 일로, 진한 황산이 넘실넘실 담긴 대야 같은 것을 들고 있을 때 등을 밀어 버렸으니 보통 그 정도는 화를 낼 법도 하지만.

그런 생각을 하고 있자 갑자기 현관이 열렸다. 유령 저택 안에서 허둥지둥 황급히 금발의 견습 마술사——매지크가 뛰쳐나왔다.

"어라?"

소년은 이쪽을 보며 입을 열었다.

"뭘 하는 거야, 이런 곳에서?"

"아니…… 뭐냐니——."

도틴은 말을 흐리며 역시 눈을 동그랗게 뜨고 소년을 보는 형을 가리켰다. 그 손가락 너머에서 팔락팔락 시트에 쓰인 파란 페인트 문자가 퍼덕였다.

"흐응……. 뭐, 됐어."

매지크는 하아하아 숨을 헐떡이면서도 납득한 모양이었다. 그는 똑바로 도틴을 바라보며 말했다.

"그런데 말야, 있잖아, 나보다 먼저 그 여자가 여기로 나오지 않았어?"

"여자?"

"그러니까…… 힐리에타라는 이름의, 굉장히 위험한 인상의 여자. 도중에 헤어졌거든."

"그, 글쎄요……. 아무도 안 나왔는데요."

도틴이 고개를 젓자 매지크가 힘없이 눈길을 내렸다.

"큰일이네……. 스승님한테 혼날지도 모르겠다."

"아. 우리랑 처지가 똑같네요."

그런 말을 나누고 있자——

쨍그라아아아아아앙!

머리 위에서——창유리와, 그것을 막고 있던 나무판이 부서지는 소리가 들렸다. 고개를 위로 들자 2층 창문이 안쪽에서 부서지는 중이었다. 그리고 그 깨진 창문 안에서 무언가가 공중으로 몸을 내던졌고——

그대로 낙하했다. 퍽, 하고 마치 공중에서 쓰레기라도 버린 듯한 무기력한 소리와 함께 한 인간이 지면에 격돌했다. 상당히 체중이 나갈 듯한 그 몸은 한 번 튕긴 후, 뒤늦게나마 낙법을 취해 움직임을 멈췄다.

"아──아까 전의 암살자!"

도틴이 손가락으로 가리키며 외쳤다. 암살자──코젠이라고 했던 그 남자는 안면을 공포로 씰룩이며 다친 왼쪽 어깨를 잡고 몸을 웅크리고 있었다. 도틴은 당황해 매지크를 보았다. 아마 지금 이곳에 있는 사람 가운데 그나마 전투능력을 가지고 있을 소년은 간신히 꿋꿋함을 유지하고 있었다. 어린아이들──아니, 상회원들인가, 뭐 아무래도 좋다──은 한 데 모여 경직된 듯 서 있다. 형은 애초에 문제 외니까 보려고도 하지 않았다.

코젠은 천천히 입을 열었다. ──문자 그대로 토해내듯이.

"정체가 뭐냐, 저 여자……."

"헤?"

도틴이 어리둥절한 목소리를 냈지만 코젠은 그 말을 끝으로 갑자기 털썩 땅바닥에 쓰러졌다. 쓰러진 채로 움직이지 않는 암살자를 모두가 내려다보며 볼칸 상회원(플러스 1)들은 한없이 그곳에서 우두커니 서 있었다.

홀까지 달리는 와중에도 등 뒤에서 연달아 채찍이 날아왔다. ──오펜은 채찍을 본능적으로 피하며 오로지 다리만은 멈추지 않도록 계속해 달렸다. 멈춰서면──지금도 복도 좌우로 폭음에 가까운 파괴음을 뿌리는 채찍에 사로잡히게 될 것이다. 그렇게 되면 이제 목숨은 없다.

홀로 통하는 입구에 다다랐을 때——홀 안은 2시간 정도 전에 이 저택에 들어왔을 때와 똑같이 아무 일도 없었다. 다만 복도에서 끊이지 않고 울리는 '갑옷'의 발소리는 완전히 정적을 부수고 있지만. 오펜은 홀을 가로지르듯이 달려 얼굴에 상처를 입은 여신상의 발밑에 몸을 숨겼다. '갑옷'의 채찍을 막을 정도의 장애물은 이것밖에 없었고, 그리고——높이4미터 가까운 이 석회 조각상은 왠지 모르게 자신을 지켜줄 것만 같았기 때문이다.

여신상 뒤에서 통로를 가만히 보자——홀로 가장 먼저 들어온 크리처는 '갑옷'이 아니라 '뱀'이었다. 이동속도로는 그 무거워 보이는 갑옷보다 우월한 것이리라. 반사반인의 크리처는 표표한 표정으로 홀에 발을 들이더니 키이, 하고 울었다. 그리고——망설이지도 않고 이쪽을 향했다.

'망할——후각까지 뱀급이냐!'

오펜은 조각상 뒤에서 뛰쳐나와 바닥을 구르며 주문을 외쳤다.

"나 보노라, 혼돈의 공주!"

마치 검은 드레스를 입은 귀부인이 품에 안듯이 그림자 같은 중력 소용돌이가 '뱀'을 쳤다. 외상을 줄 수 없는 이상 매우 순수한 파워 쪽이 유리했다. '뱀'이 토해내려 하던 독액이 조준이 흐트러져 허무하게 공중에 튀었다. 오펜은 곧바로 쓰러진 '뱀'으로 달려갔다.

다음으로 크리처 위로 말에 올라타듯이 다리를 내딛고 뱀의 목에 손을 댔다.

"나 가르노라, 하늘의 벽!"

쿵! 하고 진공의 칼날이 '뱀'의 목을 후렸다. '뱀'이 비명을 지르며 입을 벌렸고——오펜은 망설이지 않고 그 입 안에 왼주먹을 처박았다.

"잘 가라."

나지막하게 내뱉은 뒤, 더욱 크게.

"나 부르노라, 파열의 자매!"

——한순간의 일이었다. '뱀'의 몸이 부풀어오르듯이 튕기더니, 뒤이어 눈구멍이나 콧구멍은 말할 것도 없이 몸 전체의 구멍이란 구멍에서 체액과 육편이 터져 나왔다. 충격파가 뱀의 내장을 모조리 날려 버린 것이다. 사방으로 튀어 묻은 피를 오른손으로 훔치며 오펜은 왼주먹을 빼냈다. 언제나 끼우고 다니던 가죽 장갑이 독액 탓에 부슬부슬 녹아 있었다. 독이 피부에 닿기 전에 오펜은 장갑을 벗어 바닥에 버렸다.

"우선은 한 마리——."

이제 움직이지 않는 '뱀'에게서 시선을 돌린 그는 복도 입구 쪽을 보았다. 마침 '갑옷'이 그곳에서 모습을 드러내는 참이었다. 검은 갑옷은 마치 애인을 맞이하듯 두 팔을 벌리더니——

"뭣?"

오펜이 신음했다. '갑옷'의 몸이, 갑주의 정면이 퍽, 하고 소리를 내며 뚜껑이 열린 것이다.

갑옷 안에는 그저 철사를 엮어 만든 듯한 검은 끈이 몇 줄이나 무수하게 얽힌 상태로 인간의 형상으로 덩어리져 있었다. 그 외에는 아무것도 없다. 그리고——

퍼뜩 제정신을 차렸을 때엔 이미 수십 개나 되는 채찍 모두가 이쪽을 향해 날아오고 있었다!

"젠장!"

오펜은 침을 뱉듯이 말하고는 '뱀'의 시체를 붙잡아 '갑옷' 쪽으로 던졌다. 무수한 갑옷이 내장을 잃어 가벼워진 '뱀'의 시체를 사정없이 때렸다. 튼튼한 뱀가죽은 찢어지지는 않았지만, 시체는 그대로 튕겨 홀 건너편까지 날아갔다.

하지만 그 틈에 오펜은 이미 이동을 개시했다. 갑주를 연 '갑옷'의 상반신을 향해 오른손을 내밀며.

"나 발하노라, 빛의 칼날!"

방출된 광열파가 '갑옷'을 후려쳤다. 장갑이 없는 채찍만의 가슴을 노렸지만, 어차피 결과는 마찬가지인 듯했다. ──'갑옷'은 아무 일도 없었다는 듯이 다시 몸을 일으키려 했다. '뱀'에는 그나마 내장이 있었지만 이쪽의 갑옷에게는 내용물조차 없었다.

'그렇다면 이 녀석을 쓰러뜨리기 위해서는 갑옷 자체를 철저하게 때려 부술 수밖에 없다는 거냐.'

그것은 꼭 불가능한 일은 아니었지만──

고동이 잦아들려 하지 않는 심장을 끌어안듯이, 오펜은 다시 여신상 뒤로 숨어들었다. 멈추지 않는 땀이 상기된 얼굴을 적신다. 숨도 완전히 턱 아래까지 올라온 상태다.

'체력이 이미 한계야. ──이렇게 연속해서 마술을 쓴 적은 없었으니 말이지.'

이렇게 되면 이제 더 이상 쓸데없는 공격은 할 수 없다. 앞으로 한 발이나 두 발로 확실하게 쓰러뜨리지 않으면 이쪽의 체력이 다할 것이다.

오펜은 숨을 헐떡이며 그렇게 중얼거리고는 여신상의 순백색 로브 자락 부근에 손을 댔다. 그리고──

"이런!"

여신상 안에서 느닷없이 나타난 켄크림의 '손'이 여신상을 건드리던 오펜의 왼팔을 단단히 붙잡았다. 울룩불룩 살이 찐 손가락에 몇 개나 묶인 나이프의 칼날이 그의 근육에 사정없이 처박혔다. 점점 상처에서 피가 솟구치며 팔 전체를 새빨갛게 물들였다. '손'은 뜻밖에도 괴력을 발휘해 그의 팔을 잡아당겼다. ──마치 조각상 안에 끌어들이려는 듯이.

오펜은 격통은 일단 무시하고 비어 있는 오른손으로 '손'의 손가락을 붙잡았다. 다음으로 왼팔을 뜯기지 않도록 필사적으로 저항했지만, '손'은 결코 힘을 빼려 하지 않았고 이쪽이 아무리 힘을 주어도 꿈쩍도 하지 않았다. 또한──

오펜은 곁눈으로 '갑옷' 쪽을 보며 초조함에 잠겼다. '갑옷'은 이미 몸을 일으켜 이쪽을 보려 하고 있었다. 이런 상태에서 저 채찍은 피할 수 없다.

'할 수밖에 없어──.'

오펜은 결단을 내리고 '손'의 손가락을 다시 단단히 붙잡은 후, 절규에 가까운 외침을 터뜨렸다.

"나 춤추노라──"

'갑옷'의 가슴이 다시 열렸다.

"나 춤추노라, 하늘의 누각!"

시야가 일그러졌다──.

전이의 마술이 발동하자 다음 순간 오펜은 홀 천장 근처에 출현했다. 이렇게까지 장거리──10미터 가까운 거리를 전이하는 일은 쉽지 않다. 실제로 오펜도 지금까지 성공한 적이 없었다. 바닥까지 나머지 몇 미터를 내려다보고, 불안정한 낙하감을 견디며 함께 전이했을 터인 '손'을 보았다.

'손'은 아직 그의 왼팔을 단단히 붙들고 있었다. 굉장히 털이 덥수룩한 인간의 손──혹은 털을 민 유인원의 손처럼도 보이는 그것은 위팔 부근에서 끊겨 있었다. 끊긴 곳으로부터 세 개 정두의 두꺼운 튜브가 오십 센티 정도 뻗어 있고, 그것이 공중에서 부들부들 흔들리는 주먹 크기의 '뇌'의 모조품에 직결되어 있다. 그것이 이 '손'──켄크림의 전부였다.

아마도 전이 마술의 응용으로 벽이나 지면에서 느닷없이 출현하는 것이겠지만…….

그래도 이 공중에서는 도망칠 길이 없다. 오펜은 낙하 중에 '손'의 '뇌'를 붙잡고, 그것을 튜브에서 뽑아 버렸다. '손'이 덜컥 한 번 경련하더니 힘이 빠져나갔다. 그 '손'의 손가락은 그대로 빠지며 오펜의 왼팔을 놓았다.

그러는 와중에도 낙하는 계속되었고──아마도 천장에 출현한 뒤로 1초도 지나지 않았겠지만, 바로 아래에는 여신상의 머리와 그 발밑을 어슬렁대는 '갑옷'이 보였다. 오펜은 낙하하며 여신상의 머리에 뛰어들어 몸 안에 남은 활력을 전부 쥐어짜 외쳤다.

'제발 통해라──.'

"나 발하노라, 빛의 칼날!"

빛을 발하는 광열파는 '갑옷'이 아니라 여신상의 발밑에 꽂혔다. ──그와 동시에 조각상의 발밑이 패이며 조용한 여신, 침묵의 여신이 천천히 기울어지기 시작했다──.

오펜은 여신상의 머리에 매달린 채 진자처럼 몸을 흔들어 조각상이 그대로 '갑옷' 위에 쓰러지도록 기세를 더했다. 그다지 의미는 없었겠지만——여신상은 3톤은 될 터이니——어찌되었든 조각상은 아직도 이쪽의 모습을 찾던 칠흑의 갑옷 위로 낙하하였다.

오펜도 내던져지듯이 바닥에 떨어져 심하게 기침을 했다. 충격으로 갈비뼈 정도는 나갔는지도 모르겠다. 하지만 고개를 들자 '갑옷'은 바닥에 쓰러진 여신상에 깔려 보이지 않았다. 모락모락 솟아오르는 먼지 속에서 오펜은 어깨를 들썩이며 마음속으로 중얼거렸다.

'이것으로 나머지 한 마리——아니, 두 마리인가…….'

하지만 새미는 아까부터 모습을 나타내고 있지 않다. 새미가 모습을 드러내 4대1이 되었더라면 이쪽에 승산은 없었으리라.

'뭔가 노림수라도 있는 건가……? 제대로 된 사고력도 없는 주제에……?'

다만 포노고로스는 전투생물로서 크리쳐를 만들어냈다——전투에 관해서라면 뜻밖에도 임기응변을 발휘할 가능성이 있다.

잠시 후 간신히 거세게 뛰는 심장을 진정시킨 오펜이 몸을 일으켰다. 여신상도 쓰러져 볼 것이 아무것도 없어진 홀을 둘러보았다.

그러자——

홀 구석의 어둠에서 살며시 발을 내딛는 인영이 있는 것을 깨달았다. 그 너머에는 오펜이 달려온 곳과는 다른 통로가 이어져 있다. 아무래도 인영은 줄곧 그 통로 입구 부근에서 몸을 숨기고 있었던 모양이었다. 날씬하고 장신인 인영은 긴 머리카락을 스르륵 흔들며 짝짝짝 마음에도 없게 들리는 박수를 보내왔다.

오펜은 나지막하게 말했다.

"……매지크 녀석은 어떻게 했냐."

"바깥으로 내보냈어. 그 후에 내가 되돌아온 건 내 마음이잖아?"

인영——힐리에타가 옅은 웃음을 띠며 그렇게 대답했다.

"뭐, 네 마음이지."

오펜은 짜증이 난다는 듯이 이마의 땀을 훔쳤다.

"그래서, 몰래 숨어서 남의 고생을 구경한 거냐?"

"점점 위험해지는 것 같아서 도울까 싶었는데——."

그녀는 옆으로 쓰러진 여신상으로 시선을 던지며 킥, 하고 웃었다.

"그럴 필요도 없었던 모양이라서."

"꽤나 신이 나 보이는군."

오펜은 다친 왼팔을 감싸듯이 오른손으로 만지고 그 손에 느껴지는 피의 감촉에 오싹함을 느꼈다. 상처는 생각했던 것보다 깊지는 않았지만 출혈 탓에 감각이 마비되기 시작했다. 가능하면 마술로 치료하고 싶은 참이지만 아직 그럴 정도로 체력이 회복되지 않았다.

힐리에타는 그런 그에게 다가가며 어깨를 움츠렸다.

"예상이 적중했으니까…… 말이지."

"예상?"

오펜이 되묻자 그녀는 곧장 대답했다.

"응. 역시 당신은 최고의 마술사야. 대륙에서도 손꼽힐."

"……그래서 어쨌다는 거냐."

오펜은 목을 쥐어짜내듯이 말을 내뱉었다.

"애초에 크리처는 아직 전부 처리한 게 아니야. 아까부터 새미 녀석이 보이질 않는데 난 이제 힘을 거의 다 써 버렸고——"

라고 말을 하려던 순간…….

끼이, 하고 작은 소리가 들렸다.

문이 삐걱거리며 열리는 소리——그리고 다시 탕, 하고 닫히는 소리. 뚜벅, 뚜벅……하고 가벼운 발소리가 이어졌고——오펜은 가만히 귀를 기울였다. 홀 바로 위, 2층 테라스에서 들린다. 도깨비불은 그곳까지는 불빛이 닿지 않는다. 그는 힐끗 힐리에타를 보았다. 그녀도 그 소리를 깨닫고 있는 모양이었지만 동요하지 않고 굳게 팔짱을 낀 채 기다렸다.

오펜은 신음하듯이 그녀에게 물었다.

"새미라면…… 발소리 따위 낼 리가 없지. 그 외에도 아직 크리쳐가 있는 거냐?"

그렇다면 이제 이길 수 없어——. 오펜은 마음속으로 덧붙였다.

힐리에타는 고개를 저었다. 그리고 지독할 정도로 침착한 모습으로 입을 열었다.

"새미가 최고의 크리쳐인 이유를 알아?"

"……뭐라고?"

오펜은 되물었지만 그녀는 신경 쓰지 않고 멋대로 대답했다.

"어디에든 갑자기 출현하고 심지어 이쪽의 공격은 전혀 듣지 않아……. 하지만 이 정도의 능력이라면 악셀이나 키큐임, 그리고 켄크림도 할 수 있어. 새미의 진정한 능력은 말이지, 본래라면 제어 불능이었던 크리쳐를 전부 지배하에 두는 것……."

"다시 말해——"

오펜은 경악하며 뒷말을 재촉했다. 힐리에타는 고개를 끄덕이고 허벅지의 칼집에서 단검을 뽑았다.

"새미는——어떤 방법인지는 모르지만——어떠한 생물에도 빙

의해 지배할 수 있어. 저 아이——매지크라던 아이는, 뭐라고 했지? 그 아가씨가 죽었다고 했던가?"

그 순간 발소리가 멎었다.

고개를 들었다——그러자 도깨비불의 불빛이 아슬아슬하게 닿는 곳——테라스로 이어지는 계단 가장 위 부근에 금발을 가진 아담한 체구의 소녀가 우두커니 서 있었다.

오펜은 의식이 덜컥 흔들리는 것을 느꼈다.

"클리오?"

계단 위에서 이쪽을 내려다보는 사람은 틀림없이 클리오였다. 오른손에는 어디서 찾아냈는지 가느다란 군도를 들고 있다. 소녀의 금발은 조금씩 흔들리고 있었다. 바람이 없는 실내지만 아까까지 오펜이 무수한 마술을 연발한 탓에 공기가 뜨거워져 가벼운 기류를 만들고 있기 때문이었다. 귀족의 피가 섞인 가냘픈 외모는 매우 조용히 얼어붙어 있었다. 눈 안쪽의 빛도 사라져 있다. 백일몽이라도 꾸는 것처럼 그녀는 공허한 시선을 이쪽까지 비추고 있었다. 오펜은 그녀가 입고 있는 셔츠도 본 적이 있었다. 아마도 전에 매지크가 입었던 옷일 것이다.

틀림없다——. 틀림없이 클리오 본인이었지만——

힐리에타가 조용히 속삭였다.

"말할 것까지도 없겠지만——그녀는 살아 있어. 기세가 넘쳐 상처를 입히지 않는 편이 좋을 거야."

"당연하지——."

오펜은 힐리에타 쪽으로 고개를 향하며 말했다. 그때——

통, 하고 가벼운 소리를 내며 착지하는 기척에 전율했다. 재빨리 고개를 돌리자 겨우 몇 센티 정도밖에 떨어지지 않은 눈앞에 서슬 퍼런 칼날의 검을 한손에 든 클리오가 서 있었다.

'계단 위에서——뛰어내렸다고?'

반사적으로 뒤로 뛰어 도망치려 했지만——클리오가 들어 올린 검이 무시무시하게 빠르게, 은색의 궤적을 남기며 그를 쫓았다. 칼날 끝이 허공을 갈랐고, 오펜은 아슬아슬하게 피했지만 클리오는 곧바로 하단에서 검을 튕겨 올려 이번에는 귀뿌리 부근을 노렸다.

몸을 숙여——라기보다는 거의 넘어지듯이 피했다. 귀 근처를 스친 바람을 가르는 소리가 고막에 예리한 아픔을 남겼다. 열에 들뜬 꿈의 시야처럼 묘하게 느긋하게 흐르는 광경 속에서 클리오가 빈틈없이 칼날을 번뜩이는 모습이 보였다——.

'잡히겠어!'

오펜은 마음속으로 비명을 질렀다. 만약 상대가 클리오가 아니라면 오른손으로 적의 눈이라도 후벼 팠겠지만——.

그 순간, 클리오가 사라졌다.

깨닫고 보자 소녀는 조금 떨어진 곳에 옆으로 쓰러져 있었다. 잘 보자 힐리에타가 옆에서 소녀를 발로 차 쓰러뜨린 모양이었다.

"괜찮아?"

힐리에타가 물었다. 오펜은 쓰러진 채로 움직이려 하지 않는 클리오를 두려운 듯이 들여다보며 대답했다.

"그래. 덕분에 살았다. 고마워."

곧바로 클리오의 손에서 검을 빼앗았다. 클리오의 손은 차가웠다.

힐리에타가 단검을 칼집에 넣으며 한숨 섞인 목소리로 말했다.

"당신이란 사람은 참 사람 좋아. 자기가 살해당할 뻔해도 반격하지 못하는 거야?"

"가끔, 반사적인 행동을 잊을 때가 있어서."

오펜은 투덜거리듯이 말하고 검을 2층의 테라스 위까지 내던졌다.

"《탑》에 있던 시절과는 달리 매일매일 전투훈련을 하는 것도 아니고……. 그리고, 애초에 기본적으로는 그런 것——대인 전투법 같은 건 필요 없는 생활을 보냈으니 말이지. 어떻게 해도 감이 둔해지는 건 피할 수가 없어. 5년 전까지는 전설의 키리란셀로였을지도 모르지만, 지금은 정말로 평범한 사채꾼에 지나지 않아."

챙그랑, 하고 검이 테라스 바닥에 튀기는 소리가 울렸다. 오펜은 씨익 웃으며 말을 이었다.

"라운드 종료의 공 소리다. ……그런데 힐리에타."

"왜?"

"새미의 정체를 알아냈다."

"어?"

놀라는 힐리에타를 무시하며 오펜은 클리오의 몸을 일으켜 세웠다. 그리고 의사처럼 가볍게 수도로 뭔가를 시험하듯이 톡톡 그녀의 배를 두드리더니——움직임을 멈췄다.

"여긴가."

오펜은 그렇게 중얼거리고는 크게 팔을 들어 올리더니, 뭔가를 찾아낸 위치에 꽂아 넣었다!

"———!"

소리로 나오지 않는 비명을 지른 사람은 당사자인 클리오였다. 그때까지 축 늘어져 있던 몸을 크게 굽히며 오펜의 품 안에서 데구르

르 옆으로 굴러 떨어졌다. ──그 순간, 그녀가 기침을 시작했다. 크게 숨을 들이쉬려 했지만 그럴 수 없었는지, 신음을 흘리며 바닥을 굴렀다. 오펜은 실험자의 눈빛으로 그녀를 내려다보았지만 식은땀을 흘렸다. 좀 너무 세게 때렸을지도 모르겠다.

연신 기침을 하는 클리오의 얼굴 부근에서 서릿한 안개가 감돌기 시작했다. ──새미와 마찬가지로 어둠 그 자체인 듯한 소용돌이치는 안개. 안개는 곧바로 공기에 뒤섞여 흐려지며 사라졌지만, 오펜은 그 안개의 일부분이 도망치듯이 홀에서 나가는 광경을 보았다. 아마도──본체가 있는 곳으로 돌아가려는 것이겠지만…….

이윽고 클리오가 기침을 멈췄다. 그리고 그대로 몸을 움츠린 채 먼지투성이의 바닥에 얼굴을 댄 채로 탈진했다. 오펜은 갑자기 불안해진 듯이 힐끗 그녀를 들여다보았다.

"야…… 클리오?"

"뭔 짓거리야!"

클리오가 갑자기 벌떡 일어나더니 오펜의 안면에 손바닥을 날렸다. 갑작스러운 타격에 그는 두세 걸음 뒤로 비틀거리다 넘어졌다.

"우오오?"

오펜이야 알 길이 없었지만, 그는 코젠과 비슷한 동작으로 얼굴을 누른 채 몸을 일으켰다. 그리고 클리오에게 척 손가락을 향하고는 마구 아우성을 쳤다.

"너 인마! 그게 생명의 은인에게 할 짓이냐!"

"뭐가 생명의 은인이야! 기침하다 죽는 줄 알았잖아! 꽃밭에서 아버지가 손짓하는 게 보였다니까!"

"그, 그러니까 말이다, 난──"

하지만 손으로 제지하면서 말해도 클리오는 전혀 귀를 기울이지 않고 분노를 터뜨리며 오펜을 향해 삿대질을 했다.

"애초에 여자애의 배를 때리다니 뭔 생각을 하고 살아!? 만약에 잘못되기라도 하면 어떡할 건데? 오펜 너도 곤란하잖아!"

왜 내가 곤란한데, 하고 생각하면서도 오펜은 힘없이 손을 저었다.

"아니, 그러니까 난——"

"상식이라는 게 없어? 그렇게 있는 힘껏 때리다니, 맞은 곳 분명 멍이 들었을 거야!"

"그러니까 내가 때린 건——"

"나 옛날부터 멍이 들면 잘 안 없어지는 체질이란 말이야! 이렇게 보여도 계단에서 떨어진 때에 생긴 이마의 멍이 반년 정도나 사라지질 않아서 수도원에 들어갈까 진심으로 고민한 적도 있다고! 팸플릿까지 구해 가면서!"

"아니, 그러니까——"

"맹장수술 받은 흔적도 왠지 묘하게 내 것만 눈에 띄는 것 같고! 손톱을 깨끗하게 자르는 것도 잘 못하고! 어떡할 건데!"

"시끄러워."

오펜은 결국 인내심이 다한 듯이 말하고 따지기 위해 가까이 다가온 클리오에게 정면에서 발을 후렸다. 클리오는 아무런 저항도 하지 못하고 벌렁 바닥에 쓰러졌다.

"그러니까, 내가 방금 때린 곳은 횡격막——일단 설명해 주자면, 호흡을 하기 위한 근육이야. 그러니까 그 근육이 경련해서 기침이 나온 거라고. 내가 진심으로 위나 자궁 같은 델 때리면 너, 기침은커

녕 피를 토하며 버둥거렸을 걸."

"그런데——"

그때까지 뭔가에 압도당한 듯이 살짝 물러나 있던 힐리에타가 물었다.

"왜 그런 걸로 이 아가씨가 원래대로 돌아온 거시?"

"아아. 뭐, 어디까지나 단순한 추측이었는데——"

오펜은 머리를 쓸어 올리고,

"아까 이 녀석의 공격에 내가 대응하지 못했던 건, 딱히 내가 감이 둔해져 있었기 때문만은 아니야. 이 녀석, 호흡을 하지 않았거든."

아직도 엉덩방아를 찧은 자세로 눈을 동그랗게 뜬 채 이쪽을 올려다보는 소녀를 가리켰다. 오펜은 어깨를 움츠리며 말을 이었다.

"그러니까, 뭐라고 해야 하나……. 타이밍을 잡질 못해서 하마터면 당할 뻔했어. 그리고 나도 어젯밤에 새미 녀석에게 썰 뻔했는데 말이지——의식이 몽롱하고 숨을 쉴 수가 없더군. 아마 새미는 인간의 폐 안에 들어가 그곳에서 뇌를 지배하는 능력을 가지고 있을 거야. 녀석의 신체는 기체——그것도 빙의한 인간이 질식하지 않는 것을 보면 산소에 가까운 물질이겠지. 상당히 고밀도의."

오펜이 설명을 마치자 바닥 위에서 클리오가 험악한 목소리를 내뱉었다.

"다시 말해서 추측으로 날 때렸다 이거지?"

오펜은 그녀를 힐끗 노려보았다.

"그럼 뭘 어쩌라고. 그대로 놔두라는 거냐? 크리처가 폐 안에 들어갔으니 인공호흡 정도로 빨아들여 봐야 아무런 소용이 없잖냐. 나도 달리 방법이 있었다면 그쪽을 시험했을 거야. 그러니까 그렇게 툴툴거리지 마라."

클리오는 잠시 수긍이 가지 않는 표정을 보였지만, 이윽고 뭔가를 떠올린 듯이 짓궂은 미소를 띠었다.

"나중에 멍이 든 곳을 돌봐 주겠다고 약속하면 용서해 줄게."

"……너 말이다, 대여섯 살 어린애도 아니고……."

"그런데——"

거기서 힐리에타가 끼어들듯이 말했다.

"새미의 정체가 기체…… 산소? 라고 치고, 어떻게 싸울 셈이야?"

"……간단해. 정체만 알아내면 녀석을 스탭하는 건 굉장히 간단하지."

오펜은 우수를 띤 표정으로 중얼거렸다. 그리고 힐리에타를 돌아보았다.

"포노고로스는 그걸 알고 있었으니 조수만으로는 만족하지 못하고 자신——인지, 자신의 자식인지——까지 크리쳐로 개조한 거야. 새미는 실패작이었어."

"……."

힐리에타는 입을 다물고 깊이 한숨을 쉬며 주변을 둘러보았다. 무언가를 찾듯이.

오펜도 마찬가지로 탄식했다.

"자, 그럼——저택을 나가자. 새미를 쓰러뜨리는 데엔 조금 준비가 필요해."

오펜은 그렇게 말하며 클리오가 몸을 일으키도록 부축하고 먼지투성이가 된 그녀의 등을 두드려 주었다. 클리오가 투덜댔다.

"맞아. 이 집 먼지 너무 많아서 못 있겠어."

"……두 사람 다, 나갈 거면 먼저 가 주겠어?"

——그런 힐리에타의 말은 오펜은 반쯤 예상하고 있었기에 놀라지 않았다. 클리오는 놀란 표정을 지었지만. 오펜은 그래, 알았어, 하고 망설이지 않고 받아들이고는 클리오의 어깨에 손을 올렸다.

"야, 클리오. 부탁이 있는데."

"……뭔데?"

클리오가 피가 묻은 오펜의 손이 조금 싫은 듯이 몸을 틀었지만, 오펜은 깨닫지 못한 척 했다.

"너만 먼저 나가서 매지크를 찾아 해 줬으면 하는 말이 있다."

"먼저 나가라니——오펜 넌 어떡하려고?"

클리오의 물음에 그는 아무 일도 아니라는 듯이 힐리에타 쪽을 가리켰다.

"이 저택에는 아직 크리쳐——거 뭐냐——있잖냐, 그 괴물이 또 한 마리 남아 있거든. 그런 곳을 힐리에타 혼자 가게 놔두는 건 위험해서."

"……."

클리오가 실눈을 뜨며 노려보았지만, 오펜은 살짝 시선을 피하며 말을 이었다.

"매지크를 찾으면 그 녀석에게 이 저택 주변에 기름을 뿌리고 불을 붙이라고 말해 줘. 그것만으로 충분해."

"불?"

소녀는 굉장히 얼빠진 목소리를 내뱉었다.

"이 집을 태우면 안에 있는 너흰 어떡하려고."

"제대로 도망칠 거야. 걱정 마라."

오펜은 그렇게 대답하고 클리오의 어깨에서 손을 뗀 다음 그녀의 이마를 탁 밀었다. 클리오가 당혹해하는 와중에 재촉하듯이 소녀의 가녀린 어깨를 잡고 몸을 휙 돌렸다. 향하게 한 방향에는 현관 출입구가 있었다.

"그건 좋은데——."

뒤를 돌아본 채로 클리오가 생색을 내듯이 말했다.

"너무 부자연스럽게 늦을 것 같으면 도망칠 길이 없어질 정도로 본격적으로 불을 놓을 거야."

"뭐냐, 그게……."

오펜은 신음하며 그녀의 등을 밀었다. 한 걸음 내딛고는 멈춰 서더니——클리오는 나지막한 목소리로 물었다. 어깨 너머로 고개를 돌리며.

"애, 오펜. 나, 거치적거려?"

"뭐…… 거의 거치적거리긴 하지……."

오펜은 그 말을 들은 순간 상처를 입은 듯이 일그러지는 클리오의 얼굴을 보았다.

"괜찮아, 거치적거려도. 나 같은 녀석은 너나 매지크처럼 거치적거리는…… 아니, 누름돌 같은 게 없으면 어디로 흘러갈지 알 수 없으니 말이다."

"……?"

클리오는 아무래도 무슨 말인지 이해를 하지 못했는지 푸른 눈에 알 수 없다는 빛을 띠며 오펜을 보았다. 잠시 후 그녀가 입을 열었다.

"나, 아무리 해도 마술사 못 되는 거야? 절대로 무리야?"

"무리야. 그리고 되지 않는 게 좋아."

"……왜?"

"난 아무래도 요즘, 마술사가 싫어지고 있는 것 같거는."

그 뒤 클리오는 아무 말도 하지 않았다. 조금 빠른 걸음으로 홀을 걸어가는 소녀의 등을 바라보며 오펜은 묘한 기분으로 혼잣말을 했다.

"약삭빠르긴."

"……그러게. 당신에게 '괜찮아'라는 말을 들으니 대강 수긍한 모양이네."

힐리에타가 놀리듯이 동의했다. 오펜은 굳이 그녀의 착각을 정정하지 않았다.

약삭빠르다는 말은 클리오가 아니라, 자신에 대해 한 말이었다.

'난 키리란셀로가──전투예술품이라고 불리던 흑마술사로 돌아갈 작정이었어. 그런데도 클리오가 살아 있다는 걸 알자 어느새 원래의 사채업 마술사가 되었지.'

뭐, 뭐든지 그런 법이지, 하고 생각했다.

"……여긴가?"

오펜은 팔짱을 끼며 물었다. 2층 조금 안쪽으로 들어간 방이었다. 조금 좁고 저택의 다른 부분과 마찬가지로 십 년이나 쓰이지 않아 먼지가 잔뜩 쌓여 있지만, 배치 그 자체는 제대로 정리가 되어 있어 답답함은 느껴지지 않았다. 창문은 역시 안쪽에서 판을 대 막아 어두웠지만 오펜이 만든 도깨비불이 안을 비추었다. 책장에 늘어선 것들은 이 변두리에서는 입수하려면 상당히 고생스러웠을 오래된 소설류와 텅 빈 꽃병. 책상 위에는 액자에 든 흑백사진이 이쪽을 향해 있었다. 침대 위에는 의인화된 곰 봉제인형이 베개와 나란히 놓여 있었다.

"응. 잊은 것이 있어."

힐리에타가 고개를 끄덕이며 뚜벅뚜벅 들어왔다. 그녀의 뒤를 따라 방에 발을 들이며 오펜이 물었다.

"여긴, 네 방이냐?"

"맞아. 이곳에…… 아, 있다."

힐리에타가 든 것은 책상 위에 놓여 있던 그럭저럭 비싸 보이는 일기장이었다. 그녀는 표지에서 탁탁 먼지를 털고 그 다이어리를 소중한 듯 가슴에 안았다.

오펜이 흥미를 보인 것은 그 다이어리 옆에 놓아 두었던 액자 쪽이었다. ──흑백의 오래된 사진 안에는 키가 크고 온화해 보이는 청년과, 어딘지 긴장한 듯이 보이는 소녀가 이쪽을 바라보고 있었다. 소녀는──한 눈에 알 수 있었다. 힐리에타였다. 특히 외견에 그다지 변화가 있는 것은 아닌데도 지금의 경박스러운 인상이 거의 느껴지지 않는다. 굳이 비유하자면 조금 삐뚤어진 양갓집 아가씨일까. 아마도 그다지 길지 않은 머리카락을 모아 묶은 부분에 꽃을 붙인 커다란 리본 탓이겠지만.

그녀와 나란히 선 청년은 소녀의 어깨에 손을 올리고 마음 편히 웃고 있었다. 이쪽도 외견은 그다지 변화하지 않았는데도 지금의 인상과는 동떨어져 있다. ──새미다, 하고 오펜은 깨달았다.

"이쪽 사진은 필요 없는 거냐?"

"……됐어."

힐리에타는 망설이지 않고 말하며 휙——이쪽으로 고개를 향했다. 신체의 곡선을 빈틈없이 드러내는 보디슈트가 도발하듯이 출렁출렁 흔들렸다.

그녀는 비아냥대듯이 입술을 일그러뜨리며 말했다.

"묻고 싶은 게 있지? 나한테."

"아니, 딱히."

오펜은 뜸들이지 않고 대답하며 어깨를 움츠렸다. 체력이 회복되었으니 왼팔의 상처도 이미 치료해 두었다. 컨디션 만전은 아니었지만 대강 진정된 상태다.

"난, 요컨대, 널 감시하러 온 거야. 왠지 모르지만…… 내버려두면 넌, 이 저택에서 나오지 않을 것 같아서 말이다."

"……어째서 그렇게 생각해?"

"다 타 버릴 이 저택에 남아 새미와 같이 죽을 셈 아니냐?"

오펜의 말에 그녀는 살짝——아주 살짝 뺨을 씰룩였다.

"딱히 그럴 셈은 없어. 분명히 저택에 불을 놓을 때까지는 이곳에 있을까 했지만. 하지만 그건 새미의 죽음을 지켜보는 게 내 의무이기 때문이야."

"그건 그를 사랑했기 때문이냐?"

"……맞아."

"당시 겨우 열다섯밖에 안 됐던 소녀가?"

"소녀였기 때문에, 일지도 모르겠어."

그녀는 일기장의 표지를 쓰다듬으며——그리고 앉을 곳을 찾듯이 시선을 여기저기에 던지더니 먼지투성이의 침대에 엉덩이를 걸치며 말을 이었다.

"그는, 새미는, 날 다정하게 돌봐 주었어. ──정체도 모를 가출 소녀인 나를 말이야. 이 일기장은 내 생일날 그가 준 거야. 그것만이 아니야. ──이 방에 있는 건 말이지, 전부 새미가 마련해 준 거야. 병에 걸려 죽은 여동생의 물건이라고 했을 땐 좀 무신경하다고는 생각했지만, 동생에 대한 추억의 물건이라고 생각하면 그다지 신경은 쓰이지 않았어. 그는 내게 읽고 쓰기도 가르쳐 주었고──포노고로스에게 후견인이 되어 줄 것을 부탁해 줬어. 이 저택에 살게 해 주기도 하고. 포노고로스는 그의 제안을 승낙했지……."

"새미의 의도는 어찌되었든, 포노고로스는 포노고로스 나름대로의 의도가 있었겠지."

오펜은 다소의 속마음을 담아 말했다. ──역시나 힐리에타는 그 의도에 걸려들었다. 아니, 원래부터 자신이 이야기하고 싶었을지 모른다. 그녀는 두 눈에 그대로 분노를 담으며 말했다.

"그렇지 않았으면, 그 비열한 자식이 아무런 인연도 없는 인간에게 의식주를 제공하고 돌봐 줄 리 없잖아."

"역시 포노고로스는 새미가 아니라 널 크리쳐의 실험체로 삼을 셈이었군?"

그 말을 들어도 힐리에타는 냉소적으로 웃을 뿐이었다. 그녀는 마치 애무를 하듯이 일기장의 표지를 손가락으로 쓰다듬었다.

"맞아. 상식적으로 말해서 갑자기 자기 조수를 희생시키려 할 녀석은 없겠지. 그만큼 자신의 부담이 늘어나니까. 다만 그 포노고로스에게 상식이란 게 있었는지는 모르지만. 뭔지 알 수 없는 것을 두려워하고, 떨다가…… 이윽고, 미쳐 갔어. 이 슈트는 말이지——."

그녀는 검은 가죽 슈트를 손으로 가리켰다.

"포노고로스 자식이 내 크리쳐의 표피로 만들기 위해 만든 거야. 15살 때의 몸에 맞췄으니까 크기는 상당히 빡빡하지만. 이 옷을 봤을 때, 난 생각했어. 이걸 사용하면 마술사를…… 포노고로스를 죽일 수 있을 것이라고."

'설마 포노고로스를 크리쳐로 개조한 게 힐리에타인 건 아니겠지.'

오펜은 그런 생각이 떠올랐지만 묻지 않기로 하였다. 그 대신 다른 질문을 던졌다.

"넌 결국, 크리쳐로 개조당한 거냐?"

그의 물음에 그녀가 웃음을 터뜨렸다.

"아니. ——배양조에 던져지기 일보 직전에 새미가 구했거든. 하지만 그 대신, 내 몸을 대신해 그가 그 배양조——아까 봤던 것과는 다른 지하실에 있지만——안에 들어가고 말았어. 포노고로스는 한숨을 쉬고 예정이 바뀌었다고 말하면서 그대로 그를 개조했지."

그녀는 얼굴을 붉게 물들이며 침대 가장자리를 두드렸다.

"난 아무것도 하지 못했어. ——매일매일 배양조 안에서 새미가 크리쳐로 변화하는 모습을 바라보는 것 외에는. 그가 최후에 인간이 아니게 된 순간——그는 내게 말했어. 자신을 죽여 달라고. 그 순간부터——"

그녀의 음습한 미소가 입가에 어렸다.

"그 순간부터 그는 '우견' 힐리에타의 스폰서가 되었어. 내 최초이자 최후의, 유일한 스폰서가."

"좀…… 너무 깊이 받아들인 거 아니냐?"

오펜이 말하자 그녀는 코웃음을 쳤다.

"날 너무 얕보지 말아 주겠어? ——어린애도 아니고. 그야 말이지, 새미는 내게는 어차피 단순한——그래, 첫사랑의 추억이란 것에 지나지 않아. 단지 조금 유별난 방법으로 이별했을 뿐이고. 그 후로 8년 동안 다른 남자에게 반한 적도 있어. 하지만 그래도 난 그와의 약속을 지킬 의무가 있다는 마음은 변치 않았어. 그는 쓰러진 날 도 왔고, 내 목숨도 구해 주었어. 그러니까 난 몇 번이고 몇 번이고 새미를 죽여 주려 했어. ——하지만 내 힘으론 어떻게도 할 수 없었지. 그래서 8년 동안 줄곧 그를 죽일 수 있을 정도의 힘을 가진 마술사를 찾아 돌아다녔어. 당신이 《탑》에서 실종되었다는 소문을 들었을 땐 나도 모르게 환성을 질렀는걸. 당신을 찾아내면 반드시 새미를 죽여 줄 거라고 생각해서. 그 예상은 빗나가지 않았어. 오스트발트 같은 묘한 녀석까지 이용해 당신을 찾았지. 만약 헛수고였다면 웃음조차 나오지 않았겠지만."

"난…… 이해가 잘 안 되는군."

오펜은 표정을 험악하게 만들며 거짓말을 했다. 그리고 물었다.

"하나 마음에 걸리는데……. 널 놓친 뒤부터 새미의 모습이 보이지 않게 되었어. 클리오에게 들러붙은 일을 별개로 치면 말이야. 녀석은 지금 어디에 있지? 너라면 알고 있지 않냐?"

"그는 이 저택에 있어. 용무가 없을 땐 언제나 이곳의 어딘가에 있지. 다만, 그가 어딘가에 숨을 작정이라면 우리는 절대로 찾아낼 수 없을 거야. 어떤 틈새에라도 파고들 수 있으니까."

"어째서 날 공격하지 않는 거지?"

"장기말로 사용하던 크리쳐 전부를 당신이 처치해 혼란스러운 거 겠지. 그런 일을 할 수 있는 인간이 있을 리 없다고 생각할 테니까. 그런데 저택에 불을 지르겠다고 했었지? 그걸로 새미를 죽일 수 있 는 거야, 오펜?"

오펜은 마치 원수에게 던지는 말투로군, 하고 생각하면서도 내답 했다.

"녀석이 저택 안에 퍼져 있다면 도리어 잘 된 일이지."

그는 그렇게 중얼거리며 방 안의, 안쪽에서 나무판으로 덧대어 놓 은 창문으로 걸어가——주먹을 질러 창문을 박살내 열었다. 파앙! 하고 창문이 부서지는 소리와 함께 눈부신 빛이 어두운 방 안으로 들어왔다. 아직 저녁이 되기까지는 어느 정도 남은 시각——.

그리고 열린 창문에서 검은 연기가 들어왔다.

오펜은 연기를 손으로 밀어내며 말했다.

"시작한 모양이로군. 어이쿠——클리오 녀석, 매지크만이 아니라 볼칸에게도 부탁한 모양인데. 볼칸 녀석이 불덩이가 된 것처럼 보이 지만…… 뭐, 항상 있는 일이지."

"불로, 새미를 죽일 수 있어?"

힐리에타가 물었다. 오펜은 당연하지, 하고 대답했다.

"녀석의 몸은 기체로 되어 있어. 심지어 성질이 산소에 가까워. 무언가가 탄다는 것은 요컨대 산소가 다른 물질과 화합하는 반응이 니 말이지. 이 저택은 목조니까…… 불이 나면 새미는 근처에 있는 가연성 물질과 화합해 갇히게 될 거다. 남김없이 말이야. 그리고 언 젠가는 흙으로 돌아가겠지."

"……."

힐리에타가 꿀꺽 침을 삼키는 기척이 느껴졌다. 오펜은 그녀를 돌아보며 고했다.

"내 마술로 저택 바깥으로 탈출할 수 있어. 새미의 최후를 지켜보고 싶다면 말리지는 않겠지만, 이대로 이곳에 남으면 너도 10분도 되지 않아 죽을 거야. 말해 두겠는데, 나까지 어울릴 생각은 없다."

도발할 셈으로 한 말이었지만 힐리에타는 작게 고개를 끄덕일 뿐이었다. ──그리고 그대로 아무 대답도 하지 않았다. 어쩌면 정말로 이곳에 머무를 셈일지도 모른다며, 반신반의의 심정으로 오펜은 생각했다.

"힐리에타──. 새미는 8년 전에 죽었어. 그걸 납득할 수 없다면, 백 보 양보해서 내가 죽인 걸로 해도 돼. 네가 부담감을 느낄 필요는 없다고."

"말리지 않는 거 아니었어? 아아, 그래."

"……뭔데."

"고맙다는 말을 하려고 했거든."

"뭘."

오펜이 묻자 힐리에타는 달관한 듯한 분위기로 어깨를 으쓱였다.

"포노고로스에게서 새미에 대해 들었을 때, 화를 내 줬지? 사실 굉장히 기뻤어."

"……너 말이다……."

오펜은 꾹 주먹을 틀어쥐었다.

"꼭 여기에 남고 싶다고 한다면──정말로 안 말릴 거다. 죽고 싶어 하는 녀석에게 줄 약은 없다고. ──건넬 말도, 마술도 없지. 하지만 어디까지나 개인적인 감상을 말하자면──"

"말하자면?"

그 되물음에 오펜은 잠시 말문이 막혔다. 무슨 말을 해야 좋을까
——.

"댁 같은 사람은, 죽지 않았으면 좋겠어."

자신도 모르게 진지한 얼굴로 그렇게 말하고 말았다. 그러자——

힐리에타는 상반신을 젖히며 대폭소를 시작했다. 오펜은 항의도
하지 못하고 부루퉁한 얼굴로 매우 창피한 소리를 내뱉고 만 자신을
자책했다.

"하아~핫핫핫하!"

의미도 없이 팔짱을 낀 볼칸의 큰 웃음소리가 타오르는 저택 앞에
서 울려 퍼졌다. 어깨에 짊어진 깃발에는 역시 시트에 페인트로 커
다랗게 쓴 문자로 '볼칸 상회의 찬란한 제3회 대회—— 비열한 사채
꾼을 괴물과 함께 불에 태워 죽여 행복해지자!'라고 쓰여 있었다.

볼칸은 의기양양하게 외쳤다.

"이거다! 나는 이 순간을 기다리고 있었어!"

"……."

명백히 '괜찮은 건가, 이 녀석'이라는 표정으로 코젠이라는 암살
자가 볼칸을 보았다. 도틴은 탄식하며 형을 무시하고 저 너머에서
저택 주변에 둘러치듯이 기름을 뿌리는 매지크나 '상회'의 어린아이
들 쪽으로 달려갔다.

"어허, 거기! 불에 가까이 가면 안 된다고 했지, 로이드!"

묘하게 솜씨 좋게 어린아이들에게 지시를 내리는 클리오의 뒤에서 매지크가 멍하니 서 있었다. 도틴은 그의 셔츠 소매를 꾹꾹 잡아당겼다. 그러자 금발의 소년은 동그란 눈을 도틴에게 향했다.

"왜?"

도틴은 불안한 듯이 말했다.

"아니…… 저기, 그러니까…… 괜찮은가 싶어서요. 마을 사람들에게 말도 안 하고, 이렇게 집에 불을 지르면…….'

"괜찮을 리가 없지…….'

매지크는 그렇게 말하면서도 그렇게는 생각하지 않는 듯 주저라고는 없는 표정으로 대답했다. 도틴은 신음했다.

"어떡하지. 형을 따라 하는 건 아니지만 여기서 저 사채꾼까지 태워서 모든 책임을 뒤집어씌울까."

"은근히 심한 소릴 하네…….'

매지크도 손을 멈추고 불길이 뻗기 시작한 저택 지붕 쪽을 힐끗 보았다.

"스승님도 뭔가 생각이 있을 테고……. 없을지도 모르지만. 뭐, 책임은 져 주시겠지."

"너무 무책임하다."

도틴이 말하자 매지크는 뜻밖이라는 듯이 얼굴을 찌푸렸다.

"무슨 소리야. 무책임한 게 아니라 그런 건 전부 스승님에게 맡기자는, 지극히 타당하고 유연한 태도잖아."

"유연한……?"

의심스러운 듯이 묻자 느닷없이 뒤쪽에서 비명이 터졌다. 형의 목소리다.

"우와오오오오오오오?"

뒤를 돌아보자 아까 뒤쫓기던 때의 복수인지 어린아이들이 뒤에서 볼칸에게 기름을 끼얹는 중이었다. 그런 그에게 불똥이 튀어 불이 붙었다――.

"불덩이네."

"그러네요."

산불에서 도망친 너구리 그 자체의 모습으로 등에서 타오르는 불에서 도망치려는 헛된 노력을 하는 볼칸을 보며, 도틴과 매지크는 멍하니 중얼거렸다.

클리오도 그 광경을 보며 소란을 피웠다.

"아아! 카우프만! 물 가져와!"

"예, 누나."

"에잇! 아, 아앗! 이거 기름이잖아!"

그렇게――더욱 거대한 불덩이가 되어 광란 상태에 빠진 볼칸의 옆을 지나 코젠이 이쪽으로 다가왔다. 암살자는 전투복 여기저기에 피의 흔적이 보였지만 깊은 상처는 아닌 듯했다. 코젠은 도틴에게인지 매지크에게인지 알 수 없는 애매모호한 시선을 던지며 말을 걸었다.

"이제 됐지? 난 돌아가겠다."

"예, 예에……."

매지크는 이상하다는 듯이 물었다.

"그런데 왜 당신까지 도와 주려 하신 건가요?"

"……"

코젠은 한순간 그 질문을 무시한 듯이 입을 다물었지만, 잠시 후 대답했다.

"아니, 딱히 이윤 없다."

시선은 클리오 쪽을 방황하고 있었다.

켁, 하고 매지크가 신음성을 내뱉었다.

"저, 저기——클리오에게 마음이 있으시다면, 그만 두는 편이 좋아요. 단언하지만 제대로 된 꼴을 못 보실 겁니다."

"따——딱히 삼십 줄이나 되어서 저런 젖비린내 나는 계집에게 눈이 돌아가는 일은 없어!"

암살자는 고함을 지르면서도 매우 동요한 얼굴로 외쳤다. 어쩌면 정말로 정곡을 찔렀는지도 모르겠다. ——도틴은 별종이라도 보는 심정으로 그렇게 생각했다.

도틴은 코젠을 보며 말했다.

"뭐, 어찌됐든 가시려면 잘 가시길, 미스터 와이세츠."

"그림자의 코젠이다."

"그래, 맞아."

매지크가 옆에서 끼어들었다.

"설령 아무런 특기도 특징도 없는 범죄자인 암살자라고 해도 하잘 것 없는 자기주장 정도는 하고 싶은 법이라고."

"……아무도 그렇게까진 말 안 했는데……."

도틴은 곁눈으로 조심스럽게 코젠을 보며 말했다. 코젠은 이제 전부 포기했는지 탄식하고는 그대로 몸을 돌려 걷기 시작했다. 묵묵히 타오르는 저택을 등지고…….

"어쩌면……."

매지크가 중얼거리는 소리가 들렸다.

"저 사람, 존재감이 희박하니까 세상에 삐쳐서 암살자가 된 걸까?"

'그럴 리 없지.'

하지만 도틴은 대답하지 않고 코젠의 뒷모습을 바라보았다. 본격적으로 타오르기 시작한 저택이 무너지는 소리와, 아직노 불을 끄지 못하고 날뛰는 형의 욕설을 들으며.

그에게 인간으로서의 감각이 남아 있던 것은 아니다――.

그래서 고통은 딱히 느끼지 않았다. 고통이란 개념을 떠올리지조차 못했을 정도다.

그저 존재하는 것은 자신이 '희박'해져 가는 감각뿐이었다. 그의 주변에 으르렁대는 불꽃이 그의 몸을 빼앗아 간다.

빼앗긴 그의 몸이 대체 어디로 가는지――알 수 없었다.

그저 알 수 있는 사실은 이대로 있다면 그의 전부가 어디론가 사라질 것이라는 점이었다. 자신의 '전부'가 어딘가로 사라지면, 마지막으로 남는 것은 무엇일까 하는 막연한 의문이 그의 사고를 지배하고 있었다. 어쩌면 남는 것이야말로 진정한 '자신'인 것은 아닐까. 아무것도 남지 않는다니 비현실적인 기분이 들었다. 어찌 됐든 불꽃은 한 시간에 걸쳐 목조 저택을 전소시킨 후 사그라들었다.

그의 몸은 대부분이 '어딘가로 가 버린' 모양이었지만, 의식은 사라지지 않았다.

…….

"이 마을에 온 뒤로 가장 긴 하루였군 그래."

그런 중얼거림이 들렸다. 몇 번이나 들은 적이 있는 목소리. 그중 몇 번인가는 그에게 절망적인 공포마저 느끼게 한 목소리인 듯한 기분이 들지만, 잘 기억이 나지 않는다. 뭘까. 포노고로스일까. 포노고로스는 이 세상에 대체 몇 명이나 있는 것일까.

"보답은 할게, 오펜."

이쪽의 목소리도 기억 속에 있다. ──어째서인지 들으면 맹렬하게 슬픔에 사로잡히는 목소리다.

"딱히 그딴 걸 기대한 건 아니야."

"사양할 건 없잖아? 그건 그렇고…… 흔적도 없이 사라졌네, 이 건물."

"오래되고 바싹 말랐을 테니 말이지. ……어이쿠."

"……왜 그래?"

"봐라, 저거."

"…….."

목소리는 아무래도 놀란 모양이었다──.

"타고 남은 모양인데, 새미."

"하지만…… 아주 작아."

"재생할 가능성이 있어. ……그렇다고 해도 이제 이 근처에 가연성 물건은 남아 있지 않군. 전부 타 버렸어."

"아니. ……남아 있어."

"어, 이봐? 힐리에타──."

그녀는 등 뒤의 지퍼를 재주 좋게 내리고 보디슈트를 단숨에 벌리고는, 공중에 비참하게 떠돌고 있던 겨우 한 줌에 지나지 않는 검은 안개――그의 타다 남은 부스러기를 품 안에 안았다. 그리고 그대로 발밑에서 아직도 시뻘겋게 달구어진 채인 금속 막대기(원래는 부지깽이였으리라)를 주워 망설이지도 않고 가슴 사이에 갖다 댔다.

"힐리에타!"

그녀의 뒤에서 비명에 가까운 외침이 들렸다.

하지만 그녀에게는 그 부름에 응할 여유가 없었다. ――그는 자신이 어떻게 되고 있는지조차 자각할 수 없었지만, 급속하게 자신과 그녀의 사고가 마구 뒤섞이는 것만은 느낄 수 있었다. 그의 '시야'에 그녀가 보고 있는 광경이 겹쳐 혼재한다. 그 새로운 시야 안에서 시뻘건 쇠막대기가 그녀의 피부를 가차 없이 태우는 모습이 보였다. 전신에서 비지땀이 솟구치는 것이 느껴졌다. ――그녀의 감각 속에서. 내장에까지 이르는 격통으로 몸부림을 치고 싶었다. 하지만 그보다 매우 단순한 것밖에 그――그리고 그녀는 생각하지 않았다.

'이것으로 당신에 대해 잊지 못할 거야――.'

탄화하는 가슴의 화상을 내려다보며――그리고 그 상처 안에서 사라지는 새미를 보며, 그녀는 말을 이었다.

"적어도 내 품 안에서 잠들도록 해."

이윽고 안개는 사라졌다. 완전히, 이 세상에서.

뒤를 돌아보자 오펜은 완전히 망연자실한 모습이었다. 힐리에타는 당차게 웃으며 그에게 말했다.

"흉터는 당신이 없애 주겠지?"

그녀는 피투성이가 된 상반신에 다시 슈트를 걸치며 만족스럽게 웃었다.

에필로그

뚜벅…… 뚜벅…… 뚜벅…….

느릿하게, 조금 거친 발소리가 들렸다. 새가맣고 묘하게 막막한 공간——하지만 결코 넓은 곳은 아니다. 그저…… 공허할 뿐이었다.

매캐한 냄새가 아직 고여 있었다. 포노고로스 저택은 전소했지만 이 지하실만큼은 남아 있었다. 흘러나온 오수는 몇 번이나 폭발한 광열파나 그 외의 것들이 폭발하는 바람에 증발했지만, 그만큼 공기에 섞여 악취를 풍기고 있었다. 그 바닥에는 깨진 수조의 유리 파편과 무너진 건물 조각, 토사, 그리고 그의 시체가 있었다.

뚜벅…… 탁. …….

발소리는 별안간 지하실 입구에서 멈췄다. 발소리의 주인은 무언가를 받듯이 손바닥을 위로 향해 오른손을 내밀며 읊조렸다.

"나 낳노라, 자그마한 정령."

파앗…….

주문과 함께 그의 손바닥에서 주먹 크기 정도의 도깨비불이 떠올랐다. 빛은 방의 안쪽을 비추고——그리고 주문의 주인을 비추었다. 검은 머리카락에 20대 정도로 보이는 청년. 눈매가 음험하게 올라간 사나운 용모. 하지만 지금 그 표정은 조금 조용히 가라앉아 있었다.

그는 천천히 입을 열었다.

"설마 싶긴 했는데 말이지……."

마치 질문을 던지는 듯한 말투였다. 그 말에 응하는 자가 있었다.

"······나 말인가?"

응한 것은 바닥에 널부러진 거대한 물고기의 시체였다. 이미 움직이지도 않는 데 더해 배가 찢어져 변색된 피를 흘리고 있지만 목소리는 마치 그저 낮잠이라도 잤을 뿐이라는 듯한 굵은 울림이 느껴졌다.

"역시 살아 있었나, 포노고로스. 질문이 있다. 세 가지 정도."

청년——오펜은 한숨 섞인 목소리로 내뱉었다. 그리고 반다나로 모은 앞머리를 쓸어 올렸다.

"우선 듣지 못한 게 있었지. 홀에 있던 여신상. 넌 뭔가 의미가 있다는 식으로 말했어."

"······."

포노고로스는 잠시 침묵을 지켰다. 하지만.

"나는 이단자. 배교자다. ——그것으로는 대답이 되지 않나?"

"그렇다고 해서 일부러 여신상에 상처까지 입히나? 결사 종교의 집회소도 아니고. 댁은 신을 저주했거나, 두려워했던 거야."

포노고로스는 대답하지 않았다. 오펜은 초조와 짜증이 섞인 몸짓으로 팔짱을 끼고 다음 질문을 입에 담았다.

"그럼 두 번째 질문이다. 어째서 크리쳐 따윌 만들려고 한 거냐. 드래곤 종족을 초월한 전투력을 가졌다고 해 봐야 그딴 거 전쟁도 없는 현대엔 팔 물건이 못되잖냐."

"······그 대답은 첫 번째 질문과 마찬가지다. 나는 두려워했다······. 그래서 그것에 대항할 힘을 가진 존재를 만들어야만 했지."

"넌······ 무엇을 두려워한 거지?"

"말할 수 없다. 말하면 죽을 테니까. 죽는 것은——어차피 이런 몸이다. 상관은 없지만, 녀석들의 손에 죽는 것만은 싫다. 영혼까지 잃고 싶지는 않아. 꼭 알고 싶다면——"

그는 공허한 목소리를 내뱉었다. 마치 묘 속에서 울리는 소리처럼.

"네가 스스로 알아봐라. 나는 그것을 킴라크에서 알아냈다."

"교회 총본산인 킴라크……?"

오펜은 되물었지만 또 포노고로스는 대답하지 않았다. 오펜은 마지막으로 탄식하며 너는 키에프 포노고로스인지 라몬 포노고로스인지를 물으려 했다. ——하지만 그 순간, 그 질문은 완전히 무의미한 것임을 깨달았다.

그는 그 대신 다른 질문을 던졌다.

"……너, 아까부터 어디로 말을 내뱉는 거냐?"

물고기의 몸은 힘없이 늘어져 있을 뿐이고 목소리를 내뱉을 때조차 움직임을 보이지 않았다. 완전히 시체처럼 보였다. 하지만 목소리는 분명 울리고 있었다. 이 지하실에…….

포노고로스의 대답은 없었다. 하지만 오펜은 문득 배가 찢어진 물고기의 시체 위에 희미하게 떠오른 인영——로브와 같은 것을 걸친, 지쳐 여윈 노인, 겁을 먹은 표정의 크고 빼빼마른 노인의 모습이 보인 것 같았다. 눈을 깜빡이자 이미 보이지 않았지만.

……어쩌면, 진짜 망령이었을지도 모르겠군.

그는 그렇게 마음속으로 중얼거리고 조용히 오른손을 쥐었다. 손바닥으로 쥐어 짜부라지듯이 도깨비불이 사라졌다.

"……잘 가라, 포노고로스."

오펜은 그 말만을 남기고 휙 등을 돌렸다. 그가 떠나가는 발소리가 다시 지하실에 울렸다.

남은 것은 어둠만이 언제까지고 조용히 모든 것을 덮어 가릴 뿐이
었다. 유리 파편도, 돌더미도, 오수의 흔적도, 물고기 크리쳐의 시체
도, 그리고 고독한 망령이 춤추는 모습도, 모두.

"좋아. 지금이다, 도틴! 녀석이 없어!"

묘하게 힘이 들어간 목소리로 볼칸이 외쳤다. 여관을 나와 마을을
나가는 길을 한눈 팔지 않고 달리는 형의 뒤를 쫓으며, 도틴은 입안
에서 나지막하게 내뱉었다.

"……그렇게 잘 풀릴까."

요컨대 그 흑마술사가 여관에서 모습을 감춘 틈에 빚 징수에서 도
망치겠다는 심산이다. 그 후 부조리하게도 마술사에게 퍽퍽 얻어 맞
은 형(아무래도 그 나무상자의 입수 경로에 대해 형이 또 헛소리를 한 듯했
다)은 이미 회복한 상태다. 30분 정도 전까지는 몸 전체의 관절을 거
꾸로 꺾인 꼴이 되어 죽은 듯 있었지만 지금으로부터 정확히 12분
전에 펄떡 일어난 것이다. 그리고 지금은 이렇게 열심히 달리는 중
이다.

정말로 망치처럼 튼튼한 형이다.

"그런데 혀엉!"

뒤를 쫓으며 도틴이 불렀다. 볼칸은 발은 멈추지 않은 채 어깨 너
머로 돌아보며 대답했다.

"뭐냐아!"

"이 마을에서 도망치면, 어디로 갈 건데에!"

"그야 뻔하지!"

볼칸은 단호하게 말했다. 어딘가도 모를 방향을 가리키며.

"희망의 내일로! 마스마튜리아의 투견 볼카노 볼칸은 언제나 승리의 길을 걷는다!"

"요컨대 아무 생각도 없다는 말이구나아!"

도틴이 거의 포기한 표정으로 외쳤다. 볼칸은 살짝 주저하는 눈빛을 보였지만, 곧바로 자기합리화를 마쳤는지 가리키는 손가락은 그대로 둔 채 말없이 달렸다.

"그런데 혀엉!"

"이번엔 뭐냐아!"

"그러니까아~!"

"오오~!"

"바로 앞에에~!"

"오~!"

"발밑에 말이야아~!"

"발밑이 어쨌길래~!"

"로프가 쳐져 있는데…… 아."

도틴이 그 말을 꺼냈을 때에는 이미 볼칸이 너무나 화려한 기세로 지상 10센티 정도 높이에 길을 가로막듯이 묶은 줄에 발이 걸려 넘어져 있었다. 그대로 둥근 몸을 데굴데굴 굴리다, 엄청나게 커다란 소리를 내며 멈췄다.

형은 벌렁 드러누운 자세로 이쪽을 찌릿 노려보며 신음했다.

"그런 건 일찍 말해라, 바보 자식……."

"미안. 내가 걸리지 않을 타이밍에 말했거든."

도틴은 그렇게 대답하며 로프 바로 앞에서 딱 발을 멈췄다.

"그런데 누가 이런 장난을…… 건표고로 우려내 죽일까 보다, 젠장……."

형이 비틀비틀 몸을 일으키자, 팽팽하게 당겼던 로프 한쪽 끝을 든(다른 한 쪽은 길가의 나무 둥치에 묶여 있었다) 거뭇거뭇한 인영이 나타났다.

"후후후후후후후후후후."

"사, 사채업자!"

형이 오버하며 외치자 그 인영——오펜은 변함없이 집념 깊어 보이는 음험한 미소를 띠며 말했다.

"네놈들의 생각 따위 뻔히 보이신다 이 말이지."

"제, 젠장——그러니까 도틴, 이런 구멍투성이 계획이 잘 풀릴 리 없다고 말했잖냐!"

"언제 그랬는데……."

도틴은 경멸이 담긴 눈빛으로 중얼거렸지만 아무도 들어 주지 않았다.

사채꾼은 묘하게 생생한 눈으로 팔을 걷었다.

"자 그럼! 쌓이고 쌓인 빚의 이자! 인정사정 안 봐 주고 받아낼 거다! 일단 이쯤에서 구속하겠다! 이제 더 기다릴 자비 따윈 없어!"

"댁의 징수에 언제 자비가 있었길래."

도틴이 신음했다. 형도 고개를 끄덕여 동의했다.

"맞아, 맞아. 조금만 더 기다려 줘도 좋잖아!"

"안 돼."

"어…… 그, 그치만, 정말 조금 정도는……."

"싫어."

흑마술사가 빙긋 웃으며 대답했다. 그 표정에 형은 매우 겁을 먹은 듯했다.

"아──저기, 그럼, 몸으로 갚는 긴 인 될까?"

"정육점에 팔아도 되냐?"

마술사가 만면에 띤 웃음을 거두지도 않고 그렇게 말했다.

그때──.

길 너머에서 훌쩍 모습을 나타내는 사람이 있었다. 흑발을 요염하게 기르고 가죽제 보디슈트를 입은 장신의 미녀. 오펜도 그 기척을 알아차렸는지 천천히 그쪽으로 고개를 향했다.

"너무 괴롭히면 불쌍하지 않아?"

그녀는 오펜을 향해 윙크를 날렸다. 뜻밖의 도움에 형이 외쳤다.

"여신님!"

그는 그대로 달라붙듯이 그녀 쪽으로 뛰어들었지만 그녀는 망설이지도 않고 볼칸을 발로 차 옆으로 굴렸다. 그녀는 웃음을 참듯이 입가에 손을 대고, 다른 한 손으로는 절그럭 쇳소리를 내는 가죽 주머니를 들어올렸다.

"이거, 건네려고 찾았어. 당신, 날 계속 피했었지?"

"그건 뭐냐, 힐리에타?"

마술사가 두 손을 허리춤에 얹은 자세로 물었다. 알잖아? 라고 하듯이 그녀──힐리에타가 어깨를 으쓱였다.

"보수야. 내 부탁을 들어 줬잖아."

"오오……."

그렇게 감탄성을 내뱉은 사람은 볼칸이었다. 가죽 주머니는 사과 크기로 그 안에는 묵직하게 동전이 들어 있는 모양이었다. 대륙에서 널리 쓰이는 소켓 지폐와는 달리 동전은 대륙 어디에 가더라도 가치가 변하지 않는다. 동화인지 금화인지는 모르지만 어찌되었든 주머니의 내용물은 그럭저럭 거금이겠군, 하고 도틴은 예상했다.

——하물며 저 사채꾼이 그 점을 모를 리 없을 텐데…….

마술사는 아주 살짝 망설이는 표정을 보이며 고개를 저었다.

"필요없어."

"……뭐?"

"뭐라고ㅇㅇㅇㅇㅇㅇㅇㅇㅇㅇ!"

볼칸이 호들갑스럽게 비명을 질렀다. 다만 이 경우는 그다지 호들갑스럽지 않을지도 모른다.

"남은 실컷 갈구며 빚을 갚으라고 난리를 피우더니, 여자한테서는 받지 않고 폼을 잡는 거냐, 인마! 수탉으로 일찍 깨워 죽인다, 자식!"

그렇게 외치며 달려드는 형을, 역시 사채꾼은 발로 차 옆으로 날렸다. 힐리에타는 그런 그를 보며 이상하다는 듯이 물었다.

"왜? 아아……. 이건 딱히 더러운 돈이 아냐. 내가 가출했을 때 집에서 들고 나온 돈인걸."

"충분히 더럽지 않나요?"

도틴은 그렇게 중얼댔지만 힐리에타는 완전히 무시했다. 오펜은 딱히 흥미를 보이지 않고 눈길을 돌렸다.

"딱히 그딴 걸 걱정하는 게 아냐."

"그럼 왜?"

"……난 심부름꾼이 아냐. 그런 돈은 받지 않아. 그러니까 댁도 앞으로도 날 편리하게 이용할 수 있다고 여기길 바라지 않아——."

바로 그때——.

"지금이다아아아아!"

퍽! 하고 사채꾼의 발밑에서 볼칸이 날이 다 빠진 김으로 오펜의 정강이를 있는 힘껏 후려갈겼다. 마술사의 안색이 순식간에 창백해지더니 격통으로 허리를 굽히고 비명을 질렀다.

"아야앗!"

"가자, 도틴!"

볼칸은 그렇게 외치고 줄달음질로 달아났다. 달리는 형의 뒷모습을 보며 도틴은 한숨을 쉬었다.

"왠지 모르게 요즘은 순간의 연속으로 살아가는 것 같아……."

그리고는 막 달리려 하던 참에 길에 쓰러진 마술사에게 발목을 붙잡혔다. 조심조심 고개를 향하자 우후후, 하고 비지땀을 흘리는 마술사가 처참한 웃음을 내뱉는 모습이 보였다.

도틴은 뒤이어 중얼거렸다.

"붙잡히는 역할은 항상 나고."

"비이이이이이잇, 가아아아아앞, 아아아아아아, 라아아아아아아아——!"

"한밤중에 들으면 어린애에게 트라우마를 남길 듯한 목소리로 말해 봐야……."

"……역시 이거 받아 두는 편이 좋지 않아?"

이제는 비장감조차 감도는 마술사의 눈앞에 웅크려 앉은 힐리에 타가 말했다. 눈앞에 가죽 주머니를 들이밀며. 하지만 오펜은 고집스럽게 고개를 저었다.

"이쪽이 더 즐거워."

"정말로 그래요……?"

도틴은 의심스럽게 되물었다. 옆에서 힐리에타가 웃음을 터뜨렸다.

"알았어. 당신이란 사람은——실력은 좋은 주제에 정말 못 말릴 정도로 완고하네. 그럼 내 노동으로 지불한다는 건 어때? 얼마 동안 당신의 일을 도와줄게."

"아니, 그것도 됐어. 파트너라면 이미 있으니까."

오펜은 딱 잘라 거절하고는, 이미 몇 백 미터 정도 달려간 볼칸 쪽을 가리켰다.

"……?"

그 방향을 보자 또다시 아까 전과 완전히 똑같이, 굉장히 커다란 동작으로 넘어지는 볼칸이 보였다. 역시 마찬가지로 로프를 쳐 놓던 모양이다. 그 로프의 끝을 잡고 길가에서 작은 인영이 나타났다. ——등까지 금발을 기른, 살아가는 에너지를 쓸데없이 '기운참'에만 쑤셔넣은 듯한 소녀. 그녀가 사채꾼과 똑같은 말투로 외쳤다.

"어수룩하긴! 네 생각 따위 이미 훤히 보이거든! 매지크! 그물!"

"예~이."

길 반대쪽에 서 있던 나무——그 나무 밑에 로프의 다른 쪽 끝이 매어져 있는데, 그 나무 위에서 매지크의 대답이 들렸다. 동시에 촤악, 하고 건성으로 투망이 떨어져 길에 굴러다니던 볼칸을 뒤덮는 광경이 보였다.

"젠장!"

볼칸이 아우성을 쳤다. 그 외에도 여러 가지로 더러운 말을 내뱉고 있었지만 여기에서는 잘 들리지 않았다.

오펜이 조금 득의양양하게 중얼거리는 말이 귀에 들어왔다.

"최고지? 최저이면서——최고야."

도틴은 무슨 말을 하는지 잘 알 수 없었지만, 힐리에타는 이해한 모양이었다. 그녀는 깔깔 웃더니 가죽주머니를 품에 넣었다.

도틴은 아깝다고 생각하며 하늘을 보았다. 구름이 뜬 푸른 하늘——그리고 그 하늘 밑에 펼쳐진 교외의 조용한 농촌은 어린아이들에게 들려주기 위한 작은 유령 이야기를 다소 남긴 채, 매우 평화롭게 자리잡고 있었다.

후기

"안녕♪ 이번 권말은 바로 나, 힐리에타의 진행으로 보내드리겠습니다~."

"……그리고 깨달았더니 등장 캐릭터의 상대역으로까지 전락한 작가도 여기에 있습니다만……."

"(무시) 자 그럼! 앞 권의 '후기'에서 그레이시를 쓰러뜨리는 건 너밖에 없다! 같은 소리를 썼더니, 책이 발행되기 2주일 전에 얼티밋 대회에서 호이스 그레이시가 부전패를 당했네요~."

"또 일반인에게는 이해가 안 될 소리를……. 실화긴 하지만. 앞으로 한 달 정도는 지지 않겠다 싶었는데 말이지~. 예상이 허술했어."

"하지만 이런 소릴 쓰면 이 작가는 실은 격투기 마니아인 게 아닐까 오해를 받을 것 같네~."

"실제로 오해하는 사람은 많겠지만……. 하지만 오해입니다. 2권에 나온 격투가의 이름을 본명으로 고치는 것조차 불가능하니까. 타카다 정도는 어쨌든, 전부는 무리입니다."

"자기가 쓴 주제에."

"뭐, 그렇긴 하지만. 어쨌든 전권의 소재 까발리기는 이 정도로 하고――으음――하지만 3번째가 되니까 역시 후기에 쓸 내용이 없는걸."

"그래? 하려고만 하면 얼마든지 할 수 있을 텐데……. ① 내용 까발리기. ② 작가 근황. ③ 썰렁한 개인기."

"……왠지 모르게 ③에 마음이 끌리는데……."

"당신 선보일 재주 같은 게 있어?"

"비문당랑권 연무라든가……."

"……뭐…… 썰렁하다면 썰렁하려나……. 분명히 타케다 테츠야가 영화에서 했던 그거지?"

"아마도. 왠지 모르게 기술 형식이 그럴 듯해서 내가 멋대로 그렇게 생각하는 거지만. 하지만 개인적으로는 하남의 형의권 쪽이 취향♪"

"아니, 기쁜 듯이 말해 봐야……. 애초에 그거 후기에서 어떻게 선보일 건데?"

"그것도 그런가……. 그럼 다음 권 예고."

"예고라~. ……그것도 그다지 딱 와닿질 않네~. 그것보다, 뭐라고 해야 하나, 예고랑은 다르지만, 앞으로 당신 어떡할 거야?"

"뭘?"

"1권, 2권, 그리고 이번 권까지 대체 몇 명의 '최강'을 꺼냈는지 기억해?"

"으……. 실은 좀 마음에 걸리긴 했어. 하지만 그건, 응, 복싱 세계 챔피언 같은 거라서 말이지, 잔뜩 있다고."

"애초에 주인공부터 '최강의 남자'라는 주제에 왠지 모르게 약하단 말이지~."

"그는…… 있잖냐, 웰터급 챔피언에 해당하거든."

"……그런 소릴 하면 레너드한테 혼날 거야."

"최강임에는 틀림이 없으니까 괜찮잖냐. 하지만 진지하게 말해서, 등장인물들에게 하나부터 열까지 '천재'의 호칭을 마구 남발하는 이 작가입니다만, 실은 랭크가 있습니다."

"?"

"다시 말해서 주인공이 '천재'라는 건, 기껏해야 학생 중에서의 천재, 그에 반해 주인공의 교사인 C의 '천재'는 틀림없이 세계적인 천재를 뜻하는 겁니다."

"뭐…… 일리는 있는 말이지만……."

"불만이라도 있어?"

"음……. 작가인 주제에 건방진 소릴……."

"자, 작가인 '주제에'라니──. 난 대체──."

"아침 통근 전차에서 취객에게 시비가 걸려 싸우는 바람에 도중에 차에서 내쫓겨 회사에 지각하는 녀석이 제대로 된 녀석일 리 없잖아."

"으으……. 눈물이 나오지 않도록 천장을 보자……."

"어휴, 정말. 이곳저곳에 약점을 드러내며 산다니까."

"정확하게 말하면 지각은 하지 않았어. 출퇴근 시간 자유 지정제

회사니까. 심지어 5분 정도밖에 차이가 안 났고."

"그렇지~. 정말로 지각했으면 짤렸겠지."

"짤린다고 해도 별로 신경은 안 쓰이지만 말이지."

"……당신 무슨 스차라카 사원*이야?"

"뭐, 이런 녀석입니다만, 앞으로도 응원해주셨으면 감사하겠습니다."

"드디어 마무리로 들어갔군."

"(묵살) 그럼, 다음에!"

"BYE!"

아키타 요시노부

*회사를 무대로 한 일본의 코미디 방송

마술사
오펜
뜻밖의 여행

나의 숲에 모이라, 늑대

「마술사……」
「예?」
매지크는 뒤를 돌아보고 경악했다……

등 뒤에서 무언가 압도적인 위압감 같은 것을 느낀 클리오는, 자신도 모르게 나오던 말을 집어 삼켰다─

숲의 중심에
하늘까지 불사를 듯한
불기둥이 솟구쳐 올랐다!
「저건…… 마술의 불꽃이다!」

STABBER

SORCEROUS

ORPHEN

나의 숲에 모이라, 늑대

◆프롤로그 —————————————— 226

◆제1장 《숲》의 무녀 —————————— 233

◆제2장 딥 드래곤 —————————————— 265

◆제3장 사로잡힌 오펜 ————————— 301

◆제4장 피에나의 부탁 ————————— 328

◆제5장 맥두걸의 비밀 ————————— 362

◆제6장 신속한 살육 —————————— 390

◆에필로그 —————————————— 432

●후기 ————————————————— 440

SORCEROUS STABBER ORPHEN

마술사
오펜
뜻밖의 여행

애장판 2

나의 숲에 모이라, 늑대

秋田禎信
Yoshinobu Akita

일러스트 쿠사카 유야   **번역** 곽형준   **디자인** 백진화
편집 정성학 김일철   **마케팅** 김정훈   **책임편집** 박관형

나의 숲에 모이라, 늑대

프롤로그

'강해지거라.'

그것이 어머니의 유언이었다.

그녀가 외톨이가 되었을 때 선물한 말이었다.

말을 선물 받았다고 기쁘지도 않았고, 강해지는 방법도 짐작이 가지 않았다.

그것이 3년 전의 일이다. 3년이 지난 지금, 그녀는 숲을 달리고 있었다.

숲속을 달리려면 끈기가 필요하다. 그리고 센스도 필요하다.

그 둘 모두 가지고 있지 않다면 상처투성이가 되어 달릴 수밖에 없다. 그녀는 거의 목을 쥐어짜듯이 신음하며 정신없이 앞을 향해 달렸다. 숲 속에 잠시 버섯을 따러 들어갔을 뿐이라 녹색의 깃이 없는 셔츠와 쇼트팬츠라는 무방비한 차림이었는데, 이게 문제였다. 정강이는 이미 풀에 쓸려 피투성이가 되었고, 신발에도 몇 개의 나뭇가지가 찔린 데다 그중 몇 개는 발의 피부에 박혔다. 한여름의 숲은 풀냄새와 열기로 가득해 숨을 한 번 헐떡일 때마다 일일이 목이 막힌다. 발로 밟은 풀의 즙이 튀어 올라 나뭇가지 사이로 들어오는 여름의 햇빛을 받고 반짝였다——.

겉보기로는 아직 하이스쿨에도 다니지 않을 듯한 소녀는 숲 자체에는 익숙하지 않아도 변경 농촌에서 자란 독자적인 야성미가 느껴졌다. 아직 어린아이 같은 길이의 팔다리는 순박하고도 건강해서 경

주마라기보다는 농경마의 인상을 풍겼지만, 싫은지 아닌지는 보는 자의 취향에 따른 문제이리라. 포니테일로 묶은 검은 머리를 땀으로 적시고 갈색 빛깔의 눈동자로 앞을 보며 달린다. 순간──발이 뒤엉켰다. 하지만──

　'멈출 수 없어──.'

　멈춰 서고 싶지 않은 것은 아니다. 아까부터 느껴지는 이 격렬한 고동은 자신의 몸이 이미 한계에 도달했음을 알리고 있다. 눈꺼풀이 퉁퉁 붓고 졸음이 느껴진다. 가능하다면 이대로 쓰러지고 싶을 정도다.

　'멈출 수 없어──.'

　그녀는 되풀이했다. 뒤를 돌아보지도 않았지만 아까부터 자신을 쫓는 발소리가 들린다. 언제나 마을 구석에서 셋이 함께 몰려다니는, 묘하게 키가 큰 소년들. ──그녀를 뒤쫓고 있는 자들은 그 소년들이었다. 그녀가 마을 외곽을 걷고 있었더니 어느새인가 뒤를 쫓아왔다. 이쪽이 달리기 시작하니 역시 그들도 달리며 쫓아왔다──.

　그들에게 따라잡히면 구체적으로 어떻게 될지 명료하게 자각하고 있는 것은 아니지만, 남자 셋이 소녀 하나를 쫓는 상황에 숨은 위험성은 본능적으로 깨닫고 있었다. 그들은 딱히 큰소리를 내서 '멈춰'라거나 '기다려'라는 말을 하지 않는다. 그저 포기하지 않고 쫓아올 뿐이다.

　단지 머릿속 한 구석 어딘가 냉정한 부분에서는 완전히 이해하는 점도 있었다. ──이대로 계속 달려도 언젠가는 따라잡힌다. 따라잡히면 힘이 다해 이제 저항할 수 없다.

　계속해 달려야만 한다. ──그것은 알고 있다. 하지만──

'이제 틀렸어──.'

그녀는 마음속으로 비명을 질렀다.

다리를 계속해서 움직이고 있다고 생각했지만 별안간 몸이 지면에 닿았다. 넘어진 모양이다, 하고 깨달은 것은 얼굴을 나무뿌리에 찧은 순간이었다. 그대로 등으로 한 바퀴를 굴렀다.

구른 순간 어떠한 각도가 되었는지 쫓아오던 남자의 모습이 보인 듯했다. 맹렬한 혐오감이 온몸을 덮쳤지만 한 번 멈추니 완전히 지쳐 버린 몸은 움직여 주지 않았다. 폐가 떨렸다. 아픔이 느껴질 정도로.

'일어서야 해──.'

두려움에 잠겨 목 안쪽에서 소리 없이 중얼거린 그녀는, 지면에 어떻게든 팔꿈치로 몸을 일으켜 세우려 했다. ──하지만 그것조차도 할 수 없었다.

'도망쳐야 해──.'

몸을 끌어 조금이라도 앞으로 나아가려 했다. ──하지만 그것조차 할 수 없었다──.

그 순간, 발목을 붙잡혔다.

"……!"

고개를 돌리자 소년 중 하나가 바로 뒤에 있었다. 그녀는 반사적으로 오른손의 손톱을 소년의 얼굴에 박았다. 손가락 끝이 적지 않은 힘으로 여드름투성이인 소년의 얼굴을 긁었다. 하지만 아픔을 느낀 것은 오히려 그녀의 손가락 쪽이었다. 손톱이 부러진 것이다.

소년은 딱히 개의치 않고 손을 뻗었다. 그리고 마치 말에 올라타듯 그녀의 몸에 걸터앉고 옷깃 안쪽을 붙잡았다. 셔츠 단추 몇 개가 버티지 못하고 튀는 소리가 들렸다.

"엄마……!"

나중에 생각하면 너무 진부하다고도 느껴지는 비명을 지르며 그녀는 소년의 팔을 물었다. 끄악, 하는 소리를 지르며 소년이 팔을 뺐다. 그 틈에 도망치려 했지만 결국 더 체중이 많이 나가는 상대의 밑에서 빠져나갈 수는 없었다.

시야가 눈물로 흐려졌다. ──문득 위를 보자 다른 두 소년도 이미 도착한 뒤였다. 그들은 그녀를 내려다보며 어깨를 헐떡이며 숨을 몰아쉬었다. 그녀를 올라탄 소년은 팔을 물린 아픔으로 성질을 부리며 때리려는지 주먹을 들어 올리는 모습이 보였다──.

'강해지거라.'

허무한 말이 저 멀리서 들린다. 죽은 어머니의 목소리로.

'혼자서 살아가야만 하니까──'

'무리야!'

그녀는 공포로 그렇게 외치고 있었다. 들어 올렸던 주먹이 시야 한가운데에 우뚝 서 있다. 저것으로부터 도망칠 수단은 아무것도 없으리라──.

그래도 그녀는 그 주먹에서 도망치기 위해 머리를 들었다. ── 순간 시야가 새카매졌다.

아픔은 느껴지지 않았다. 그저 한순간의 충격에 눈을 감고 들어 올렸던 머리가 뒤통수부터 지면에 격돌하는 느낌을 마지막으로 의식이 끊어졌다. 머릿속이 어찌할 도리 없을 정도로 저리고 지끈거렸다. 그녀는 소년들의 비명이 들리지 않았다. 깨진 머리에서 도저히 돌이킬 수 없을 만큼의 피를 흘리며, 그녀는 그대로 호흡을 멈추고,

몸을 경련시켰다.

시간은 그다지 지나지 않았을 것이다. 그녀는 눈을 떴다.

"……."

무거운 아픔이 뇌수를 자극했다. 몸을 일으킨 그녀는 자신의 머리를 만졌다. ──머리도, 얼굴도, 옷도 전부 피가 튀어 엉망진창으로 더러웠다. 소년들의 모습은 없었다. 그녀는 숲 속에 홀로 쓰러져 있었다.

부스럭…….

뒤에서 풀을 밟는 소리가 들렸다. 그녀는 깜짝 놀라며 고개를 향했다. 그곳에는──숲을 둘로 나누듯이 수풀을 헤치고 거대한 그림자가 우뚝 솟아 있었다.

소녀는, 한순간 그것이 신이라고 생각했다.

검은 털은 윤기로 반짝여 아름다웠다. 윤곽이 또렷한 매끄러운 곡선은 왠지 여성적인 인상을 연상시켰다.

그것은 정확하게 따지자면 짐승이었다. 머리까지의 높이가 3, 4미터는 될 듯한, 칠흑의 모피를 두른 거대한 늑대──. 너무나도 장엄한 그 모습은 그 누구라 할지라도 매료되지 않을 수 없으리라. 그리고 엄숙하게 모든 것을 지켜보는 녹색의 눈동자.

소녀는 그 짐승의 이름을 알고 있었다.

"딥 드래곤──."

대륙 최후의 비경──. 즉, 이 숲──키에살히마 대륙의 2할을 점유하는 거대한 수해(樹海)에 사는 드래곤 종족 중 하나…….

《그대의 이름은?》

느닷없이 머릿속에 울린 그 물음에 그녀는 화들짝 놀랐다. 고개를 들자 드래곤이 가만히 자신을 보고 있었다. 그녀는 자신도 모르게 즉답했다.

"피——피에나. 솔리티안 마을의······."

드래곤은 연이어 말을 던졌다.

《그대는 죽었다.》

"예······?"

피에나는 의미를 이해하지 못하고 되물었다. 하지만 드래곤은 개의치 않고 말을 이었다.

《허나 내가 소생시켰다.》

"당신이······ 구해 준 건가요? 절——."

피에나는 피가 굳은 옷깃을 손으로 누르며 외쳤다.

《나는 전사의 종족······. 대륙을 지키기 위하여 존재한다. 그 존재 의의를 위해서라면 그대를 살리기도, 죽이기도 한다.》

"저기······ 저, 감사하다고 말씀을 드리려고——"

생각했지만, 아무래도 상대가 그런 말을 바랄 것으로는 보이지 않았기에 그녀는 나오려던 말을 삼켰다. 드래곤은 다시 천천히 입을 열었다.

《작은 머리의 소유자여, 우리는 설명할 수 없다. 이해하라······. 생명을 구하는 데에는 대가가 요구된다.》

"······."

《나는 그대를 필요로 한다. 나의 눈이 되고, 귀가 되는 것이 그대의 의무가 되었다. 시간은 그다지 줄 수 없다. 신속히 이해하라······.》

피에나는 이해할 수 없었다. 하지만 드래곤은 더 이상은 아무 말도 하지 않고 그 거구로는 상상도 할 수 없을 만큼 민첩하게 몸을 돌렸다.

드래곤은 우아한 몸을 과시하며 느긋한 발걸음으로 사라져 갔다. 나무 사이로 흘러내리는 빛을 헤치며 발소리도 내지 않고 나아가는 그 모습은, 전설에서 일컬어지는 드래곤의 전사라기보다는 사신 같은 인상이 더 강하다고 느꼈다. 칠흑의 늑대가 보이지 않게 되었어도 그녀는 계속해서 드래곤이 사라진 방향을 바라보았다.

제1장 《숲》의 무녀

"자. ──이것으로 결정타다."

그렇게 말하며 그가 별 힘을 들이지 않고 지른 일격을 찰싹 코끝에 맞은 클리오가 작게 비명을 지르며 엉덩방아를 찧었다. 나뭇잎 사이로 햇빛이 가늘게 내리쬐는 숲속. 몇 미터나 됨직한 거목이 어깨를 나란히 하고 선 그늘 아래. ──가도에서는 그다지 떨어지지 않았지만 여행객이 알아차릴 거리도 아니다. 한여름도 코앞인 시기의 숲의 내음은 기분 좋았지만 땅바닥에 넘어진 클리오의 얼굴에 험악한 표정이 스치는 모습이 보였다. ──분명 지금 그녀가 입고 있는 진한 보라색의 스웨터와 단이 짧은 운동용 바지도 얼마 전 들렀던 마을에서 산 지 얼마 되지 않은 것들이다.

새 바지가 흙으로 더러워져 혀를 차며 클리오가 이쪽을 노려보았다──.

하지만 오펜은 가볍게 웃으며 그 시선을 받아 넘겼다. 나이는 스무 살 정도의 시니컬한 인상을 가진 흑마술사이다. 검은 머리, 검은 눈, 평범한 키에 평범한 체격 등, 언뜻 보기에는 그다지 눈에 띄는 특징도 없다. 전신을 거의 검은 옷으로 가린 차림으로, 가슴 부근에는 검에 얽힌 외다리 드래곤의 문장 펜던트를 걸고 있다. 눈매는 예리──라기 보다는, 예리함 이상으로 험악하게 보였다.

그는 손에 든 가느다란 나뭇가지를 소리 나도록 꺾고 득의양양하게 말했다.

"내기는 내 승리로군. ──불만 있냐?"

"없……어."

클리오가 매우 불만이라는 얼굴로 목소리를 쥐어짜듯이 동의했다. 17세. 햇빛을 반사해 화사하게 반짝이는 금발을 허리까지 기른 소녀다. 그 금발도, 하늘을 비춘 듯한 푸른 눈동자도 대륙에서는 가장 일반적인 귀족의 특징이지만, 그녀는 딱히 귀족은 아니다. 그저 몇 세대 전 선조의 피에 귀족의 피가 섞인 적이 있다는 말은 한 적이 있다.

클리오는 칼날에 커버를 씌운 가느다란 검을 칼집에 넣고는 탁탁 흙을 털며 몸을 일으켰다. 그녀는 짜증난다는 듯이 입술을 삐죽였다.

"진짜, 뭐야 이게! 납득이 가질 않아──."

"납득이 안 간다고 해도 말이다."

오펜은 나뭇가지를 대충 등 뒤로 던지고 반다나를 한 이마의 옆 관자놀이를 손가락으로 긁적였다.

"승부는 승부잖냐. 조건대로. 10번 승부해서 무기를 상대방의 몸에 닿게 하면 승리──진 쪽은 딱 한 번, 이긴 쪽의 말을 뭐든지 듣는다."

"나도 알아. ──잊을 리가 없잖아. 지금 방금 한 번도 못 이기고 내리 졌으니까!"

클리오가 발을 구르듯이 운동화를 신은 발끝으로 지면을 찼다.

"내가 하고 싶은 말은 말이지, 실력이 너무 다르다는 점이라고! 뭔가 이상해. 한 번 정도는 내가 이겨도 괜찮지 않아?"

그녀는 그렇게 말하며 오펜을 노려보았다.

"얘, 오펜. 나 있잖아, 이래 보이지만 검술 실력에는 꽤나 자신이 ──"

하지만 오펜은 그 말을 가로막으며 입을 열었다.

"저기 말이다."

그는 기막히다는 듯이 클리오의 말에 대답했다.

"학생 수준의 검술이랑 똑같이 취급하지 마라. 난 이래 보여도 《탑》의 마술사라고."

그렇게 말하며 그는 가슴에 걸린 펜던트를 들어 보였다. 이 날개를 펼친 드래곤 문장은 대륙 마술의 최고봉인 《송곳니 탑》에서 흑마술을 배웠다는 증거이다. 말하자면 최고의 마술사라는 증명인 셈이다.

"무기를 사용한 전투 훈련부터 반대로 무기를 가진 적을 상대하는 호신법, 반사적인 상황 판단의 학습──. 뭐, 그 외에도 많지만, 말로만 몇 년이나 공부했던 게 아니라고."

"흐응……. 다시 말해서 순진한 내게 감언이설로 질 리가 없는 승부에 끌어들이고는 부당한 약속을 내세워 비열한 짓을 하겠다는 셈이었군?"

"뭔가 남의 말을 해석하는 방법이 볼칸 자식이랑 비슷해지고 있다, 너……."

오펜이 실눈을 뜨며 중얼거리자 클리오는 혀를 내밀며 응수했다.

그는 한숨을 쉬며 말을 이었다.

"애초에 말이다, 승부를 걸어 온 사람은 너잖냐."

"나도 알아."

클리오는 토라진 듯이 내뱉었다. 그리고 스웨터를 입은 가슴을 내밀며 도발하듯이 말했다.

"자──. 풀 뽑기든 설거지든 간에 뭐든지 해 줄테니까 뭐든지 말해 봐!"

"아니……. 딱히 너한텐 바라는 거 없는데."

솔직히 말해 오펜은 이 소녀에게 무언가를 부탁하는 일은 그것이 어떤 종류의 부탁이든 내키지 않았다. 그런 낌새를 알아차린 것이리라──. 소녀의 눈썹이 수상하다는 듯이 움찔 움직이는 모습이 보였다.

"뭔가 말투가 신경에 거슬리는데. 나한텐 아무것도 부탁할 게 없다는 소리야?"

"쉽게 말하자면 그렇지."

오펜은 주저 없이 대답하고 길 앞에 세워 둔 마차 쪽으로 몸을 돌렸다. 하지만──그의 앞길을 클리오가 재빠르게 끼어들었다. 그녀는 오펜의 가슴을 가느다란 손가락으로 찌르며 비난하듯이 입을 열었다.

"그게 무슨 의미야!?"

그 질문에 오펜은 뺨 근육이 씰룩이고 있음을 자각했다.

"무슨이고 나발이고 말 그대로다! 원 참──. 설마 요전번에 찢어진 셔츠를 고쳐 달라고 부탁했을 때의 일을 잊은 건 아니겠지!"

"뭐──뭐야! 그건 딱히 내가 잘못한 게 아니잖아. ──애초에 날 너무 하찮게 보는 거 아니야? 여자라고 해서 재봉이나 시켜 두자는 빈약한 남근 지배적인 썩은 사상의──"

"그딴 단어는 어디서 배워 온 거냐! 그건 네가 마차 안에서 할 게 없어서 심심하다고 난리를 피우니까 잡일을 부탁한 거잖냐! 논제를 바꿔치지 마라!"

"내가 언제 바꿔치기를 했다고 그래!"

"헤에! 그럼 어디 대답해 보실까——. 왜 일부러 내가 가장 소중하게 짐 안쪽에 보관해 둔 손수건을 옷 수선하는 데 쓴 건데?"

그 말을 들은 순간, 클리오가 움찔한 표정으로 손가락을 거두었다. 그녀는 살짝 안색을 바꾸며 대답했다.

"그냥 우연히 발견했을 뿐이야!"

"구라 치지 마라!"

오펜은 곧바로 외쳤다. 수선하는 용도로 쓴 천은 손자수가 놓인 손수건으로, 소년 시절 누나처럼 따르던 마술사에게서 생일 선물로 받은 것이다. 필요없는 천조각이라면 달리 얼마든지 있는데도 굳이 깔끔한 손수건을 선택한 것은 클리오에게 어떠한 저의가 있음이 틀림이 없을 것이라 예상했다.

"게다가 감기에 걸려서 드러누운 매지크를 간병해 달라고 부탁했더니 베갯머리에 있던 대야를 뒤집어엎어서 담요랑 침낭을 엉망으로 만들질 않나! 도서관에서 책을 찾아 달라고 부탁했을 때에는 갑자기 '찾았다!'하고 외치더니 다음 순간엔 그 페이지를 찢어서 가지고 오고!"

"우리 학교 도서관에서는 다들 그렇게 했단 말이야! 그럼 안 돼!?"

"당연히 안 되지! 아, 그래——식재료 장 좀 봐 오라고 부탁했을 때가 가장 심했지! 부탁한 건 아무것도 안 사 온 주제에 어디서 이상한 행상인을 데리고 와선, '이 아가씨가 구입하신 물품의 대금을 받고 싶습니다만'이라질 않나——. 대체 뭔 생각으로 액땜 변기 따윌 산 거냐!"

"그──그건 평생에 한 번 있을 실수였어!"

"뭐가 평생에 한 번이냐! 그거랑 비슷한 실수담은 아직도 산더미처럼 많이 남았거든! 너 진짜──."

오펜은 거기서 갑자기 목소리의 톤을 내리더니, 클리오의 어깨를 붙잡았다.

"사실을 말해 주라──. 너 일부러 그러는 거지? 응?"

클리오가 당황한 듯이 말했다.

"그, 그렇게 눈물까지 글썽이면서 말할 건……."

"울고 싶어질 만도 하지. 왜 매일 이딴 일로 소리를 질러야만 하는 거냐고……."

그가 탄식하며 그렇게 말했지만, 클리오는 반성의 기미라고는 전혀 없이 푸른 눈을 깜빡이더니 손가락을 세우며 말했다.

"옛날에 아버지께서, 서로를 올바르게 이해하려 하는 사람끼리는 때때로 정면에서 충돌할 때가 있다고 말씀하셨어♥"

"이게 그런 아름다운 이야기냐!"

오펜은 두 손을 부들거리며 다시 고함을 쳤다. 하지만 클리오는 어떻게든 얼버무릴 셈인지 눈길을 피하며 손을 짝 마주쳤다.

"아──그래, 맞아. 즐거운 인생이라는 건, 다시 말해서 즐거운 번거로움을 말하는 것이라고도 말씀하셨던가."

"난 평온하게 생활하면서 그럭저럭 즐거운 쪽이 더 좋다……."

오펜은 씁쓰레하게 중얼거리며, 평소의 버릇대로 클리오의 금발 머리 위에 툭 손을 올렸다. 클리오는 그런 오펜을 올려다보며 말했다.

"자자, 그렇게 지친 목소리 내지 말고."

"누구 탓이냐, 누구 탓……."

"남의 허물을 증명하는 데에는 평생이 걸린다. ──증명한 순간 때때로 그 상대에게 살해당하는 경우도 있으니, 라고 말씀하신 3주 후에 아버지께서 돌아가셨어."

"이제 됐다……. 너희 아버지가 살아 계실 적에 만나지 못한 게 정말로 유감이다."

오펜은 거의 불평하듯이 말하고는 클리오의 머리 위에서 힘없이 손을 내렸다. 그리고 소녀의 등을 밀며 가도 쪽으로 터벅터벅 걸었다. 사면을 받을 분위기를 (자기 멋대로) 알아차렸는지, 클리오가 쓸데없이 신이 난 목소리로 말했다.

"기운 차려. 요즘 피로가 많이 쌓인 거 아니야? ──그래! 내기에 졌으니까, 마사지해 줄게."

"……네가?"

"뭐야. 출혈 서비스잖아. 기쁘지 않아?"

"출혈……. 지금까지의 네 패턴을 돌이켜 보면 바늘이라도 쓰는 거냐……."

"기쁘지 않아!?"

클리오가 박력 넘치는 눈빛으로 어깨 너머로 노려보았다. 오펜은 그녀의 얼굴을 손으로 밀어냈다.

"아~, 알았다, 알았어. 기쁘다, 기뻐."

오펜은 그렇게 자포자기하듯이 말하고는 문득 의문을 품었다. 그는 원인 모를 불안을 느끼며 자신의 조금 앞을 걷는 소녀에게 물어보았다.

"그런데…… 네가 이기면 내게 뭘 명령할 셈이었냐?"

"응? 딱히 별 건 아닌데. 우리 마차 안에 말이야, 있잖아, 살풍경하잖아? 그러니까 그완챠의 머리 박제 같은 걸 만들어서 장식하면 괜찮은 인테리어일 것 같지 않아? 그러니까 한 마리만 잡아 달라고 하려고."

"……그리고 넌 마사지? ──뭔가 차이가 크지 않냐, 그거……."

오펜은 힘이 빠진다는 듯이 내뱉었다. 하지만 클리오는 그런가? 하고 입을 멍하니 벌린 채 대답할 뿐이었다. 오펜은 어찌되었든 더 이상의 자각을 그녀에게 바라는 일은 헛수고임을 확실하게 깨달았다.

대륙 최후의 비경──전사들의 고향, 발할라 《펜릴의 숲》. 그곳이 현재 그들이 있는 위치다.

"뭐, 생각해 보면 당연한 말이지만──엄청 큰 숲이네."

그는 두꺼운 종이를 한 손에 든 채로 그렇게 혼잣말을 했다. 지도는 대륙 지리도로, 이 키에살히마 대륙과 주변의 바다가 그려져 있다. 대륙을 동서로 나눈다고 할 때 그 면적의 2할까지 점유하듯 펼쳐진 것이 이 《펜릴의 숲》이다.

"세상 모든 짐승, 세상 모든 생명이 사는 곳──."

지도 구석에 달린 비고를 읽는, 금발에 담담한 녹색 눈동자가 특징인 소년. 가지런한 이목구비에 더해 애교가 느껴지는 인상이 눈에 띄는 인물이다. 나이는 아직 채 열다섯도 되지 않은 정도. 검은 셔츠에 마찬가지로 검은 가죽 바지라는 온통 까만 차림새인데, 스스로도 그다지 자신에게 어울리지 않는다는 정도는 알고 있다. 하지만 일단 지금은——

'뭐, 언젠가는 어울리게 되겠지.'

하고 낙관적으로 생각 중. 언젠가——아마도——어엿한 한 사람의 흑마술사가 되면.

"전설에 따르면 여신이 깃든 땅이라고 전해지며, 강력한 드래곤 종족이 수호하는 곳이다——."

그는 설명을 중얼중얼 읽으며 고개를 들었다. 주변의 숲을——깊고 선명한 녹음을 둘러보고는 가볍게 숨을 내뱉었다.

그때——

"헤에."

무심코 감탄성이 흘러나왔다.

"샘도 있구나."

근처에 개천은 없다. ——물가 근처를 걷는 일은 위험하니 피해 왔다. 그렇다면 이 샘은 지하에서 솟는 물이리라.

그 샘은 울창한 나무나 풀을 헤치고 갑자기 시야가 탁 트이는 곳에 있었다. 수면은 파문 하나 없이 차갑고 조용히 고여 있다. 샘이라기보다는 작은 호수라는 느낌이다. 수면 아래에는 수초가 가득했다. 하늘의 청색과 밑바닥의 녹색이 서로 녹아 섞이며 기묘한 색채를 띠고 있었다.

그는 물가에 다가가 살며시 손가락으로 수면을 훑었다. 흠집 하나 없었던 수면에 몇 겹이나 되는 파문이 퍼졌다. 돌연 흥미가 솟아올라 그는 수면을 들여다보려 했다. 그 순간——

풀썩.

등 뒤에서 무언가가 떨어지는 소리. 고개를 돌리자 바로 근처 지면에 몇 미터는 됨직한 큰 뱀이 굴러다니고 있었다. 나무 위에서──떨어진 것이다.

등골이 싸하게 식었다. 엉겁결에 손을 들며 입을 벌렸다.

"처, 처음 뵙겠습니다──."

소년의 그 인사에 응한 것은 아니겠지만──큰 뱀은 곧바로 머리를 번쩍 들고는 소년을 향해 기었다. 숲의 녹색 안에 그 큰 뱀의 거뭇거뭇한 비늘로 뒤덮인 몸이 놓이자 마치 꾹꾹 눌러 그은 선처럼 보였다──.

그는 반사적으로 두 손을 힘주어 가슴 앞으로 내밀었다. 다음에는 숨을 들이쉬었다가──단숨에 내뱉는 동시에, 큰 목소리로 읊었다.

"나 발하노라, 빛의 칼날!"

소년의 눈앞에서 일직선으로 방출된 광열파는 조준한 대로 큰 뱀의 아래턱 부근에 꽂히며 폭염을 일으켰다. 솟아오른 열파에 떠밀린 큰 뱀의 몸이 뒤로 튕겨 날아갔다. 대가리가 사라진 뱀이 처음에 떨어졌던 나무 둥치에 부딪히는 모습을 보면서도 소년은 계속해 경계를 풀지 않았다. ──그대로 충격으로 경련하던 뱀의 시체가 움직이지 않게 될 때까지 기다린 후에야 후우, 하고 안도의 한숨을 내쉬었다.

"역시 위험하네, 이 숲."

말의 내용과는 달리 그다지 위기감이 느껴지지 않는 말투였지만, 본인은 겁을 먹고 있었다. 소년은 이마의 땀을 훔치고는, 문득 깨달은 듯이 뱀이 덮친 다음부터 자신이 일으킨 움직임을 다시 한 번 재현해 보았다.

"이렇게, 휙 돌아서――나 발하노라, 빛의 칼날……."

마지막으로 손을 내밀고, 그는 빙긋 웃었다.

"좋았어. 방금 대응은 스승님처럼 잘 움직였지. 기억해 두자."

소년은 만족스러운 얼굴로 고개를 끄덕이고는 다시 주변을 둘러보았다. 숲 속에서 불을 사용하는 일은 상당히 위험했지만, 물기를 품은 여름의 숲이라면 그리 간단히 불이 나지 않는다. 다만 탈 때는 가차 없이 타겠지만.

그렇게 생각하던 때, 소리가 들렸다.

"마술사……."

"어?"

소년은 목소리가 들린 쪽을 돌아보았다. 그리고――입을 떡 벌린 채 경악했다.

어떤 여성이 그가 서 있는 곳에서 조금 떨어진 샘 가장자리에 서서 그를 가만히 바라보고 있었다. ――아니, 소녀라고 부르는 편이 적절할까. 나이는 소년과 그다지 다르지 않으리라. 의지가 강해 보이는 눈매였지만――왠지 모르게 그 강함은――

'뭔가 절박함에서 나오는 힘 같아. 다친 짐승……처럼.'

어째서 그런 인상을 받았는지는 알 수 없었다. 그가 놀란 것은 그런 이유가 아니었기 때문이다.

소년은 표정에 살짝 경악을 남긴 채로 이쪽을 보고 있었다. 웃으면 분명 애교가 있을 텐데, 하고 생각했다. 살짝 뻣뻣한 흑발을 억지로 내려 등까지 기른 모습이었다. 하지만 그녀의 차림새는 기묘했다. ――하늘하늘할 정도로 얇은 옷을 목욕가운처럼 몸에 감고 있을 뿐. 크기가 낙낙해서 바람이라도 세게 불면 옷 아래가 훤히 보일 것 같다. 이런 숲속에서 입을 차림으로는 어울리지 않고, 기능적이지도 않다.

'무녀복……?'

그렇게도 보였지만, 그렇다면 더더욱 이런 비경에 어울리지 않는 느낌이다.

그렇게 의아해하고 있자 소녀 쪽이 질문을 던졌다.

"너, 마술사지?"

"어? 응――아, 아니. 실은 아니야. 저기, 견습생이거든."

그는 당황하며 대답했다. 소녀――무녀? 가 살짝 고개를 갸우뚱했다. 아무래도 그가 날려 버린 뱀의 시체를 보는 모양이었다. 그녀가 눈살을 찌푸리는 모습이 보였다.

"이렇게…… 강하면서, 견습생이야?"

"실은 성공하지 않는 경우도 많거든. 그리고 우리 스승님은 더 무지막지해."

"그래……. 일행이 있구나……."

그녀는 아득한 눈빛으로 그렇게 중얼거리고는 그대로 입을 다물고 말았다. 그는 살짝 어떻게 해야 할지 막막한 기분을 느끼며 머리를 긁적였다.

'뭔가…… 속세랑 동떨어진 느낌의 애네. 복장도 그렇고.'

소년은 그렇게 생각하며 물어보았다.

"저, 저기 말인데, 너――아, 이름이 뭐야?"

"피에나……."

"좋은 이름이네."

어딘지 모르게 건성인 기분으로 그가 칭찬을 꺼내자 그녀는 킥 하고 웃음을 보였다. ──다만 콧방귀를 뀌는 것처럼 숨소리가 새어나왔을 뿐이고 표정에 변화는 없었지만.

"고마워. 네 이름은 뭐니?"

"매지크."

"너, 귀족 집안 사람이야?"

그녀──피에나는 궁금하다는 듯이 소년의 머리카락을 보았다. 금발은 보통 평민 사이에서는 태어나지 않는다.

"아니, 내 머리카락은 귀족이랑 상관없어. 태어나면서부터 이럴 뿐이야."

귀족도 '태어나면서부터 이럴 뿐'임은 틀림이 없겠지만, 매지크는 자신의 머리카락을 설명할 때에는 그런 식으로 밝혔다. 그러면 대부분의 사람은 수긍해 준다.

피에나가 이쪽을 향해 걸어왔다. 매지크도 일단 그녀를 향해 다가갔다.

그녀는 걸음을 내딛으며 입을 열었다.

"……왜 이런 곳에 있어? 여긴 오지야. 인간의 세계가 아니야."

매지크는 그녀가 움직인 탓에 화약 공기를 품고 나부끼는 어깨 부근의 얇은 천을 보며 대답했다.

"산책 좀 하려고 했는데, 길을 잃는 바람에."

그는 그렇게 말하며 도움이 되지 않는 지도를 접어 주머니에 넣었다. 손을 뻗으면 닿을 정도의 거리에서 피에나가 우뚝 발을 멈추었다.

"그렇구나. ……그럼 가도로 나가는 길을 안내해 줄게. 이 숲은 위험해. 사람이…… 꿈을 꾸게 되거든."

"고마워. ──그런데 꿈이라니?"

매지크도 그녀를 따라 멈춰 서서는 앵무새처럼 되물었다. 그녀는 어깨를 움츠릴 뿐 아무 대답도 하지 않았다.

"하나 묻고 싶은 게 있는데."

매지크는 팔짱을 끼며 마치 별 것 아니라는 말투로 물었다.

"넌 이런 숲 속에서 뭘 하는 거야?"

그녀는 즉시 대답했다. 마치──기회가 생기면 그 말을 하려고 기다렸다는 듯이.

"내 힘은 《숲》에 뿌리를 내리고 있어. 그래서 이곳에서 나갈 수 없어."

"……허?"

피에나는 진지한 얼굴로 말을 이었다.

"난 《숲》에 있기 때문에 힘을 쓸 수 있어. 예를 들면 아까의 너처럼."

"그런 것도 할 수 있어?"

매지크가 묻자 그녀는 주저하지 않고 고개를 끄덕였다.

"응. 난…… 힘에 지배되고 있거든."

"헤에. 그럼 역시 넌 무녀구나."

매지크는 함께 숲을 걸으며 감탄성을 내뱉었다. 대륙에서 가장 대중적인 월드 시스터즈(운명의 세 여신) 신앙에는 무녀라는 자격의 신관이 없다. ──여신 자체가 어떠한 신에 바쳐진 무녀와 같은 존재라고 일컬어지기 때문이다. 그렇다면 이 피에나가 몸을 담고 있는 종교는 변경의 군소 신앙인 셈이 된다.

'스승님이라면 미개신앙이니 미신이니 하며 콧방귀를 뀌겠지만.'

매지크가 보기에 그러한 신앙은 개인의 자유다. 방을 둘러싼 벽이 자신의 말을 훔쳐듣는다고 노이로제에 걸린 학생이 반쯤 미쳐 날뛰었던 때에도 8시간 정도나 느긋하게 상담 상대를 해 주었을 정도다 (여학생이기 때문이었다). ……뭐, 그런 것과 눈앞의 피에나를 똑같이 취급하자면 난폭한 논리지만.

"무녀라는 자리도 여러모로 고생이 많은 모양이네. 잘은 모르지만."

그는 태평하게 말했다.

"힘을 얻었어. 난……."

그녀는 감정이 담기지 않는 나지막한 목소리로 내뱉었다.

"힘이라……."

매지크는 머리 뒤에 깍지를 끼고 멍하니 중얼거렸다.

"그렇게 필요한 건가?"

"나한테는."

피에나의 말투는 애매모호하게 들렸다. 그녀는 조용하고 속까지 들여다보일 듯한 시선으로 이쪽을 보며 말을 이었다.

"내게는 일행이 있으니까, 그 사람들을 의지할 수 있잖아?"

"그렇지……."

스승──오펜의 얼굴을 떠올리며 매지크가 동의했다.

피에나는 눈빛을 흐리며 말했다.

"내게는 없어. 그러니까 난…… 따르기로 한 거야."

"어……?"

피에나가 무슨 말을 하는지 잘 이해가 가지 않았다. ──매지크는 어리둥절한 시선으로 그녀를 바라보면서도 일단 그 뒤를 쫓았다. 그러자──

느닷없이 그녀가 매지크를 돌아보았다. 가슴을 팔로 꼭 끌어안듯이 두르며.

"넌 바깥에서 왔지? 이곳 바깥에서."

"바깥……이라면, 숲 바깥 말이야? 그럼 맞아."

매지크가 눈을 휘둥그레 뜨며 대답하자 피에나는 빛이 없었던 눈을 살짝 빛냈다. 뒤를 돌아보는 동작 탓에 살짝 삐친 검은 머리가 두둥실 하늘을 날았다.

"바깥은 어떻게 되었어? 이 숲 근처에 솔리티안이라는 마을이 있는데, 혹시 거기도 지나서 왔어?"

"아니……. 그곳은 아마 이제부터 갈 예정이었을 거야. 우린 남쪽에서 왔거든."

"남쪽──아라발트? 킹크홀? 레인더스트라는 마을도 있었지?"

"킹크홀 쪽에서. 그건 그렇고 넌 이 부근에 대해 잘 아는 모양이네."

"고향이거든."

"흐응……."

매지크는 화제가 바뀌자 갑자기 그녀의 말투나 표정까지 바뀐 것에 묘한 감탄을 느끼며 콧등을 긁적였다. 그리고 다른 쪽 손으로 아까 주머니에 넣은 지도를 꺼내 펼쳤다.

"우린 토토칸타에서 왔어. 가도를 따라 쭉 북쪽으로 나아가서, 아렌하탐이랑…… 이 킹크홀을 거쳐서 온 거지. 한 달 반 정도 걸렸던가."

지도를 펴 보이며 설명하자 피에나가 그 지도를 들여다보기 위해 몸을 가까이 가져왔다. 그녀의 훤히 드러난 팔이 자신의 팔꿈치에 닿는 감촉에 신경을 쓰고 있자 피에나가 흥미 깊은 듯이 물었다.

"이 코스라면 《송곳니 탑》으로 향하는 모양이네. 역시 그곳에 공부하러 가는 거야?"

그녀는 그렇게 말하며 소년의 흑마술사 같은 차림을 보았다. 매지크는 어깨를 으쓱이며 지도를 두드렸다.

"아니. 우리 스승님은, 뭐라고 해야 하나……. 사채꾼이거든? 빚 징수를 위해 여행 중이야. 다만——"

거기서 덧붙였다.

"실제로 스승님은 《송곳니 탑》으로 향하고 계신 것 같긴 해. 딱히 입문은 하지 않더라도 우릴 《탑》에 등록해 두고 싶으시다면서."

"왜?"

"보조금이 나오거든. '이걸로 3개월은 버틸 수 있어!'하고 난리더라고. 스승님답지."

매지크가 기막히다는 듯이 탄식하자, 피에나는 입가에 손을 대고 킥킥 웃었다.

"아깐 네 선생님이 굉장한 마술사라고 했으면서."

"그건 틀림없어, 실제로 말야."

일단 여기부터 여기까지, 라는 뜻으로 손가락을 움직여 보였다.

"옛날에 대해선 그다지 이야기를 안 해 주시니까 잘은 모르지만——아니, 뭐, 부탁하면 이야긴 해 주시겠지만, 뭔가 거짓말처럼 들리거든. 궁정 마술사 후보에도 오른 적이 있다든가, 《송곳니 탑》에서 수석을 차지했다든가. 아무리 그래도 그렇게까지 굉장하진 않을 것 같거든."

"만약, 정말이라면?"

그녀는 놀리듯이 물었다. 매지크는 쓴웃음을 지었다.

"농담이겠지? ——만약 그게 사실이라면 난 대륙에서도 최고의 흑마술사 밑에 제자로 들어간 게 된다고. 아무리 그래도 그건 너무 편의주의적이잖아."

"그렇네."

그녀는 곧바로 동의했다.

"하지만 기왕 학생이 된다면 그게 더 좋지 않아?"

"난 싫어."

매지크는 즉답했다. 속으로 그런 마술사는 엄격할 것 같잖아, 하고 덧붙이면서.

피에나는 나지막하게 말했다.

"넌 그다지 위는 보지 않는구나."

매지크에게는 지금 그녀의 두 눈동자에 아까 전처럼 불투명한 빛이 돌아온 것처럼 보였다. 하지만 그 순간도 잠시, 곧바로 그저 평범한 소녀의 눈으로 돌아왔다.

'무녀랑 평범한 여자애가 혼재하는 걸까——.'

그렇다면 그것대로 이야기하기 편한 상대와 말하면 된다. 매지크는 태평하게 생각하고는 그녀에게 질문했다.

"여기가 고향이라고 그랬는데, 너——아, 피에나라고 불러도 되지?"

그녀가 고개를 끄덕이자 매지크는 기분이 좋아져 말을 이었다.

"피에나 너도 딱히 이 숲 안에서 사는 건 아니지? 근처에 마을 같은 거라도 있어?"

만약 그렇다면 오펜에게 부탁해 그 마을에 들르는 것도 좋으리라. 하지만 그녀는 고개를 젓고 다시 무녀의 목소리로 대답했다.

"이 숲 안에 마을이 있어. 지도에는 실리지 않았지만."

"그, 그래?"

매지크가 묻자 그녀는 손을 들어 한 방향을 가리켰다.

"숲의 힘을 믿는 사람들의 마을……. 우리는 《위대한 심장》이라고 불러."

"《위대한 심장》……."

매지크는 입 안에서 그 이름을 되풀이해 불렀다.

변경 신앙이라는 것은 딱히 문자 그대로 도시 바깥 변경에만 존재하는 것은 아니다. ──실제로 토토칸타에도 변경 신앙부터 신흥 종교까지 무수하게 많은 믿음이 있었다. 하지만 그런 식으로 말하면 어떠한 시대, 어떠한 곳에도 신흥 종교라는 것은 존재했고, 애초에 킴라크 교회의 신앙 역시 몇 백 년 전에는 새로운 가르침이었을 것이 틀림없으니까.

그건 그렇고 신흥 종교라는 놈들은 항상 센스 없는 이름을 붙인다니까, 하고 매지크는 아무래도 좋을 생각을 머릿속에 띄웠다.

'《위대한 심장》이라는 이름도 왠지 점토로 만든 삼류 예술품 같은 느낌이고.'

눈앞에 피에나가 있으니 당연히 입 밖으로는 내뱉지 않지만, 솔직한 감상으로는 그 정도였다.

피에나가 말을 이었다.

"너도 와 보고 싶니?"

"뭐, 재미있긴 할 것 같은데……."

매지크는 말꼬리를 흐렸다. 피에나는 한 차례 권유했다.

"마을엔 여자애가 얼마 없으니까, 너도 분명 환영받을 거야."

"……어?"

매지크는 눈을 동그랗게 뜨고 어리둥절한 표정을 지었다. 하지만 피에나는 아랑곳하지 않고 말을 이었다.

"넌 무척 예쁘니까, 모두들 무녀로 앉히려고 들지도 몰라."

그 말을 듣고 매지크는 그 자리에서 헤드 퍼스트 슬라이딩이라도 하듯이 완전히 지면에 고꾸라졌다.

"저, 저기 있잖아."

매지크가 흙을 털고 몸을 일으키며 필사적인 표정으로 호소하자, 피에나는 마치 병이라도 걸린 것처럼 순식간에 얼굴이 빨갛게 물들었다.

"어, 너, 여자애 아니었어?"

"아, 아주 가끔 오해를 살 경우도 있긴 하지만 말이지. 변성기도 오지 않았고."

매지크는 충격을 받은 듯한 말투로 투덜투덜 내뱉었다. 피에나도 뭔가 충격을 받은 듯했지만 몇 번이고 사과를 하던 도중에 마음을 추스린 모양이었다.

"미안해. 하지만 분명 남자애라도 환영은 해 줄 거야."

"으으……. 뭐, 그건 그렇고, 이런 숲 속에 마을이 있다니 재미있네."

매지크가 말하자 피에나는 방긋 웃었다.

"응. 나도 처음 봤을 땐 조금 놀랐어. ……나, 그 마을에서 태어난 건 아니고, 얼마 전부터 그곳에서 살게 됐거든. 반년…… 전부터."

"그, 그래?"

말 도중부터 갑자기 무표정해진 피에나에게 주눅이 들면서도 매지크는 맞장구를 쳤다. 그때 느닷없이 피에나가 발을 멈췄다. 역시나 그 무녀의 얼굴인 채로.

"왜, 왜 그래?"

매지크가 묻자, 그녀는 주변의 기척을 살피듯이 고개를 움직이며 대답했다.

"미안해."

"……어?"

그녀의 말을 이해하지 못한 매지크가 멍한 목소리로 되물었다. 그러자 피에나의 눈빛이 미안하다는 듯이 흐려졌다.

"지금부터라도 도망치면 늦지 않을지도 몰라……."

그녀가 소곤소곤 입 안에서 중얼거리듯이 하는 말을 간신히 알아들은 순간, 주변의 숲이 바스락거리며 술렁였다. 그 술렁임과 함께 목소리가 들렸다.

"자비를 베푸는 것은 미덕이지만, 배신은 안 되지, 피에나."

"──어?"

매지크는 화들짝 놀란 얼굴로 그 목소리가 들려 온 방향을 돌아보았다. 수풀 안쪽에서 커다란 몸을 빼며 한 남자가 모습을 드러냈다.

그리고 그 남자의 뒤를 이어 둘, 셋 정도의 농부 같은 차림새를 한 남자들이 나타났다. 각자 손에 낫이나 막대기 같은 무기를 들고 있었다.

순간 미인계라는 단어가 매지크의 뇌리를 스치고 지나갔다.

"어, 어떻게 된 거야?"

매지크가 물었지만 피에나는 고개를 저으며 대답하지 않았다. 하지만, 그 대신 가장 먼저 나타난 키 큰 남자에게 시선을 향했다.

"놓아 주어야 했습니다. 이 마술사는 일행이 있다고 말했으니, 합류한 시점에서 붙잡았더라면——"

"두 배로 이득이라는 건가. 합리적인 생각은 하지 않아도 된다, 피에나."

남자는 단호히 내치고는 느긋한 발걸음으로 이쪽——이라기보다는 피에나 쪽으로 다가갔다. 뾰족한 턱에 수염을 기른 엄한 인상의 남자로, 나이는 서른으로도 마흔으로도 통용될 듯했다. 안광이 예리하여 정면에 서면 고통을 느낄 듯한 분위기. 등산복 같은 차림을 하고 있는데 다소 흐트러지게 입어 편안함을 우선시하고 있다. 다른 자들과는 달리 맨손이었지만 움직임이 어딘지 모르게 훈련을 받은 병사를 연상케 했다.

남자는 피에나의 정면에 서서 씨익 웃으며 말했다.

"마술사에게는 벌을 내린다. 단 한 명도 놓쳐서는 안 된다."

"그리고 말이지——."

또 다른 목소리가 들려 등골이 서늘해졌다. 고개를 돌리자 바로 뒤에서 다른 남자가 모습을 드러냈다. 이쪽은 훨씬 젊었고, 쭈글쭈글한 셔츠와 가죽제 레인저 재킷을 입은 만큼 앞의 남자보다는 빈상처럼 보였다. 레인저 재킷은 본래라면 배지가 달려 있어야 할 부분에 나이프로 깎아낸 듯한 흔적이 있었다. 떼어낸 흔적인 듯하다. 레인저 재킷에는 나이프나 나침반 등을 넣는 주머니가 잔뜩 달려 있는

데, 이 남자가 입은 재킷에는 주머니에 아무것도 들어 있지 않은 듯했다.

그 대신 바지에 찬 벨트 위에 칼집을 매달 수 있는 착검 벨트를 차고 있고, 그곳에는 명백히 전투용 장검이 매달려 있었다. 물론 이런 것은 레인저의 표준 장비가 아니다.

남자는 빙글거리는 느낌의 표정으로 상대방을 깔보듯이 고개를 기울이며 말을 이었다.

"그리고 그 일행인지 뭔지에게도 빠뜨리지 않고 마중을 보내 뒀어."

그 뒤를 이어 장신의 남자가 말했다.

"이 숲은 우리들의 것이다. 멋대로 들어왔으니 그에 상응하는 대가를 치루어야지."

"이 숲──《펜릴의 숲》의 관리는 킴라크 교회와 왕실이 책임을 공동으로 지고 있을 텐데요?"

매지크는 반사적으로 그렇게 말하고는 자신의 실언에 혀를 찼다. 역시나 그 장신의 남자나 레인저 재킷 남자는 물론, 농부처럼 보이는 녀석들도 이쪽을 노려보았다. 얻어맞겠어, 하고 생각한 순간── 장신의 남자가 웃음을 터뜨렸다.

"하하하! 그런 녀석들이 무엇을 할 수 있지?"

"무엇이라니──"

교회 총본산 킴라크의 권세는 각지에 세워진 교회라는 형태로 거의 전 대륙에 미치고 있다. 왕실──귀족 연맹의 힘에 대해서는 군이 말할 필요도 없다.

하지만 남자는 그런 것은 대수롭지 않다는 듯이 과장된 몸짓을 하

더니,

"우리에게는 피에나가 있다."

그리고는 피에나의 어깨를 단단히 붙잡았다. 그녀가 겁을 먹은 듯이 몸을 움츠리는 모습이 보였다. 남자의 행동과 함께 다른 남자들도 의미심장한 웃음을 표정 위에 떠올렸다.

'이 녀석들, 미쳤어……. 광신자들이다.'

매지크는 망설이지 않고 판단을 내렸다. 그렇다면──

'봐주지 않아도 되겠지. 만약 스승님이 계셨다면 스승님도 안 봐주셨을 테고.'

"그런데 말이야."

매지크는 당당하게 입을 열었다.

"……뭐냐?"

매지크가 말을 건 상대는 장신의 남자 쪽이었지만, 그렇게 되물은 사람은 레인저 재킷의 남자였다. 뭐, 어느 쪽이 대답하든 상관은 없지만.

매지크는 별 일 아니라는 듯이 가장하며 말을 이었다.

"큰소리 내도 돼?"

"……아앙?"

레인저 재킷이 얼빠진 목소리를 내뱉었다. 그 옆에서 장신의 남자가 말을 받았다.

"도움을 요청해도 헛수고다. 이 근처에 있는 자들은 우리의 동지뿐이니."

"뭐, 그렇겠지."

매지크는 힐끗힐끗 위를 올려다보며 참으로 천진난만한 표정을 만들었다.

"조금만이야. 그냥 소리만 치려고."

"묘한 녀석이로군……. 무슨 소릴 지르려고 하는 거냐?"

"그러니까 말이지——."

매지크는 가만히 장신의 남자——라기보다는, 그의 수중에 있는 피에나 쪽으로 다가갔다. 그리고 스읍 숨을 들이키고——머리 위를 바라보며——

"스승님은 바보! 가끔은 맛있는 것 좀 먹여줘어어어!"

있는 힘껏 외친 다음, 몸을 움츠리고 있는 피에나의 팔을 확 붙잡았다. 그리고 남자의 손안에서 그녀를 떼어낸 다음 두세 걸음 뒤로 물러났다.

"……뭐지, 이건?"

"의미 따윈 없어."

매지크는 어깨를 움츠리며 씨익 웃었다.

그 순간——눈을 휘둥그레 뜨고 이쪽을 보는 남자의 위에 무언가 검은 덩어리가 떨어졌다!

"우와아아아아아아아아!"

남자들이 일제히 비명을 질렀다. 나무 위에서 떨어진 것은 몇 미터나 되는 거대한 뱀이었다. ——나무 위에서 이쪽을 살피던 중에 가지가 꺾이자 이쪽으로 떨어진 것이다. 물론 가지를 꺾은 사람은 매지크였지만.

"우오오오!"

갑작스러운 추락에 몸부림치는 뱀 아래에 깔린 키 큰 남자가 포효하듯 비명을 질렀다. 레인저 재킷을 시작으로 남자들이 그런 그를

구출하기 위해 허둥대며 패닉에 빠졌다. 남자 중 하나가 외쳤다.

"맥두걸 님!"

아무래도 저 키 큰 남자의 이름인 듯하지만 매지크에게는 아무래도 좋았다.

"자, 도망치자——."

매지크는 피에나의 손을 잡고 당기며 그렇게 말했다. 그녀는 갑작스러운 상황 변화에 눈을 깜빡이며 말했다.

"뭐, 뭐야, 이건——?"

"마술이야. 아까의 외침을 주문으로 삼아서 가지를 부러뜨린 거지."

흑마술사에 한하지 않고 대륙의 인간이 사용하는 음성마술은 모두 목소리를 매체로 삼는다. 즉, 주문의 목소리가 닿지 않는 곳에는 마술 효과가 미치지 않고, 그 효과도 목소리가 사라지면 그다지 오래 지속되지 않는다. 주문의 내용에 대해서는 아무래도 좋은데, 매지크가 방금 그랬듯이 의미가 없는 외침이라도 목소리만 닿으면 마술은 확실한 효과를 발휘한다. 다만——너무 묘한 소리를 외치면 자신이 집중력을 잃을 수 있지만.

"어쨌든 도망치자! 스승님이 계신 곳에도 습격자가 간 모양이니까. ——뭐, 그 사람이니까 걱정은 필요없지만……."

"하, 하지만——."

피에나는 매지크가 잡은 자신의 팔을, 마치 다른 사람의 것인 듯한 시선으로 바라보았다.

"난, 무리야——."

"뭐가!"

매지크는 무심결에 목청을 높였다.

"내 마술은 그다지 성공률이 높지 않아! 두 번이나 똑같은 수는 쓸 수 없다고! 얼른 도망치지 않으면 이제 기회는——"

"그럼 너만 도망치면 되잖아."

이해가 가지 않는다는 듯이 피에나가 말했다. 매지크는 분노와 초조함을 폭발시킬 뻔하다 마음을 다잡고 더욱 강하게 그녀의 팔을 잡아당겼다.

"진짜 말귀 어둡네. 지금 도망치지 않으면 완전히 무녀의 얼굴로 굳어질 거라고!"

"……어……?"

피에나가 눈을 동그랗게 뜨며 넋이 나간 듯한 표정을 보였다. 그 순간——.

파앙!

메마른 소리가 울렸다. 매지크는 그것이 무언가를 손바닥으로 후려치는 소리처럼 들렸다. 다시 말해 자신이 무심결에 그녀를 때린 줄만 알았다. ——하지만 잘 봐도 딱히 그런 일은 일어나지 않았다. 피에나는 그 소리에 짐작 가는 바가 있는지 오싹하고 창백한 표정으로 멈춰 서 있다. 그녀의 팔을 붙잡은 매지크도 멈춰 서지 않을 수 없었다.

"뭐가……?"

매지크는 딱히 누군가에게 대답을 바라지 않은 질문을 입에 담으며 뒤를 보았다. ——피에나가 아니라, 더욱 뒤쪽, 뱀과 난리를 피우고 있는 녀석들 쪽을. 뱀은 이미 움직이지 않았다. ——맥두걸이라고 하는 남자 위에 힘없이 축 늘어져 있다. 뱀의 머리는 무언가에 두들겨 맞아 짜부라진 듯이 납작하게 보였다. 맥두걸은 무거운 뱀의 시체를 밀어내며 천천히 상체를 일으켰다. 새카맣게 변색된 분노 어린 얼굴로 몸을 떨며.

매지크는 무언가에 매료된 듯이 움직일 수 없게 되었다. 잘은 알 수 없지만 인간의 힘으로 저 큰 뱀의 머리를 짓누르는 일은 할 수 있을 리가 없었다.

'뭐지……? 뭔가 굉장히 무서운 느낌이 들어…….'

매지크는 의미 없는 공포심에 사로잡혔다.

맥두걸이 이쪽을 노려보며 오른손을 향했다. 그 손은 무언가 새카만 쇳덩어리 같은 것을 쥐고 있었다. 종교적인 의식 도구라고 하기엔 전혀 어울리지 않는 형태의 금속. ──그것은 굳이 예를 들자면 뭔가 농기구의 부품처럼 보였다. 그렇게 손을 내민 맥두걸이 살짝 움직였다.

파앙──!

쇳덩어리가 한순간 번뜩였다. 동시에 매지크의 왼쪽 옆구리에 충격이 일었다. ──전신을 뒤집을 듯한 격통이 그 충격을 받은 곳 한 점에 집중되는 듯한 감각에 매지크는 비명조차 지르지 못하고 그 자리에 쓰러졌다.

"꺄아아아!"

피에나의 비명이 이상하게도 멀게 들렸다. 지면으로 빨려 들어갈 듯 무한히 떨어지는 느낌에 전율했다. 등은 이미 지면에 닿았을 텐데도 몸이 아래로 떨어지는 느낌만은 멈추지 않았다.

"……."

"…………!"

"……!"

급속히 하얗게 물드는 시야——. 기절하는 순간의 의식이란 것은 이런 느낌이로구나, 하고 자각하며 매지크는 귀에 모든 신경을 집중했다. 하지만 결국——맥두걸이 내뱉는 목소리는 이국의 언어라도 듣는 것처럼 전혀 의미를 파악할 수 없었다.

"…………!"

"……!"

목소리는 아무래도 격렬하게 말싸움을 벌이는 모양이다. ——상대는 피에나인가.

떨어지는 느낌이 끝나지 않는다. 죽을 때까지 끝나지 않겠지, 하고 매지크는 생각했다. 다만 그렇다면——이 느낌이 끝나는 데에는 그리 오래 걸리지 않으리라. 그런 예감도 들었다.

오한이 전신을 덮친다. 그 최후의 순간, 매지크는 간신히 목소리를 듣고 이해할 수 있게 되었다. 맥두걸의 굵은 목소리.

"이 녀석을 치료해라, 피에나."

그 말에 응하는 그녀의 목소리. 상대에게 들리지 않도록 숨을 죽인 목소리였지만, 매지크에게는 들렸다.

"……당신이 말하지 않아도!"

그와 동시에 추위에 떨던 그의 몸에 무언가 따뜻하고 기분 좋은 감촉이 닿았다. 그 감촉——그녀의 손?——에서, 몸 구석구석까지 퍼지는 뜨거운 무언가가 흘러 들어왔다…….

'끝이 없는 떨어지는 듯한 느낌——피에나——《숲》에서 도망칠 수 없는……무녀——힘에게 지배당하고 있다——뱀의 대가리를 짓누른——손에 쥐고 있던 검은 덩어리——.'

혼탁한 의식 속에서 매지크는 어렴풋이 떠올렸다——.

저것은 권총이다.

제2장 **딥 드래곤**

"……자, 이 녀석들을 어떻게 할까."

가도에 접한 큰 나무의 가지에 두 손을 묶어 매단 다섯 명의 남자를 올려다보며, 오펜은 팔짱을 끼었다. 바로 근처에는 그들의 마차가 세워져 있고, 야영 준비를 하던 흔적도 보였다. ──하지만 방금 벌인 소동의 결과로 거의 전부 엉망진창이 되었다. 그러자 그의 뒤에서 클리오가 투덜대는 소리를 내뱉었다.

"잔인하기도 하셔라~."

아무래도 습격자를 매달아 놓은 데 대한 평가인 모양이다. 오펜은 그녀를 돌아보지도 않고 반론했다.

"무기를 들고 습격하는 녀석들에게 자비는 필요 없어. 애초에 너도 처음에 덮친 녀석을 가장 먼저 횟감으로 만들었잖냐."

"내가 언제 횟감으로 만들었다고 그래! ……그야 뭐, 그 사람, 손가락이 거의 다 떨어져 나가려고 해서 울었던 모양이지만……. 그렇게 잘릴 줄은 몰랐는걸."

클리오는 아무래도 그때의 상황을 떠올리고 몸을 떠는 모양이었다. 오펜은 탄식했다.

"그거 내가 마술로 붙여 주지 않았으면 정말로 떨어져 나갔을 거다, 원 참."

그는 소녀 쪽을 돌아보며 어깨를 쿡 찔러 주었다. 클리오는 더러워진 스패츠는 이미 갈아입어 평소의 진즈와 셔츠 차림으로 돌아와 있었다. 셔츠는 짙은 베이지 색의 남성용(즉, 매지크의 것이다)으로, 혹시 피가 튀기지는 않았는지 아까부터 연신 신경이 쓰이는 모양이었다.

"그러니까 말이다, 너야말로 기껏해야 몽둥이나 막대기로밖에 무장하지 않는 녀석들에게 날붙이를 휘두르는 건 그것만으로도 충분히 잔인한 짓이야."

"큭큭큭…… 날 이렇게 나쁜 여자로 만든 건 어디의 누군가일까?"

"그러니까 그런 말은 어디서 배워 오는 거냐……."

작은 몸을 배배 꼬며 말하는 클리오를 말리며 오펜은 다시 한숨을 쉬었다. 클리오가 울컥한 표정으로 입을 열었다.

"오펜 너도 그 몽둥이밖에 무장하지 않은 녀석들 상대로 숲이 10미터나 홀랑 타 버릴 마술을 썼잖아."

그렇게 말하며 그녀는 왼쪽의 숲을 가리켰다. 분명히 수 미터는 됨직한 거목이 뿌리채 뽑혀 날아가고, 지면이 몇 미터나 그을린 곳이 있었다. 오펜은 일부러 그쪽은 보지 않도록 하며 뻔뻔하게 내뱉었다.

"널 지키려고 필사적이었다고."

"그렇게 빤히 보이는 거짓말은 되레 더 화가 나거든?"

클리오는 실제로 화가 났는지 오펜에게서 조금 떨어졌다. 그리고 문득 무언가를 떠올린 듯이 지면에 내던졌던 자신의 검──사람을 베었더니 피가 묻는 바람에 놀라 던졌던 것이다──에 진중하게 살금살금 다가갔다. 그리고 검의 1미터 앞까지 다다른 뒤 오펜을 돌아보았다.

"저기 말인데. 이 검, 꼭 내가 피를 닦아야 해?"

오펜은 즉답했다.

"자기 건 자기가 관리."

"그치만…… 피 묻었는데?"

"사람을 베면 당연하잖냐. 싫으면 버리든가, 그딴 거."

"싫어하는 처녀에게 억지로 피 묻은 물건의 뒤처리를 시키다니, 학대가 취미라고 여겨져도 어쩔 수 없을 거야, 오펜."

"그럼 그 처녀인지 뭔지가 날붙이 따위 들지 마라!"

오펜이 외치자 클리오는 투덜대며 칼자루를 손가락 끝으로 찔렀다.

"노인은 젊은이의 실패를 용서해 주지 않는다. 그것은 질투라는 감정이다. ──BY 아버지, 사망 2시간 전."

"정말 끝까지 입만 나불거리는구만, 넌……."

오펜은 팍 찡그리며 중얼거리고 다시 나무에 매단 다섯 명을 보았다. 모두 기절하고──정신을 차렸어도 이제 반격할 기력도 없는지 축 늘어져 있다.

뭐, 애초에 양팔이 묶여 공중에 매달린 채로도 계속 기운 차게 떠들어 댈 수 있는 인간도 그리 많지는 않겠지만.

클리오는 아직도 꿋꿋하게 검에는 손도 대지 않고 투덜대고 있었다.

"말하는 것을 그만둘 때, 누구라 할지라도 죽는 것이다. ──서거 직전."

"너희 아버지란 사람은…… 죽을 때까지 그런 소릴 계속 내뱉은 거냐?"

"유일하게 유익한 죽음이 있다면, 그것은 유언뿐이다. ——이건 의사에게 죽음을 선고받은 직후야."

클리오는 오펜에게 윙크를 날리며 일단 피가 묻은 부분에 모래를 끼얹기 시작했다.

지극히 기이한 일이긴 하였지만, 그는 행복을 느끼고 있었다. 너무나 깊은 안도감에 죽어도 좋다고 느낄 정도였다.

안전! ——확실! ——춥지 않아——덥지도 않아——배도 고프지 않아——사채꾼도 없어! ——생각해 보면, 이 정도의 좋은 조건은 이제까지의 인생에서는 결코 바라지 못했던 것들이다.

그렇게…… 한껏 지복의 눈물을 흘리던 도틴은 문득 깨달았다.

"이건 어쩌면…… 당연한 게 아니었을까……."

그렇게 생각하자 허무함이 와르르 몰려들었다. 부드러운 천으로 크리스탈제 재떨이를 훔치며 한순간 느껴진 추위에 옷깃을 잡고 올렸다.

신장 130센티 정도의 '지인'——키에살히마 대륙에서도 남쪽인 지인령 마스마튜리아에서만 사는 토착민족. 전통적인 민족의상인 모피 망토로 몸을 폭 감싸고(실내에서도 벗지 않는 것이 예의이다) 두꺼운 안경을 걸치고 있다. 나이는 17살이지만 체격이 작은 만큼 훨씬 어리게 보이는 점이야 어쩔 수 없는 부분일까.

그리고——도틴은 힐끗 자신의 뒤를 보았다. 그가 있는 곳은 어떤 방 안——그것도 적절하게 장식에 공을 들린 응접실이었다. 다만 이런 벽지인 탓인지, 아니면 장식한 인간의 취미인지, 어딘지 모르게 서민적인 거실을 연상케 하는 느낌이었지만.

그런 방 안에 또 한 명의 지인이 있었다.

"……이 몸이…… 청소 따윌……."

또 다른 지인은 그렇게 투덜거리며 성의 없는 손놀림으로 먼지떨이를 휘둘렀다. 일단 키 낮은 서랍장의 먼지를 털려고 하고 있는 것 같지만 굳이 따지자면 단순히 공중에 먼지를 날리고 있을 뿐으로 보였다.

도틴은 하아, 하고 한숨을 쉬었다. 그리고 훔치던 재떨이를 일단 원래 있던 테이블 위에 놓으며 말했다.

"형……. 그렇게 털면 아무리 해도 청소가 안 끝날 거야."

"뭣이?"

형, 이라고 그가 부른 지인이 찌릿 도틴에게 시선을 향했다. 부석부석한 흑발에 무슨 속셈인지 허리에 칼 따위를 차고 있다. 모피 망토를 걸치고 있는 점만은 도틴과 마찬가지였지만 안경은 쓰지 않았다. 그 지인은 먼지떨이를 든 채로 팔짱을 끼고는 천천히 말을 이었다.

"확실히 말하마, 도틴."

"응."

도틴이 진절머리 난다는 듯이 고개를 끄덕이자 그가 말했다.

"왜 이 몸께서——마스마튜리아의 투견이라고도 불린 이 볼카노 볼칸 님께서 이딴 시시한 일을 해야만 하는 거냐!?"

마지막에는 척, 하고 도틴을 향해 삿대질을 하는 지인.

도틴은 자신의 관자놀이를 꾹 누르며 대답했다.

"저기 말이야······. 형, 냉정하게 생각해 봐."

"냉정하게라고!?"

지인——볼칸이라고 이름을 댄——은 격앙한 듯이 버럭 소리를 질렀다. 그는 그대로 꾸벅뚜벅 도틴을 향해 걸어왔다.

"이 몸이——먼지떨이를 들고——파닥거리며 청소를 하라니——내가 이제까지 고전 끝에 물리친 강적들이 그런 말을 들으면! 저 세상에서 눈물을 흘릴 게 틀림없다! 그걸로도 모자라 생강간장에 담겨 살해당할지도 몰라!"

하고 꾹 쥔 주먹이 코끝에 닿을 정도까지 다가온 볼칸이 멈춰 섰다. 고개를 들자(라고 해도 키는 거의 차이가 나지 않지만) 그는 허공을 향해 뜨겁게 눈물을 흘리고 있었다. 도틴은 신음하듯이 물었다.

"강적이라고?"

"예를 들면 토토칸타 13스트리트를 주름잡던 준열(峻烈)의 붉은 마왕 단테 코플리즈 Jr.!"

"아아······. 푸줏간에서 기르던 개? 개 주제에 돼지고기 소시지 따윌 먹다니 건방지다라며 형이 달려들었던 녀석."

도틴은 차가운 목소리로 중얼거렸지만 볼칸은 전혀 들리지 않는다는 듯이 외쳤다.

"또한, 천공의 검은 패자 마이클 맥놀리아 사무엘즈!"

"그건······ 아마도, 길가에 떨어졌던 동전을 두고 싸웠던 까마귀인가?"

"깊은 심연에서 되살아난 악마의 두뇌! 광기의 박사 도크 서펠!"

"······? 아! 그 흉내 내기가 특기였던 구관조 말이지? 새장에서 먹이 따윌 훔쳐 봐야 맛있지도 않으니까 그만 두라고 말했는데 사람

말을 안 들으니까."

"생명 없는 백의 수하를 거느린 마녀! 희대의 꼭두각시 인형사 미드 레인!"

"……마지막까지 인형극을 보면 눈깔사탕 주던 미드 할머니 말이야? 딱히 싸운 적 없잖아."

"……."

볼칸은 한 줄기의 땀을 흘리며 잠시 입을 다물었지만, 이윽고 기운을 추스렸는지 과장된 몸짓으로 팟 팔을 옆으로 휘둘렀다.

"대체 그들을 무슨 면목으로 만나란 말인가!?"

"아니, 뭐…… 무슨 면목으로 만나냐고 하면…… 면목 같은 건 없지만 말이지."

하지만 그건 면목을 챙길 필요가 없기 때문이지 않은가——.

도틴이 속으로 웅얼대자 볼칸이 크게 외쳤다.

"그렇지!"

그는 두 손을 주먹 쥐고는 천장을 향해 부르짖었다.

"너는 말할 수 있겠냐? 장절하게 스러져 갔던 그들에게! 이 몸이——먼지떨이를 들고——콧노래를 부르며——바지런한 새댁처럼——파닥파닥 먼지를 떨었노라고!"

"아니……. 일일이 강조하지 않아도 되거든……."

하지만 볼칸은 붕붕 고개를 저었다.

"난 할 수 없다! 각자 주의주장은 달랐을지언정 그들은 최후까지 전사로서 용감히 싸웠거늘! 그런데 이 몸은 여기서 파닥파닥 먼지를 털고 있다니——"

"아. 그리고 보니 식당 아줌마가 청소 빨리 끝내면 남은 시간에

팬케이크 구워 주겠다고 했는데."

"자, 동생이여. 먼지를 터는 요령은 리듬이다. 먼지를 뒤집어쓰면 안 될 물건에는 미리 비닐을 씌워 두는 것도 중요하지."

볼칸은 곧바로 손바닥 뒤집듯 태도를 바꾸더니 어느새 이동했는지 알 수 없을 빠르기로 아까 전의 서랍장을 떨고 있었다. 도틴은 후우, 하고 안도의 한숨을 내뱉고 아까 닦다 말았던 크리스털 재떨이를 들어올리려 하다가──테이블 위에 놓였던 그 재떨이가 없어졌음을 알아차렸다.

"어라……?"

도틴은 이상하다는 듯이 주변을 둘러보다가, 형의 주머니가 이상할 정도로 부푼 것을 발견하고 탄식했다. 그 부푼 모양은 딱 재떨이 정도의 크기였다.

'어느새…….'

저것만큼은 존경스럽다고 생각했다.

일단 재떨이는 포기하고 옆에 있는 궐련 케이스를 닦으려고 한 순간, 철컥 소리를 내며 응접실 문이 열렸다. 아줌마일까, 하고 고개를 들자 생각과는 달리 훌쩍 마른 체격의 젊은 남자가 들어오고 있었다.

"여어."

남자는 씨익 웃으며 말을 걸었다. 구깃구깃한 셔츠 위에 배지 없는 레인저 재킷을 걸친 차림. 허리춤에 찬 검은──볼칸의 것과는 달리──날이 빠지지 않았으리라.

"아, 안녕하십니까──. 사루아 형님."

볼칸이 갑자기 공손하게 말했다. 먼지를 떨던 손을 멈추고 고개를

숙일 정도로.

"그래."

사루아라고 불린 남자는 살짝 취한 표정으로 방 안을 둘러보았다. 딱히 이쪽이 무언가를 훔쳤는지 확인하려 하는 것이 아니라 의미가 없는 행동이리라——하고 도틴은 생각하고 싶었다.

어찌되었든 재떨이가 사라진 사실은 깨닫지 못한 보양이다. 사루아는 옅게 웃음을 띠곤 경박한 목소리로 말했다.

"볼칸이라고 했던가……. 네 정보는 정확했다. ——방금 마술사 꼬맹이를 붙잡아 온 참이야."

"아, 그런가요."

형의 말을 들으며 도틴은 매지크의 얼굴을 떠올렸다. 가엾게도. 거친 대우를 받지 않으면 좋을 텐데.

그렇게 생각하며 볼칸을 보고 있자, 형은 더욱 밉상스러운 표정을 띠며 사루아에게 간드러진 목소리로 말했다.

"그리고…… 가장 중요한 흑마술사 쪽은……? 건방지게도 《송곳니 탑》의 문장 따윌 달고 다니는……."

"그쪽은 다른 녀석들을 보냈어. 보고는 아직 없지만 뭐, 괜찮겠지. 실력 좋은 녀석들을 다섯이나 보내고 반드시 기습으로 해결을 보라고 엄히 말해 두었으니 말이다."

사루아는 그렇게 말하고 어깨를 으쓱이더니 턱에 손을 대며 말을 이었다.

"뭐, 정보가 사실이었으니 맥두걸 어르신께서 너희에게 보답을 하고 싶다고 말씀하시더군. 저녁 식사 후가 될 것 같은데——아무래도 마술사 꼬맹이를 혼쭐내고 싶은 모양이라서 말이야. 좀 오래 걸릴 거야."

그는 씨익 웃었다.

"그 어르신이 얼마나 마술사를 싫어하는지 알고 싶냐?"

"아——아뇨."

대답한 것은 도틴이었다. 하지만 아무래도 형은 부디 꼭 알고 싶어하는 기색이었지만.

도틴은 잔혹한 이야기가 싫었다.

사루아는 헷헷, 하고 웃음을 터뜨리며 말했다.

"뭐, 밑에서 길러지는 개인 내겐 아무래도 좋은 일인데 말이지. ——너희도 앞으로도 청소부로 일할 셈이라면 그 어르신의 취미에는——어이쿠, 어르신의 위대한 종교 교의라고 불러야 하려나. 어쨌든 뭐, 그런 부분에는 거스르지 않는 편이 무난할 거다."

사루아는 그런 말을 남기고 응접실을 나갔다. 스륵, 스륵, 하고 구둣발을 바닥에 끄는 듯한 발소리가 멀어지다 들리지 않게 되는 것을 기다린 후——도틴은 나지막하게 중얼거렸다.

"겨우 다섯 명으로 그 사채꾼이 당할 것 같지 않은데."

"……."

형은 무시하고 먼지떨이 휘두르기를 재개했다.

"난 몰라. 형이 입을 놀리다 마술사가 근처에 있다는 소릴 했으니까……. 앙갚음을 당하더라도 나랑 상관없을 줄 알아."

"뭐, 음……. 사과하면 괜찮겠지."

그렇게 대답하면서도 목소리는 떨리고 있었다. 도틴은 차갑게 내뱉었다.

"그 사채꾼의 제자가 무사하다면 말이지. 이곳 사람들에게 괴롭

힘을 당하다 죽기라도 한다면——우리, 그 사채꾼에게 죽을 거야."

"으……."

아무리 볼칸이라도 사태의 위험성을 깨달은 모양이었다. 그는 신음을 흘리며 먼지떨이를 손에서 떨어뜨릴 뻔했다. 그런 형이 이쪽에 등을 향한 채로 또다시 얕디 얕은 생각을 지껄였다.

"도…… 도망치는 건 어떨까."

"이런 《숲》 한가운데에 있는 마을에서 어떻게 도망칠 건데. 길도 모르는데."

도틴은 탄식하며 응접실의 가장 넓은 벽을 보았다. ——그곳에는 마을 주변의 지도가 걸려 있었다. 광대한 전사들의 고향 《펜릴의 숲》——그 안에 뻐끔 빨간 원이 그려져 있다. 그곳이 이 《위대한 심장》 마을이었다.

"이곳……인 모양이군. 매지크가 잡혀갔다는 곳이."

한밤의 어둠 속——.

오펜은 수풀에서 얼굴을 내밀며 나지막하게 중얼거렸다. 그의 뒤에는 어깨에 매달리듯이 손을 올린 클리오가 있었다. 아까의 옷 위에 긴 소매의 방검 재킷을 입은 차림이다. 보기만 해도 답답해 보였지만 숲속을 셔츠 한 장으로 돌아다니기보다는 낫다고 생각한 것이리라.

그녀는 바로 옆에서 가만히 오펜에게 시선을 던지며 말했다.

"그런 것 같네——. 아까 네가 매달았던 녀석들을 다시 거꾸로 매달고 그 밑에서 모닥불을 피워 연기로 괴롭혔더니 간신히 입을 연 포로의 정보에 따르면 말이지~."

"……무슨 말이 하고 싶은 거냐."

오펜이 눈을 감으며 묻자 클리오는 시치미를 뗀 목소리로 말했다.

"딱히~. 설령 네가 각종 극악무도한 짓을 저질러서 전 세계의 모든 사람을 적으로 돌렸을 때도 난 네 편을 들어 줄 거라는 이야기야♥"

"뭔 소릴 하든 용돈은 안 준다."

클리오의 야유를 무시한 오펜은 눈을 감은 채로 귀를 기울였다. 숲은 바로 근처에 있는 클리오의 작은 숨소리 이외에는 정적에 가라앉아 있었다——라고는 해도 아무런 소리가 들리지 않는 일은 결코 없는 것도 숲의 특징이다. 특히 밤은 더욱 그렇다. 벌레 소리…… 그리고 짐승의 발소리. 마을 근처이기 때문에 개울이 흐르는 소리도 들린다.

시각은——오펜의 감으로는——슬슬 한밤중이 되려 하는 참일까. 가도에서 이곳까지 오는데 상당한 시간이 걸렸지만 행동을 일으키기엔 아직 이르다.

거기서 오펜은 눈을 떴다. 시야 안에——숲속 뻐끔 트인 공간에 별빛을 받으며 마을이 펼쳐져 있었다. 경비를 서는 사람은 보이지 않았지만 어디에 숨어 있을지 알 수는 없다. 이런 숲속인지라 말을 기를 필요성은 없겠지만, 양돈장이나 다른 외양간처럼 보이는 곳은 상당히 눈에 띄었다. 인간이 사는 가옥은 검소한 인상으로 헛간이 달린 오두막이 많다. 다만 마을 중심 쪽에는 체육관 같은 커다란 지붕도 보이고, 또 높은 가옥도 세워져 있었다. 교회 첨탑을 떠올리게 하는 그 지붕은 역시 비슷한 기능을 하는 것인지——삐죽한 꼭대기 위에 조각상이 놓여 있었다. 단지 그것은 킴라크 교회의 성인(聖印)이 아니라——

"……드래곤!"

오펜은 작게 중얼거렸다.

《펜릴의 숲》을 상징하는 존재——거대한 늑대의 모습을 정성스럽게 새기고 새까맣게 칠해 우뚝 세워 놓았다. 별빛이 없었더라면 한밤의 까마귀처럼 보지 못할 뻔했다.

"큰일인걸."

오펜이 투덜거리자 뒤에서 클리오가 물었다.

"왜?"

오펜은 첨탑의 늑대상을 가리켰다.

"딥 드래곤의 조각상이야. 저런 걸 모시고 있다면…… 이곳은 드래곤 신앙을 가진 숨겨진 마을인 모양이다."

"드래곤 신앙? 들은 적은 있는데."

클리오가 그다지 이해하지는 못한 듯한 말투로 말했다. 오펜은 클리오의 머리를 붙잡고 하아, 하고 탄식했다.

"모르는 모양이구만……. 드래곤 신앙의 신도들에겐 나 같은 마술사는 그대로 악마나 천적 같은 거라고."

클리오는 머리를 붙잡힌 채 잠시 생각하고는 대답했다.

"아까 그 다섯 명에게 한 짓을 생각하면 충분히 악마 아니야?"

"너 말이다……. 아니 뭐, 됐어. 난 어쨌든 문제는 매지크야. ——이 마을 녀석들에게 붙잡혔다고 하면——"

하지만 클리오가 가까이 있음을 떠올리고 말꼬리를 흐렸다. 심문이라면 차라리 나을 지경이고, 자칫한다면 가차 없이 고문당해 살해 당했을 가능성이 있다.

오펜은 마음속으로 이를 악물었다. 구출에는 많은 시간을 들일 수 없다. 실제로 이미 늦었을지도 모른다.

'망할…….'

"그건 그렇고 그 바보, 평범한 인간에게 붙잡히다니 데리고 나오 면 보충수업이 잔뜩 기다리고 있을 줄 알라고."

"이미 요전번에 자기도 못하면서 스쿼트 천 번이나 시켜서 울린 지 얼마 지나지도 않았잖아."

"……그 자식이 울면서 스쿼트를 하는 동안에 하나밖에 없는 복 숭아 통조림을 같이 먹었으니까, 너도 같은 죄잖냐."

"그야 그렇지만."

클리오가 조용히 중얼거렸다.

"……근데 오펜. 왜 드래곤 신앙의 신도가 마술사를 적대시하는 거야?"

"……."

오펜은 잠시 입을 다물고 마을 쪽을 바라본 뒤, 더욱 목소리를 낮 추며 입을 열었다.

"드래곤 종족이라는 게 어떤 것들인지 전에 이야기했었지?"

"응……. 먼 옛날 신에게서 마법의 힘을 훔친 종족이잖아?"

"그래…….."

태고 시대──유적 등으로 발견되는 드래곤 종족의 연대기에 따 르면 천 년 이상이나 먼 옛날에 거인의 대륙, 요툰헤임이라고 불리 는 신들의 나라에 신이 가진 '마법'이라는 전능의 힘 일부분을 전능하지 않은 자신들도 다룰 수 있는 방법——즉 '마술'——로 만들어 훔친 종족이 있었다고 한다. 전 세계의 짐승들 중에서도 가장 교활했던 여섯 종족——워 드래곤 종족, 월드 드래곤 종족, 딥 드래곤 종족, 페어리 드래곤 종족, 레드 드래곤 종족, 그리고 미스트 드래곤 종족.

"그 여섯 드래곤 종족은 신들의 추격을 피해 이 키에살히마 대륙에 왔어. ……도중에 신들이 보낸 부하나 수하들을 상대로 격렬한 싸움도 벌인 모양이지만 말이다. 그런 추적을 전부 물리친 뒤 드래곤 종족들은 이 대륙에 정착했어. 그리고 그들보다 몇 백 년 늦게 우리 인간의 선조도 이 대륙에 이주해 왔지. 그게 삼백 년 전에 있었던 일이다……."

"인간은 월드 드래곤에게서 마술의 힘을 받았다고 했지? 전에 들었어."

"그래. ——인간과 거의 용모가 다르지 않았던 월드 드래곤 노르니르——천인과 인간의 혼혈로 태어난 마술사——인간 마술사, 라는 대륙에서도 특이한 존재가 생겨났지. 드래곤 종족도 아닌데 마술을 다루는 능력을 가진 종족인 셈이야."

거기서 오펜은 시선으로 딥 드래곤의 조각상을 가리켰다.

"드래곤 신앙자들은 인간이 마술을 다루는 게 불손하다고 생각해. 실제로 과거에 마술사 발생의 원흉인 월드 드래곤 종족이 인간 마술사를 지상에서 멸절시키려 했던 사실도 있으니 말이다. 드래곤 종족이 우리 마술사를 눈엣가시로 생각하는 이유는 명확하지 않지만. ——예전에 아렌하탐 지하에서 천인이 남긴 그 꼭두각시 인형이 지껄였던 말은 그다지 도움이 될 것 같지 않으니 말이지."

"……하지만, 요컨대 마술을 쓸 수 있다는 게 문제인 거잖아? 그럼 드래곤도 마술사를 독점해 두고 싶었던 게 아닐까?"

"그건, 글쎄다. 우리 마술사가 다룰 수 있는 힘은 드래곤 종족이 가진 마술에 비하자면 가장 낮은 수준에 도달했을까 말까 싶은 수준이거든. 뭐, 인간의 마술은 이미 몇몇 드래곤 종족의 마술을 능가했다고 단언하는 마술사도 있긴 하지만……. 분명 미스트 드래곤 종족이 가진 대기 마술이나 레드 드래곤 종족의 수화(獸化) 마술과, 우리의 음성 마술——특히 고도의 백마술까지 포함한 음성 마술을 비교하면 우리의 마술이 더 위일지도 몰라. 하지만 그렇다고 해도 인간이라는 종족의 종합적인 능력과 미스트 드래곤 종족의 종합적인 능력을 비교해 보면——인간은 미스트 드래곤 종족처럼 지상의 어떠한 환경에서도 생존할 수 있는 강인한 육체도 정신력도 가지고 있지 않고, 레드 드래곤 종족처럼 지극히 고도의 지능도 자연체계 지식도 없어. 그러니까 드래곤 종족이 인간이 가진 힘이 위험하다고 볼 일은 일단 없다고 봐도 돼. 질투라는 건…… 가능성으론 있을지도 모르지만."

"질투?"

클리오가 되묻자 오펜은 쓴웃음을 지으며 대답했다.

"이러니저러니 말해도 대륙에서 가장 번영하는 존재는 인간이잖냐. 다만 그렇게 따진다면——"

그는 쓴웃음을 지우지 않은 채로 말을 이었다.

"그럼에도 대륙의 지배자는 어디까지나 드래곤 종족이지만 말이다."

"흐음……. 근데——"

클리오는 아무래도 마음에 들지 않는다는 듯이 입술을 삐죽였다.

"결국 왜 드래곤 신앙자가 마술사를 적대시하는지는 와닿질 않는걸."

"그렇겠지. 나도 잘 몰라."

오펜이 그렇게 말하자 클리오는 조금 실망한 모양이었다. 오펜은 보충하듯이 설명을 이었다.

"드래곤 신앙자는 드래곤을 숭배해. ——대륙의 선주자인 정통성 있는 지배자인 드래곤 종족을 말이다. 그리고 드래곤 종족 중 몇몇은 우리 인간 마술사를 싫어하지. 군주가 하는 말은 들어야만 한다. ——그래서 드래곤을 신앙하는 자들은 마술사를 혐오한다. 그 정도의 논법 아니겠냐."

"뭔가 주체성이 없네."

"뭐…… 인간이란 놈은 주체성이 너무 많아도 거기서 잘난 체하며 자신이 세계의 지배자라는 둥 착각하다가 대개 자멸하지만 말이지."

"그렇겠네."

클리오는 망설이지도 않고 납득했다.

그런 거다, 하고 오펜도 마음속으로 맞장구를 쳤다.

어둠에 뒤섞여 발길을 내딛는다. ——여름의 숲속은 밤이 되면 이상할 정도로 찌듯이 더워진다. 손을 휘두르면 물방울이라도 붙잡을 수 있을 듯한 습기 안에서라면 조금만 조심해도 발소리는 거의 울리지 않는다.

——이면 좋으련만, 하고 태연한 얼굴로 찰박찰박 발소리를 내며

따라오는 클리오를 곁눈으로 보며 오펜은 생각했다.

마을 외곽 수풀에서 가장 가까운 외양간——불이 켜지지 않은 오두막——쓰레기장으로 이어지는 길을 따라 움직이며 마을 안으로 잠입한다. 불침번에게 이미 들켰을 가능성은 있다. ——하지만 어차피 작은 마을이다. 빈틈없이 망을 보려 하면 얼마든지 방법은 있을 것이다. 그렇다면 이제는 걱정 따위는 집어치우고 그대로 잠입할 수밖에 없다.

클리오는 새카만——아니, 짙은 보라색 방검 재킷의 품 안에 칼집을 꼭 끌어안고 침착하게 따라왔다. 아무래도 이 소녀는 세세한 일을 좋아하는지 요전번에 사 준 그 재킷 왼쪽 가슴에 인간 모양의 문장——검과 방패를 든, 상당히 도안화된 문장을 자수해 놓았다. 물어보니 상인 가문인 에버래스틴 가문은 문장이 없지만, 그 집안과 몇 세대 전에 친족 관계였다는 귀족이 이 문장을 가지고 있었다고 한다. 귀족의 외모를 가진 클리오가 입은 옷이라는 이유는 아니지만, 그 문장은 겉보기에도 상당히 훌륭했다. 에버래스틴 가에게 거의 떠맡기듯이 시집을 온 그 부인은 죽을 때까지도 자신의 성을 밝히지 않았다고 하는데, 뜻밖에도 이름이 있는 가문 출신이었을지도 모른다.

오펜은 재빨리 길을 나아가 오두막의 사각을 따라 마을 안쪽으로 계속 나아갔다. 매지크가 붙잡힌 곳이 어디라고 짐작이 가는 것은 아니지만 적지에서 무언가를 찾을 때에는 언제나 중심부터 시작하는 것이 그의 방법이었다. 그렇게 하면 탐색과 동시에 도주의 리듬을 탈 수 있다.

마을 중심에 보이는 건물은 쓸데없이 커다란 원형 지붕이 있었다.

──지붕 여기저기에 굴뚝이 솟아나 있어 공방으로도 보였다. 공방에 포로를 가둔다는 이야기는 들은 적이 없으니, 수상한 곳은 그 옆에 세워진 교회 같은 첨탑이리라. 일반 신자에게 심문하는 모습을 보이거나 하진 않을 테니 매지크가 감금되어 있는 곳은 지하, 혹은 탑의 위──.

오두막 뒤에 몸을 숨긴 채 발을 멈춘 오쎈은 혼잣말을 내뱉었다.

"성가시게 됐군──경비가 없을 리 없을 테고, 출입구도 열쇠로 잠가 놓았겠지. 간단한 열쇠라면 마술로 대충 처리할 수 있지만."

"……경비한테서 열쇠를 빼앗으면 안 돼?"

클리오가 똑같이 오펜처럼 몸을 숨기며 작은 목소리로 물었다. 오펜은 고개를 저었다.

"빼앗는 건 간단하지만──소란을 일으키지 않고 빼앗는 게 어려워. 다소의 훈련을 받았을지도 모르는 상대를 소리도 내게 하지 않고 맨손으로 기절시키는 건 매우 어려운 일이야. 그렇다고 해서 마술을 쓰기 위해선 꼭 주문이 필요하고……. 차라리 마을 안에 불을 지르고 혼란을 틈타서 건물에 들어갈까? 그 방법이라면 문을 마술로 날려 버려도 알아차리지 못할 테니까."

클리오가 그 말을 듣자 몸이 달아올랐는지 꾸욱 주먹을 쥐었다.

"오호라……. 사악한 납치 교단을 몰살시키겠다는 거네. 굉장한 결심이야, 오펜."

"멍청아──. 그야 뭐, 이 정도 규모의 마을이라면 철저하게 게릴라전으로 몰고 가면 간신히 맞붙을 자신이야 있다만."

"나도 농담으로 한 소리야. 근데 마을에 불을 지르면 반드시 죽는 사람이 나올 거야."

"이곳의 교단이 제대로 된 조직이라면 피난도 하지 못하고 타죽는 사람은 없을 거다. 그리고 불을 지르기 전에 폭음이라도 내서 전부 깨우면 되고."

"……소동을 일으키는 것만이 목적이라면 딱히 불을 지를 것까지도 없잖아. 예를 들어서——갑자기 마을 전체의 거울 안에서 전신이 바나나인 남자가 나타나는 건 어때? 분명 엄청난 소란이 벌어질 거야."

"……좀 이해가 안 가는 제안이다만…… 기각이다."

"그럼…… 오펜 네가 전라로 시끄럽게 웃으며 마을을 가로지르는 건? 그 틈에 내가 활약할 테니까♥"

"……기각."

"마을 사람들이 자는 사이에 모두에게 몰래 코걸이를 다는 건 어때? 아침이 되면 아주 난리가——"

"……너, 지금 상황이 얼마나 심각한지 모르는 거지? 매지크를 구출해야 한다고."

"그 애라면 괜찮아. 전에 내가 체육창고에 가둔 채로 실수로 까먹고 집에 돌아가고 그대로 연휴에 돌입했던 때에도 살아남았는걸. 공을 꿰맨 가죽끈을 씹으면서 굶주림을 버텼대."

"그, 그것도 상당히 악랄하긴 한데……. 저기 말이다. 저 녀석 지금 이 마을에서 고문을 받고 있을지도 모른다고."

"고문!? ……그럼 데리고 돌아가서 마사지 정도는 해 주지 않으면 불쌍하겠다."

상당히 진심으로 말하는 클리오에게 오펜은 탄식했다.

"아니……. 네 인대 파열 마사지는 걔한테 너무 잔인하지. 나조차 비명을 지를 정도였잖냐."

"남의 마사지에 이상한 이름 붙이지 마. 뭐, 네가 울기 시작했을 땐 조금 놀랐지만."

클리오가 계속해서 중얼거리는 것을 오펜은 손으로 제지했다. 어찌되었든 이 애에게 '광신자에게 납치되어 고문을 받아 죽었을지도 모르는 불행한 매지크'의 비주얼을 이해시키는 것은 불가능할 듯하다.

그렇게 생각하며 더욱 마을 안쪽으로 나아가려 한 순간——

크우우우——오오오오오오오오오오——…….

막대한 양의 공기가 어딘가 한 점에 빨려들어가는 듯한 소리가 바람을 타고——

화악!

마을을 중심으로 하늘까지 불사를 듯한 불기둥이 솟구쳤다!

"뭣——!"

오펜은 경악성을 내뱉으며 폭풍으로부터 얼굴을 감쌌다. ——뒤에서 클리오가 꺄아, 하고 비명을 질렀다. 폭풍은 지면의 모래를 휩쓸어 근처 오두막의 벽에 부딪쳐 타다다닥 소리를 울렸다. 불기둥은 계속해서 꺼지지 않고 마을 중심——바로 굴뚝이 달린 거대한 건물 정면에서 활활 타오르며, 이쪽과는 조금 거리가 벌어졌음에도 열파가 닿을 정도의 열량을 내뿜고 있었다. 마을 전체를 하얗게 비추며 미친 듯이 휘몰아치는 저 불꽃의 색은——

'가스 폭발 부류가 아니야——. 기름이 타는 색도 아니야——.'

순백의 불기둥——하얀 불꽃은 지상의 자연계에는 존재하지 않는다. 아무것도 촉매로 삼지 않은 순백의 빛은——

"저건…… 마술의 불꽃이다!"

오펜은 자신도 모르게 그렇게 입 밖으로 말을 내뱉었다. 마을 전체가 조금씩 술렁이기 시작하며 여기저기 오두막에서 사람들이 허둥지둥 뛰쳐나왔다. 다만 갑자기 솟아오른 불기둥에 정신이 팔려 오펜과 클리오를 발견한 사람은 아직 없지만.

"마술? 그럼…… 저거, 매지크가 한 거야?"

클리오가 머리부터 뒤집어 쓴 모래 먼지를 파닥파닥 털어내며 물었다. 오펜은 등골에 오싹한 느낌을 받으며 대답했다.

"그 녀석이 저 정도의 마술을 구사할 수 있다면 이제 내가 가르쳐 줄 건 아무것도 없어."

"……어?"

"저건…… 저건──인간의 마술 따위가 아냐──!"

오펜은 목 안쪽에서 신음을 내뱉었다. 마술사에게는 힘을 다루기 위한 힘──마력이라는 요소가 보인다. ──마술이 발동했다면 공간에 해방된 마력의 구성을 읽을 수도 있다. 그리고 그 짜인 구성에서 술자의 역량을 가늠하는 것도.

"뭐야? 또 그 인형!?"

클리오는 그렇게 외치며 검을 뽑으려 했다. ──그런 그녀를 제지하며 오펜은 중얼거리듯이 말했다.

"그만둬. 그딴 게 통용될 상대가 아냐."

"뭐──뭐야. 자기만 사태를 이해하고 잘난척하긴."

클리오가 조금 토라진 듯이 말했다. 오펜은 한순간 반쯤 진심으로 박치기나 다른 방법으로 한 번에 상대에게 생각을 전달할 수 없는지 바랄 정도로 짜증이 일었다.

"저걸 봐!"

그는 불기둥 쪽을 손가락으로 가리켰다. 순백의 불꽃은 이미 사라진 뒤였다. ──하지만 불이 사라지고 다시 달 아래의 어둠으로 돌아온 암흑의 공간은 무언가 희미하고 어렴풋한 형태를 비추고 있었다.

그곳──오펜과 클리오는 마을의 중심까지는 아직 수백 미터나 떨어져 있다. 그 거리에서도 그것의 형태는 또렷하게 판별할 수 있었다. 달 아래에 비치는 거대한 늑대의 실루엣──.

"딥 드래곤, 펜릴!"

오펜은 전신에 소름이 돋는 것을 느끼며 그 이름을 외쳤다. 바로 전까지 드래곤 같은 것은 존재하지 않았다. 옛날에 들었던 딥 드래곤에 대한 전설이 스르륵 머릿속을 뒤덮었다──.

"망할. 그래, 펜릴이라면 공간이동의 능력도 가지고 있을지 모르지……."

"뭐, 뭐가? 뭐가?"

이런 사태에도 클리오가 뭐가 재미있는지 눈을 반짝였다. 오펜은 이제 무의미하게 울음이 터진 것 같은 심정으로 말을 이었다.

"그러니까! ──딥 드래곤이야! 드래곤 종족 중에서도 손꼽히는 힘을 가진!"

오펜은 그렇게 외치며 저 멀리 우뚝 선 존재를 보았다. 칠흑의 털로 뒤덮인 거대한 늑대는 달빛이 없었으면 완벽하게 밤의 어둠에 녹아 버리지 않을까 싶을 정도로 검었다. 딥 드래곤은 결코 포효하지 않는다. ──발소리조차 내지 않고 언어도 쓰지 않는다. 언어로 사고함에도 불구하고. 소리 없는 드래곤. 그 거구로 인해 평소에는 물속에 살지만, 딱히 지상으로 나와도 아무런 불편이 없다. 오히려 지상에 있을 때가 공격성이 더욱 커질 정도이다.

인간과 만났을 경우 위험한 드래곤 종족은 두 종류가 있다고 일컬어진다. ——최악의 상대는 미스트 드래곤. 그리고 최악을 뛰어넘어 어찌할 도리가 없는 상대가——마술에 능한 딥 드래곤이다.

"으~!"

오펜은 그만한 정보를 입 밖에 내지 않고 머릿속으로 줄줄이 늘어놓으며 신음을 흘리고 클리오를 노려보았다. 물론 전해질 리 없다. 자신도 알고 있다.

하지만 설명할 시간 따위 없을 정도로 딥 드래곤은 위험하다.

오펜은 바로 클리오의 어깨를 붙잡았다. 몰래 드래곤이 있는 쪽으로 나아가려던 클리오는 장난을 들킨 어린아이 같은 표정을 지었다.

'이 자식은…… 전혀 이해를 못 했어!'

그렇게 생각하면서도 그는 그녀의 푸른 눈동자를 들여다보았다.

"도망쳐!"

"…………뭐어?"

클리오는 잠시 눈을 휘둥그레 뜨며 얼빠진 목소리를 내뱉었다. ——그런 말을 들을 가능성을 전혀 생각하지 않았던 모양이다. 오펜은 초조함에 사로잡혀 근처를 둘러보았다. 지금의 폭음으로 마을사람들이 눈을 뜬 모양이다. 여기저기에 위치한 오두막에서 와글와글 인기척이 나타나기 시작했다. 이미 집에서 뛰쳐나와 드래곤이다, 하고 외치는 자도 있었다.

하지만 아직 오펜 일행을 깨달은 자는 없는 모양이었다. 눈치를 챘다고 하더라도 마을 한가운데에 드래곤이 나타났다고 한다면 그럴 겨를이 아니겠지만.

오펜은 다시 한 번 클리오의 눈을 들여다보았다. 두 달 가까운 경험으로부터 이 소녀가 말을 듣게 하기 위한 요령은 일단 반론의 기회를 주지 않는 것임은 알고 있다.

"숲에 달아 놓은 표식을 따라가면 너 혼자서라도 마차가 있는 곳까지 돌아갈 수 있겠지?"

"어? 아——응. 하지만——"

"돌아가면 아무라도 좋으니까 지나가던 사람한테 숨겨둔 마차를 몰아 달라고 부탁해서 가장 가까운 레인저 대기소로 가. 그리고 레인저에게 사정을 설명하고 거기서 기다려. 알겠지?"

"응. 이야기는 알겠는데, 하지만 오펜——"

"그럼 얼른 가! 나도 어떻게든 매지크를 구해서 따라갈 테니까!"

"저기——"

"됐으니까 얼른 가!"

오펜이 팔을 휘두르며 고함을 치자 아무리 클리오라도 조금 울컥한 표정을 지으면서도 뒤로 물러나지 않을 수 없었던 모양이었다. 그녀는 마치 오펜이 빚을 졌다는 듯한 원망스러운 눈초리로 바라보더니 뒤를 향해 달렸다.

"오펜——"

퇴장할 때의 말도 잊지 않고.

"빚 하나야——. 다음엔 내 말을 들어야 해!"

"시끄럽다, 이 멍청아!"

정말이지——하고 오펜은 마음속으로 투덜댔다. 저 자식, 손톱만큼도 자신의 처지라는 걸 이해하지 못한다니까. 망할.

'나 혼자서라도 살아남을 수 있을지 없을지——'

오펜은 가슴 위에 흔들리는 드래곤 펜던트를 쥐고 무언가를 기도하듯이 손을 모았다. 누구에게 기도하는지는 스스로도 잘 몰랐지만.

'매지크, 이 바보 같은 자식. 빚 하나다. ——나 대신 클리오의 말을 들어야 할 줄 알아!'

오펜은 그렇게 본인의 동의 없이 재액을 떠넘기고는 전력으로 드래곤이 나타난 쪽——마을의 중심부를 향해 달리기 시작했다. 왠지 모르게 매지크가 사로잡힌 곳도 그쪽인 듯한 예감이 들었기 때문이다.

드래곤은 움직이지 않았다. 모습을 나타낸 곳에 그대로 가만히 서 있을 뿐이다. 무언가를 바라보듯이. ——실루엣이 드러내는 머리의 각도에서 깨달았다. 드래곤은 탑 근처에 서 있다. 그 코끝이 가만히 탑의 위를 바라보고 있는 듯이 보였다.

'매지크가 붙잡힌 곳이 저 탑이라고 한다면, 드래곤의 눈앞으로 나가지 않으면 안 된다는 소리인가…….'

조금씩 소란스러워지기 시작한 마을 안을 달리며 오펜은 궁리했다.

'죽으려나.'

마을 안은 이미 어둠이 아니었다. 횃불이 근처를 밝히고 있었다. 깨어난 마을사람들이 붙인 것이리라. 귀를 기울이자 마을사람들은 딥 드래곤의 출현에 그다지 소란을 피우지 않는 듯했다. ——아니, 소란은 피워도 혼란에 빠지지는 않았다, 라고 해야 할까.

'그야 그렇겠지——. 드래곤은 녀석들의 수호신일 테니까…….

아니, 녀석들이 그렇게 생각할 뿐이겠지만.'

그때——목소리가 들렸다.

"…………?"

오펜은 자신의 귀를 의심하며 발을 멈췄다. 방금, 무언가가, 분명히, 귓가에서 목소리가 들린 듯한 기분이 들었는데——.

'뭐지?'

그는 얼굴을 찌푸리며 귀에 신경을 집중했다. 이곳은 오두막과 오두막 사이의 작은 골목이다. 우연히도 통로로 쓰이지 않았는지 마을사람의 모습은 보이지 않는다. 다른 길과의 교차점에서 힐끗힐끗 햇불을 든 마을사람의 모습이 보였지만, 그들도 오펜이 거기 있음을 깨닫지 못하고 그냥 지나쳤다. 다들 드래곤이 있는 곳으로 향하는 모양이었다.

'여기서 얌전히 있을 수는 없지…….'

오펜은 혀를 차고 다시 달리기 시작했다. 마을사람이 드래곤의 곁으로 모이고 있다면 딥 드래곤만이 아니라 마을사람으로부터도 도망쳐야만 한다. 매지크를 구출하는 일이 점점 더 절망적으로 느껴졌다.

'그 바보 자식. 이렇게 사람을 고생하게 만들다니——. 데리고 돌아가면 어떻게 될지 각오하라고——.'

거기서, 다시 목소리.

《아직이로군?》

이번에는 또렷하게 들렸다.

'——기분 탓이 아니야!'

이건 목을 통해 나오는 소리가 아니다. ——대기를 진동시키지 않고 그저 공간에 튀어 날아가는 듯한 목소리. 머릿속에 억지로 헤집고 들어오는 듯한…….

'딥 드래곤의 암흑마술이다……. 내게 보내는 것이 아닐 텐데도 들리는 건가!?'

딥 드래곤의 마술은 정신을 지배하는 술법이라고 일컬어진다——. 그것만이라면 인간의 백마술과 똑같지만, 결정적인 차이는 펜릴의 마술은 생물만이 아니라 무생물에게까지 작용한다는 점이다. 다시 말해 숲의 나무는 물론 흙이나 공기, 물, 나아가서는 공간에까지 정신 지배가 미치는 것이다.

아까 전의 불기둥도 공간을 지배하여 진동시킨 결과 생겨난 것이리라. ——아니면 진동을 이용하여 전이하고, 그 여파로 일어난 것일지도 모르지만.

'그건 그렇고——알고는 있었지만 어처구니가 없는 위력이로군.'

오펜은 오싹함을 느끼면서 인정했다.

인간이 목소리를 매체로 마술을 이용하는 것과 마찬가지로, 딥 드래곤의 마술은 시선을 이용한다. 하지만 드래곤은 지금 이쪽을 보고 있지 않다. 다시 말해 오펜은 드래곤 마술의 영향 하에 있지 않다. 그런데도 염화(念話)의 영향을 받는 것이다.

'이거 점점 더 맞설 수 있는 상대가 아니게 되는데……. 그건 그렇고 이 마을은 왜 갑자기 드래곤이 나타나는 거야?'

딥 드래곤은 《펜릴의 숲》을 수호한다고 일컬어진다. 《숲》에 들어온 인간에게는 자비가 없다. 하지만 만약 드래곤이 이 마을을 멸하기 위해 나타났다면, 먼 곳에서 일 분 정도 응시하는 정도로 이 정도의 집락 따위 순식간에 잿더미로 만들 수 있을 것이다. 그런데도 드래곤은 일부러 마을 한가운데에 나타났고, 심지어 무언가를 하지도 않고 가만히 있다.

'설마──정말로 이 마을의 수호신이라고 하는 건 아니겠지?'

설마에 설마를 거듭하며 골목을 빠져나와 모퉁이를 돌았다. 그러자──

"누구냐, 넌!"

상대방의 질문에 오펜은 발걸음을 멈췄다. 그리고 작게 혀를 차며 살짝 자세를 낮추었다. ──상대방이 달려들었을 때를 대비한 준비이다. 고개를 돌리자 그곳에는 장신의 남자가 있었다.

남자는 오른손에 횃불을, 왼손에 제사용 석장(錫杖) 같은 것을 들고 있었다. 횃불의 불빛이 남자의 모습을 비추었다. 수염을 기른 탄탄한 체격의 중년 남자.

그 남자의 뒤에 한 패인 듯이 보이는 여러 명의 남자들이 있었다. 평범한 마을 사람인 듯했지만 일일이 체격이 좋은 사람만 있는 것을 보면 부하 같은 처지이리라. 다만 가장 뒤에 있는 젊은 남자만큼은 묘하게 분위기가 달랐다. ──심지어 무장도 하고 있다. 허리에 장검을 차고 뱃지가 없는 레인저 재킷을 입은 채 빙글빙글 웃는 청년이다. 나이는 스물둘, 셋 정도일까.

석장을 든 남자가 먼저 입을 열었다. 굵고 흔들림 없는 목소리였다.

"누구인가? 이 마을 사람은 아닌 듯하다만."

"……나 말이야? 난──"

하고 오펜이 얼버무릴 작정으로 입을 열었을 때에는 이미 석장을 든 남자는 움직이고 있었다──석장이 카랑, 하고 지면에 떨어졌다.

동시에 그는 비어 있던 왼손으로 품에서 거뭇한 쇳덩어리를 꺼냈다. 오펜은 순간적으로 뒤로 뛰었다. 그 뒤를 쫓듯이 남자가 꺼낸 덩어리가 팡! 하고 불꽃을 튀겼다.

"권총!"

오펜은 짧게 외쳤다. 탄환은 어두운 탓인지, 아니면 애초부터 조준이 빗나갔던 모양인지 탄환이 몸 근처를 지날 때의 소리 없는 충격도 느껴지지 않았다. ──다만, 사용한 화약이 조악하다면 탄환이 충격파를 발할 정도의 위력은 나오지 않으리라.

"드래곤 다음엔 권총이냐──. 왕실령으로 단속되는 물건일 텐데?"

오펜이 신음하자 권총을 든 남자가 웃었다. ──하지만 수염을 들썩였을 뿐인, 얼굴 아래만의 웃음. 눈은 웃고 있지 않다.

"인간의 법 따위 우리의 《숲》에서는 통하지 않는다! 나는 드래곤의 사자, 《심장》의 교조인 맥두걸이다!"

교조──맥두걸이라고 이름을 댄 남자는 다시 방아쇠를 당겼다. 맥두걸이 사용하는 무기는 극히 일반적인 구조의 물건으로 총신이 없다. 보통 알려져 있는 정보에 따르면 권총이라는 것은 단순히 근접전을 벌일 때 비장의 수로 이용되는 물건이다. 그래서 왼손으로 쓴다. 권총의 다른 운용법도 오펜은 배운 바가 있지만, 조금이라도 거리가 벌어지면 명중할 물건이 아니다.

하지만 물론 그렇다 하여도 우연히 맞을 가능성은 언제나 있고, 맞는다면 치명상도 입을 수 있다. 다행히 두 번째도 빗나갔지만 오펜은 굳이 세 발째도 쏘게 할 셈은 없었다.

"나 발하노라──"

"역시 마술사인가!"

맥두걸이 외쳤다. 부하들이 우르르 몰려들었다. 오펜은 아랑곳하지 않고 마력을 짜 올렸다.

어차피 이쪽의 이름도 묻지 않고 권총을 쏴 갈기는 녀석들이다.

'이렇게 된 바에야 한두 명 크게 다치든 말든 알게 뭐냐——!'

"빛의——"

완전히 이쪽에 유리한 타이밍으로 마술이 발동하려 했다. ——하지만 주문은 갑작스레 방해를 받았다.

"큭——!?"

왼쪽 어깻죽지에 예리한 통증이 일었다. 어느새인가 나이프가 꽂혀 있었다. 마술을 발하기 위해 몸을 비틀지 않았더라면 목에 꽂혔으리라.

아픔으로 신음하는 오펜의 시야가 맥두걸의 뒤에서 나이프를 던진 남자의 시선과 정확히 마주쳤다. ——아까 보았던, 검을 차고 있던 레인저 재킷의 남자. 빙글빙글 웃으며 이쪽을 보고 있다. 그 눈은 마치 이쪽을 도발하고 있는 듯했다——. '설마 이 정도로 쓰러지진 않겠지?' 라고.

타앙! ——세 번째의 총성이 울렸다. 하지만 빗나갔다. 오펜은 나이프의 아픔과 무게로 어깨를 늘어뜨리며 다시 마술을 구성하려 했다——.

그런 그를 갑자기 바로 옆에서 누군가 후려쳤다. 가까이 다가온 부하 중 하나가 들고 있던 횃불을 휘두른 것이다. 왼팔이 움직였더라면 피할 수 있었겠지만, 이미 늦었다. 횃불의 불이 머리 옆에서 파직 터지는 소리가 들렸다.

"이 자식——."

오펜은 신음하듯이 외치고 튼튼한 부츠의 발꿈치로 그 남자의 무릎을 있는 힘껏 짓밟았다. 끄악, 하고 비명을 지르며 남자가 쓰러졌다. 또 다른 남자가 눈앞까지 다가와 있었다. 오펜은 이번에는 늦지 않고 먼저 상대의 가슴에 오른손으로 주먹을 질렀다. 그리고는 적이 윽, 하고 신음하며 움츠러든 순간에 마술을 발했다.

"나 내뱉노라, 천사의 숨결!"

순간 손바닥과 남자의 몸 사이에 맹렬하게 공기가 부풀어 올랐다. 그 공기에 떠밀려 남자의 몸이 뒤로 튕겨 날아가——그대로 맥두걸과 충돌하며 비명을 질렀다.

날아간 부하의 몸에 깔린 맥두걸이 욕설을 내뱉는 소리가 들렸다. 꼴 좋다, 하고 생각하면서 오펜은 몸을 돌렸다.

'서둘러——매지크를——구해야 해——'

그때——

'뭣……!?'

오펜은 경악과 함께 발을 멈췄다. 몸을 돌린 바로 앞에 딥 드래곤이 있었기 때문이다.

"오오……!"

뒤에서 맥두걸이 환성을 지르는 소리가 들렸다. 마치 열병을 앓는 듯한 절망적인 감각 속에서.

"나의 주인이시여——."

나의 주인이시여. 오펜은 맥두걸의 말을 마음속으로 되새겼다.

드래곤은…… 가만히, 소리 없이 자신을 바라보고 있었다.

딥 드래곤——소리 없는 드래곤의 전사. 전설에서는 그렇게 불린다. 여신이 사는 《펜릴의 숲》에 살며, 여신의 곁으로 가려 하는 어리석은 인간을 송두리째 없애는 대륙 최강의 전사. 대륙에서 가장 파괴력이 강한 마술을 다루는 워 드래곤이나 월드 드래곤을 왕과 여왕으로 칭한다면, 이 딥 드래곤은 그야말로 전사였다.

전사에게 거스르려 하는 일은 어리석은 짓이다. 이길 수 있을 리가 없다.

가까이서 올려다보는 이 검은 늑대는 너무나도 압도적이었다. 아름답고 고요한 녹색의 눈으로 가만히 이쪽을 내려다보고 있다. 그 시선 하나만으로 인간의 몸 따위는 먼지로 분해되리라. 밤의 어둠에 빛나는 칠흑의 털은 피부에서 분비되는 지방 탓에 밤바람에는 흔들리지 않는다. 입은 열지 않았다. 그래서 붉은 혀도 볼 일이 없다.

대륙에서 가장 아름다운 짐승. 그것이 이 딥 드래곤, 펜릴이다.

드래곤은 달빛 아래에서 전사의 눈빛으로 이쪽을 보았다.

"왜…… 날 보는 거지……?"

오펜은 자신도 모르게 생각하지도 않은 말을 내뱉고 있었다. 하지만 막상 묻고 보니 드래곤이 굳이 자신의 앞까지 걸어와 이쪽을 바라보고 있다는 표현은 옳지 않은 것처럼 느껴졌다. 아니면 이 드래곤은 정말로 이 마을의 수호신이고, 침입자인 자신을 없애려 하는 것일까——.

《이 남자로군? 그대의 것을 빼앗으러 온 자는.》

'……?'

이 드래곤은 오펜으로서는 이해할 수 없는 말을 어딘가에 있는 누군가와 나누었다.

《그대, 자신의 것을 지키기 위하여 나의 힘을 원하는가?》

'그만둬——!'

오펜은 모든 신경을 쥐어 짜내서 드래곤의 마술에 저항하려 했지만——

그대로 어둠에 감싸인 듯한 침묵이 찾아왔다.

제3장 사로잡힌 오펜

그는 어둠속에 홀로 떠 있었다.

서 있는지 앉아 있는지도 알 수 없다. ——몸에 감각이 없다. 손가락 끝에 무언가가 느껴지는 것도 같고, 등 뒤가 무언가 따뜻한 느낌도 든다. 그런가 싶었더니 참을 수 없을 정도의 싸늘함에 몸을 떨기도 했다.

그때, 눈앞에 어렴풋한 불빛이 생겨났다. ——자신의 몸은 보이지 않는데도 그 빛 속에 뜬 인영은 또렷하게 인식할 수 있었다. 하늘하늘 빛 속에서 나부끼는 얇은 비단옷을 입은, 아직 어린아이라고 부르더라도 지장이 없는 소녀——.

그녀는 별안간 입을 열었다.

《당신이 오펜, 이로군요……?》

………….

대답은, 목소리로 나오지 않았다. 하지만 그는 이런 사태에도 매우 침착했다.

그녀는 말을 이었다.

《죄송해요……. 사과하고 싶어서, 당신의 마음에 직접 말을 걸고 있어요.》

그녀의 표정이 비굴하게 일그러졌다. 그 모습을 보고 그는 초조해졌지만 아무 말도 꺼낼 수 없었다.

《죄송해요, 죄송해요. ——제가, 당신을 덮치고 말아서…….》

……이해가 잘 되지 않는다. 자신은 누군가에게 덮쳐진 것인가.

아무 기억도 나지 않는다──아니, 그렇다기보다는 떠올린다는 행위를 할 수 없게 된 듯했다. 자신의 이름조차 알 수 없었다. 떠올리고 싶다는 욕구조차 일어나지 않았다.

하지만 그녀는 그 사태에 대해서는 아무 설명도 해 줄 것 같지 않았다.

《당신이 매지크를 데리고 갈 걸 알아서, 드래곤에게 당신을 덮치게 했어요……. 제게는, 그 누구도 의지할 사람이 없으니까.》

…….

《그를 데리고 가길 바라지 않았어요. 아니면 질투를 했을지도 몰라요. 그에겐 도우러 와줄 사람이 있었으니까.》

그녀의 목소리는 명료했지만 하는 말의 의미는 잘 알 수 없었다.

《하지만 드래곤이 당신을 폐인으로 만들어버릴 줄은 생각도 못했어요…….》

드래곤──그 말은 왠지 모르게 복잡하고 성가신 인상을 주었다. 듣기만 해도 도망치고 싶은 느낌. 그런 감각이었다.

《제 모든 힘을 다해 당신을 치유해 드릴게요. 조금 시간이 걸릴지도 모르지만요.》

그 말과 함께 주변의 어둠이 조금씩 옅어져갔다.

《그리고 맥두걸에게는 거스르지 마세요. 그를 죽이지 말아 주세요. 그가 있기에 이 마을은──》

그 뒤의 말은 어둠을 부수는 빛에 뒤섞여 아무 것도 들리지 않았다.

'……뭐지?'

문득 깨닫고 보자 상자를 통째로 뒤집은 듯이 엄청난 의문들이 쏟아졌다. ──질문을 하는 주체는 자신이며 물음은 자신에게 향했다. 그래서 차례대로 서두르지 않고 대답하면 될 것 같았지만, 질문은 전혀 해결되려 하지 않았다.

여긴 어디인가──?

나는 누구인가──?

아픈 곳은 어디인가──?

숨을 쉬는 것은 몸의 어느 부위인가──?

'젠장…….'

그는 몸을 뒤척였다. 그 정도만 움직이려 했는데도 전신의 힘을 쥐어짜지 않으면 몸이 말을 안 듣는다. 왼쪽 어깨가 아프다, 하고 그는 자각했다. 부상을 입은 상태다.

'아무 것도 떠오르지 않아. ……아니야.'

기억하고 있는 것도 있다. 어둠속에 나타난 소녀의 모습──.

무언가를 두려워하며 비굴하게 보이던 그 눈빛──.

그는 눈을 떴다. 어둡다. ──하지만 빛은 있다. 희미한 불빛은 아무래도 그의 뒤에서 비치고 있는 것 같았다. 그는 벽을 향한 채로 옆으로 누워 있었다. 벽은 흙이었고 그가 누워 있는 곳도 땅바닥이었다. 한순간 그는 자신이 동굴 같은 곳에 묻힌 줄로 알았다. 하지만

──

"눈을 뜬 모양이로군, 마술사."

목소리……가 자신을 부르고 있다. 멍한 기억 속에서 그 목소리

의 주인이 떠올랐다. 자신을 향해 발포한 맥두걸이라는 남자다. 교조라고도 밝혔었다.

그는 다시 반대 방향으로 몸을 뒤집었다.

처음으로 시야에 들어온 것은 신발이었다. ——맥두걸이라는 남자의 신발이 드러누운 그의 눈앞에 있다. 그 더러워진 등산화 너머에는 또 한 쌍의 신발이 있다. 아무래도 일행이 있는 모양이다. 그 신발 너머에는 철창이 보였다. ——그리고 희미하게 빛을 발하는 굽이진 계단.

그것으로 대강 자신이 놓인 상황을 파악했다. 지하 감옥에 갇힌 것이다. 철창 문은 살짝 열려 있고 그 앞에 맥두걸과 또 한 남자가 있다. 힐끗 위를 보고 그 남자가 자신에게 나이프를 던진 남자임을 알았다. 여전히 허리에 검을 차고 있고 그 나이프도 숨겨 가지고 있으리라——. 그의 왼쪽 어깨 상처에는 이미 나이프가 박혀 있지 않았다. 피를 빨아들인 옷이 피부에 달라붙어 붕대의 역할을 대신해 주고 있는 모양인데, 그러지 않았더라면 과다출혈로 죽었을지도 모른다.

'설 수 있나?'

그는 자문했다. 아마 설 수 있을 듯했다. 하지만 지금은 그런 체력이 남아 있음을 숨기는 편이 좋다.

맥두걸이 냉담한 눈으로 이쪽을 내려다보며 입을 열었다.

"이름이 뭐냐, 마술사."

"……"

그는 아무 대답도 하지 않았다. ——아니, 대답할 수 없었다.

'이름?'

떠오르지 않는다. ──머릿속이 혼란에 빠져 무엇 하나. 그런 상태로 꿈을 꾸고 있었다──.

그렇게 아무 말도 하지 못하자 잠시 후 맥두걸이 탄식했다.

"침묵인가."

"그야 나서서 대답하고 싶진 않겠죠."

얼굴 생김새처럼 빙글거리는 목소리로 대답한 사람은 검을 든 남자였다. 어젯밤과 마찬가지로 매우 난잡해 보이는 레인저 재킷을 입고 있다. 맥두걸이 그 남자에게 물었다.

"그게 무슨 의미지, 사루아?"

아무래도 사루아가 레인저 재킷을 입은 남자의 이름인 모양이다. ──사루아, 하고 그는 마음속에 새겼다.

사루아라는 남자는 가볍게 어깨를 으쓱이며 대답했다.

"이 남자는 《송곳니 탑》의 문장을 가지고 있어요. 마술사 중 최고 엘리트죠. 그런 녀석이 이렇게 꼴사납게 붙잡혔으니 그야 이름을 어떻게 대겠습니까."

"흥……. 결국은 마술사인 것을."

맥두걸은 코웃음을 쳤다. 하지만──

'──《송곳니 탑》…….'

그 단어를 듣자 가슴에 울리는 무언가가 있었다. ──그렇다. 그는 인생의 대부분을 그곳에서 지냈다.

그 순간──맥두걸이 말을 이었다.

"다소 고통을 준다면 말하지 않고는 견디지 못하겠지."

"고문이요? 마술사에게? 고문을 견디는 훈련까지 받는 녀석들이라고요."

사루아는 그렇게 말하며 고개를 저었다. 맥두걸이 그런 그를 찌릿 노려보았다.

"누가 보스인지 잊은 것은 아니겠지?"

"설마요."

사루아는 헤헤 웃으며 대답했다.

"당신이 심장이고말굽쇼. 이 마을의 심장 말입니다——."

그 말을 듣자 맥두걸은 만족한 모양이었다. 고개를 끄덕이고 이쪽을 향했다.

"묻고 싶은 것은 이름만이 아니다, 마술사. ——너를 마중나간 마을 사람은 어떻게 되었나? 네가 죽인 것이냐?"

죽여? 그 단어에 바보 같다고 느꼈다. 그는 무심결에 살짝 쓴웃음을 흘렸다.

——하지만 그 웃음이 맥두걸의 심기를 거스른 모양이었다. 단숨에 그의 얼굴이 굳어지는 모습이 보였다.

"뭐가 우스운 거냐!"

동시에 교조의 신발이 그의 안면을 후려쳤다.

반격하려고 하면 얼마든지 할 수 있었다. ——그야말로 발목을 붙잡고 인대를 비틀어 끊는 일도 가능했으리라. 쓰러진 조교의 눈구멍을 발꿈치 모서리로 박살내고 안구와 함께 뇌를 파괴한다. 또 굳이 그런 짓을 하지 않더라도 한 마디만 외치면 끝난다. ——마술의 일격으로 이 교조는 물론이고 뒤에 선 남자도 이 세상에서 지워 없앨 수 있다.

그가 스승에게서 배운 기술이 있다면 가능할 터다. 하지만——

그는 지면 위에서 말없이 맥두걸을 올려다보았다.

맥두걸은 그 침묵을 복종의 의미로 받아들였는지, 두 눈에 조용한 환희의 빛을 띠고 만족스러운 말투로 말했다.

"나는 맥두걸──그리고 이곳은 《위대한 심장》의 성지다. 세상의 진리──심장을 탐구하는 자들의 마을이지. 너희가 가진 가짜와는 달리 진정으로 강력한 힘, 진짜 마술을 가진 드래곤을 모시는 전사들의 고향이다."

"……."

그는 아무 말도 하지 않았다. 사루아가 맥두걸의 뒤에서 어깨를 으쓱이는 광경이 보였다. 맥두걸은 홀로 말을 이었다.

"이 자리에서 널 처형하는 일은 식은 죽 먹기다. ──하지만 그리 하진 않을 것이야. 어째서 《송곳니 탑》의 마술사가 이 마을에 나타났는지 네게 캐묻지 않으면 안 되니까. 너의 학생도 붙잡아 두었다. 어느 쪽이든 도망친다면 남은 쪽을 죽일 것이다."

학생? ──생각나지 않는다. 하지만 그런 자도 있었을지 모른다.

"지금은 쉬어라. ──체력이 회복된다면 후회하게 만들어 주마. 마취도 하지 않은 채 이를 뽑힌 적은 있나?"

아무래도 그것이 협박 문구인 모양이었다. 맥두걸은 의기양양한 미소를 띠고 등을 돌렸다.

맥두걸과 사루아가 문을 통해 나간다. 이제 아무 말도 남기지 않는다. 철컥, 하고 문이 잠긴다.

그는 마술로 어깨의 상처를 치유하고 다시 그대로 잠에 빠졌다. 약 한 시간 정도 지나 잠에서 깨어났을 때에는 이미 기억도 회복되어 있었다.

"……왜 이런 방에서 혼자 살고 있는 거야?"

그 물음은 그녀를 괴롭게 만든 모양이었다. ──창문을 통해 바깥을 보던 피에나의 옆얼굴에 작은 감정의 균열이 스치는 모습이 보였다. 그 표정 자체는 곧바로 사라졌지만 표정에서 느낀 인상은 한동안 기억에 남을 것 같았다.

'지금의 이 애는 무녀가 아냐.'

매지크는 그렇게 생각했다.

그런 그녀가 이쪽을 돌아보았다. 입고 있는 옷은 평범한 실내복, 하얀 삼베옷이었다. 그녀는 어딘지 부끄러워하는 얼굴로,

"난, 그다지 남 앞에 모습을 드러내면 안 돼……. 실수하면 안 되니까."

"실수?"

매지크가 되묻자, 피에나는 웃었다. ──자조하듯이.

"난 도구거든. ──이 마을 사람들을 다스리기 위한 도구. 중요한 의식에만 얼굴을 내밀고 정해진 대로 대사를 읊고, 다음엔…… 기적을 일으켜."

"기적……. 내 상처를 낫게 한 것처럼?"

피에나는 대답하지 않았다. 그대로 무언가를 찾듯이 방 안을 둘러보았다.

매지크도 그녀를 따라 주변을 보았다. ──마을 중심에 세워져 있는 교단의 탑 최상층에 유일하게 있는 방. 지상 10미터 높이에 있는 만큼 그다지 넓지는 않다. 겨우 몇 걸음만에 방 끝에서 끝까지 다

다를 정도다. 탑 자체는 목조라 때문에 방의 벽도 전부 아무런 가공도 되지 않은 나무판으로 되어 있다. 방 안에는 집회소에 목소리를 전하는 전성관(傳聲管)이 놓인 받침대와 작고 둥근 테이블에 단 하나의 의자, 그리고 지금 매지크가 누워 있는 간소한 침대가 있을 뿐이었다.

매지크 본인은 여성용 잠옷을 입고 침대 위에서 움직이지 못하고 있었다. ――잠옷 아래에는 몸을 붕대로 감은 상태다. 맥두걸에게 당한 상처는 어째서인지 아프지는 않지만 아직 아물지는 않았다. 그녀의 이야기로는 이미 서서 걸을 정도로는 회복되었지만 그다지 무리하지 않는 편이 좋다고 했다.

그녀가 찾고 있는 것은 테이블 위에 있던 모양이다. ――그녀는 나무로 만든 둥근 테이블로 걸어가, 그 위에 놓여 있는 물병과 컵을 들었다. 그리고 컵 안에 물을 따르며 입을 열었다.

"다친 덴 안 아파?"

"어? 응…… 전혀. 몸을 움직이려고 하면 뭔가 근육이 당기는 느낌이지만."

"아직 피부가 아물지 않아서 그럴 거야. 의사가 아니니까 잘은 모르지만. 그런데 역시 마술사는 몸이 튼튼하구나."

"그런가? 뭐, 스승님은 쓸데없이 몸이 튼튼하지만 말이지……."

하고 말하다가, 문득 그런 사람의 제자인 자신도 언젠가 그 사람처럼 되는 것일까, 라는 생각이 들었다. ――좋은 점도, 나쁜 점도 전부 다. 매지크는 몸을 부르르 떨고는 그 위험한 상상은 잊기로 했다.

"그건 그렇고, 난 왜 이런 걸 입고 있는 거야?"

그는 자신이 입고 있는 헐렁헐렁한 네글리제 같은 옷을 가리켰다. 컵 가장자리에 입을 댄 피에나가 그제야 재미있다는 듯이 웃는 모습이 보였다.

"그치만 네가 여자애인 걸로 해 두지 않으면 내 방에서 돌볼 수 없잖아."

"으으……. 뭐, 그야 그렇지만."

매지크는 중얼거리듯이 그렇게 대답하고는 마음속으로 신음했다.

'이런 꼬락서니를 스승님이 봤다간 어떻게 될지……. 거기에 클리오라면――'

거기까지 생각이 미치자 안색이 창백해졌다. 생각하고 싶지도 않다.

"그래서, 이 잠옷은 누구 거야?"

매지크가 묻자 피에나는 간결하게 대답했다.

"식당에서 일하는 라자 아줌마."

"……뭐, 세상만사란 다 그런 법이지."

그는 뭔가를 득도한 듯이 입 안에서 웅얼거렸다.

그때――

콰당!

느닷없이 문이 열렸다. 문을 연 사람은 험상궂은 표정을 지은 맥두걸이었다. 그의 부하도, 사루아라는 호위꾼도 데리고 오지 않았다. 혼자였다. 그를 보자 피에나가 움찔 몸을 움츠리는 모습이 보였다.

맥두걸은 나타난 것도 느닷없었지만 입을 여는 것도 느닷없었다. 힐끗 이쪽을 보고는 마술사 따위는 염두에 둘 가치가 없다는 태도로

말했다.

"아직 준비하지 않은 것이냐, 피에나."

"무엇을…… 말씀이시죠?"

피에나가 어느새 '무녀'의 얼굴이 되어 있었다. ——순간 매지크는 깨달았다. 이것은 그녀의 방어 태세임을.

맥두걸이 초조함을 드러내며 뺨을 씰룩였다.

"말했을 텐데. ——출발이 가깝다고."

"……예."

피에나가 고개를 끄덕였다. 맥두걸은 인내하듯이 숨을 내뱉었다.

"네게는 어제도 말했을 거다. 엊그제도."

"저는——……예요."

그렇게 중얼거린 그녀의 말은 매지크에게 거의 들리지 않았다. 하지만 맥두걸에게는 들렸는지——아니면 처음부터 예상했는지, 눈빛에 이해의 빛을 띠었다.

하지만 그래도 맥두걸은 되물었다.

"뭐라고 했느냐?"

"저……는……."

피에나는 고개를 숙이며 말을 되풀이했다. 어찌되었든 여전히 들리지 않았지만. 그녀의 무녀로서의 얼굴이 무너져 가는 모습을, 매지크는 이유를 알 수 없는 불안에 사로잡힌 채 바라보았다.

맥두걸이 방으로 한 걸음 내딛었다.

"반년 전, 숲 속에서 헤매던 널 보호해 준 사람은 바로 나다."

"저는…… 헤매던 게 아니었어요."

피에나는 고개를 숙인 채 반 걸음 정도 뒤로 물러나며 대답했다.

맥두걸의 한쪽 눈썹이 재주 좋게도 움찔 떨렸다.

"헤매지 않았다고? 그럼 무엇을 하고 있었던 거냐."

"찾고 있었어요……."

"……무엇을 말이지?"

피에나는 떨리는 목소리로 말했다.

"다……당신을."

그 말을 들은 맥두걸은 수상하다는 듯이 눈살을 찌푸렸지만——
이윽고 무언가를 깨달은 듯이 말했다.

"그렇다면 인도로군. 아닌가?"

"……."

피에나는 대답하지 않았다. 맥두걸이 다시 한 걸음 앞으로 나
섰다.

"이 계획에는 네 존재가 불가결해. 애초에…… 네가 나타나지 않
았더라면 이 위대한 미래의 문은 열리지 않았을 테니까. 그 점에는
감사한다. 감사에는——"

그는 어깨를 으쓱였다.

"감사에는 응해야 하는 법이야. 그렇지? 피에나. 네게는 그 힘이
있으니까 말이다."

"힘…… 따위……."

피에나가 다시 입을 다물었다. 맥두걸이 그런 그녀를 가로막듯이
말을 이었다.

"명명백백한 힘이지. ——그렇지, 피에나? 넌 드래곤의 마술을
쓸 수 있어."

"'……뭣——?'

황당무계한 그 한 마디에 매지크는 한순간 머릿속이 새하얘지는 느낌이 들었다.

그 동안에도 맥두걸은 팔짱을 낀 채로 말을 이었다.

"그 힘으로 《숲》의 심장을 찾아냈지. 너밖에 할 수 없는 일이야, 피에나."

"저는……——"

피에나가 다시 들리지 않는 말을 되풀이했다. 맥두걸은 그런 그녀가 가슴 앞에서 쥐고 있던 손을 난폭하게 낚아챘다.

"쓸데없는 투정 부리지 마라. 네 응석은 얼마든지 들어 줬을 텐데 ——이 지저분한 마술쟁이도 네게 주었고 말이다."

맥두걸이 매지크를 가리켰다. 그 말엔 발끈하지 않을 수 없었지만 매지크는 아무런 움직임도 보이지 않았다.

교조는 말을 이었다.

"시원한 공기를 마시고 싶다고 해서 창문도 열게 해 줬다. ——흙을 밟고 싶다고 해서 사흘에 한 번 《숲》을 산책하는 일도 허가해 줬어! 하지만 넌 내게 협력하지 않겠다는 거로군!? 이 은혜도 모르는 들고양이가——"

"작작 좀——"

매지크는 거기까지 고함을 치고 나서 다시 숨을 들이쉬었다.

"해!"

그 목소리를 주문으로 삼아 마력을 해방했다. 순간 맥두걸의 몸이 한순간 공중으로 떠올라 방 반대편으로 튕겨 날아갔다. 매지크는 피에나에게서 떨어져 둥근 테이블에 부딪친 맥두걸을 노려보며 침대에서 몸을 일으켰다. 아직 다친 부분에 위화감이 느껴져서 천천히밖에 움직일 수 없지만, 간신히 일어나 피에나와 맥두걸 사이에 끼어들었다.

"이 마술사 놈──"

맥두걸이 독기를 품은 목소리를 내뱉었다. 험상궂은 얼굴을 더욱 일그러뜨리고 안색은 새카맣다. 솔직히 이런 상대와 마주하고 싶지 않았지만 이제 와서 물러날 생각은 없었다.

"매지크!?"

뒤에서 피에나가 그의 이름을 불렀다. 매지크는 괜찮다는 듯이 고개를 끄덕였다.

"이제 권총 따위에는 당하지 않아. 네가 총을 뽑아 조준하는 것보다 내가 주문을 외는 게 더 빠를걸."

마술이 성공했을 때의 이야기지만, 하고 마음속으로 덧붙였다. 상당히 심각한 문제이긴 했지만.

맥두걸은 씨익 웃으며 자신의 품에 왼손을 댔다.

"호오──. 이 물건을 알고 있는 건가."

"스승님에게 배웠어. 그건 왕실령으로 제조도 소지도 금지되어 있을 텐데? 왜 너 같은 녀석이 가지고 있는 거야?"

"나는──"

맥두걸이 몸을 일으켰다.

"나는 손에 넣고 싶은 것은 손에 넣을 수 있다. 손에 넣어야 하는 것이 손에 들어오지. ──여신께 마중을 받을 운명이니 말이다."

'여신……?'

매지크는 어리둥절한 표정을 지었다.

"월드 시스터즈 ^{운명의세여신} 신앙이라면 킴라크 교회일 텐데?"

"나의 여신은 그런 것이 아니다. ——내게 힘을 주는 여신님이지. 까불지 마라, 마술사."

맥두걸의 손이 슬금슬금 품속의 권총으로 다가갔다.

"나는 네놈의 마술 따위는 추호도 미치지 못할 강력한 힘을 얻을 것이다. 《숲》의…… 심장에서 말이지."

"……큭……."

매지크는 의미도 없이 신음했다. 맥두걸의 손은 결국 상의 안쪽으로 파고들었다. 오른쪽 겨드랑이 아래에 찬 홀스터에는 권총이 있을 터다.

'만약 녀석이 정말로 뽑는다면——'

그는 식은땀을 흘리며 각오를 다졌다.

'내가 저 녀석을 죽여야만 해. 그러지 않으면, 내가 죽는다——.'

하지만 너무나도 비현실적인 상상이었다. 자신이 사람을 죽이다니, 꿈으로도 꾼 적이 없다. 솔직히 말하자면 현실에서 가능할 것이라고도 생각하지 않았다.

'스승님이라면, 이런 때 어떡할까——?'

맥두걸은 두 눈에 이글거리는 무언가를 띠며 말을 이었다.

"필요한 무기는 손에 넣어 왔어. ——이 권총도, 호위꾼도, 그리고 거기 있는 피에나도 말이다!"

"저 애는 네 물건이 아니야!"

매지크는 반사적으로 외치며 오른손을 들어올렸다. 동시에 생각했던 것보다도 몇 단계는 빠른 동작으로 맥두걸도 권총을 뽑았다.

"나 발하노라——"

매지크는 크게 외치면서도 경악했다. 방출한 마력이 마음먹은 것처럼 짜이지 않는다.

'실패했어!'

맥두걸의 총구가 똑바로 매지크의 미간을 향했다. 검은 총구 안쪽의 납탄이 보이는 듯한 착각이 일었다.

'당하겠어──!'

하지만──

맥두걸의 왼손은 이쪽을 조준한 채로 꼼짝도 하지 않았다. 맥두걸이 싸늘한 표정으로 중얼거렸다.

"네 짓이렷다……. 피에나."

"……예."

매지크의 뒤에서 피에나가 긍정했다. 맥두걸이 역정을 내며 말했다.

"마술을 풀어라……. 팔이 움직이지 않아."

"매지크를 죽일 마음이 사라진다면 움직일 수 있어요. 그렇게 암시를 걸었으니까요."

'정신……지배?'

매지크는 경악한 눈빛으로 어깨 너머로 그녀를 보았다. 마음을 지배하는 것은 백마술의 영역이라고 스승인 오펜이 말했다. 하지만 백마술이라고 가정해도 피에나는 주문의 목소리를 발하지 않았다.

'인간의 마술이 아니야.'

놀라는 동안 조용히 맥두걸의 팔이 내려갔다. 그는 토해내듯 숨을 내뱉고 홀스터에 권총을 넣었다.

"모레에…… 출발할 거다. 그때까지 준비를 마쳐라."

그 말에 피에나가 퍼뜩 놀라며 숨을 삼켰다. 매지크는 아무것도 알지 못했지만 등골에 한기가 서리는 느낌이 들었다.

"잠깐만요──."

그녀가 맥두걸을 불러 세웠다. 하지만 그는 그런 그녀의 말을 무시하고 방을 나갔다. 콰당, 하고 차가운 문소리가 모든 것을 가로막았다.

침묵에 사로잡힌 방에 남겨진 매지크는 덜썩 바닥에 무릎을 꿇었다. 체력이 바닥나 땀이 솟구친다. 그는 비명을 지르며 손을 뻗는 피에나를 올려다보며 물었다.

"계획이란 게 뭐야?"

"……."

그녀는 대답하지 않았다. 뭐, 어쩔 수 없지, 하고 단념하며 그는 간신히 몸을 일으켰다.

"내 옷은 어디 있어? ……여기에 왔을 때 입었던 거."

"……! 마을을 나갈 거야?"

피에나가 불안한 눈빛을 보였다.

"설마."

뭐가 '설마'인지는 알 수 없었지만, 매지크는 왠지 모르게 그렇게 대답했다.

"적어도 지금은 아니야. 하지만 저 맥두걸이라는 녀석은 위험해. 이쪽도 언제든지 행동을 일으킬 수 있도록 해 둬야지."

"행동?"

피에나가 이상하다는 듯이 말했다. 매지크는 자신도 모르게 기막혀 하는 말투를 내뱉었다.

"뻔하잖아!? 이런 곳에서 도망치는 거야. 피에나 너도 저 남자에게 괴롭힘을 당하는 것 같던데."

"하지만——"

"하지만이 아냐. 어쨌든 이 마을을 나가서 《숲》 바깥까지 도망치는 거야. 스승님도 날 찾고 계실 테니까 어떻게 해서든 합류하면 저 맥두걸이라는 녀석 따위 스승님이 알아서 해결해 주실 거고. 부탁하면 아예 갈아 버려 주실 걸?"

"저기……."

"아, 미안. 방금 그 말은 농담이야. 하지만 스승님이 해결해 주신다는 말은 정말——"

"그게 아니라, 저기, 이제까지 말을 못했는데."

"……응?"

피에나가 미안하다는 듯이 말을 이었다.

"그 사람도, 이미 붙잡혔거든."

"뭔 생각을 하고 계시는 거예요오오오오!?"

"……땍땍대지 마라. 골이 지끈거린다."

지하 감옥의 맨땅에 드러누운 오펜이 신음했다. 머릿속에 벌집을 쑤셔 넣은 것처럼 쿵쿵 울리는 소음이 귓가에서 떠나지 않는다. 숙취처럼 몸에 힘이 들어가질 않고 움직일 마음도 들지 않는다. 왼쪽 어깨에 있던 나이프로 인한 상처는 이미 흔적도 남아 있지 않지만, 오히려 평범한 상처의 아픔이라도 없으면 그대로 기절할 것만 같은 기분이었다.

고통은 기억이 돌아온 뒤에 찾아왔다. 마치 고통에 대해서까지 잊고 있다가 기억과 함께 떠오른 느낌이다, 하고 오펜은 냉소적으로 생각했다.

감옥 앞에는 아까까지 감시를 하던 마을사람이 둘 서 있었지만, 매지크와 함께 온 피에나라는 소녀의 한 마디로 자리를 비웠다. 매지크가 간단히 설명을 한 바로는, 그녀는 이 마을의 무녀와 같은 존재인 듯하다.

그리고 아까 전의 꿈(?) 속에 나왔던 소녀이기도 하였다.

"남이 모처럼 의지하고 있는데 이렇게 맥없이 붙잡히고, 심지어 뭔가요, 움직일 수가 없다니!"

감옥 철창을 물어뜯을 듯한 기세로 매지크가 외쳤다. 제자의 셔츠 옆구리 부근에 손가락 두께 정도의 구멍과 표백제로 지우려 한 피의 흔적이 붙어 있는 것이 마음에 걸렸지만, 일단 오펜은 다른 말을 꺼냈다.

"……살아있는 것만으로도 칭찬해 줬으면 좋겠군. 딥 드래곤에게 정신공격을 당했다고."

드래곤이라는 단어를 들은 순간, 피에나가 일순간 몸을 움츠리는 모습이 보였다──아니, 단순한 환각이었을지도 모른다. 그쪽이 오히려 가능성이 더 클지도 몰랐다. 매지크가 말했다.

"살아있는 것만으로도 칭찬해 달라니, 너무 자기중심적인 거 아닌가요!? 인간은 역시 성과를 남기지 않으면──"

"아~, 거 시끄럽네. 그럼 네 녀석은 뭘 하고 자빠졌던 거냐. 가장 처음에 홀라당 잡힌 사람이 바로 너잖냐. 난 그런 널 구하러 온 거라고."

"그런 식으로 말씀하시는 건가요?"

매지크는 드물게도 물러서지 않고 흐흥, 하고 콧방귀를 뀌었다.

"듣고 놀라거나 하시죠. ──전 24시간 이내에 세 번의 궁지를 마술을 이용해 빠져나왔다고요."

"저기……."

그런 매지크의 뒤에서 피에나가 꾹꾹 소매를 잡아당겼다. 매지크는 그런 그녀를 힐끗 보고 잠시 생각에 잠겼다.

"어, 저기…… 뭐, 분명히, 세 번째에 관해선 이 애에게 조금 도움을 받았지만요, 하지만──"

'……이 자식, 여자 앞이라고 까불고 앉았구만.'

오펜은 마음속으로 음험한 투덜거림을 내뱉었다. ──그 세 번의 궁지인지 뭔지 안에 한 마리라도 딥 드래곤 같은 괴물이 있었다면 칭찬해 주마. 망할.

하지만 매지크는 더욱 끈질기게 자신의 무용담을 늘어놓았다.

"이제는 스승님도 절 어엿한 정식 마술사로 인정해 주실 수밖에 없을 거예요. 심지어 완전히 상처도 없이 빠져나왔단 말이에요!"

"저기……."

"아, 아니, 분명히 조금 다치긴 했지만, 이렇게 무사하잖아요. 어라, 스승님? 기운 없어 보이네요?"

"이 자식, 회복하면 두고 보자……."

협박이 담긴 말에 매지크의 표정이 살짝 주저하듯이 씰룩였지만, 일단 코앞의 즐거움 쪽을 우선하기로 한 모양이다. 그는 살짝 엉덩이를 뒤로 빼면서도 말을 이었다.

"이렇게 되면 어쩔 수 없으니까…… 어떠세요? 제몫을 할 수 있게 된 제가 스승님을 도와드릴까요?"

"앞으로 한 마디만 더 해 봐라. 내 나름대로 보복 수단이 있으니까."

"그게 뭔가요? 지금의 스승님이라면 저도 이길 걸요?"

"클리오에게 마사지를 받게 해 주지."

"……그게 보복인가요?"

"당해 보면 알 거다. 애초에 너 말이다, 움직이지도 못하는 날 상대로 거만을 떨어 봤자 아무리 생각해도 공평하다고는 할 수 없잖냐."

"그야 그렇지만……. 하지만 스승님, 정신공격이란 게 뭔가요?"

"말 그대로야."

오펜은 흙으로 된 천장을 올려다보며 씁쓰레하게 중얼거렸다.

"한 번 흘겨보는 것만으로도 인격이 날아가 버렸어. ──그래도 난 《탑》에서 정신 제어 훈련을 철저하게 받았으니까 그나마 이 정도로 끝난 거야. 평범한 마술사라면, 그래, 폐인이 되는 것만이 아니라 자칫하다간 육체 자체까지 분해되어 먼지가 될걸."

"허어……. 근데 정신공격으로 왜 몸이 분해되는 건데요?"

"그럼 반대로 왜 몸이 분해되지 않는다고 생각하는 건데?"

오펜이 되묻자 매지크는 곤혹스러운 표정을 지었다.

"그, 그치만──정신이잖아요?"

"그럼, 그 정신인지 뭔지가 대체 뭔지 넌 아냐?"

"……"

매지크는 팔짱을 끼고 잠시 천장을 올려다보았다.

"모르는데요."

"거 봐라. 요컨대 우리 마술사 사이에서 '정신'이라고 한다면 두 종류의 의미가 있어──하나는 마인드 셋 같은 정신이나 신경의 정보, 또 하나는──이쪽이 본디 뜻인데──물리적으로 존재하지 않는 것의 총칭이다."

"허어……."

매지크가 알 듯 말 듯하다는 표정으로 신음했다. 오펜은 지끈거리는 머리를 부여잡고 상반신을 일으켰다.

"영혼이라든가, 예언이라든가, 마음의 목소리라든가, 시간이라든가──그런 거야. 인간이라면 백마술사가 다루는 영역이지. 우리 흑마술사가 이용하는 '힘'──즉 에너지와 물질과 의미 정보까지 해서 모두 셋인데, 이것과는 다른 영역에 있어. 힘으로 협박해서 인간의 마음을 돌리게 만들 수 있듯이, 백마술의 영역에서 물리현상을 일으킬 수도 있는 거야. ──딥 드래곤은 말이다. 인간 백마술사에게는 그 정도까지의 힘은 없다만. 정신공격이라는 건 생물에 대해서는 극단적으로 효과가 커. 그러니까 그 암흑마술에 능한 딥 드래곤에게는 거스를 수 없는 거다."

"……그렇게 위험한 건가요, 딥 드래곤이라는 게?"

"아니, 그러니까──됐다. 지금의 내 모습을 보고 알아서 판단해라……."

오펜은 매지크의 뒤에 서 있는 소녀에게 고개를 향했다. 겨우 그 동작만으로도 뇌수에 통증이 일었다.

"피에나……라고 했던가? 묻고 싶은 게 있다만."

"아, 예."

소녀는 대답을 머뭇거렸다. ──아무래도 이쪽을 직시할 수 없는지 시선을 밑으로 내리고 있다. 그녀가 자신의 마음에 말을 걸 수 있는 방법을 가지고 있는 것은 알지만——만약 정말로 그녀가 한 일이라면, 그것은 인간이 쓸 수 있는 마술이 아니다.

"이 지하 감옥이 있는 건 그 탑이지, 마을 한가운데 있는? 그럼 이 옆에 큰 건물이 있었을 텐데, 그건 뭐하는 시설이냐?"

"그건……."

거기서 소녀는 입을 다물었다. 밝히는 것이 금지되어 있는 것일까——어찌되었든 모르는 것은 아닌 듯했지만, 끈질기게 질문할 기력은 아직 회복되지 않았다.

오펜은 다른 질문을 던졌다.

"그럼…… 드래곤이다. 어제 딥 드래곤이 마을 한가운데에 나타났는데, 그건 뭐냐?"

"뭐냐, 고 하심은……?"

피에나가 시선을 내린 채로 되물었다. 오펜은 탄식했다.

"딥 드래곤은 《숲》의 수호자야——적어도 전설로는 말이다. 《숲》에 들어온 인간을 남김없이 처치하지. 그런데도 그 드래곤은 마을 한가운데서 누구 하나 공격하지 않았어. ——날 제외하면 말이지만. 설마 정말로 이 마을의 수호신이라는 건 아니겠지?"

"……."

"말하고 싶지 않다면 됐어. 이 질문이 마지막이다. 왜 이 마을의 교조——맥두걸이라는 이름이었던가?——는 우릴 납치한 거지? 단순히 《숲》에 들어왔다고 해서 여행자를 죄다 잡아들일 리는 없잖냐?"

"그 이유는…… 당신들이, 마술사이기 때문이에요. 정보가 있어서……. 최근 헤매다 마을에 들어온 지인들이, 자신들은 마술사에게 쫓기고 있다, 이미 근처에 와 있을 것이다, 하고 맥두걸에게 고자질했거든요. 맥두걸은 마술사를 싫어해요."

"……그 복너구리 자식들……. 사람을 일일이 재난에 빠뜨리고…… 아야야."

이 질문으로 이제 알고 싶은 사항은 대강 정리되었다. 아니──꼭 알고 싶었던 정보에 관해선 이 피에나라는 소녀는 아무 이야기도 해 주지 않을 것 같았다. 덤으로 이야기를 나누다 보니 두통도 심해졌다.

'스스로 조사할 수밖에 없나……. 어찌 되었든 움직일 수 있게 될 때까지 기다려야겠지만…….'

왜 이런 《숲》 안에 드래곤을 신앙하는 마을이 있는 것인가──.

그 딥 드래곤은 무엇인가──.

매지크의 이야기에 나온, 맥두걸이 쏜 권총, 피에나의 마술(?), 그리고 계획──.

그리고 이것은 덤이지만, 볼칸 그 빌어먹을 너구리 놈, 어떻게 유혈 잔치를 벌여 줄까──.

어느 의문에 관해서도 어느 정도 유추할 수는 있다.

하지만 오펜은 일부러 해답을 찾지 않고 나지막하게 내뱉었다.

"피에나."

"아…… 예?"

허를 찔린 듯이 소녀가 고개를 들었다. 오펜은 짤막하게 중얼거렸다.

"치료해 줘서 고맙다. 생명의 은인이 되겠군 그래."

"아뇨……."

"치료라니, 스승님을?"

매지크가 옆에서 그녀에게 물었다. 오펜은 소녀가 매지크에게 더 듬더듬 설명해 주기를 기다릴 생각은 없었다. 그대로 무시하고 말을 이었다.

"그때는 잘 몰랐지만, 지금이라면 알겠어. ——난 일단 정신적으로 죽었던 거야——. 인간의 힘으로는 그런 상태를 치유할 수 없어. 그건 너도 알고 있겠지?"

"……예."

피에나가 고개를 늘어뜨리듯이 끄덕였다. 오펜은 수마와 싸우며 입을 열었다.

"하지만 넌 치유했어."

"……."

소녀는 대답하지 않았다. 그저 배 부근에 힘없이 손을 깍지 끼고 오펜을 볼 뿐이다. 아니——보는 것은 오펜이 누워 있는 지면의 바로 앞이다. 그다지 남을 응시하고 싶지 않은 모양이다.

"하나만 질문할게. ——대답하지 않아도 좋지만, 눈은 이쪽으로 향해 줘. 내가 알아서 읽을 테니까."

"스승님, 무슨 심문하는 것도 아니고——"

매지크의 항의를 가로막은 사람은 오펜이 아니라 피에나였다. 그녀는 조용히 시선을 오펜에게 향하고는,

"대답할 수 있어요. 대답……할 수…… 있는 건."

점점 말꼬리가 흐려졌다. 아마도 대답할 수 없는 것이 압도적으로 많겠지, 하고 생각하며 오펜은 그녀에게 물었다.

"그럼 대답해 줘. 그런 힘을 가지고 있으면서 대체 뭘 두려워할 필요가 있는 거지?"

"……."

피에나는 대답하지 않았다. 그리고 그 무녀 같은 무표정한 얼굴에서도 아무것도 읽어낼 수 없었다.

제4장 피에나의 부탁

얼마 지나지 않아 밤이 찾아왔다. 어둠 속에서는 이 탑의 계단을 올라가기가 매우 버겁다. ——부실공사도 징도껏 해야지, 하고 그는 마음속으로 투덜댔다. 다만——무엇을 바랐던 것일까? 이런 변경의, 심지어 비경의 오지에 남몰래 세운 마을이다. 이 마을을 만든 당시, 마을에는 제대로 된 설계사가 단 한 명밖에 없었다. 맥두걸이 아렌하탑에서 데리고 온 설계사——그 남자의 설계를 바탕으로 마을의 모든 시설이 만들어졌다. 이 교단의 탑도, 그리고——그 옆의 공방도.

그건 그렇고 정말 오르기 힘든 계단이다. 사다리에 판자를 덧댄 것과 그다지 다르지 않을 정도로 급경사다. 그 설계사의 머릿속에는 아무래도 나선 계단이라는 발상이 없었던 모양이다.

'뭐, 우리 고향과는 다르다는 거지.'

사루아는 어둠 속에서 계단 모서리에 턱 발꿈치를 부딪치며 씨익 웃었다. 살짝 수염이 돋아난 턱이 시니컬한 윤곽으로 일그러져 있다. 허리에 찬 검이 철컥 소리를 냈다.

'뭐, 고향에서 나오고 나서야…… 즐거운 일도 있는 법이지만.'

계단을 모두 오르면 탑에는 방 하나밖에 없다. 교조인 맥두걸 이외에는 출입이 금지된——무녀의 방. 방의 열쇠는 맥두걸이 절대 떼지 않고 지니고 있고, 피에나도 맥두걸의 호령이 없다면 안에서 자물쇠를 따지 않도록 되어 있다.

하지만 사루아는 아무렇지도 않게 문을 두드리고, 낮게 깔린 목소리로 말했다.

"나다——. 사루아야."

잠시 후 문이 열렸다. 문을 연 사람은 잠옷 위에 가운을 걸친 피에나였다. 그녀는 속삭이듯이 말했다.

"이런 시간에…… 무슨 일이세요?"

"미안하지만 오늘은 이야기 상대를 해 주러 온 게 아니야. ——증거로 술병도 안 가져왔잖냐. 그건 그렇고 이런 시간인데 너도 용케 깨 있군 그래. 자물쇠를 부숴야 싶었는데 말이다. 혹시 그 꼬마랑 같이 좋은 일이라도——"

하고 말하며 방 안쪽을 들여다본 사루아는 입을 다물었다. 다시 간소한 방 안을 두리번거렸지만 찾는 것은 보이지 않았다.

"그 꼬맹이는 어디냐? 맥두걸 어르신의 머리에 뱀을 떨어뜨린 그 걸물 말이야."

"매지크는…… 지하 감옥으로 갔어요. 맥두걸은 마술사를 싫어하니까 움직일 수 없는 선생님을 혼자 두는 건 위험하다면서요."

"흥……. 뭐, 타당한 판단이로군. 맥두걸 어르신도 그 심문 취미만큼은 어떻게 좀 해 줬으면 싶지만…… 지하 감옥이라고 했지?"

사루아는 곧바로 몸을 돌려 방을 나가려 했다. 그러자——뒤에서 피에나가 그를 불러 세웠다.

"저기——"

"……응?"

사루아는 어깨 너머로 뒤를 돌아보았다. 피에나는 눈을 깜빡이고 겁을 먹은 목소리로 말을 이었다.

"이런 한밤중까지 깨어 있었던 건, 이유가 있어서예요. 잠이 오질 않아서……."

"……그 계획 때문이냐?"

사루아가 아무렇지도 않게 입에 담은 말에 피에나는 깜짝 놀라며 고개를 들었다.

"! 어떻게…… 당신이 알고 있는 건가요? 맥두걸은 아직——"

"말하지 않았어. 내가 알아서 조사한 거야. 계획의 실행은 내일모레. 맥두걸도, 어르신의 부하들도 이 마을을 떠나지. ——너도 마찬가지다만. 마을에 남는 사람은 여자와 어린애들 같은 비전투원뿐. 이런 기회는 어지간해선 없으니 이용하지 않을 수 없지."

"당신은……."

피에나는 정체가 뭔가요, 하고 묻고 싶은 눈치였지만 그 뒤를 잇지 못하였다.

그렇다면 대답해 줄 의무도 없지. ——사루아는 살짝 쓴웃음을 지었다.

"어차피 맥두걸——위대한 어르신의 '계획' 따위 제대로 풀릴 리 없지. ——그건 너도 잘 알고 있지?"

"……예."

"그럼 너랑 잡담을 나누는 것도 이걸로 마지막이 되겠군. ——맥두걸도, 너도, 내일모레에는 전부 죽을 테니까."

"…………예."

긴 침묵 후 소녀는 고개를 힘없이 늘어뜨리듯이 끄덕였다. 어둠 속에서는 잘 보이지 않았지만 피부도 창백했다. ——완전히 겁을 먹었거나, 아니면 포기한 것이다. 사루아는 칫 하고 혀를 찼다.

"원 참——. 용케도 '예'라는 대답이 나오는군 그래. 반년 전에 숲을 헤매다 이 마을에 들어왔을 때부터 그랬어. 그 꼴이니 어르신에게 좋을 대로 이용당하는 거야. ——도저히 가만 볼 수가 없어서 살짝 이야기 상대라도 되어 주면 좀 나아질까 싶었더니, 그대로고 말이지. 나도 당일은 일단 어르신을 따라가다 도중에 빠질 셈이니까, 너도 함께 데려가는 것 정도는 간단하다고. '죽고 싶지 않으니까 살려주세요' 정도로 뻔뻔하게 나오진 못하는 거냐?"

"……죽고 싶지, 않아요……. 무서워요……."

사루아는 딱히 화를 낼 마음은 없었지만, 초조한 말투는 아무래도 피에나를 겁먹게 만든 모양이었다. ——그녀는 억눌러 떨리는 목소리를 흘리고는 그대로 눈을 감고 훌쩍이기 시작했다.

하아아, 하고 사루아는 들으라는 듯이 탄식했다.

"마치 내가 괴롭히는 것 같잖냐……. 망할. 이렇게 됐으니 전부 까발리마. 너 인마, 위험에서 보호해 주길 원한다면 얼마든지 지켜줄게. 그 정도는 공짜로 해줄 수 있어. 행복해지고 싶다면 나름 대가를 치르면——요컨대 화장을 하거나 애교를 떨거나, 여튼 그렇게 하면 속아 넘어가기 쉬운 남자는 얼마든지 있고. 근데 말이다, 우는 건 자력으로 멈추지 않으면 뭘 어떻게 할 수 없는 노릇이야."

그는 그렇게 말하고 다시 탄식했다. 설교는 질색이었다.

'젠장——그게 싫으니까 이런 깡촌에 빌붙는 임무도 참고 일하는 거 아니냐. 설법 면허 따위 따는 게 아니었어.'

그따위 것을 가지고 있으니 무심코 입을 놀리고 만다.

사루아는 어깨를 움츠리고 완전히 그녀에게서 몸을 돌렸다. 피에나는 그의 말을 들었는지 듣지 못했는지 아직도 훌쩍이고 있었다.

"그럼 간다. 도와주긴 할 테니까 당일이 되어서도 울지 마라."

그는 뒤를 향해 그렇게 말하며 다시 내려가기 성가신 계단에 발을 걸쳤다.

계단을 내려가──이윽고──

《아직이로군?》

머리 위해서 그런 말이 들려온 듯한 느낌에 그는 계단 위를 돌아보았다. 피에나가 아무도 없을 터인 자신의 방에서 몸을 돌려 대답을 하고 있다. 울음을 그친 무녀의 얼굴로.

"예……."

'……?'

사루아는 어둠 속에서 홀로 이상하다는 표정을 지었다. 아까 전의 목소리는 분명 피에나의 방 안에서 들린 것 같았는데──.

'기분 탓──인가? 아니──.'

그 이상은 생각하지 않기로 한 그는, 빠른 걸음으로 계단을 내려갔다.

"히이이이이이이이이이이이이이이이이이이이이!"

비명을 들은 사루아는 우뚝 발을 멈추었다. 교단 탑의 지하로 이어지는 계단 입구에서다.

그 마술사의 심문이 시작된 것일까──하고 사루아는 한순간 생각했지만, 본격적인 심문이 시작됐다면 보통은 저렇게 대놓고 악을 쓰는 비명은 지를 수 없다. 괴롭힘을 당해 쇠약해진 인간은 거의 목소리조차 내지 못하는 법이다.

"우히이이이이이이이이이이이이이이이이이이이이!"

또다시 비명. 평소라면 지하 감옥 입구에 있어야 할 감시원도 오늘 밤은 없었다. ──교조의 부하들은 전부 그 '계획'의 회의로 맥두걸에게 갔을 터다. 이 기회를 기다리고 있었다. ──사루아 본인은 일단 설사와 복통으로 앓아누운 것으로 되어 있다.

"자……."

철컥, 하고 칼자루를 손가락으로 건드렸다. 부상을 입었다고는 해도 상대는 마술사다. 어떠한 문제가 일어나 상대가 달려드는 일이 없다곤 할 수 없으니 방심은 할 수 없다.

사루아는 계단을 내려가기 시작했다.

탑 지하는 그대로 흙이 드러나 있지만 일단 손으로 건드릴 수 있는 부분은 약품으로 굳혀 놓았다. 때문에 계단 안은 기묘한 냄새로 가득 차 있었다. 지나치게 숨을 들이쉬지 않도록 노력하며 그는 천천히 걸음을 옮겼다. 이윽고 짧은 계단은 끝을 맞이했다.

계단을 내려가자 곧바로 철창이 기다리고 있었다. 사루아는 감옥을 눈앞에 두고 떡하니 입을 벌렸다.

"노오오오오오오오오오오오오오오!"

또다시 비명. 동시에 슈팍! ──하고 흙벽에 쇠막대기가 박혔다. 쇠막대기는 아무래도 철창의 일부를 뜯어 끝을 뾰족하게 만든 것인 듯했다. 그것이 어마어마한 속도로 공중을 날아 벽에 꽂힌 것이다. ──그리고 그 쇠막대기가 꽂힌 부근에서 몇 센티도 떨어지지 않은 곳에…… 지인의 머리가 있었다.

"오오! 귀! 귀에 스쳤잖냐, 인마!"

그렇게 울먹이며 지인──볼칸이 외쳤다. 역시 철창을 부숴 만든 듯한, 꺾쇠 모양으로 구부러진 쇠막대기로 벽에 고정되어 있다. 동생인 도틴 쪽은 실신한 모양인지 그 밑에 굴러다니고 있었다. 표정을 보건대 공포로 기절한 모양이었다.

그리고 지인들이 있는 벽의 맞은편에는 두통으로 여윈 표정으로 땅바닥에 드러누워 있는 흑마술사――그 자가 느긋하게 입을 열었다.

"호오오……. 점점 궤도가 예리해지고 있는 것 같군."

"예, 예리해지다니 너 인마! 설마, 진심으로 맞출 셈은 아니겠지!?"

볼칸이 창백해진 안색으로 비명을 질렀다.

'이 녀석들, 뭘 하고 있는 거지?'

사루아는 머리를 긁적이며 그렇게 생각했다. ――그리고 보니 이 지인들의 정보로 이 흑마술사를 붙잡았었지. 그렇다면 아는 사이인 건 이해가 가는데.

그러자――땅바닥에 누워 있던 흑마술사가 하하하, 하고 힘없이 웃음소리를 내뱉었다.

"헛소리 하지 마라, 볼칸. 진심이라니――."

그는 전혀 말투를 바꾸지 않고, 예상과는 전혀 다른 말을 입에 담았다.

"물론 무슨 일이 있어도 맞출 셈이다."

"오오오으!?"

"돌아와라."

그 중얼거림이 주문이리라――. 아까 벽에 꽂혔던 쇠막대기가 손도 대지 않았는데 휙 뽑혔다. 쇠막대기는 그대로 공중을 똑바로 이동하여 흑마술사의 위로 돌아왔다.

아무래도 마술로 쇠막대기를 날려 지인을 표적으로 삼는 취지(?) 인 모양이지만, 마술사는 지면에 드러누워 있으니 조준은 거의 안정 되지 않으리라. 물론 그것은 자칫하다간 명중할 수도 있다는 가능성 도 포함하고 있지만.

"저기~…… 스승님."

갑작스레 들린 제삼자의 목소리. 지인들의 비명에 정신이 팔려 깨 닫지 못했지만, 감옥 구석에 그 마술사 견습생──매지크라고 했던 가──이 오도카니 앉아 있었다. 소년은 식은땀을 흘리며 내용 없는 텅 빈 웃음을 띠었다.

그 매지크가 말을 이었다.

"한시라도 빨리 컨디션을 회복해야만 하는 때에 이렇게 힘을 낭 비하시는 건……."

"그, 그 말대로다! 아주 좋은 말을 했어, 소년! 마술사, 쉬어라! 제 발──"

"매지크──."

흑마술사가 지독하게 냉정하게 이름을 부르자, 감옥 안이 정적 으로 뒤덮였다. ──소란을 피우던 볼칸조차 꿀꺽 침을 삼키고 입 을 다물었다. 흑마술사는 눈을 감고 탄식이 담긴 목소리로 말을 이 었다.

"조금만 더 하면 맞출 것 같거든."

"……."

잠시 후 매지크가 허공을 올려다보았다. 그리고 조금 지난 뒤에 소년은 입을 열었다.

"그럼, 맞추면 끝내 주세요."

"야, 야, 야아아아아아아!"

볼칸이 외쳤다.

"조금 벌을 줄 뿐이라고 말했잖아아아아! 맞출 생각은 없다고 했잖아아아아아아!"

눈물로 질척질척하게 얼굴을 적시며 울부짖는 볼칸을 잠시 조용히 바라본 뒤, 흑마술사가 나지막하게 내뱉었다.

"……눈물로 퉁퉁 불면 분명 화살이 꽂히기 쉬워지겠지. 좀 더 지켜보자."

"꽤나 과학적이네요, 스승님."

"네놈들은 자비 같은 것도 없냐!"

볼칸이 우는 시늉을 그만두고 고함을 질렀다. 흑마술사도 마찬가지로 고개만 들고 노성을 질렀다.

"뭐가 자비냐, 이 복너구리! 네 자식이 쓸데없는 소릴 지껄인 탓에 이쪽은 이런 젠장맞을 지하 감옥에서 호쾌하게 숙취에 앓고 있잖냐! 돈도 안 갚고, 하는 짓마다 죄다 당치도 않는 것만 골라 하고 앉아선, 이딴 걸로 내 분노가 풀릴 거라고는 생각하지 마라!"

"뭐가 말이냐, 사채꾼! 어딜 얼마나 다치든 눈 깜짝할 사이에 낫는 바퀴벌레 체질이, 같잖게 원한이나 품지 말라고! 헤어매니큐어로 칠해 죽인다!"

"닥쳐, 극락 너구리 같으니!"

"깜짝 상자에서 튀어나와 죽일 거다!"

쓸모라곤 조금도 없는 매도의 응수를 들으며 사루아는 일단 상황을 대강 파악하였다. 그건 그렇고…… 슬슬 이쪽을 깨달아 줬으면 하는데.

"뭘 하는 거냐, 너희들……."

무심코 그렇게 내뱉고 말았다. 그러자 이제 와서야 깨달은 모양인지 볼칸이 사루아를 돌아보았다. 녀석은 부와 눈물을 흩뿌리며 난리를 피웠다.

"아아! 형님, 도와주십쇼! 난 잘못한 것 하나 없는데——천지가 뒤집혀도, 조금 입을 잘못 놀려서 이 사채꾼 놈들을 정신나간 교조에게 팔아넘기지도 않았고, 거기에 더해 상태를 살펴보다 움직이지 못할 것 같으면 숨통을 끊——아니, 걱정이 되어서 병문안을 와 줬는데, 이 녀석들은 그저 화풀이를 위해서 날 죽이려고——"

반대로 흑마술사는 태연한 말투로 대답했다.

"……실은 저 말대로지."

"화풀이로 남을 죽이지 마아아아아아!"

"당신은, 분명……."

두 사람의 말싸움은 제쳐두고, 가만히 이쪽을 보며 조용히 입을 연 것은 그 매지크라는 소년이었다. 다만 어린아이라고 하더라도 마술을 다룰 수 있음을 알고 있기에 방심은 할 수 없지만.

감옥의 문은 열려 있다. ——지인들을 안에 들이기 위해 마술로 딴 것이리라.

'편리한 능력이로군.'

때때로 부러워질 때가 있다. ——물론 그런 말을 고향에 있는 형이 들었다간 졸도하겠지만.

사루아는 훤히 열린 감옥의 문을 통해 안으로 들어갔다.

"난 사루아다. ——넌, 분명 매지크라고 했었지. ……댁은?"

이 질문은 그대로 땅바닥에 누워 있는 흑마술사에게 던진 것이었다. 맥두걸에게 끌려와 보러 왔을 때보다 더 심하게 쇠약해져 있는 것 같지만, 뭐…… 드래곤 같은 것이 쏘아보았으니 당연하다면 당연한 결과일까.

흑마술사는 부루퉁한 목소리로 대답했다.

"오펜이다."

"헤에?"

사루아는 빙글거리는 목소리로 대답하며 흑마술사──오펜의 옆으로 몸을 굽혔다. 그리고 손을 뻗어 마술사의 가슴에 있는 펜던트를 뒤집었다.

"검과 외다리 드래곤이 있는 문장──《송곳니 탑》의 증표로군. 오호라, 분명히 오펜이라고 이름이 쓰여 있어."

움찔, 하고 오펜의 표정에 동요가 이는 모습이 보였다. ──물론 소유자인 이 남자가 그것을 모를 리 없다. 문장 뒤에는 키리란셸로라는 이름이 새겨져 있다.

사루아는 어깨를 으쓱이고 펜던트를 원래대로 되돌렸다. 딱히 이름을 속였다고 비꼬는 것은 아니다. ──가명을 쓰는 데에는 그럴 만한 이유가 있으리라고 생각했을 뿐이다. 그렇다면 그 사정에 따르는 것을 빚을 지우는 것이며, 또한──어찌되었든, 입에 올리는 것도 신중하게 판단해야만 하리라. 《송곳니 탑》의 키리란셸로, 그 이름이라면.

'차일드맨 교실의 석세서 오브 레이저 엣지 키리란셸로…….'

인류 사상 존재하는 모든 면에서 최강의 힘을 가진 흑마술사 차일드맨──. 그 후계자로 여겨지던 차일드맨 교실 7번 학생 키리란셸로. 적어도 대륙에서 제1급 실력을 가졌다고 할 수 있는 흑마술사이다. 5년 전에 《탑》에서 실종되었다고 들었는데, 이런 곳에서 맨바닥에 누워 있을 줄은 생각도 못했다.

그 정도 알아냈다면——

"흠……."

사루아는 조용히 신음하고는 레인저 재킷 주머니 중 하나에서 작은 접이식 나이프를 꺼냈다. 파칭, 하고 칼날이 튀어나오며 사루아의 손 안에서 춤을 추었다. 매지크가 켁, 하고 비명을 질렀다.

"무, 무슨 짓을 하는 겁니까!"

소년은 뜻밖에도 재빨리 몸을 일으켜 이쪽으로 달려들었다——.

'초짜로군.'

사루아는 그렇게 판단했다. 이쪽이 아무렇게나 휘두른 손에 얻어맞아, 마술사의 제자는 벽까지 날아갔다. 소년은 흙벽에 쿵, 하고 머리를 찧고 원망스러운 눈초리로 이쪽을 보며 움직일 수 없게 되었다. 볼칸이 환성을 질렀다——.

"도와주시는 거죠, 형님!?"

사루아는 나이프를 번뜩여 땅에 쓰러져 있는 오펜의 목을 향해 내리쳤다. 만약 정말로 몸을 움직일 수 없다면 키리란셀로의 전설은 여기서 끝난다. 그러더라도 괜찮다고 생각하며 사루아는 나이프에 충격을 느꼈다.

나이프의 칼날은 지면에 꽂혀 있었다. 그곳에 오펜은 없었다.

자신도 모르게 웃음을 띠며 고개를 들었다. ——오펜은 바로 옆에 서 있었다. 안색은 창백했지만 눈매는 예리하다. ——이쪽을 찢어발길 정도로.

"움직일 수 없다는 건…… 연극이었나."

사루아가 그렇게 내뱉자 오펜은 별 것 아니라는 듯이 대답했다.

"헛소리 마라. 사실이야. ──하지만 그래도 하루 쉬었으니 말이지."

"터프하구만……."

사루아는 씨익 웃으며 지면에서 나이프를 뽑았다. 그리고 그대로 한 호흡──아니, 반 호흡의 움직임으로 오펜을 향해 나이프를 던졌다. 흑마술사는 쉽사리 피했고, 나이프는 그대로 뒤에 있는 볼칸의 머리에 꽂혔다.

"히아아아아아아아!"

──라는 지인의 비명──그것이 전투 개시의 신호가 되었다.

상대에게 마술을 쓰게 해서는 안 된다. ──사루아는 오른손을 똑바로 앞으로 모아 오펜의 안면을 향해 질렀다. 물론 이것은 단순한 페인트이며 진짜 공격은 그 뒤에 지른 왼쪽 보디블로──가 아니라, 사각에서 뻗은 왼다리 후려차기다.

하지만 그 모든 공방을 오펜은 파악하고 있었는지──오른손은 무시하고 관자놀이를 스치게 하고, 보디블로는 팔꿈치로 방어. 후려차기에 이르러서는 발목의 급소를 있는 힘껏 짓밟았다. 신발에 철사 프레임이 들어있지 않았더라면 그 자리에서 고통에 몸부림을 쳤을지도 모른다.

'역시──키리란셀로! 본인이다!'

사루아는 마음속으로 환성을 질렀다. ──온 몸에 피부가 터져나갈 정도의 쾌감이 흘렀다.

페인트이긴 했지만 오른손이 오펜의 얼굴을 스친 것은 기회였다. 오펜은 반사적으로 왼눈을 감았다. 그 사각을 이용해 사루아는 오른

손을 그대로 뒤집어 오펜의 얼굴 왼쪽 절반을 손으로 눌렀다. 그렇게 도망칠 수 없도록 만든 다음 왼손을 상대의 안면에 질렀다──.

그 손이 닿기 전에 오펜은 전혀 몸을 움직이지 않고 이쪽의 몸을 튕겨냈다──. 공격의 수를 다양하게 펼친 이쪽과는 반대로 강렬한 일격만으로 대처한 것이다. 말로 하면 간단해 보이지만 이쪽의 공격을 무시하고 그런 행동에 나설 수 있는 기술을 가진 자는 대륙에서도 그리 많지 않으리라. ──그렇게 생각하며 저항하지 못하고 뒤로 넘어졌다.

하지만──

"헷헤에!"

사루아는 펄쩍 뛰어 일어났다. 일격을 받은 아랫배는 아직 저리듯이 아팠지만, 그런 것은 전혀 신경 쓰이지 않았다. 맨손으로는 이길 수 없음을 반사적으로 파악한 사루아는 허리춤에 맨 장검의 칼자루에 손을 댔다.

'녀석이 전투술에서 대륙 중 최상위의 숙련자라면, 나는 이 녀석을 쓰는 분야에서 대륙의 제왕이다!'

검을 뽑으면 자신의 정체가 들키겠지만, 그런 것도 이젠 아무래도 좋다──.

하고 발도하려던 바로 그 순간──

꾸욱, 하고 코끝이 떠밀리는 듯한 압력을 느끼고 사루아는 손을 멈췄다. 오펜이 바로 눈앞에서 오른손을 들고 있었다. ──이쪽을 향해, 올곧게.

흑마술사가 낮게 억누른 목소리로 경고했다.

"장난질로 끝나는 건 검을 뽑기 전까지야."

마술을 사용하려는 태세.

"멋대가리가 없구만 그래……."

사루아는 그렇게 투덜대며 검에서 손을 뗐다. 오펜도 가만히 손을 내렸다.

"어느 입이 그런 소릴. 날붙이 같은 걸 뽑으려고 들고 말이야."

"그건 뭐, 그렇지만……. 맨손으론 너무 핸디캡이 심하잖아?"

그는 그렇게 중얼거리며 감옥 안을 둘러보았다. ──볼칸은 이마에 나이프를 박은 채로 피투성이가 되어 실신했고, 도틴은 눈을 뜨지 않았다. 가위에 눌린 듯이 끙끙대고는 있지만. 매지크도 어느새 뇌진탕을 일으켜 의식을 잃은 듯했다.

"……안성맞춤으로 죄다 잠이 든 모양이로군."

"거의 네가 재웠잖냐."

오펜은 그렇게 내뱉었다. 동시에 마술사는 들어올렸던 오른팔을 내렸다. 사루아는 그대로 훌쩍 뒤로 뛰었다. 표정에서 웃음을 지우고는 조용하고──차가운, 뱀 같은 눈빛으로 마술사를 보았다.

다만 그의 입에서 나온 것은 아까 전과 그다지 다르지 않은 도락가의 음성이었다.

"너무 흥분하지 말라고. ──죽음의 교사(敎師)라는 존재를 알고 있나?"

그 말을 들은 오펜도 사루아의 변화를 흉내 내듯이 스윽 눈을 가늘게 떴다.

그가 중얼거리듯이 말했다.

"킴라크 교회는 직속 암살자를 기르고 있어……. 교회의 뜻에 따르지 않는 자를 신속하게 지상에서 말살하기 위해서, 그들은 죽음의 교사라고 불리고 있지."

"죽음의 교사 사루아 솔류드. 암살자인 주제에 친가인 솔류드의
성을 쓰면 형에게 죽을지도 모르지만 말이지."

사루아는 그대로 스륵 검을 뺐다. 칼이 칼집에서 빠져나오며 들리
는 희미한 소리가 났다. 하지만 어둠에 드러난 칼날은 전혀 보이지
않았다――.

"죽음의 교사가 가지고 다닌다는 유리검인가……."

오펜이 중얼거렸다. 사루아가 가진 검은 자루 끝에 칼날이 달려
있지 않았다. ――아니, 달려 있지 않은 것이 아니라 보이지 않는 것
이다. 미약하게만 빛을 반사하는 특수한 경질 유리검. 가만히 있으
면 그나마 도신의 윤곽 정도는 보이지만, 이것을 고속으로 휘두르면
육안으로 포착하기란 매우 곤란하다. 크게 휘두르기만 한다면 모를
까, 잔재주까지 섞어 다루면 빗나가는 일은 절대로 없다고 해도 과
언이 아니다. 킴라크 교회 직속 암살자의 특징이라고도 할 수 있는
검――.

사루아가 조롱하듯이 말했다.

"다만 '석세서 오브 레이저 엣지'――강철의 후계자, 키리란셀
로와 맞붙을 줄 알았더라면 더욱 거창한 무기도 있는 게 좋았을 텐
데……."

"……."

오펜이 말없이 자세를 낮추었다. 왼팔을 위로 든다. ――여차하
면 왼팔을 희생하여 마술을 발할 셈인가. 빗나가면 이번에는 오른팔
을 희생하리라.

흑마술사는 신경에까지 달하는 상처가 아니라면 얼마든지 치유할

수 있다. 다만, 그 말을 뒤집으면 치명적인 상처는 전혀 치유할 수 없다는 뜻도 된다. 그 부분이 딥 드래곤이 사용하는 마술과의 결정적인 차이다.

사루아는 검을 비스듬히 겨누며 반 걸음 오른쪽으로 이동했다.

오펜이 입을 열었다. ──쭉 찢어진 눈매로 방심하지 않고 이쪽을 바라보며.

"왜 킴라크의 죽음의 교사가…… 이런 곳에 있지?"

"그럼 《송곳니 탑》의 키리란셀로가, 똑같은 장소에 있는 이유는 뭘까?"

사루아는 그렇게 물으며 씩 웃었다. ──그 물음에 마술사가 조금이라도 저의를 보인다면, 죽여야만 한다. 그리고 그것은 아마도 가능하리라.

그가 들은 한──키리란셀로라는 흑마술사는 암살자가 아니다. 아무리 우수한 마술사라 할지라도……. 그렇다면 무섭지 않다.

침묵──정적──상대는 이쪽을 보고 있다. 경계하며 긴장하던 흑마술사의 검은 두 눈은 살짝 일그러지더니──

거기서, 맥이 풀린 듯이 기막히다는 표정을 지었다.

"너 인마……. 그딴 착각으로 날 죽일 셈이었냐!?"

"……앙?"

사루아가 들었던 검의 끝이 살짝 흐트러졌다. 그리고──

"뭘 하는 거야아!"

등 뒤에서 어린 티가 가시지 않은 고함. 연이어 콰직──하고 울리는 둔탁한 소리와 뒤통수에 충격을 받고, 사루아는 그대로 바닥에 쓰러졌다.

아우…….

그런 신음소리가 목에서 흘러나왔다. 오펜은 이마에 손을 대고 바로 밑에 웅크리고 쓰러진 암살자를 내려다보았다. 콸콸 피를 흘리며 기절한 사루아를 보고 비명을 지른 사람은 그가 아니라——

"꺄아아아아아아!?"

날카로운 비명, 그리고 검이 딸그랑 바닥에 떨어졌다. 그 도신에 아주 조금 묻은 피를 보고 검의 주인——허리까지 금발을 기른 체구 작은 소녀——은 다시 비명을 질렀다.

"어떡해! 피가 나!"

당연하잖냐, 하고 마음속으로 투덜거리며 오펜이 신음했다.

"너 이 자시익~!"

그는 척, 하고 삿대질을 했다.

"어디서 돋아난 거냐, 어디에서!'

"어디에서냐니…… 저기 입구로 몰래 들어왔는데."

클리오가 등 뒤의 계단을 가리켰다.

"몰래라니, 너……."

아무래도 사루아와 대치하고 있는 사이에 들어와서 깨닫지 못한 모양이다.

"뭐야. 네가 레인저를 데리고 오라고 해서 엄청 서둘러서 데리고 왔는걸. 마을 바깥에서 대기하고 있어. 어쨌든 널 구하려고 나만 잠입한 거고."

"보통은 네가 대기하고 레인저가 잠입하잖냐. 애초에 난 레인저를 데리고 오라고 한 기억은 없어. 레인저 대기소에서 기다리라고만 했지."

"뭐야 그게."

클리오가 입을 삐죽 내밀었다.

"뭐…… 네가 내 말을 들을 거라곤 생각도 안 했다만."

오펜은 그렇게 내뱉으며 감옥 안을 둘러보았다. 비좁은 지하 감옥은 6명이나 되는 인원이 있다 보니 더욱 갑갑했다. 벽에 매달린 볼칸과 그 밑에 굴러다니는 도틴. 벽에 머리를 부딪혀 흰자위를 드러내는 매지크와 머리에서 피를 흘리고 실신한 사루아──그 뒤에서 지각하고 교실에 들어오려다 교사에게 들킨 학생 같은 얼굴로 클리오가 가슴을 끌어안듯이 팔짱을 끼고 있다. 그녀의 방검 재킷 가슴에 자수된 문장을 보고 오펜은 깊이 탄식했다.

"원 참……. 그건 그렇고 이렇게 빨리 돌아올 줄이야……."

그 말에 클리오가 움찔 눈썹을 치켜올렸다.

"아, 아아아! 역시 날 따돌릴 셈이었지!"

"당연하잖냐! 네가 끼어들어서 사태가 호전된 적이 한 번이라도 있었냐!?"

"으……."

단호하게 반박하자 클리오가 말을 흐렸다. 오펜은 더욱 따졌다.

"지금도 갑자기 뒤에서 사람을 벴지? 자칫했다간 즉사야, 즉사!"

그렇게 외치며 그는 엎드려 쓰러진 사루아의 뒤통수를 가리켰다. 클리오는 어색한 표정으로 변명했다.

"그, 그치만…… 이렇게 수상한 지하 감옥에 다들 죽은 것처럼 쓰

러져 있고…… 게다가 오펜 너한테 검을 들이대고 있으니까…… 아
아, 이건 여하튼지간에 위기 상황이다 싶어서…….”

“…….”

그 말에 오펜은 다시 감옥 안을 둘러보았다. 볼칸에 이르러선 머
리에 칼이 박혀 있고. ──뭐, 분명히, 그렇게 추측하는 편이 자연스
러울지도 모른다.

'하지만…… '여하튼지간에'로 쓰러뜨리냐? 죽음의 교사를…….'

“어쨌든 이 녀석은 치료해야 하겠군.”

오펜은 얼버무리듯이 클리오에게서 눈을 돌리고 사루아의 위에
몸을 굽히더니 뒤통수의 상처에 손을 뻗었다. 불의에 찔린 일격이라
고는 해도 어차피 완력도 없는 클리오의 공격이다. 출혈은 상당했지
만 골절 등의 치명상까지는 이르지 않았다.

“나 치유하노라──”

그는 거기까지 주문을 왼 후, 무언가를 깨달은 듯이 움직임을 멈
췄다.

“…….”

오펜은 주문을 취소하고 고개를 들었다. 클리오도 그 시선을 깨닫
고 어리둥절한 얼굴로 돌아보았다. 그녀의 뒤──계단에 사람이 서
있다. 그 인물은 횃불에 흔들리는 불빛에 의지해 발소리도 내지 않
고 계단을 내려왔다. 얇은 옷감의 무녀복을 입은 소녀.

“피에나…….”

오펜은 상대의 이름을 나지막하게 불렀다. 이곳이 지하라고는 해
도 그렇게나 소란을 피웠으니 같은 탑 최상층에 있는 그녀가 소음을
깨닫고 내려와도 그다지 이상하지는 않지만──

오펜은 무언가 위화감을 느꼈다. 그것은 그 소녀의 어딘가 세속을 초월한 듯한 표정 탓일지도 모르지만——낮에, 매지크와 함께 왔을 때에는 보이지 않았던 표정이다.

"누구야?"

클리오가 물었고, 오펜이 짧게 대답했다.

"무녀. 이 마을의……."

"헤에……."

클리오는 얼빠진 목소리를 흘리며 피에나를 보았다.

"옷 귀엽다♪ 만져도 돼?"

그녀가 내뱉은 태평한 말을 피에나는 아무렇지도 않게 무시했다. 그리고 그대로 뚜벅뚜벅 감옥 안으로 들어왔다. 클리오의 옆을 지나친 그녀는 오펜의 손을 밀어내듯이 사루아의 상처에 손을 뻗었다.

주문도 없이——하지만 그녀가 일별하는 것만으로도 순식간에 암살자의 상처가 사라졌다.

피에나는 그대로 그 자리에서 움직이지 않고 매지크 쪽을 보았다. 기절한 채인 매지크의 호흡이 그저 잠이 든 것처럼 깊고 느리게 바뀌었다. 그녀는 다시 감옥 안을 둘러보고——잠시 망설인 뒤 볼칸과 도틴의 상처도 치유했다. 볼칸의 머리에서 떨어진 나이프가 툭, 하고 축축한 소리를 내며 바닥에 꽂혔다.

상처가 치유되어도 아무도 눈을 뜰 기색을 보이지 않았다. —— 아마도 상처를 치유함과 동시에 수면의 효과도 부여한 것이리라. 피로를 회복시키기 위하여 일부러 재운 것인가, 아니면 아무에게도 들리고 싶지 않은 이야기를 여기서 하기 위하여 재운 것인가…….

후자다, 하고 오펜은 직감했다. 그렇게 생각한 것이 신호가 된 듯이 피에나가 조용히 고개를 향했다. 사루아의 뒤통수를 쓰다듬듯이 손을 올린 채로.

"저기……."

그녀는 입을 열려다 눈을 동그랗게 뜨고 다시 입을 다물었다. 어느새 바로 옆에서 손가락을 입에 물고 원망스러운 눈초리로 클리오가 가만히 바라보고 있었기 때문이다.

그 무언의 압력에 진 듯이 피에나가 말했다.

"아…… 괜찮아요. 만져도요."

"꺄아♪"

클리오는 환성을 지르고 전혀 주저하지 않는 손길로 철썩철썩 피에나의 무녀복을 만졌다.

오펜은 탄식하며 말했다.

"누가 연하인지 모르겠구만……."

"흥."

클리오가 그런 오펜을 노려보았다. 오펜은 시치미 뗀 얼굴로 클리오가 떨어뜨린 검을 주웠다. 도신에 묻은 피를 손수건으로 아무렇게나 훔치고——이 손수건은 나중에 버려야겠다고 생각하며 검을 클리오의 손에 떠넘겼다.

"클리오. 부탁이 있다만——"

"자——잠깐. 스톱."

클리오는 당황하며 손으로 오펜의 말을 제지했다. 그리고 검을 칼집에 넣으며 말했다.

"먼저 말해 두겠는데——'안전한 곳에서 기다려'나 '먼저 가라' 같은 말은 거부야. 항상 내가 핑계 좋게 내쫓길 거라고 생각하면 큰 오산이거든?"

"그럼 퇴로를 확보해 줘. 마을 바깥에서 대기시켜 뒀다는 레인저들이랑."

"그것도 안 돼. 너 날 바보 취급하는 거야? 잊은 건 아니겠지? 난 오펜 네 파트너니까——"

"그러냐. 그럼 퇴로는 내가 확보해 둘 테니까 뒷일을 부탁한다."

오펜은 피에나의 어깨를 붙잡고 감옥을 나가려 했다. 그러자 뒤에서 클리오가 아우성을 쳤다.

"아——그럼, 나도 퇴로 확보할래."

"……둘이 같이 퇴로를 확보해서 뭘 어쩔 거냐. 파트너라고 하면 역할은 분담해야 하지 않겠냐."

오펜은 타이르듯이 손가락을 휘둘렀다. 하지만 그래도 납득하지 않았는지 클리오가 으~, 하고 신음했다.

"오펜, 혹시 나 싫어하는 거야!?"

"그런 문제가 아니라, 그냥 단순히 거치적거려."

"오페——"

하고 험악한 형상으로 무언가를 말하려던 클리오의 앞에 피에나가 조용히 몸을 내밀었다. 얼굴을 가져가——거의 코가 닿을 정도로 접근하자, 클리오의 머리가 한순간 덜컥 흔들린 듯이 보였다.

'눈을 들여다보았어.'

오펜은 깨달았다. 또 아무 소리도 없이 피에나가 얼굴을 떼자, 클리오의 표정은 일변해 있었다. 아무런 표정도 없이 공허하게——책을 읽듯이 입을 열었다.

"알았어……. 네 말대로 할게."

클리오는 그렇게 중얼거리고는 곧바로 감옥을 나가 계단을 올라갔다. 그녀의 운동화가 내는 소리를 들으며 오펜은 피에나에게 물었다.

"네 마술이냐?"

"예. ……그다지 시간이 없어서요. 죄송합니다…….."

피에나는 겁을 먹은 시선으로 이쪽을 올려디보머 말했다. 오펜은 머리를 긁적였다.

"아니, 괜찮아. 수고가 줄었으니까. ……어차피 지금의 암시는 금방 풀리는 놈이지?"

"예. 아침까지는요."

그렇게 대답한 그녀는, 꾸욱 주먹을 쥐고 말을 이었다.

"저기…… 저, 부탁드릴 것이 있어서 왔어요."

"그럴 것 같았다. 뭐야?"

오펜은 그렇게 물으며 피에나의 얼굴을 들여다보고는 깨달았다.

——매지크가 말했던, 이 소녀의 '무녀의 얼굴'.

아까 전 클리오의 공허한 표정이 그 얼굴과 매우 닮았다…….

피에나의 부탁은 간단한 내용이었다.

"내일 아침까지 이 마을에서 도망쳐 주세요. ——사루아와 매지크를 데리고요."

그것은 간단한 일이었다. 클리오조차 쉽사리 침입할 수 있을 수준의 경비다. ——죽음의 교사인 암살자의 도움까지 빌릴 수 있다면 그야말로 탈출하는 덤으로 이 마을을 괴멸시킬 수도 있으리라. 덧붙이자면 딥 드래곤의 마술을 다루는 이 소녀까지 아군으로 끌인다면 불가능한 일은 아무것도 없다……

"아니오."

모든 것을 꿰뚫어본 듯이 피에나가 고개를 저었다.

"저는 갈 수 없어요. ……이곳에 남겠어요."

그 말에 오펜은 적지 않게 충격을 받았다. 하지만 딱히 그녀가 말한 내용에 충격을 받은 것은 아니다.

"……넌…… 내 마음을 읽을 수 있는 거냐?"

딥 드래곤의 암흑마술이라면 식은 죽 먹기일 터다. 하지만 그 질문에 그녀는 다시 고개를 저었다.

"아뇨. 하지만 지금 그건 왠지 모르게 그렇게 느꼈기 때문이에요."

"하지만…… 여기에 남겠다고? 그건 네 자유지만, 매지크의 이야기로는 아무래도 맥두걸이 널 이용해 묘한 꿍꿍이를 꾸미고 있다고 하던데——."

"그건 사실이에요. 하지만……."

그대로 피에나의 목소리가 쉰 듯이 흔들리며 사라졌다. 오펜은 아직 두통이 남아 있는 머리를 문지르며 말했다.

"아무래도 사정이 있는 모양이로군. ……뭐, 사정도 없이 암흑마술 같은 걸 휙휙 썼다간 대륙이 엉망진창이 되겠지만 말이야."

"예……."

피에나는 작게 고개를 끄덕이고 느긋한 동작으로 사루아의 옆에 무릎을 꿇었다. 그리고 가만히 암살자의 어깨를 붙잡아, 엎드린 채로 쓰러진 그를 뒤집었다. 그녀는 사루아의 눈썹에 붙은 흙을 손끝으로 쓰다듬듯이 털어내며 별안간 입을 열었다.

"이 사람의 정체를 알고 계신가요?"

"그래."

오펜은 망설이지 않고 대답했다.

"킴라크의 죽음의 교사──라고 하면, 대륙에서도 상당한 실력을 가진 암살자를 뜻하지. 아니, 암살자 중에서라면 열 손가락 안에 들어가는 녀석일지도 몰라. 대륙에서도 여덟 자루밖에 없는 유리검을 가지고 다닐 정도니 말이야."

바닥에 떨어져 있는 도신이 보이지 않는 검을 보았다. ──피에나도 똑같은 것을 보고 있는 듯했다.

"저도 알고 있었어요. 그가 말해 주었거든요. 취해서 말실수를 한 것처럼 보여서 거짓말일지도 모른다고 여겼지만요. 정말이었군요."

그녀는 시선을 검에서 암살자의 얼굴로 옮겼다. 그 눈빛을 보고──
──클리오와 비교해서 더욱 그렇게 느껴진다는 이유는 아니었지만, 오펜은 이 소녀가 실제 나이보다 상당히 어른스럽게 보임을 깨달았다. 그리고는 결론에 다다랐다.

'매지크 녀석, 실연이로군.'

피에나는 그대로 질문했다.

"당신은 그의 목적도 알고 있나요?"

"아니. 하지만 이 녀석은 나도 자기랑 같은 목적으로 이 마을에 온 거라고 오해하고 있더군. 그래서 내게 검을 휘두르려 했어."

"저도…… 마술사가 이 마을 근처에 와 있다는 말을 들었을 때, 같은 생각을 했어요. 그래서 산책을 가장해 맥두걸보다 먼저 매지크에게 접촉했지요. 그를 보았을 때, 단순히 길을 잃었을 뿐이었다고 깨달았지만요……."

"이 녀석의 목적이라는 건 뭐냐?"

오펜이 묻자 피에나는 의식이 없는 사루아의 얼굴을 내려다본 채로 말했다.

"맥두걸의 암살이에요. 맥두걸은 몇 년 전까지 킴라크 교회의 교사였거든요."

"킴라크…… 교회 총본산……."

대륙 북단——대륙 전토의 교회를 장악한 거대한 성도(聖都). 왕도에 이은 거대 도시이기도 하다.

킴라크 교회는 인간 마술사를 극단적으로 싫어한다. 그 이유는 오펜이 알 바 아니었지만, 어쨌든 월드 시스터즈를 숭배하는 그들은 마술사에 관해서는 존재조차 인정하지 않는 면이 있었다.

교회 총본산은 독자적인 암살부대인 죽음의 교사를 거느리는 목적을, 주요 마술사의 암살을 위해서라며 공언하길 꺼리지 않는다. 다만 어디까지나 '공공연한 비밀로서는 꺼리지 않는다'라는 의미지만.

하지만 실제로 움직일 때에는 오히려 교회 총본산의 뜻에 따르지 않는 움직임을 보인 이단의 교사를 말살하는 경우가 많다. ——실제로 조금이라도 이름이 알려진 마술사가 죽음의 교사에게 암살당한 사례는 거의 없다. 그것은 그의 교사인 차일드맨이 서재 의자에 앉은 채 손님을 가장해 찾아온 암살자를 일격으로 해치우는 모습을 눈앞에서 본 적이 있는 오펜에게는 쉽사리 납득할 수 있는 일이었다. 마술사는 대개 마술사 동맹 등의 조직에 적을 두고 있고, 여차하면 보통 인간에게는 상상도 할 수 없는 무기——즉 마술을 가지고 있다. 그리 쉽사리 암살할 수 있는 상대가 아니다.

'다만──나처럼 무방비하게 혼자서 어슬렁대는 놈은 어떨지 모르지만 말이지.'

오펜은 초조함이 뒤섞인 한숨을 내뱉고 물어보았다.

"그럼 맥두걸은 이단 교사라는 건가. 킴라크 교단의. 그런 녀석이 왜 드래곤 신앙의 교조가 된 거냐?"

"⋯⋯."

그 질문을 들은 순간, 피에나의 표정이 굳어지는 모습이 보였다.

"킴라크에서, 무언가를 본 모양이에요⋯⋯."

"무언가?"

"저도 몰라요!"

그녀는 지나칠 정도로 큰 목소리로 외쳤다. 깜짝 놀란 오펜이 굳어져 있자 그녀는 퍼뜩 자신의 행동을 깨닫고 얼굴을 붉혔다.

"죄송해요⋯⋯. 큰소리를 내서."

"아니⋯⋯ 그건 딱히 상관없는데."

오펜은 헛기침을 했다.

"그건 그렇고, 맥두걸이 이단의 교사라고 한다면⋯⋯ 내가──아니, 마술사가 녀석을 암살하러 올 이유가 없지 않아? 왜 날 맥두걸을 노리는 자객이라고 착각한 거야?"

"⋯⋯그건⋯⋯ 맥두걸의 목적이⋯⋯."

피에나는 거기서 입을 다물었다. 그녀는 잠시 망설이는 모양이었지만 이윽고 고개를 들고 말을 이었다.

"맥두걸의 목적은 모르시죠? 이 마을은 원래부터 드래곤 신앙자가 사는 숨겨진 마을이었어요. 선조 대대로 《숲》 안을 전전하며 살다가⋯⋯ 레인저나 드래곤에게 발견될 때마다 도망쳤다고 하더군요. 그가 이 마을에 온 것은 3년 전——그때 그는 킴라크에서 기술자를 데리고 왔었죠. 그리고 이 탑과 공방을 건설했어요. 권총 제조 공방을요."

"……권총 제조법은 왕도의 최고 기밀 사항일 터인데. 총의 휴대는 왕도의 군대밖에 허가되지 않아."

"맥두걸은 왕도의 기사에게서 권총을 빼앗아 그걸 분해했어요. 화약도 합성해서——하지만 사루아의 이야기로는, 그런 건 이미 훨씬 전에 킴라크에서도 극비로 연구되고 있다던가요. 어쨌든 맥두걸은 권총이라는 무기를 마을에 가져온 영웅이 되었어요. 그대로 교조가 되어 마을의 이름을 《위대한 심장》 마을로 붙였죠."

"……그래서?"

오펜은 말을 재촉했다. 권총의 제조라는 것은 분명히 대단한 일이지만, 그 정도로는 마술사에게 목숨을 노려질 이유가 되지 않는다. ——왕도의 비밀을 훔치는 데 성공한 자는 딱히 킴라크만이 아니다. 《송곳니 탑》에서도 비밀리에 권총의 제조가 행해지고 있다.

"하지만 맥두걸의 목적은 이 마을을 장악하는 것 따위가 아니었어요. 실제로 드래곤을 숭배하는 점에서 그는 원래 이 마을 사람들보다 훨씬 신앙이 깊었으니까, 그가 간부가 되었다고 해서 딱히 문제가 있는 것도 아니었죠. 하지만…… 그는."

피에나는 눈을 감았다.

"그는 이렇게 선언했어요. 권총은 마술사들과 싸우기 위한 무기라고요. 그리고 더욱 강한 무기를 손에 넣겠다고요. 맥두걸은…… 그 무기를 손에 넣기 위해서는 《숲》의 중심——드래곤의 성지인, 진정한 《위대한 심장》에 갈 필요가 있다며 마을 사람들을 설득했지요."

"성지를 지키는 딥 드래곤의 존재를 몰랐던 건 아니겠지?"

오펜은 팔짱을 끼며 그렇게 말했다. 과거에 《숲》 깊은 곳까지 들어간 인간은 예외 없이 딥 드래곤에게 말살당했다.

"알고 있었어요……. 그래서 그 사람은 딥 드래곤에게 대항하기 위한 무언가를 찾기 위해 매우 초조해 했어요. 그때…… 제가, 이 마을에 오게 되었죠."

"네…… 마술로, 드래곤 종족에게 대항하겠다고?"

"맞아요."

"바보 같군."

오펜은 솔직하게 그렇게 내뱉었다. ——피에나가 드래곤 종족의 마술을 다룰 수 있는 것은 틀림이 없다. 하지만 그렇다고 하여 그 힘을 드래곤 종족 이외의 존재가 능숙하게 다룰 수 있을까 하는 점에선 오펜은 회의적이었다. 엊그제 밤에 이 마을에 나타난 딥 드래곤 ——그것이 사용한 마술의 구성과 비교하면, 피에나의 마술은 너무나도 치졸하고 엉성했다. 예를 들자면 빌린 힘을 간신히 제어하고 있는 느낌이었다.

진짜 딥 드래곤과 대치한다면 순식간에 살해당하리라. 드리곤 종족이 이용하는 마술은 단언하건대 인간의 척도로는 도저히 잴 수 없는 것이다.

하지만 그 말이 그녀에게 준 인상은 그러한 이유가 아니었던 모양이었다.

"맞아요……. 바보 같아요. 그런 생각은 해선 안 되었는데. ——그는 그 계획에 절 참가시키려 했기에……."

피에나는 뭔가가 목이 걸린 것처럼 숨을 헐떡이고는 힘주어 고개를 저었다.

"자기 못자리를…… 판 거예요."

"못자리?"

하지만 오펜의 물음을 무시하고 피에나가 말을 이었다.

"내일 마을은 소멸할 거예요. 그 결과는 거스를 수 없어요. 그러니까…… 당신은 도망치세요. 매지크와 사루아를 데리고요."

오펜은 가만히 그녀를 보았다. ──두 눈에 눈물을 글썽이며 결연한 표정으로 자신을 보고 있다. 궁지에 몰렸기에 솟아나는 강함이다, 하고 오펜은 말없이 속으로 속삭였다.

그녀는 말을 이었다.

"사루아는 이 마을에서 유일하게 제 친구가 되어 준 사람이에요. 아마 드래곤 신앙자도 아닌 그가 보기엔 이야기 상대가 저 정도밖에 없었기 때문이겠지만요. 하지만 전 정말 기뻤어요. ──제게는, 아무도 없으니까……."

아무도 없다는 감각은 오펜도 이해할 수 있었다──. 《송곳니 탑》의 마술사는 거의 예외 없이 고아다. 또 경쟁도 극심하기 때문에 마음을 터놓을 수 있는 친구도 그다지 만들 수 없다. 하지만 그래도 ──그에게는 그러한 '마음을 터놓을 수 있는' 녀석들과는 의미가 다르지만, 동료는 있었다. 현재는──

'그런 동료들을 버리고 친구를 만들었지. 어느 쪽이 더 나았는지는 알 수 없어. 하지만 적어도 난 외톨이가 아니었다…….'

"싫다."

오펜은 단호하게 고했다. 피에나의 표정이 알 수 없다는 듯이 씰룩이는 모습이 보였다.

"네 부탁은 절대 들어 줄 수 없어. 널 이 마을에 남겨둘 생각은 없거든. 특히 이 마을이 사라진다는 소릴 들으면 말이지."

"그게 무슨…… 하지만, 전……."

피에나는 동요로 흔들리는 눈빛으로 곤혹스러워 했다. 오펜은 조용히 그녀에게 다가가, 소녀의 손목을 강하게 붙잡았다.

"아얏……."

피에나가 작게 비명을 질렀다. 오펜은 아랑곳하지 않고 말했다.

"잘 들어──. 하나 충고해 주마. 남에게 뭔가를 부탁할 땐 설득력이라는 걸 항상 염두에 둬라. 이렇게 자신을 붙잡은 손을 떨칠 수도 없는 어린애를 혼자 위험에 빠질 거라는 마을에 남기고 갈 수 있을 리가 없잖냐."

그는 그 말만 내뱉고 손을 놓았다. 피에나는 빨갛게 부은 손목을 문지르며 가만히 오펜을 올려다보았다. 오펜은 그녀가 자신보다도 몇 배는 강한 마술을 가지고 있다는 사실이 믿어지지 않아 탄식을 할 수밖에 없었다.

'왜 맨날 날 성가신 일에 끌어들이는 건 항상 여자냐고!'

하지만 그런 어려운 물음에 대답을 준비하기에는 아침이 지나치게 가까워져 있었다.

피에나가 지하에서 떠나고 가장 처음으로 눈을 뜬 사람은 사루아였다. 상당히 지쳐 있었는지, 아니면 이것도 피에나의 마술이 가진 효과인지는 모르지만, 그는 아무 말도 하지 않고 유리검을 칼집에 넣고는 기절한 채인 볼칸과 도틴을 끌고 맥두걸 저택의 고용인 숙실로 돌아갔다.

"말해두지만, 난 맥두걸의 목숨 따윈 흥미 없다."

"그렇겠지……. 키리란셸로, 라는 이름을 본 순간에 깨달았어."

"그럼 왜 날 공격한 건데?"

"헷──."

그는 어딘지 자조하듯이 미소를 띠며 말했다.

"그러는 게 더 재미있잖냐. 뭐, 기절한 후에 무슨 일이 있었는지는 피에나에게 물으면 되겠지? 돌아가는 길에 들릴까."

──나눈 대화는 그런 내용이었다. 매지크가 눈을 뜨기까지는 조금 더 시간이 걸렸지만, 이 학생에게 사태를 납득시키기 위해서는 더욱 시간이 걸렸다.

일단 피에나는 가망이 없으니 포기해라, 라는 말은 하지 않았다.

제5장 **맥두걸의 비밀**

날은 금세 밝았다. 실제로 잠에 들자마자 바로 아침이 되었다고 해도 과언이 아니었다.

아침이 되자 오펜은 마을 안을 걸었다. 두통이 잦아들었음을 확인한 뒤 지하 감옥의 자물쇠를 따고 감시원 둘을 대충 날려 버린 다음 탑 바깥으로 나왔다. 아직 이른 아침이지만 이 마을의 아침은 애초부터 빠른지——마을 사람 대부분은 눈을 뜨고 벌써 바깥에 나와 있었다. 다들 오펜이 걷는 모습을 마치 멀리서 포위하듯이 떨어진 채 가만히 바라보았다.

중년 여성, 그녀가 데리고 나온 어린아이, 튼튼한 체격의 남자, 심약해 보이는 아가씨. ——특별할 것 없는 평범한 마을 사람들이 이쪽을 보고 있다. 하지만 젊은 남자는 그다지 보이지 않았다. 사루아의 이야기로는 혈기 많은 녀석들은 다들 맥두걸의 부하가 되었다던가.

드래곤 신앙자는 마술사를 혐오한다. ——실제로 이 마을 사람들도 이쪽을 향해 썩 내키는 표정을 짓지 않았다. 하물며 흑마술의 최고봉인 《송곳니 탑》의 문장을 걸고 다니고 있으니 솔직히 돌멩이 정도는 날아오지 않을까 경계하고 있었다. 하지만 일단 그런 일은 없었다. 아직까지는.

'두려워하고 있어. 날——.'

오펜은 걸음을 옮기며 깨달았다. 마을 사람들의 표정에는 명확한 두려움 같은 것이 힐끗 보였다.

'왜 날 두려워하고 맥두걸에게는 경계심을 품지 않지?'

마을사람들이 보기에는 그게 당연하겠지만, 오펜은 이상해서 견딜 수 없었다.

그는 계속해 걸었다. 목적지는 교단의 탑에서 조금 남쪽으로 내려온 곳이 있는——맥두걸의 저택이었다.

교조의 저택을 보고 호화롭다고 봐야 할지 소박하다고 봐야 할지는 미묘하다고 오펜은 생각했다. ——분명히 마을 주변의 집들과 비교하면 다소 크게 지었지만, 그래도 오펜이 혼신의 힘으로 마술을 지르면 지상에서 송두리째 소멸시킬 수 있을 정도의 크기밖에 되지 않는다. 다른 오두막과 똑같이 정원을 둘 만한 공간은 없고 그저 현관 앞에 작은 화단이 있을 뿐이다. 지붕의 형태도, 창문의 수도 평범한 목조 저택이다. 페인트는 귀중품이리라. ——대부분의 벽을 목재 그대로 드러내 두었다.

오펜은 노크도 하지 않고——노커가 없었기 때문에——문손잡이에 손을 대었다. 이른 아침이기에 아직 잠겨 있었다. 교조의 아침은 늦는 모양이다.

그제야 평범한 마을 사람들과의 차이점을 찾아낸 오펜은 왠지 모르게 안도했다.

안도한 김에 오른손을 들고——노크를 대신해 문을 박살내기 위해——

순간, 느닷없이 자물쇠가 풀리는 소리가 들렸다. 다음으로 끼이, 하고 목재가 삐걱이는 소리를 내며 문이 열렸다. 동시에 누군가의 목소리가 들렸다.

"여어, 일찍 왔군. ……자세한 이야기는 피에나에게 들었다."

문을 연 사람은 사루아였다. 어젯밤과 같은 차림이지만 검은 차고 있지 않다. 그는 졸린 기색은 전혀 드러내지 않고 말을 이었다.

"어르신은 아직 자고 계셔. ——어젯밤은 늦게 돌아왔거든. 회의 로 말이야."

"내가 왔으니 일어나 줘야겠어."

오펜은 나지막하게 내뱉고는 사루아의 옆을 지나쳐 현관 안으로 들어갔다.

스쳐 지나간 순간, 사루아가 목소리를 죽이고 물었다.

"그 꼬맹이는?"

"알면서 묻는 거지? ——그 녀석은 자기 자리에서 대기하고 있 어. 피에나의 이야기론 마을이 파멸할 정도의 뭔가가 일어나는 건 오늘이라고 하니까, 이제 행동에 나설 수밖에."

"설마가 사람 잡겠지만……. 맥두걸을 놔주는 짓거리는 하지 않 겠지? 그 녀석을 놓친다면 내 목이 날아가. ——비유적인 표현으로 하는 말이 아니야."

"알 게 뭐냐. 암살자의 일에 도움이 될 생각은 없어. 알아서 열심 히 눈을 빛내고 있지 그래."

저택 안은 매우 혼잡했다. ——일단 현관이 있고 복도가 있는 구 조이긴 하지만. 오펜은 왠지 모르게 신경이 쓰여 가장 가까운 방의 문을 열었다. ——응접실로 보이는 방이지만, 더러웠다. 바닥에는 술병 같은 것들이 대충 널려 있고, 건너편 구석에는 빨랫감으로 보 이는 덩어리도 떨어져 있었다. ——부하들이 숙박하고 있는 만큼 완전히 남자 구역으로 쓰이는 모양이다.

그 방에 들어가자 뒤에서 사루아도 따라왔다.

"뭐야, 이 방은……."

오펜이 묻자 사루아는 헤헷, 하고 웃었다.

"그러니까 회의의 흔적이야. 어이쿠……. 이건 어르신의 비장의 술이로군. 일급 술이야, 봐라."

"아~, 난 몰라."

오펜은 그렇게 말하고 사루아가 주운 빈병을 발로 차 날렸다. 그리고 쾅당 문을 닫았다. 그는 탄식이 섞인 목소리로 말했다.

"맥두걸은 어디에 있냐?"

"그야 당연히 안쪽 침실이지……. 그런데 어르신과 만나 어쩔 셈이냐?"

"그 녀석에게 할 이야기가 있어. 그건 그렇고, 졸개들은 지금 뭘 하고 있지?"

"집에 돌아갔을걸? 근데 회의가 새벽녘까지 이어진 모양이라 말이지. 오전 중에는 안 일어날 거다."

"흐응……."

오펜은 고개를 끄덕이고 복도 안쪽을 향해 나아갔다. 잠시 후 뒤에서 사루아가 당황한 듯이 목청을 높였다.

"이, 이봐. 어르신이랑 이야기!? 무슨 속셈이야?"

오펜은 그 질문에 대답하지 않고 걸었다. 그리고 감에 의지에 방을 골라 문을 열었다.

바닥에 어지럽게 흩어진 책이나 종이쪽지 등은 아무리 생각해도 읽은 뒤에 놓았다기보다는 단순히 던지기 위해 책장에서 꺼낸 것처럼으로밖에는 안 보였다. 방 입구에서 안쪽 침대까지 징검다리처럼 떨어져 있는 옷은 마구 벗어 던졌는지 바로 앞에서부터 섬머 스웨터, 블라우스, 속옷, 치마, 양말로 이어져 있다. 왜 속옷과 치마의 순서가 반대인지는 잘 알 수 없었지만. 침대는 다리 하나가 부러졌는지 묘한 방향으로 기울어져 있었다. 가스등이 바닥에 쓰러져 있어서 굉장히 위험해 보였지만, 이 방의 광경에는 어울릴지도 모른다고 느꼈다. 침대 시트는 구깃구깃하고, 담요를 둘둘 감은 채 시체 같은 차림으로 젊은 여자가 코를 골고 있다. 머리카락이 푸석푸석하게 풀어진 머리 외에는 맨발만이 담요에서 엿보였다.

오펜은 곁눈으로 찌릿 사루아를 보았다. 그는 자신의 흑발을 벅벅 긁으며 말했다.

"쑥스럽구만. 내 방이야."

오펜은 문을 닫았다. 코골이도 들리지 않게 되었다.

"넌…… 정말로 킴라크 교회의 교사 맞냐?"

"아니, 그러니까, 그렇게 여겨지기 않기 위한 위장이라고."

"……."

"진짜라니까. 그 외에도 매일 주정뱅이 시늉을 해서 외양간에서 소를 풀어놓거나, 꼬맹이에게 유령 이야기를 들려주고 이야기에 나온 고무 얼굴 남자를 내쫓는 주문을 배우고 싶다면 그 눈깔사탕을 내놔, 라든가. 나의 이 숭고한 본성을 숨기기 위해서 여러모로 고생하고 있다고."

"……딱히 난 아무래도 좋다만."

오펜은 굳이 더 이상은 추궁하지 않고 복도를 둘러보았다.

"그건 그렇고 참……. 이봐, 녀석의 침소는 어디야? 네놈이 처음부터 알려줬더라면 쓸데없는 걸 보지 않고 넘어갈 수 있었잖냐."

"불법침입자인 주제에 태도가 왜 그리 거만하냐, 넌……."

사루아는 투덜거리면서도 자신의 침실 반대편의 문을 가리켰다.

"여기야. 침실에는 권총을 들고 가지 않아. ……한 번 폭발한 뒤로는 학을 뗀 모양이더군."

"오호라……."

'그런 종류의 정보는 과연 빈틈이 없군.'

오펜은 그렇게 생각하며 문을 열었다.

맥두걸의 침실은 놀랄 정도로 정돈되어 있었다. ──애초에 어지를 정도로 물건이 놓여 있지 않다는 점도 있지만, 그 모습은 그야말로 교회 교사의 모습인 듯한 기분이 들었다. ──뭐, 등 뒤의 암살자처럼 천벌을 받을 놈은 일단 제쳐두고라도. 옛 교사, 라는 피에나의 말을 떠올리며 오펜은 방 안쪽 침대의 위를 보았다.

맥두걸은 마침 침대에서 몸을 일으키려고 하던 참이었다. 차림새도 수수한 잠옷으로, 만약 부인이 있다면 절대로 허락해 주지 않을 듯한, 멋이라고는 눈곱만큼도 없는 물건이었다. 맥두걸은 독신이겠지만.

"좋은 아침이다."

오펜은 마치 연극배우 같은 목소리로 그렇게 말했다. 맥두걸은 힐끗 그런 그를 보고는 시시한 농담을 들어 실망이라는 듯이 입술을 일그러뜨렸다. 그는 수염을 꼬물꼬물 움직이며 대답했다.

"《숲》의 아침이니 당연하지."

"여긴 비는 안 내리는 거냐?"

"비가 내려도 《숲》의 아침은 고요해. 고요하고…… 신성하지. 모든 것이 시작되고, 어제가 끝난다."

"오호라. 그런 소릴 하는 걸 듣고 있자니 댁이 킴라크의 교사였다는 말도 납득이 되는군."

순간 맥두걸의 표정에 금이 간 듯이 동요의 기색이 일었다. 시트를 치우려던 손에도 꾸욱 힘이 담기는 모습이 보였다. ──덤으로 등 뒤에 있던 사루아가 켁, 하고 신음을 내뱉는 것도 들렸다.

잠시 정적이 아침을 멈추었다. 맥두걸은 처음으로 똑바로 오펜을 바라보았다.

"무슨 속셈이지, 마술사?"

"무슨 속셈이야?"

그렇게 따라한 자는 사루아──매우 작은 목소리였다. 오펜은 등 뒤의 질문은 무시하고 말을 이었다.

"내 뒤에 서 있는 킴라크의 암살자가 하는 말은 신경 꺼 줘."

푸웁──하고 사루아가 숨을 뿜었다. 오펜은 상관하지 않고 말했다.

"그리고 댁이 《숲》의 심장인지 뭔지는 모르지만, 하필이면 드래곤 종족의 성역에 손을 대겠다는 꿍꿍이가 있든 말든 내가 알 바 아니고."

"이, 이봐, 작작──아니, 이미 늦었나. 뭔 생각이냐, 야!"

오펜은 그의 언동을 따지는 사루아를 어깨 너머로 보았다. ──그리고 빈틈을 찾아내 재빨리 몸을 뒤집고 상대의 등에 손바닥을 갖다댔다.

"나 이끄노라, 죽음을 부르는 찌르레기!"

주문과 함께 닿아 있던 사루아의 몸에 직접 파괴 진동이 쏟아졌다. ──아무리 암살자도 공중에서 회전하다 바닥에 쓰러지지 않을 수 없었다. 그대로 바닥 위를 한 번, 두 번 구를 정도의 충격에 사루아가 절망적인 비명을 질렀다.

"이 자식──. 배신을──"

"원래부터 암살자와 협력할 마음 따윈 없었거든."

"그런 걸로 빚을 지울 셈인가?"

바닥에 쓰러진 사루아는 보지도 않고 맥두걸이 내뱉었다. 오펜은 어깨를 으쓱였다.

"아니, 딱히. 이 녀석이 아무래도 거래를 방해할 것 같아서 말이지."

"거래……?"

맥두걸이 눈살을 찌푸렸다. 바닥에서 이제 말도 나오지 않는지 사루아가 흉악한 신음을 흘렸다──.

오펜은 말을 이었다.

"피에나를 풀어 줘."

"뭣이……!?"

맥두걸이 눈을 부릅뜨는 모습이 보였다. 그런 반응을 지켜본 뒤에 다시 되풀이했다.

"그것뿐이야. 그 외엔 딱히 참견하지 않겠어. 그래서 정면으로 부탁하러 온 거다. ──그 애를 풀어 줘. 그렇게 하면 아마 너도 죽지 않을 거다. 이 마을의 모든 사람이 말이야."

피에나는 그런 말은 한 마디도 하지 않았지만, 그녀의 말투에서 추측컨대 그럴 것만 같았다. ──맥두걸이 계획에 그녀를 이용하려 한 탓에 무언가 위험이 찾아온 것이다. 14살밖에 안 된 소녀가 자연스럽게 죽음을 각오할 정도로 절망적인 위험이. 그 위험을 회피하기 위해서는 아마도 맥두걸에게 이 거래를 받아들이게 하는 것 이외엔 없으리라. 반대로 말하면 이 거래만 성사되면 만사가 무난하게 수습될 터이다.

암살자를 제압한 것은 일단 그 거래를 유효하게 만들기 위해서였다. ──암살자가 등 뒤에 서 있을 때 생명을 담보로 거래를 할 수 있을 리가 없으니까.

맥두걸은 표정을 곧바로 냉정하게 되돌렸다.

"허튼 소리를……."

오펜은 대답하지 않고 천천히 발걸음을 옮겼다. 바닥에 쓰러져 있는 사루아를 건너서, 맥두걸이 있는 침대로 다가갔다.

킴라크 교회의 옛 교사는 말을 이었다.

"너는 알 수 없겠지……. 나 역시 계획의 위험상은 아는 바다. 계획을 세웠기에 내 목숨을 노리는 자가 그곳의 죽음의 교사만이 아니라는 사실도 말이야. ……하지만 그래도 나는 계속해야만 한다."

"어째서냐."

"나는 킴라크에서 네가 보지 못한 것을 보았다. 그것을 보면 그 누구든 이렇게 생각할 수밖에 없을 것이야. ──현재 이대로의 대륙으로는 안 된다고 말이다. 더욱…… 힘을 가진 존재가 필요해. 드래곤 종족마저 뛰어넘을……."

그 말을 듣자 오펜은 전류처럼 뇌리에 무언가가 스치는 느낌이 들었다. 몇 주 전에 만났던 그 미친 노마술사도 킴라크에서 무언가를 보았다고 했었다…….

오펜은 입을 열었다.

"내가 전에 만난 녀석도 댁과 똑같은 것을 보았어. ──하지만 그 녀석은 완전히 겁에 질려 무엇 하나 이야기를 하지 못했지. 댁은 아직 멀쩡해 보이는군."

"나 역시…… 두려워하는 것임엔 틀림없다."

"이야기를 들려준다면 경우에 따라서는 협력하마. 어찌 되었든…… 폭주는 하게 놔두고 싶지 않아."

그렇게 말하며 오펜은 다시 한 걸음 맥두걸에게 다가갔다. 이제 손을 뻗으면 닿을 정도의 거리에서, 맥두걸은 살짝 눈을 깔고 낮은 목소리로 말했다.

"모든 원인은, 울드^{과 거}에 있다──."

그가 그렇게 중얼거리며 조금 움직였다. 동시에──

퍽──두개골이 작은 울림을 퍼뜨렸다. 시야가 작게 진동하고 눈의 중앙에 작고 검은 원이 흔들리다 사라진다. 뒤이어──사실은 동시에 들렸어야 했겠지만──쨍그랑, 하고 도기가 깨지는 소리. 무언가 흰 것이 부슬부슬 눈앞에 흘러 떨어졌다──.

오펜은 맞아 죽은 사람이 쓰러지듯 바닥에 턱을 찧었다. 쿵쾅쿵쾅 맥두걸이 침대에서 뛰쳐나와 달려갔다. 방에서 나간 것임을 깨달았다. 아무래도 이쪽이 다가온 것을 기회로 보고 빈틈을 봐서 꽃병인지 무언가로 후려친 모양이었다.

'망할──.'

갑작스레 벌어진 사태에 피할 수 없었다. 오펜은 욕설을 내뱉으며 몸을 일으켰다. 주르륵 흐른 피에 이마가 젖어 있었다. 주변을 둘러보아도 방 안에는 이미 맥두걸이 보이지 않았다. 바닥 위에 꽃병의 파편과 졸도한 사루아가 있을 뿐이다.

오펜은 맥두걸을 쫓아 복도로 뛰쳐나왔다. 바로 근처——두 칸 너머의 문이 쾅당 닫히는 광경이 보였다.

"기다려, 맥두걸——."

오펜이 힘없이 신음했다. 동시에 다시 닫혔던 문이 열렸다.

그 안에서 맥두걸이 천천히 모습을 드러냈다. 그의 왼손에는 권총이 쥐어져 있었다. 힐끗 보건대 그가 나온 곳은 서재인 듯했다. 권총을 보관하는 장소이리라.

피가 눈에 들어갔다.

맥두걸은 총구를 흔들림없이 이쪽으로 향하며 입을 열었다.

"까불지 마라, 마술사 따위가. ——경우에 따라서는 협력하겠다고?"

"완고한 아저씨로군."

"성격 탓이 아니다. ——어차피 모든 계획을 위해서는 마술사가 지상에 있어서는 안 되니까. 2백 년 전, 인간 마술사와 월드 드래곤의 싸움이 어째서 일어났다고 생각하나?"

"노르니르는, 자신들이 멸망하는 반면, 살아남는 인간 마술사에게 질투해서……."

출혈로 몽롱해진 정신으로 오펜은 얼마 전 아렌하탐 지하에서 들었던 말을 되풀이했다. 맥두걸과의 거리는 약 5미터 정도——한 번의 도약으로 달려들 수 있는 거리가 아니다.

맥두걸은 입을 크게 벌리고 웃음을 터뜨렸다.

"하하하! 천인이 정말로 멸망했다고 여기는 거냐!? 드래곤 여성이!"

그렇게 외치며 맥두걸의 손가락이 방아쇠를 당기려 하는 모습이 보였다. 오펜은 빠른 말투로 주문을 외려 했다.

"나 발하노라, 빛의——"

번쩍!——다시 둔통——.

뒤통수에 무언가 딱딱한 것으로 일격을 받아 오펜은 졸도할 뻔하면서도 뒤를 보았다.——그곳엔 이마에 비지땀을 흘리는 사루아가 꽃병 파편을 한손에 들고 서 있었다. 그 파편으로 뒷머리를 얻어맞은 것일까——.

"망할, 이 배신자 같으니——."

천천히 들리는 목소리——. 쓰러지는 가운데 우연히 시선이 다시 회전한 것인지 맥두걸의 모습이 보였다. 역시 맥두걸은 총구를 이쪽으로 향해 방아쇠를 당기려 하였다. 손가락이 움직였다. 튕기듯이 무언가가 움직이고——. 그 순간——

벌컥——.

복도 바로 오른쪽, 눈앞에서 문이 열렸다. 이쪽에서 건너편으로 열리는 모양새로 문이 열린 순간, 나무로 된 문이 콰직 하고 흔들렸다.——총탄을 막은 것이리라.

문을 연 존재는 짤뚝하고 친숙한 인영이었다.

"……어라?"

어리둥절한 얼굴로 헐렁헐렁한 잠옷을 입은 볼칸이 이쪽을 보았다. 아무래도 그곳은 고용인용 방이었던 모양이다. 형의 바로 뒤에 도틴도 얼굴을 내밀었다.

설명할 시간은 없다.——오펜은 의식을 또렷하게 다잡고는 쓰러질 뻔한 자세에서 등 뒤의 사루아에게 발을 후려 걸었다. 평소라면 피했겠지만 상대도 한 번 마술을 받아 상당히 소모된 상태였는지,

아무런 저항도 하지 못하고 복도를 굴렀다. 사루아의 손에서 꽃병의 파편이 떨어졌다. 오펜은 그것을 주워 쓰러진 사루아의 정수리에 내리쳤다. 이번에야말로 본격으로 사루아가 몸부림을 쳤다.

등 뒤에서——다시 문이 닫혔다. 고개만 돌려 살피자 나오려던 볼칸과 도틴을 맥두걸이 억지로 밀어넣고 문을 닫은 모양이다. 다시 총구가 철컥 조준을 맞추었다. 오펜은 일단 맥두걸의 침실까지 도망치기 위해 총구에서 등을 돌리고 있는 힘껏 도약했다. 하지만 침실 입구까지 뛰어간 순간, 맥두걸의 손가락이 방아쇠를 당기는 모습이 보였다——.

그 순간, 다시 눈앞에서 문이 열려 총탄을 막아 주었다.

"아이 참, 무슨 일이야~?"

이번에 문을 연 사람은 사루아의 방에서 코를 골던 여자였다. 가슴 아래부터 담요로 몸을 감고 잠에서 덜 깬 얼굴을 꾸물꾸물 문지르고 있다. 이렇게나 큰 소란을 벌이면 사람이 깨어나는 것도 당연한 일이지만, 이 기막힌 타이밍은 오히려 농락을 당하는 듯한 느낌이 들어 왠지 한심해졌다. 오펜은 귀찮아져서 여자를 방 안으로 발로 차 밀어 넣었다.

"비켜!"

그렇게 외친 뒤 열린 채로 방패가 된 문을 향해 오른손을 내밀었다.

"나 발하노라, 빛의 칼날!"

번쩍!——

발해진 광열파는 목제 문을 쉽사리 부수고 파편을 내뿜으며 복도를 달궜다. ——굉음으로 저택 전체가 흔들렸다. 빛의 작렬이 잦아

들자 복도는 바닥에도 천장에도 무수한 균열이 생기고 벽에도 날카로운 것에 걸려 찢어진 듯한 여파의 흔적이 남았다. 복도의 그다지 떨어지지 않은 구석에 맥두걸이 쓰러져 있었다. 어째서인지 그 근처에 볼칸과 도틴까지 새카맣게 타서 기절해 있었지만, 사루아의 모습은 없었다.

볼칸과 도틴을 걱정할 필요는 딱히 없으리라 생각한 오펜은 맥두걸에게 다가갔다. 살아는 있지만 몸의 곳곳에 부서진 문의 파편을 받아 피를 흘리고 있다. 권총은 어딘가에 떨어뜨렸는지 보이지 않았다. 오펜은 맥두걸의 뺨을 두드려 깨웠다.

"이봐, 일어나."

"으──으으……."

신음을 흘리고──힘없이 눈을 깜박이며 맥두걸이 의식을 되찾았다.

오펜은 조용히 말했다.

"잘 들어──. 네가 받은 건 치명상이다. 내버려 두면 반드시 죽어. 내가 마술로 치유하지 않는 한은 말이다."

"큭……!"

맥두걸이 신음한 이유가 상처의 아픔 탓인지, 아니면 혐오하는 마술로 치유를 받는다는 생각에 저항했기 때문인지는 판단할 수 없었다.

"목숨이 아깝다면 말해. ──네가 킴라크에서 본 건 뭐였냐. 인간을 발광하게 만드는 그게 대체 뭐야?"

"우…… 후우……."

맥두걸은 거칠게 숨을 내뱉을 뿐 아무 대답도 하지 않았다. 그저 두 눈에 처절한 만족의 빛을 띨 뿐——.

'내 협박에 저항하는 데 쾌감을 느끼고 앉았군.'

오펜은 그런 상대의 심리를 깨닫고 초조함에 한숨을 내뱉었다.

"이 자식! 고집을 부리고 있으면 정말로 죽는다! 조금 이야기하는 것 정도야 별 거 아니잖냐!"

"후……후…….'

"큭……!"

오펜은 신음하며 맥두걸을 붙잡았던 손을 놓았다. 떠밀려 쿵, 하고 벽에 뒤통수를 부딪혀도 맥두걸은 웃음을 지우지 않았다.

"이 바보 자식…….'

오펜은 눈을 감고, 다시 뜬 뒤에 이제 아무래도 좋다는 듯이 맥두걸의 몸에서 아무렇게나 파편을 뽑아냈다. 문짝 파편을 모두 제거한 뒤에는 손을 들어 작은 목소리로 주문을 외었다.

"나 치유하노라, 석양의 상흔…….'

마술로 맥두걸의 상처가 순식간에 치유되었다. ——아니, 사실은 대부분 긁히고 스친 상처뿐이었지만, 이쪽이 거짓말을 한 대로 치명상이라고 착각해서 죽기라도 한다면 잠자리가 사나울 테니 치유한 것이다.

상처가 사라짐에 따라 맥두걸의 기력도 회복되어 갔다——.

"후——후——후후후——.'

교조는 매우 불길한 목소리로 웃었다. 오싹함을 느껴 무심결에 뒤로 물러났다. ——그러자 맥두걸은 몸 밑에 깔고 있었던 손을 빼 들었다. 그 손에는 권총이 들려 있었다. 맥두걸이 어디에 조준을 하려는지는 알 수 없었다. ——의식이 혼탁한지, 맥두걸의 조준은 우선

천장을 향하고, 다음에는 이쪽을 경유하더니──자신의 관자놀이에
총구를 대고는──

　타앙! ──

　──······.

　폭발한 총탄은 그대로 맥두걸 자신의 두개골을 꿰뚫었다. 목이 뽑
힌 인형처럼 총탄의 충격으로 맥두걸의 목이 뻗었다. 이윽고──비
밀을 쥔 남자는 그대로 옆으로 쓰러졌다.

　"뭣······."

　경악한 오펜이 멍하니 서 있자 갑자기 목소리가 들렸다.

　"네 마술은 아무래도 권총에 직격한 모양이로군──그래서 실린
더가 과열된 거야. 봐라, 권총을 든 손과 그립이 서로 녹아 달라붙었
잖냐. 실린더가 이렇게나 뜨거워졌다면 그야 폭발도 하겠지."

　사루아였다. 근처 방으로 피신했던 모양이다. 그는 자신의 검을
들고, 뒤에는 그 담요를 둘러싼 여자도 데리고 있었다.

　아직도 파직파직 불똥을 튀기는 복도의 바닥을 밟으며 사루아가
어깨를 움츠렸다.

　"뭐, 이것으로 내 임무도 완료로군. ──이 남자를 마을 안에서
죽이려면 너무 위험하니까 보류했지만 말이지. 이 상황이라면 내가
범인이라고 여겨질 일은 없을 테니, 마을 사람들에게 두들겨 맞을
일도 없겠지."

　그러자 뒤에 있던 여자가 입가에 손을 대고 겁에 질린 목소리를
내뱉었다.

　"저, 저기, 이거, 왜 사람이 죽은 거야~?"

　"기분 좋은 아침이니까. 그렇지, 키리란셀로?"

사루아가 윙크했다. 오펜은 아무 반응도 하지 않았다.

"왜 그래? 딱히 네가 죽인 건 아니니까 괜히 낙담해 봐야 손해잖냐? 그럼 난 간다──. 그리고, 약속대로 피에나는 내가 데려간다."

"⋯⋯."

"저기, 이거 봐, 사람이 죽었는데 왜 그렇게 냉정한 거야아~?"

"평소의 노력 덕분이지. 당연하잖아?"

두 사람은 그렇게 투닥거리며 저벅저벅 현관을 향해 걸어갔다. 그리고 나가기 직전, 사루아가 어깨 너머로 말했다.

"결과가 좋으면 다 좋다는 생각으로 하는 말은 아니지만 말이지. 난 배신자라는 걸 꽤 좋아해. 그럼."

"⋯⋯."

사루아는 그대로 태평하게 모습을 감추었다. ──오펜은 그런 그를 바라보며 아연한 심정으로 생각했다.

'폭발이 아니야⋯⋯. 맥두걸은 분명히 한 번 날 노린 뒤에 자신의 머리에 총구를 가져갔어. 녀석은 스스로 방아쇠를 당긴 거야.'

확신에 찬 심정으로 최후의 순간을 떠올렸다.

'어째서지? ⋯⋯마술로 치유를 받은 일이 그토록 용납할 수 없었나? 아니──비밀을 밝힐 수 없으니까⋯⋯인가?'

"어찌되었든 바보 같은 죽음이었다, 맥두걸."

오펜은 나지막하게 내뱉었다. 이마에서 흐르는 피를 손등으로 훔치며.

너무나도 바보 같은 사태에 자신도 모르게 웃음까지 흘러나왔다⋯⋯.

"헷⋯⋯. 그렇게 난리를 피우고 겨우 이런 결과잖냐. 나도 맛이 갔구만. ──폭발로도 충분하잖냐. 맛이 갔다고 한다면, 오늘 아침은 본격적으로 맛이 갔어. ──설마 그 극락 너구리 놈들에게 목숨을 구원받을 줄이야."

맥두걸에게 총격을 당할 뻔한 순간의 일을 떠올리고, 입가를 억지로 웃는 모양으로 만들었다. 긴장이 풀려 울음이 나올 것만 같았지만.

"너구리노 가끔은 노움이 된다는 선가. 이번만큼은 감사를──"

거기까지 중얼거린 순간, 저택 바깥에서 익숙한 목소리가 들렸다.

"여러부운──!"

저택에서 이렇게나 큰 소란을 피웠으니 당연히 바깥에는 사람들이 몰려들었으리라. ──그 기척이 벽을 넘어 피부로 전해진다. 오펜은 딱히 의도 없이 복도를 둘러보았다. 언제 도망쳤는지 지인들의 모습이 없다──.

사루아의 말을 떠올렸다. 이 상황이라면 내가 범인으로 여겨질 일은 없을 테고. ──그렇다면 누가 범인으로 여겨질까?

그 의문에 바깥에서 들리는 외침──볼칸의 목소리가 대답해 주었다.

"여러부운! 큰일이에요! 사악한 마술사가 우리의 경애하는 교조님을 학살했습니다아!"

"역시 저 바보 자식은……."

오펜은 머리를 부둥켜안고 저택 바깥에서 일어나는 마을사람들의 노성을 들었다.

"……한가하네."

클리오는 우거진 수풀 뒤에 숨은 채로 그렇게 중얼거렸다. 그 옆에 선 무뚝뚝한 남자들이 순서대로 대답했다.

"그래."

"아아."

"헤에."

"……."

클리오는 칼집을 가슴에 끌어안고 찌릿, 세 사람을 흘겨보았다.
──모두 레인저 재킷을 입은 30세 정도의 남자들로, 뭔가 불만스러운 듯이 구시렁대고 있었다.

그 마을의 외곽이다. 눈앞에 오두막이 늘어선 탓에 마을 안에서 이쪽은 보이지 않으리라. 오두막은 전부 헛간인 듯했는데 입구도 반대편에 있었다. 클리오는 마침 엊그제 한밤중에 오펜과 숨었던 곳과 똑같은 수풀에 있었다. 오펜의 말대로 데리고 온 레인저 셋과 마을 외곽에서 대기 중이다.

"패기 없기는~."

입술을 삐죽이며 말하자 레인저 중 하나가 한숨을 쉬었다. 클리오처럼 무장은 하지 않았지만 호신용 철봉을 가지고 있다. 50센티 정도의 길이로 날붙이 등을 받아내는 돌기도 달린 도구로, 이것은 레인저의 표준 장비 중 하나였다.

"왜 어제 안에 구출하지 못한 거냐?"

"그치만…… 어쩔 수 없잖아. 오펜이 아침까지 움직이지 말라고 했는걸. 왜 납득했는지 스스로도 잘 모르겠지만……."

"인질에게 지시를 받아 움직이는 구출 부대가 세상 어디에 있는지……."

레인저의 말에 클리오는 움찔 관자놀이를 씰룩였다.

"당신들, 왜 그렇게 남의 기세를 팍팍 죽이려고 하는 거야? 대기소를 나올 때도 신발끈이 끊어졌느니, 마시다 만 찻잔이 저절로 깨졌느니, 모습도 보이지 않는데 고양이의 울음소리가 들렸느니, 날아오른 까마귀에게 다리가 세 개 날려 있었느니……."

"대기소를 나올 때도 자발적으로 나온 것처럼 말하지 말아 줬으면 좋겠는데~. 칼로 협박당한 데 더해 한 명을 인질로 사로잡히고는 이런 곳까지——그리고 신발끈에 대해서도 그렇게나 우연이 겹치면 오히려 불안해지는 게 당연한 반응이라고 보는데……."

"무슨 소리야!"

클리오는 진한 보라색 방검 재킷의 가슴 부근을 쿵 두드렸다.

"나도 오펜을 따라 집을 나온 뒤로부터는 매일처럼 신발끈이 끊어지질 않나, 찻잔이 깨지질 않나, 떨어뜨리지도 않았는데 손거울이 깨지질 않나——이제 슬슬 익숙해졌다고."

"——그래서, 무사 평온한 여행이었냐?"

"으……."

레인저의 중얼거림에 클리오는 한순간 주저했지만, 일단 무시하고 마을 쪽을 돌아보았다.

"일단은 작전을 세워야겠네. 어디가 경계가 허술할까?"

열변을 토했지만 레인저들은 속아 주지 않았다.

"이봐……. 역시 뭔가가 어딘가에서 잘못된 느낌이 들지 않냐?"

"역병신이라든가?"

"엄마의 유언인데 말이지……. 금발에게 속으면 헤어나올 길이 없다고——"

"아아, 정말! 거 시끄럽네! 내가 잘못했어, 그래!"

클리오는 작은 소리로 고함을 치고는 어휴, 하고 뺨을 부풀렸다.

그때——

"어라?"

클리오가 묘한 것을 깨달았다. 그녀의 발 밑——애용하는 운동화 발끝에 뭔가 검은 머리카락 다발 같은 것이 지면에 떨어져 있었다. 그 다발은 한 줌 정도의 두께로, 클리오는 한순간 그것이 검은 여우의 꼬리라고 생각했고, 다음에는 검은 여우 따윈 없음을 깨달았다. 다발——검은 꼬리는 가까운 수풀 안으로 이어져 있다. 길이는—— 적어도 수풀에서 엿보이는 부분을 보는 한——대단한 길이는 아니다. 기껏해야 개의 꼬리 정도다.

"저기, 이거 뭘까?"

가까이 있던 레인저의 팔을 쿡쿡 찌르며 클리오가 물어보았다. 레인저는 힐끗 그것을 보고는,

"글쎄다……. 개 꼬리 아니냐?"

묻지 않아도 떠올릴 법한 말을 내뱉었다. 클리오는 살며시 그 꼬리를 건드리며 말했다.

"개가 아니야, 이거……. 개의 꼬리는 딱히 축축하지 않잖아."

"축축해……?"

레인저가 오싹하다는 목소리로 말했다.

"응."

클리오는 고개를 끄덕이고 아무렇게나 그 꼬리를 붙잡았다. 순간,

부스럭, 하고 그 수풀이 흔들렸다——.

갑자기 꼬리를 붙잡혀 무슨 일인지 확인하듯이 수풀에서 모습을 드러낸 것은 새카만 강아지였다. 빙그르 몸을 둥글게 말아 자신의 꼬리를 붙잡은 클리오의 손과 얼굴을 번갈아가며 보았다. 그 동작은 개라고 보기엔 너무나 이지적이었고, 그리고——강아지와 눈이 마주치자, 클리오는 멍하니 입을 벌렸다. 그 강아지의 눈은 선명한 녹색이었다.

"디——딥 드래곤——."

레인저 셋이 동시에 비명을 질렀다——.

"딥 드래곤……?"

클리오는 어안이 벙벙한 듯이 중얼거렸다. 정확하게는 그 딥 드래곤의 새끼지만.

새끼 딥 드래곤은 소리도 내지 않고 클리오의 손에 코끝을 들이밀었다. 응석을 부리는 게 아니라 손을 밀어내려고 하는 것일까. 그 모습에 클리오는 자신도 모르게 킥, 하고 웃음을 흘리다——오펜이 이 생물을 당치도 않게 위험하기 짝이 없는 폭군처럼 말했던 일을 떠올렸다.

그리고——클리오는 퍼뜩 알아차렸다. 그녀 바로 옆의 레인저가 철봉을 들고 있는 것을. 그 목표는——아직도 그녀의 손을 치우려고 쓸데없는 노력을 하는 새끼 딥 드래곤.

"잠깐!"

클리오는 자신도 모르게 큰소리를 내며 딥 드래곤을 감싸듯이 몸을 내던졌다. 기름이 묻은 듯 축축한 새카만 털을 품에 끌어안은 순간——뒤통수에 금속의 일격을 받았다. 코에서 짧은 숨이 터져나오고, 뒤이어 안면에도 둔탁한 일격을 받았다. ──땅바닥에 얼굴을 찧은 것이다.

"아얏……!"

품안에서 버둥거리는 딥 드래곤의 움직임을 느끼며 클리오는 신음을 내뱉었다. 레인저가 깜짝 놀란 듯이 말을 걸었다.

"이, 이봐──. 괜찮냐?"

"괜──"

별안간 맹렬한 분노가 솟구쳤다.

"괜찮을 리가 없잖아!"

그녀는 새끼 드래곤을 안은 채로 벌떡 일어나, 가지고 있던 검집으로 남자의 옆얼굴을 후려쳤다.

"무슨 짓이야! 그런 걸로 있는 힘껏 때렸다가 죽으면 어떡하려고!"

"상처 하나 없잖냐, 너……."

믿을 수 없지만, 이라는 말투로 다른 레인저가 중얼거렸다. 클리오는 세차게 그쪽을 노려보고,

"이 애 말이야!"

품속의 새끼 드래곤을 턱으로 가리켰다. 새끼 드래곤은 이제 발버둥을 그만두었는지, 아니면 뜻밖에도 편안함을 느꼈는지 그녀의 품안에서 아담하게 몸을 웅크리고 있었다.

"아, 아니, 잠깐만 기다려 봐──."

얻어맞아 지면에 엉덩방아를 찧은 레인저가, 지끈거리는 턱을 누르며 목청을 높였다.

"딥 드래곤이라고──! 《숲》 속에서 이 녀석들과 마주치면 이미

버린 목숨이라는 그 드래곤 말이다. 위험하기 짝이 없는——"

"아직 어린애잖아! 그리고 큰소리 내지 마. 마을사람에게 들키면 어쩔 거야."

클리오가 말하자 그는 윽, 하고 입을 다물었다. 이곳은 마을의 외곽이고 인영은 보이지 않으니 괜찮기는 하겠지만.

"하, 하지만…… 왜 하필 이런 게……."

다른 두 사람이 다가와 딥 드래곤의 등을 쿡쿡 찔렀다. 클리오는 어깨로 그런 두 사람의 손을 막아냈다.

드래곤은 어리둥절한 표정으로 이쪽의 얼굴을 올려다보았다.

그 코 끝에 살짝 턱을 대며 클리오가 말했다.

"그야 드래곤도 어린애 정도는 있겠지. 이 《숲》에 살고 있다면 여기에 있어도 이상하진 않잖아."

"아니, 드래곤이라는 건 보통 사람이 사는 마을엔 가까이 오지 않는 법인데……."

"그런 거 알 게 뭐야. 길을 잃은 게——"

클리오는 갑자기 말을 삼켰다. 무슨 일이 일어난 것은 아니다. ——그저, 등 뒤에서 무언가 압도적인 위압감 같은 것을 느꼈다. 잘 보자 이쪽을 보고 있던 레인저들도 어느새 그녀에게 보내던 시선을, 뒤쪽 위로 올리고 있었다.

머뭇머뭇 뒤를 돌아보았다. ——그러자 그곳에는 어마어마하게 거대한 검은 무언가가 서 있었다.

"으아——"

쓰러져 있던 레인저가 신음하듯이 입을 벌리며 경악했다. 소리도 없이——정말 문자 그대로 소리도 없이 거대한 딥 드래곤이 나타나 있었다. 키가 큰 나무 사이에 숨어 있었던 것일까——.

"어째서 깨닫지 못했던 걸까?"

클리오는 딱히 누군가에게 대답을 바라고 질문을 던진 것은 아니었지만, 레인저들은 떨리는 목소리로 대답했다.

"딥 드래곤은 마음만 먹으면 모습을 감출 수도 있다더라……."

그리고 다른 두 사람도 그 뒤를 이어 말했다.

"이제 틀렸어……."

"역시 그랬어——. 우리 집안은 선조 대대로 금발에게 속는 운명인 거야……."

클리오는 말없이 딥 드래곤을 올려다보았다.

머리의 높이는 3, 4미터는 되리라. 칠흑의 털을 가진 늑대 드래곤 종족. 뾰족한 코끝은 가만히 이쪽을 향하고 있다. 동요 따윈 추호도 느껴지지 않는 침착한 녹색 눈동자에 자신도 모르게 빨려 들어갈 것만 같아, 클리오는 퍼뜩 자신을 타일렀다.

'어쩜 이렇게 아름다운 짐승이 있을까——.'

그녀는 마음속으로 그렇게 중얼거렸다. 클리오는 드래곤 신앙이 존재하는 이유를 처음으로 알 것만 같았다.

가만히 이쪽을 보고 있던 딥 드래곤의 시선이 스윽 가늘어졌다. 그대로 거대한 드래곤은 코끝을 이쪽으로 가져오더니, 클리오의 품속에 있는 새끼 드래곤을 입으로 살며시 물었다. 그대로 대롱대롱 매달린 새끼 드래곤을 들어다가——자신의 옆에 내려놓았다. 지면에 닿은 새끼 드래곤은 뭐가 기쁜지 그 자리에서 휙 공중제비를 돌았다.

어미 드래곤은 그대로 딱히 개의치 않고 스윽 목을 움직이더니,

클리오 일행과 나란히 몸을 돌려 마을을 바라보기 시작했다.

'이 드래곤의 새끼구나. 그런데 이 드래곤은 왜 여기에——'

마치 이 드래곤은 마을에 볼 일이 있어 기다리는 것처럼 보였다.

"너희들, 이 마을에 무슨 볼일이니?"

그렇게 물은 것은 딱히 깊은 생각이 있어서는 아니었다. 왠지 모르게 물으면 대답해 줄 것만 같아서였다.

하지만 드래곤은 대답하지 않았다.

"얘——"

계속해 물으려던 클리오는, 다시 숨을 멈췄다. 눈앞에 있는 드래곤의 바로 건너편에——또 드래곤이 있었다. 그녀는 황급히 주변을 둘러보았다.

"어……."

클리오는 경악의 신음을 흘렸다. 그녀의 주변에는——마을을 포위하듯이 무수한 드래곤이 조용히 서 있었다. 모두가 새끼를 데리고 있는 것은 아니지만 몸집이 작은 드래곤도 힐끗힐끗 섞여 있었다.

클리오는 검을 안은 채로 멍하니 섰다. 한데 모여 부들부들 떠는 세 레인저를 보고——드래곤의 뾰족한 코끝을 보고——이른 아침의 마을을 보고, 딱히 이유도 없이 고개를 저었다. 혹시 꿈을 꾸는 것일까, 하고 생각했다. 마을을 둘러싼 드래곤들은 전부 십 수 마리는 되었다. 그 한 마리조차 인간 마술사가 일개 군단을 편제해 덤벼도 당해낼 수 없다고 오펜이 말했다. 이 드래곤들의 목적이 무엇인지는 모르지만——경우에 따라서는 더할 나위 없을 정도의 위험 속에 그녀도, 그리고 마을에 붙잡힌 오펜이나 매지크도 놓인 셈이 된다.

아연하게 서 있자——신발 옆을 무언가가 건드렸다. 밑을 내려다보자 지면을 구르며 혼자 놀고 있던 아까 전의 새끼 드래곤이 다시 이쪽에 굴러온 모양이었다.

클리오는 새끼 드래곤을 안아 올리고 탄식했다. ──그러니까 퇴로는 둘이 함께 확보하는 편이 좋지 않았던가.

제6장 신속한 살육

문을 부수고 처음으로 뛰어든 자는 전에도 본 적이 있는 맥두걸의 부하 중 하나였다. ──건장해 보이는 남자로, 손에 낫 같은 것을 들고 있다. 현관문을 안쪽으로 날려 버리며 남자가 외쳤다.

"마술사 놈!"

잘 보자 그 남자에 이어 다른 부하들도 우르르 쏟아져 들어왔다. 똑바로 뻗은 복도에서 오펜은 맨 앞에 있는 남자를 향해 오른손을 들었다.

그리고 숨을 들이쉬며 외쳤다.

"나 흘리노라, 천사의 숨결!"

마술의 돌풍이 몸을 숙인 채 달려오던 남자들을 단숨에 밀어냈다. 욕설을 내뱉으며 한데 겹쳐 쓰러지는 남자들을 곁눈으로 흘겨보며 오펜은 저택 안쪽을 향해 달렸다. 곧바로 막다른 길이었지만 그는 당황하지 않고 다시 목청을 높였다.

"나 발하노라, 빛의 칼날!"

손끝에서 발사된 광열파가 벽을 꿰뚫었다. 목제 벽이 찢어지는 소리가 폭죽처럼 크게 울렸다. 오펜은 그대로 벽에 뚫린 큰 구멍을 통해 저택 뒤로 도망쳤다. 모락모락 솟아나는 먼지 속을 단숨에 헤쳐 바깥으로 나왔다. 다행히 바깥은 그대로 가느다란 뒷길로 연결되어 있었다.

"바깥으로 도망쳤다!"

쓰러져서 아직도 일어나지 못한 부하들이 그렇게 외치는 소리가 들렸다. 오펜은 혀를 차며 저택을 돌아보았다.

"맥두걸——."

울퉁불퉁하게 제조된 조악한 총탄 탓에 머리의 3분의 2가 짜부라진 남자의 시체를 떠올리며, 오펜은 나지막하게 중얼거렸다.

"매장은 서비스다."

그는 머리 위에 두 팔을 교차하듯이 들었다. 그리고 주저도 하지 않고 최대 위력으로 마술을 발했다.

"나 부수노라, 원시의 정적!"

순간——저택을 중심으로 파문 같은 것이 일더니, 다음으로 꽝음과 함께 커다란 폭발이 일어났다. 오펜은 산산조각으로 튀는 저택의 파편을 피하며 달리기 시작했다. 폭발한 저택이 추적을 막아 줄 테고, 거기에 더해——이 위력을 보면——추격을 포기해 줄지도 모른다. 파편 아래에 깔린 부하들은 가엾지만 죽을 일은 없으리라. 충격으로 귀가 먹먹해지는 경우는 있을지도 모르지만, 거기까지는 알 바 아니다.

저택이 무너지는 소음에 뒤섞여 이 부근에서 마을사람들의 비명도 일어났다.

전황을 자신의 편으로 끌어들이는 방법은 몇 가지가 있다. ——그중 하나는 혼란을 일으키면서도 자신은 냉정을 유지하는 것이다.

오펜은 달리며 아무렇게나 오른팔을 옆으로 향하고는 그쪽을 보려고도 하지 않고 마술을 발했다.

"나 발하노라, 빛의 칼날!"

방대한 빛의 격류가 대기를 휘저으며 나선의 소용돌이가 되었다.

폭광은 그대로 몇 채의 오두막을 집어 삼켜 소멸시켰다. 고인 열기가 폭발하며 불꽃을 피워 올렸다.

'양동으로 잘 먹히면 좋을 텐데……'

오펜은 그렇게 생각하면서 광열파를 발한 방향과는 반대로 발을 향했다.

하지만——몇 미터도 가지 못했는데 앞길에 우르르 인영이 나타났다.

"있다!"

"그래, 있다!"

오펜은 고함으로 대답하고는 곧바로 마술을 발했다.

"나 부르노라, 파열의 자매!"

몇 발의 충격파가 작렬하며 마을사람들을 쓸어 넘어뜨렸다.

"……어?"

동료들이 쓰러지는 가운데, 혼자만 남은 젊은 남자가 얼빠진 목소리를 내뱉었다. 쓰러진 동료를 두리번두리번 둘러보고——

그러는 와중에 오펜은 재빨리 다가가 남자의 어깨에 손을 올렸다.

"이, 이——교조님의 원수——!"

오펜은 손에 쥔 각목을 들어 올리는 남자의 아랫배에 가차 없이 무릎차기를 박아 넣었다. 몸을 꺾으며 윽, 하고 신음하는 상대에게 연이어 뒤통수에 팔꿈치를 찍어 마무리. 남자는 그대로 고통의 신음을 내뱉으며 졸도했다.

"큰일이군……. 수가 너무 많아."

오펜은 멈추지 않고 움직이며 신음했다. 적의 절반을 속이더라도 남은 인원에게 쫓기면 마찬가지다.

'그리고──뭐지? 불길한 예감이 들어…….'

"스승님!"

그 부름에 오펜은 고개를 돌렸다. 매지크가 옆길에서 고개만 내밀어 손짓하고 있었다.

오펜은 자신도 모르게 고함을 질렀다.

"뭘 하는 거냐, 이런 곳에서!?"

"그, 그치만──"

매지크는 조심조심 모퉁이에서 나와 변명을 했다.

"스승님의 말대로 데리러 갔는데, 피에나가──없었어요. 탑의 방에요. 그래서 마을 안을 뒤지던 와중에, 이 소동이──"

"왜 곧바로 도망치지 않았던 거야! 나 혼자라면 모를까 너까지 데리고 어떻게 도망을 치라고!"

"그치만 스승님이 그러셨잖아요. 피에나를 마을에서 데리고 나가지 않으면 맥두걸에게 죽을 거라고…….."

그런 말은 한 적이 없지만, 이 학생은 자기 듣기 좋을 대로 해석한 모양이다.

오펜은 초조함에 매지크의 멱살을 붙잡아 그가 있던 골목으로 끌어들였다.

"찾지 못한다면 클리오와 합류해 재빨리 도망치라고도 했을 거다, 난."

어차피 피에나의 신변은 사루아에게도 부탁해 둔 터다. 결국 매지크가 그녀를 데리고 나가리라고는 그다지 기대도 하지 않았다.

하지만 그 말에 매지크는 곤혹스러운 듯이 얼굴을 찌푸렸다.

"스승님의 말씀대로만 움직일 순 없다고요."

"망할 자식——. 일일이 자기 좋을 대로 남의 말을 지켰다가 안 지켰다가——"

오펜은 투덜거리며 이마의 땀을 훔쳤다. 아직 이른 아침이지만 점점 기온이 상승하고 있다. 그때——

"우와앗~핫핫하아!"

마을 전체에 울려 퍼지는 큰 웃음소리가 아침의 공기를 짜증나게 더럽혔다.

오펜은 반쯤 뜬 눈으로 중얼거렸다.

"잘 기억해 둬라, 매지크. 저게 나의 적이다."

"……알아요. 말씀하지 않으셔도."

그렇게 말하며 매지크도 오펜과 비슷한 표정으로 고개를 끄덕였다.

웃음소리는 계속 이어졌다.

"자, 가라, 마을사람들이여! 사악한 살인 마술사를 해치워라! 이것은 결코 다트의 표적이 된 나의 개인적인 원망이 아니라 대의를 따르기 때문이니 명심해라!"

물론 설명할 것까지도 없이 볼칸의 목소리다. 어느새 마을사람들을 선동하는 역을 맡고 있었다.

"그런가아……?"

하고 도틴의 중얼거림도 뒤를 이었다.

생각보다 목소리가 가까웠기에 오펜은 주변을 둘러보았다. 그렇다고 해도 골목에 몸을 숨기고 있어서 주변의 상황은 잘 알 수 없었지만.

"이렇게 된 이상……."

오펜은 결심한 듯이 한숨을 내쉬고 살짝 자세를 낮추더니 두 팔을 휘두른 반동을 이용해 뛰어 올라 근처 오두막 지붕으로 올랐다. 여기저기에 불길이 이는 마을을 지붕 위에서 훤히 살펴보았다.

그러자 바로 근처——사실을 말하자면 바로 밑의 길을 십 수 명의 마을사람들(주로 어린아이)을 이끌고 볼칸과 도틴이 성큼성큼 걷고 있었다.

오펜은 반사적으로 소리를 질렀다.

"나 짓노라, 태양의 첨탑!"

순간 아무런 전조도 없이 볼칸이 불기둥에 휩싸였다.

"우와아아아아!?"

볼칸을 둘러싸고 있던 어린아이들도 비명을 지르며 흩어졌다. 도틴은 이제 완전히 익숙해졌는지 딱히 당황하지도 않고 조금 떨어진 곳으로 피난했다. 상당히 긴 시간 동안 파닥파닥 유쾌한 춤을 추던 볼칸의 불이 꺼졌다. 지인은 부슬부슬 까맣게 탔으면서도 기운차게 외쳤다.

"너 이 자식!"

그는 이쪽을 향해 삿대질을 하였다.

"인사도 없이 사람을 불덩이로 만드는 녀석이 어디에 있냐! 새벽의 군가로 기습해 죽인다!"

"그건 잘 모르겠는데……."

이건 도틴의 말. 오펜은 무시하고 외쳤다.

"시끄러워! 네 자식이야말로 가차 없이 사람을 팔아넘기기나 하고!"

"비열한 살인자는 당연히 재판의 손길에 몸을 맡겨야 할 텐데!"

"그 사적 폭력 집단의 어디가 재판의 손길이냐, 복너구리! 애초에 난 죽이지 않았어!"

"알 게 뭐냐, 이 지옥의 포탄남 같으니! 마을 사람드을! 이 녀석이 살인자예요오! 쓸쓸한 시로 낭독해서 죽어——"

"죽겠냐아아아아아!"

오펜은 성량을 최대한 쥐어짜 고함을 지르고 그것을 주문으로 삼아 볼칸을 날려 버렸다. 광열파의 폭류에 떠밀리자 아무리 볼칸이라고 해도 입을 다물지 않을 수 없었다. ——아니, 고통 속에서 기절한 모양이었지만.

그때 등 뒤에서 비명이 들렸다.

"우, 우와아아!"

그렇게 소리치며 지붕으로 올라온 사람은 매지크였다. 단정한 용모를 공포로 일그러뜨리며, 아무래도 여기까지 쫓아온 마을사람들에게 억지로 지붕 위로 떠밀려 올라온 모양이었다. 바람이 불며 오펜의 머리카락을 쓰다듬었다——.

그것을 신호로 오펜은 재빨리 주변을 둘러보았다. 그와 매지크가 서 있는 오두막을 둘러싸고 모든 마을사람들이 모였다. 원래부터 포위당했음은 알고 있었지만…….

"외통수인가."

오펜이 중얼거리자 매지크가 발밑을 신경 쓰며 달려왔다.

"스승니임. 어떻게 하실 거예요?"

오펜은 한심한 목소리로 애원하는 제자를 보고 탄식했다.

"어떻게 할 거냐고 물어도 말이지…….."

교조를 죽인 사람은 내가 아니라고 항변해 보아야 귀를 기울여 줄

사람은 없다. 이렇게 된 이상……

오펜은 매지크의 어깨를 있는 힘껏 붙잡았다.

매지크가 신음했다.

"쿽——아, 아파요, 스승님."

"꽉 붙잡아. 떨어지면 죽는다."

"……예?"

"마술로 마을 바깥까지 전이할 거야. 적어도 목소리가 닿는 곳까지는 말이다."

오펜이 말하자 매지크는 후우, 하고 안도의 한숨을 내쉬었다.

"뭐야——. 그런 것도 할 수 있어요?"

"할 수는 있어. ——만에 하나 기적이 일어나면 살아남을 수 있을지도 몰라."

"……예에?"

"전이 마술이라는 건 어지간한 숙련자가 시도해도 극단적으로 성공률이 낮지. ——10미터 거리를 이동하는 게 한계야. 그 배의 거리가 된다면 성공률이 몇 퍼센트까지 떨어지지. 거기에 목소리가 닿는 한계까지 이동한다면 소수점 아래다."

"그, 그럴 수가아!"

매지크가 비명을 질렀다. 오펜은 그런 제자의 한탄을 무시하고 시선만으로 주변을 둘러보았다. ——오두막을 포위한 마을사람들은 살기등등하게 손에 무기를 들고 있었다. 몇 명이 지붕으로 오르려하는 자도 있었다. 망설일 시간은 없다.

"실패하면 전신의 세포가 끓어올라 완전소멸을 일으킬 거야. 전이하는 사이에 벽 같은 장애물이 끼어들면 그것만으로도 충격으로 죽을 가능성도 높고 말이다. 그게 아니어도 대기 마찰만으로도 어마어마한 열량이 발생해. 신체가 그걸 견디지 못한다면 단숨에 쇠약사할 거다."

그는 몇 백 명이나 되는 마을사람들에게 시선을 던지며 말을 이었다.

"아니면 이 녀석들과 힘이 다할 때까지 싸우는 방법도 있어. 어느 쪽을 고를 거냐?"

"둘 다 죽으라는 말이나 마찬가지잖아요."

울먹이는 얼굴로 내뱉는 매지크에게 오펜은 고개를 저었다.

"아니."

"예?"

"어느 쪽도 살아남을 기회가 있어. 망할……. 적어도 피에나가 있었더라면 그 애를 인질로 삼는 수도 있었는데."

"그런 짓은 절대 하게 안 둘 거예요."

매지크가 항의했지만 오펜은 무시했다. 의미 없는 말싸움을 벌여봐야 별 수 없다. 이미 괭이를 든 남자 하나가 옥상에 올라왔다.

"지금까지도 제대로 된 꼴을 보질 못했지만…… 이건 그 중에서도 으뜸이로군 그래."

오펜은 주먹을 굳게 쥐고는 그쪽을 돌아보았다. 역시 전이의 마술은 위험부담이 지나치게 크다. ──그래도 최후의 수단으로는 염두에 두지 못할 것은 없지만.

"젠장."

오펜은 입 안에서 한탄을 내뱉고는 이쪽으로 달려드는 남자를 지붕 위에서 밀어 떨어뜨렸다.

"······여어. 약속대로 기다렸던 모양이로군."

사루아가 말을 걸자 흐린 갈색 망토로 완전히 몸을 가리도록 걸쳤던 피에나가 고개를 들었다. 반년 동안 자란 머리를 뒤에서 포니테일로 묶고, 망토 아래도 무녀복이 아니라 평범한 셔츠의 목둘레가 엿보였다.

마을의 소동으로부터 상당히 거리가 떨어진 곳이다. 소란과 마술이 폭발하는 소리가 들려온다. 하지만 그것도 머나먼 곳의 일처럼 작게 들릴 뿐······.

그녀는 일단 사루아를 보고, 다음으로는 고개를 숙이듯이 눈꺼풀을 내렸다.

"그 사람은 데리고 가지 않는 건가요?"

"? 무슨 사람?"

사루아가 뚝 시치미를 떼며 묻자, 소녀는 조금 망설이듯이 어깨를 움츠렸다.

"그러니까······ 맥두걸 저택에서 일하던 여자분요. 저도 알아요. 그 사람과 연인이었다는 거."

"나랑 그 여자가?"

딱히 그런 관계는 아니다. 적어도 형의 역린을 건드리는 짓임을 알면서도 고향으로 데려가야만 할 정도의 사이는——이라고 말해도 사루아는 피에나 상대로 그런 일을 설명할 자신은 없었다.

'여자 하나를 한 팔로 안아들고 개선할 수 있는 영웅이라고 나를

생각하는 건가? 이렇게 변변치 않은, 비참한 암살자를 말이야.'

사루아는 칼을 찬 벨트를 철컥거리며 대답했다.

"그 여자는, 이런 혼란 속이다 보니…… 떨어지고 말았어. 어차피 이 마을의 인간이니 여기서 사는 게 행복할 거다."

정확하게는 그녀를 데리고 이 소란을 빠져나올 자신이 없었기 때문에 일부러 떨어지도록 발걸음을 빨리 한 것이지만…… 말의 후반은 오히려 본심에 가까웠다.

"가자. ──그 마술사가 모두의 눈길을 끌어 주는 동안에. 괜찮아."

사루아는 경솔하게 들리는 말을 내뱉으며 손을 휘둘렀다.

"매지크라는 꼬맹이가 걱정되겠지만, 죽진 않을 거다. ──그래, 죽을 리 없어."

살며시 눈 속에서 빛나는 희열의 감정.

"이런 곳에서 죽을 리가 없고말고……. 특히 그 녀석은 말이야."

피에나는 그래도 안심할 수 없는 모양이었다. ──불안한 얼굴로 마을 중심을 멀리서 바라보았다. 그녀는 나지막한 목소리로 물었다.

"저…… 이렇게 도망쳐도, 괜찮을까요?"

스윽──사루아의 시선이 그녀를 훑었다. 그리고 망설이지 않고 단언했다.

"맥두걸을 잃은 마을사람들에게 붙잡히면 너, 이번에야말로 도망칠 틈 따위 없을 정도로 완전히 감금당할 거다. 이번엔 무녀가 아니라 교조로서 말이다. 살아남는 게 가장 중요하잖냐. ──도망치지도 않고 이겨내고 싶다는 건 단순한 자기만족이야. 나쁜 건 아니다만."

"저…… 어디로 가게 되는 건가요?"

"킴라크야. 일단은 내 양녀로 넣을 거다. 정확하게는 우리 형의 양녀지만. 뭐…… 그다지 행운이라고는 생각하지 말아 주라."

"당신의 형이라면 만나고 싶어요."

"그 말을 후회할 날이 분명 올 거다."

사루아는 한숨 섞인 말투로 대답하고는 그녀의 등을 툭 두드렸다.

그리고 힐끗──정말로 한순간만──뒤를 보았다. 오펜이 외치는 마술의 목소리가 희미하게 들렸다.

"죽을 리 없어……. 반드시 올 거야. 내 곁으로 말이다. 그때까지는…… 그래."

그는 작게 중얼거렸다. 의아한 듯이 사루아를 올려다보는 피에나도 깨닫지 못하고.

"그때까지는 지루하겠군."

그리고 사루아는 피에나를 데리고 마을을 빠져나와 깊은 《숲》 속으로 향했다.

15명 째에서 슬슬 숨이 턱까지 올라오고 있었다. ──덤으로 다소 부상도 입었다. 지붕 위에서 매지크와 등을 맞댄 채 오펜은 깊이 숨을 내쉬었다.

"……앞으로 얼마나 버틸 수 있을 것 같냐?"

매지크는 대답하지 않았다. 고개를 젓는 것이 기척으로 느껴졌다.

'뭐, 선전한 편이지만 말이지.'

전투 훈련 따위 아무것도 받지 않은 상태에서 마술만으로 몇 명의

적을 격퇴했다. 하지만──

"거기까지다."

문득 깨닫자 지붕 위에 다섯 명의 남자가 올라와 있었다. ──
아직 젊은 20대 후반 정도의 남자들. 그들은 손에 권총을 들고 있
었다.

"맥두걸 친위대의 잔당 쯤 되겠군."

오펜은 비아냥대듯 미소를 띠며 그렇게 말했다. 다섯 명의 뒤에서
도 우르르 차례차례 다른 남자들이 올라왔다. 그 녀석들도 권총으로
무장하고 있는 듯했다.

처음으로 말을 꺼낸 남자가 그대로 말을 이었다.

"죄를 저지른 마술사여──. 우리의 심장, 우리의 맥두걸 님의 원
수를 갚겠다."

오펜은 자포자기하듯이 신음했다.

"맘대로 해. 난 지쳤다."

"스──스승니임!?"

매지크가 경악성을 질렀다. 오펜은 그런 제자를 무시하고 말했다.

"똑바로 노려라. 한 방에 처치하지 못하면 다른 녀석이 내 목숨을
가로챌지도 모르잖냐."

"……가로챈다고?"

둔한 목소리로 되묻는 남자. 오펜은 빙글빙글 웃으며 대답했다.

"어라? 모르는 거냐? 어차피 이런 깡촌이니 교조의 원수를 갚은
녀석이 다음 교조──. 그 정도의 체계잖아?"

"으……."

남자들이 조금 놀란 듯이 서로에게 시선을 향했다. ──실제로

암묵의 규칙으로 그런 사항이 정해져는 있었으리라. 없었다고 해도 지금의 한 마디로 그 가능성을 시사했을 터다.

'앞으로 한 걸음이다.'

오펜은 말을 이었다.

"어허, 봐라. ──네가 꾸물거리고 있으니까 뒤에 있던 녀석이 공적을 노리려 하잖냐."

"뭣이!?"

남자가 황급히 뒤를 돌아보았다. 그 움직임에 반응했는지 반사적으로 뒤에 있던 남자들이 권총을 들었다──.

'지금이다.'

오펜은 마음속으로 외치고, 재빨리 몸을 돌려 매지크의 목을 끌어안았다. ──다음으로 혼신의 힘을 쥐어짜 외쳤다.

"나 춤추노라──"

전이의 마술이다. 달리 방법이 없다──.

"하늘의 누각!"

"히아아아아아아악!"

방금 전의 설명을 떠올렸는지 매지크가 비명을 질렀다. 실제로 아까의 설명대로 장거리를 전이하면 성공률은 한없이 낮다. ──거의 제로다. 하지만 오펜이 뛴 곳은 큰 길을 사이에 둔 건너편 오두막의 지붕이었다. 스윽── 하고 시야가 펼쳐지며 기울어진 지붕 위에 발을 내린 후 오펜은 뒤이어 외쳤다.

"나 발하노라, 빛의 칼날!"

소용돌이치는 광열파가 아까까지 오펜이 서 있던 오두막의 벽에 꽂혔다. 목재 벽은 맥없이 꿰뚫렸고 오두막 안에 고인 열충격파는 지붕까지 단번에 오두막을 불태웠다. 절규와 뒤섞인 비명을 지르며 남자들이 아래로 떨어졌다.

"해냈어——!"

매지크가 환성을 질렀지만 사실 사태는 그다지 호전되지 않았다. ——포위당하는 오두막이 저쪽에서 이쪽으로 바뀌었을 뿐이다. 역시나 마을사람들은 곧바로 이쪽 오두막 바로 아래로 쇄도했다.

"이렇게 된 이상——"

오펜은 땀을 훔치며 목청을 높였다.

"철저하게 상대해 주마!"

자세를 잡는다. 마술의 구성을 짜고——전신에서 힘을 쥐어짠 다음——

——화악——

그런 감촉이 온몸을 감쌌다. 너무나도 조용하고…… 부드럽게.

지나치게 온화하여 그것이 폭압이라는 것을 깨닫지 못할 정도였다.

슈와——!

탄산수가 기포를 올리는 듯한 소리가 귓속에 울린다. 동시에 시야를 밀어내는 광량에 오펜은 비명을 질렀다. 열풍이 땀을 머금은 머리카락을 단숨에 건조시켰다. 모든 것이 끝난 후——

오펜은 눈을 떴다. 아무것도 변하지 않았다. 아니…….

그는 조심조심 뒤를 돌아보았다. 매지크가 털썩 엉덩방아를 찧고 있는 너머——마을 중심에 무언가 거대한 크레이터가 생겨나 있었다. 그곳에 있어야 할 교단의 탑도…… 공방도, 단숨에 증발해 버렸다.

"방금 그건⋯⋯."

오펜은 신음했다. 모든 것이 사라진 크레이터의 한가운데에⋯⋯ 스윽 공기 속에서 나타난 것처럼 칠흑의 거체가 모습을 드러냈다. 딥 드래곤 펜릴.

오오⋯⋯ 하고 마을 사람들에게서 감탄의 목소리가 일었다.

오펜은 모골이 송연해지는 듯한 압박감을 느끼고 주변을 둘러보았다. 어느새 나타난 것인지⋯⋯ 마을 외곽을 빼곡하게 드래곤들이 둘러싸고 있었다.

"오펜!"

갑자기 날카로운 목소리가 정적을 부쉈다. 잘 보자 마을 중심에 나타난 딥 드래곤의 등에 클리오가 올라타 있었다. 어째서인지 작은 드래곤을 품에 안고 있었다. 그 뒤에서는 레인저 장비를 한 세 남자가 한데 뭉쳐 새파래진 얼굴로 떨고 있었다.

얼이 빠진 오펜이나 마을사람들의 표정도 깨닫지 못하고 클리오가 다시 목청을 높였다.

"큰일이야――. 큰일났어!"

그녀가 붕붕 칼집을 휘둘렀다. 그 움직임에 맞춰 안고 있던 새끼 드래곤도 고개를 끄덕거렸다.

"이 드래곤 말인데――뭐라고 해야 하나――굉장히 화가 난 것 같아!"

"⋯⋯뭐?"

"뭔지는 모르겠는데, 이 마을 사람들을 전부 죽인대!"

그녀의 말을 그대로 긍정하듯이――딥 드래곤이 두 눈을 부릅떴다.

순간 모든 것을 불사를 듯한 순백의 불꽃이 부풀어 올랐다. ──
너무나도 어마어마한 광량에 규모도 알 수 없을 지경이었다. 또 무
언가가 증발하는 소리──치익, 치익, 하고 작게 터지는 것은 금속
이 끓어오르는 소리이리라. 그런 엄청난 빛 속에서──오펜은 두 손
으로 얼굴을 가렸다. 휘몰아치는 열풍으로 피부가 그대로 벗겨질 것
만 같은 격통을 느꼈다.

이번의 빛이 사라지자──마을의 절반이 사라져 있었다.

침묵──그리고──

"꺄아아아아아아!?"

울음을 터뜨릴 듯한 클리오의 비명.

'단 한 번의 시선으로──마을을 없애 버렸다고!?'

오펜은 절망적으로 딥 드래곤을 바라보았다. 군중이 비통한 술렁
임을 발했다. ──지금의 일격으로 마을만이 아니라 마을사람들도
상당한 수가 그 마술에 휘말렸다.

"암흑마술──이라."

맞설 수 있는 차원의 상대가 아니다…….

오펜은 그렇게 중얼대듯이 말했다. 털썩 힘이 다한 듯이 그의 무
릎에 등을 기대고 있던 매지크가 훌쩍이듯이 비명을 지르고 있다.

"어, 어, 어…….."

그렇게 몸을 떠는 매지크의 어깨를 붙잡고 일으켜 세우며 오펜이
외쳤다.

"클리오! 넌 왜 드래곤의 등에 올라타고 있는 거냐!"

"그치만──"

소녀가 울상이 되어 소리를 질렀다. 안고 있는 새끼 드래곤을 가

리키며.

"이 애의 부모가 이 마을을 없앨 테니 물러 서라고 해서——말리려고 했더니, 같이 이런 곳으로 날아와서——"

"나 참——."

오펜은 투덜거리려다 그만두었다. 무언가가 머릿속으로 헤집고 들어오는 듯한 기척을 느낀 것이다.

김에 밑기고 시선을 움직이자——자연스레 시선이 드래곤과 마주쳤다. 딥 드래곤의 녹색 눈동자가 빛을 발했다.

《그대들은, 금기를 저지르려 하였다.》

그 목소리——공기를 진동시켜 만드는 소리는 아니지만——는 오펜도 들은 적이 있었다. 처음으로 이 마을에 잠입했던 그날 밤, 그에게 정신공격을 가한 드래곤과 같은 느낌이었다.

딥 드래곤 펜릴은 말을 이었다. 위대한 심장이라 이름을 붙인 마을에서.

《따라서 처분하겠다.》

군중 사이에 이해할 수 없다는 침묵이 내려앉았다. ——하지만 드래곤의 말이 침투함에 따라 서서히…… 히스테리의 파도가 침묵과 교대했다.

너무나도 신속한 살육이 시작되려 하고 있었다.

'금기……?'

어리둥절한 심정으로 오펜은 지붕에서 뛰어내렸다. 드래곤의 시선에 의한 일섬이 세 번째로 엄청난 열량을 품고 솟구친다——.

그 빛 속에서 수십 명의 인영이 사라지는 모습을 오펜은 똑똑히 보았다. 하늘까지 불사를 듯한 새하얀 불꽃이 대기에 흩날렸다.

"오——"

지면에 내려선 오펜은 가슴에 있는 펜던트를 붙잡았다. 도저히 억누를 수 없는 충동이——폐를 뒤흔들었다.

"으아——아아아아아아아아!"

오펜은 펜던트의 사슬을 잡아끊고 그것이 그대로 어떠한 무기라도 되는 것처럼 드래곤을 향해 겨누었다. 이쪽을 무시하고 다시 녹색의 시선을 발하려 하는 딥 드래곤을 향해 외쳤다.

"나 춤추노라, 하늘의 누각!"

외친 것은 전이의 마술. ——하지만 전이를 행하는 대상은 자신이 아니다. 손안의 차가운 은제 펜던트. 은에 세공한 드래곤 문장은 순식간에 그의 손아귀에서 사라지더니 예리한 소리를 내며 드래곤의 건너편 공간에 출현했다. ——즉, 드래곤의 몸을 관통해 건너편에 나타난 셈이 된다.

공간전이라고 해도 문자 그대로 공간을 도약할 수 있는 것은 아니다. ——마술로 질량을 속이고 절대적인 가속을 부여하는 의미에 지나지 않는다. 즉 눈에 보이지 않더라도 벽이 있으면 부딪치고, 그런 가속 상태에서 충돌했다면 어마어마한 충격을 받게 된다. 심지어 질량적으로는 존재하지 않는 셈이니 전이한 물질 자체는 전혀 파괴되지 않고 에너지만이 파열하게 된다.

폭발은 드래곤의 목 부근에서 일어났다. 폭충(爆衝)이라고도 부르면 그럴 듯할 충격파가 딥 드래곤의 몸을 옆으로 쓰러뜨렸다. ——등에 타고 있던 클리오나 레인저들이 비명을 지르며 떨어지는 모습이 보였다.

피이이이이——이이잉! ——하고 한 박자 늦게 공중에 튀어 오른

펜던트가 날카로운 소리를 냈다. 그 소리가 신호가 된 듯이 검은 드래곤이…… 천천히 고개를 일으켰다.

'그 수단조차 통하지 않는 건가…….'

오펜은 경악에 물든 심정으로 비틀거렸다.

지금 그 공격은 일종의 비장의 수였다. 보통이라면 절대로 시도하지 않는다. ──인간 상대라면 저항도 방어도 불가능한 상태로 가차 없이 죽일 수 있기 때문이다.

다만 딥 드래곤은 그 폭발도 마술로 억누른 듯했다.

몸을 일으킨 칠흑의 짐승과 오펜은 서로를 노려보았다. ──딥 드래곤의 마술 작렬이 없어진 것은 아니다. 마을을 둘러싼 수십 마리의 드래곤들이 천천히 움직이기 시작했다. 때때로 빛이 대기를 뒤섞고 진동은 지면을 뒤흔들며…… 마을은 완전한 혼란에 빠져 이제 와서는 오펜을 상대하는 자도 모두 사라졌다. 마을사람들 모두가 뿔뿔이 흩어져 도망치려 했고, 폭광(爆光) 속에서 사라졌다.

오펜은 꼼짝도 하지 못하고 가만히 드래곤의 두 눈을 바라보았다. 대륙 최강의 전사…… 《숲》을 수호하는 드래곤 종족.

'한 번 노려보기만 해도──난 이 세상에서 소멸하겠지.'

오펜은 문득 자신이 실금할 정도로 겁을 먹었음을 깨달았다. 이길 수 있을 리 없어──.

"오펜!"

누군가의 부름에 그는 움찔 몸을 떨었다. 어디를 어떻게 달려온 것인지 뒤에서 클리오가 다가왔다. 아직 품에 새끼 드래곤을 안은 채로 매지크도 함께인 듯했다. 뒤도 돌아보지 못하고 있자 클리오가 재빨리 옆에 섰다.

"보조할게!"

그녀는 단호하게 말하더니, 갑자기 곤혹스러운 목소리로 물었다.

"……근데 어떡하면 돼?"

오펜은 왠지 의미도 없이 웃음을 터뜨리고 싶어졌다. 모두 죄다 내던지고 때려치고 싶다──. 그런 한편으로 지독히 냉정하게 결심하는 자신의 모습도 보고 있다…….

'……아직이야…….'

아직 그가 무언가 할 수 있다고 믿는 클리오나 매지크의 얼굴을 보며, 다시──강인한 눈빛으로 드래곤을 노려보았다.

키리란셸로였던 시절과는 달리…… 지금 이곳에서 포기한다는 행위의 의미가, 너무나도 커다랬다.

시선은 피하지 않은 채 오펜이 말했다.

"저 정도 수의 드래곤 종족을 상대로 이기는 건 무리야. 기습도 기책도 허세도 듣지 않아. ──녀석들은 이쪽의 마음을 읽을 수 있으니까."

"그, 그럼…… 어떡할 거야?"

클리오가 물었다. 오펜은 한숨을 한 번 쉬었다. 그리고 대뜸 소녀의 품에서 어리둥절한 표정을 짓는 드래곤의 목을 덥석 붙잡았다.

"인질 작전이다."

"오──오펜!"

클리오가 비명을 질렀다. 매지크도 뭔가 놀란 얼굴로 이쪽을 보았다. 아무래도 상대의 자식을 방패로 내세우리라고는 예상하지 못했던 모양이지만, 지금은 윤리고 뭐고 따질 때가 아니다.

"내가 진심이라는 건 알 거다, 딥 드래곤──."

오펜은 마음을 읽히는 것을 받아들이며 말했다.

"갑자기 공격해 온 이유는 묻지 않겠어. ──어서 이 마을에서 사라져."

딥 드래곤은 말을 이해한다──라기보다 마음을 읽지만, 눈앞의 딥 드래곤의 눈동자가 주저하듯이 흔들리는 모습을 보고 오펜은 내심 안도했다. 클리오나 매지크를 지키기 위해서라면 아무리 어린 새끼라 할지라도 드래곤의 목을 썰는 데 주저는 하지 않지만, 실제로 그런 짓을 저지르면 클리오 본인에게 갈기갈기 찢길 것 같았다.

장본인(?)인 새끼 드래곤은 사태를 이해하지 못하는지 목덜미를 붙잡혀도 기분 좋다고 생각했을 뿐인 듯했다.

그 드래곤──그녀?가 이 드래곤 무리의 전체 리더인지──그녀가 움직임을 멈추자, 다른 드래곤들도 공격을 멈추었다. 느닷없이 다시 조용해진 주변에 몸이 저릴 정도로 긴박한 공기가 흘렀다.

"이대로 이곳을 떠나면 이 꼬마는 놓아 주마. 어서 결단해……. 난 암살 훈련을 받은 마술사다. 죽인다고 하면 반드시 죽여."

그렇게 말하는 오펜의 손목에 새끼 드래곤이 작은 머리를 부빈다.

대답은 없었다. ……스윽, 하고 눈앞에 선 드래곤의 두 눈이 가늘어졌다.

긴 침묵 후, 그녀가 말했다.

《마음대로 하여라.》

"──뭐?"

믿을 수 없는 심정으로 오펜이 되물었다. 드래곤은 태연하게 말을 받았다.

《우리의 마술을 얕보지 마라……. 죽은 자도 소생시킬 수 있다.

우리는 전사다. 상처를 입히고, 상처를 치유하는 것이 능력이다.》

그리고 녹색의 눈동자가 크게 열렸다.

《슬레이프니르가 무를──원초를 지배하며, 노르니르가 창조와 관리를 담당한다. 그리고 우리 펜릴은 효과적으로 적을 해치운다. 우리 종족은 무의미하게 존재하고 있는 것이 아니다. 그대들과는 달리. 스스로를 무의미하게, 무가치하게 만든 그대들과는.》

"무가치……라고?"

오펜은 이를 뿌득 악물며 중얼거렸다.

딱히 자신에게 무언가 가치가 있다고 믿었던 것은 아니다. ── 그 정도로 낙천적인 것도, 태평한 것도 아니었다. 하지만──

"사람을 죽인 녀석이 내뱉도록 허락된 말이 아니야."

빛 속으로 사라진 인영을 떠올리며 오펜은 그렇게 말했다. 그리고 조용히──새끼 드래곤의 목에서 손을 뗐다. 그는 그 손을 그대로 거대한 딥 드래곤에게 내밀었다.

"내가 상대하겠다. 내가 죽을 때까지는 다른 누구에게도 손을 대지 마라."

"오펜──"

클리오의 부름을 오펜은 무시했다. 왠지 모르게 고맙기는 했지만.

《나는 그대를 칭찬한다. 하지만 그대는 이해하지 못했다.》

드래곤이 조용한 목소리를 발했다. 그리고 더욱 조용한 목소리로 덧붙였다.

《작별이다.》

다음 순간, 드래곤과 시선이 마주쳤다.

딥 드래곤 종족과 시선을 마주치고 살아남은 인간 따위 역사상 존재하지 않는다. 딥 드래곤은 죽일 수 있을 때에는 확실하게 적을 죽이고, 상대의 술수에 빠지면 인간에게는 저항할 힘이 없다. 상대는 신으로까지 숭배를 받던 종족인 것이다.

하지만 이 딥 드래곤은 그 처음 일별로는 아무런 공격도 하지 않았다. 오펜은 그대로 몸을 돌려 달리기 시작했다──.

웅성──.

아직 도망치지조차 못한 마을사람들이 술렁이는 소리가 들렸다. 오펜은 상당히 수가 줄어든 사람들 사이로 뛰어들며 달렸다. 쏜살같이, 목표를 향해.

도망치는 것이 아니다.

등 뒤에서 일격을 받고 그걸로 끝이 나는 일도 각오는 했지만──그 공격조차 없었다. 하지만 그런 생각을 할 여유도 없이 오펜은 아직도 불타고 있는 오두막에 뛰어들었다. 아까 전 지붕 위에서 마을사람들에게 몰렸고, 몇 명의 마을사람까지 한 번에 폭발시킨 그 오두막이다.

안에 들어가서 주변을 둘러보았다. ──망가진 가구 같은 것들에 뒤섞여 찾던 물건을 발견했다. 무너졌을 때 지붕 위에서 마을사람이 떨어뜨렸을, 쇠로 만든 조악한 권총.

오펜은 말없이 그것을 주웠다. 실린더를 떼어 아직 탄환이 장전되어 있는 것을 확인. 불꽃의 열기로 폭발하지 않은 탄창은 4연발. 단지 지나치게 연사하면 열로 실린더가 찌그러져 폭발할 수도 있을 정도로 조악한 물건이다. 왕도에서라면 10년 이상 전에 이미 폐기되었을 모델이다.

후우──하고 오펜은 숨을 내뱉었다.

"마술은 통하지 않아──. 이런 무기가 통할 상대도 아니야──. 맨손으로 싸울 수 있는 상대도 아니지."

인간이 떠올리는 교활한 술수 따위가 통할 상대조차 아니다, 하고 오펜은 마음속으로 덧붙였다. ──딥 드래곤은 이쪽의 마음을 읽을 수도 있다.

오펜은 찰칵, 하고 손안의 권총을 휘둘러 실린더를 원래 위치로 끼웠다. 그리고 보통 늘어야 할 왼손이 아니라 오른손으로 그립을 쥐었다.

《준비는 다 되었나?》

──느닷없이 목소리가 머릿속에 울렸다.

오펜은 반사적으로 외쳤다.

"나 잣노라, 광륜의 갑옷!"

동시에 왼팔을 들어 올렸다.

들어 올린 팔에 휘감기듯이 무수한 빛의 고리로 이루어진 그물이 그의 몸을 감쌌다. 그리고 시야 전체가 빛에 감싸였다──.

그대로 안구가 끓어오르는 게 아닐까 싶을 정도의 광량이 그의 몸을 압박했다. 다만 그렇게 생각한 것은 착각이었으리라. ──피부는 화상 하나 입지 않았고 권총도 폭발하지 않았다. 다만 모든 빛이 사라졌을 때 그가 있던 오두막은 재조차 남기지 않고 증발해 사라져 있었다.

빛의 그물도 사라졌다.

휘이…… 하고 모래를 품은 바람이 한 줄기 불었다. 오펜은 딥 드래곤과 대치했다. 오두막만이 소멸했을 뿐, 그가 오두막에 뛰어들기 전과 전혀 다르지 않은 풍경이 남아 있었다. 이쪽을 바라보는 딥 드래곤——마을 주변을 드래곤들이 포위해 도망칠 수조차 없어진 마을사람들. 그리고 마을사람들과는 조금 떨어진 곳에서 뭉쳐 있는 클리오와 매지크——클리오는 아직 새끼 드래곤을 품에 안고 있다. 어느새 합류했는지 레인저들의 모습도 있었다.

오펜은 말없이 권총을 두 손으로 다시 들고 방아쇠를 당겼다. 팡, 하고 적지 않은 반동이 팔을 타고 그의 어깨를 두드렸다. 탄환은 정확히 드래곤의 왼쪽 눈을 노리고 날아갔고——그리고——총구와 목표의 거의 중앙 지점에서 팟, 하고 튕기며 허공으로 사라졌다.

드래곤이 마술로 떨어뜨린 것이다.

오펜은 신경 쓰지 않고 입을 열었다.

"난 지금부터 모든 힘을 가지고 널 상대하겠다. ——모든 무기, 모든 능력, 모든 경험——그 전부를 포함한 모두다."

《호오?》

드래곤은 그렇게 반응했다. 딱히 동요한 기색은 없다. ——당연하다면 당연하지만.

오펜은 쭉 찢어진 눈을 더욱 치켜올렸다.

"내 앞에서 사람을 죽이지 마라. ——열 받으니까."

《……분노를 품지 마라. 그래서는 내게 이기지 못한다.》

"……!?"

오펜이 어리둥절해 하자 드래곤은 더욱 말을 이었다. ——무표정한 목소리로.

《우리를 증오하지 마라……. 우리는 전사의 종족이다. 우리는 주인 되는 자의 명령으로 싸운다.》

까득——하고 어금니에 힘이 들어갔다.

"저항도 하지 못하는 인간을 섬멸하는 게 너희의 싸움이냐!"

《우리에게 명령하는 자가 이 마을이 불필요하다고 판단하였다.》

그 목소리에 반응한 자는 오펜이 아니었다.

"불필요하다고——!?"

공포로 일그러진 비명이 마을사람 안에서 일어났다.

"당신들을, 숭배했는데——"

《그것도 알고 있다. 사역마를 잠입시켰으니까.》

"사역마……?"

강력한 정신지배로 오감까지 공유하는 생물——통상 술자보다도 지능이 떨어지는 생물을 이용한다——.

오펜의 뇌리에 떠오른 것은 피에나의 얼굴이었다.

《그래, 그 무녀다——.》

드래곤은 어찌된 영문인지 묻지도 않은 것까지 밝히기 시작했다.

《우리의 주인은 맥두걸이라는 남자가 가진 정보를 필요로 하였다. 그 남자를 기르기 위해선 이 마을이 적절했지.》

"……정보……."

그립을 쥔 손이 아프다. ——깨닫고 보니, 그는 그렇게나 강하게 쇳덩어리를 쥐고 있었다.

'이 드래곤 놈들——아니, 그 주인인가 하는 녀석은——'

나와 같은 정보를 원하고 있다, 하고 오펜은 깨달았다. 맥두걸, 킴라크의 옛 교사 맥두걸이 무엇을 보았는가——.

《피에나는 애를 먹었지만, 나는 그 남자가 이미 그 정보를 잃었으리라고 판단하였다. 그는 제정신을 잃고 있었다. 그는 결국 공포에 내몰려 이곳으로 도망쳐왔을 뿐이었다.》

그 판단은 아마도 잘못되었으리라고 오펜은 생각했지만, 반론은 하지 않았다. 맥두걸이 죽어 버린 지금에 와서야 이미 무의미한 일이었으니까.

그 대신 그는 다른 질문을 던졌다.

"어째서…… 그런 부분까지 내게 밝히는 거냐."

《그것은 당연히——》

드래곤의 눈이 희미하게 빛을 발한 것처럼 보였다.

《그대를 새로운 사역마로 삼기 위해서다.》

"——!"

오펜은 순간적으로 뒤로 뛰었다. ——마술을 피할 때의 버릇으로 뒤로 물어나며 방어를 위한 마술을 짜려 하였다. 하지만 이번에는 완전히 실패였음을 깨달았다. 딥 드래곤의 암흑마술은 인간의 힘으로는 절대 막을 수 없다.

뒤로 뛰어 드래곤에게서 멀어졌을 터인데도——드래곤 종족의 녹색 눈동자가 갑자기 엄청나게 커다래진 것처럼 보였다. 정신지배의 영향이다.

그는 일단 외쳤다.

"나 잣노라, 광륜의 갑옷!"

이런 것으로 딥 드래곤의 마술은 막을 수 없다——.

하지만 빛의 그물이 그와 드래곤 사이를 가로막은 순간, 그때까지 드래곤에게서 받고 있던 위압감이 순식간이 흩어졌다.

'——!?'

오펜은 믿을 수 없는 심정이었지만 그래도 다음 마술을 발했다.

"나 발하노라, 빛의 칼날!"

그물이 사라짐과 동시에 그 잔상을 꿰뚫듯이 순백의 광열파가 드래곤의 안면을 노렸다. 하지만 그것은 드래곤에게 닿기 전에 삭제된 것처럼 사라졌다.

순간 오펜의 머릿속에 번뜩이는 것이 있었다.

'그래——이 녀석들——'

《깨달은 모양이로군.》

드래곤은 한없이 침착한 목소리로 말했다. 하지만 그 평정한 목소리도 이제는 오펜을 초조하게 만들지 않았다.

그는 마음속으로 외쳤다.

'착각하고 있었어——이 녀석들은 딱히 신도 뭣도 아니야——그저 마술사일 뿐이야!'

'마술'은 만능이 아니다. 전능한 힘을 가진 것은 신들이 가진 '마법'뿐이다.

그렇다고 해서 딥 드래곤과 자신과의 능력 차이가 한 걸음이라도 가까워진 것은 아니지만, 그래도 오펜은 나락의 미궁에서 출구를 발견한 듯한 심정이었다.

자신의 음성마술이 목소리가 닿지 않는 곳에는 효과를 발휘하지 못하듯이——

'이 녀석들의 암흑마술은 시선이 닿지 않는 곳에는 효과를 발휘하지 못해!'

압도적인 열량으로 마을을 통째로 날려 버린다면 그것으로 끝이지만, 적어도 정신지배만큼은 그 시야를 가리는 것만으로도 막을 수 있다.

"매지크!"

오펜은 권총을 연달아 두 번 발사하며 외쳤다. 동체시력이 뛰어난 드래곤은 그 탄환조차도 보고 파괴했다. 원래부터 그런 것으로 쓰러트릴 상대가 아님은 알고 있지만.

"그걸 펼쳐!"

"그——그걸, 요?"

매지크가 갑자기 자신을 부르는 외침에 깜짝 놀란 듯이——그리고 클리오가 있는 쪽을 어색한 눈빛으로 힐끗 보고는, 그래도 주문을 외기 시작했다.

'응……?'

매지크가 마술의 구성을 짜기 시작하는 모습을 보며 오펜은 문득 의아해졌다. 매지크의 시선을 쫓았는데——클리오가 조금 이동해 있었다.

'또 뭔가 저지를 생각인가, 저 녀석——?'

그 순간 조금 높은 매지크의 목소리가 주변에 울려 퍼졌다.

"나 흩뜨리노라, 광렬(光列)의 우리!"

용도를 생각하면 쓸데없이 장엄한 이름을 지어냈다고는 생각했지만, 그런 생각에 쓴웃음을 짓고 있을 여유는 없었다. 그의 주변 광경이 금속판을 꾸깃꾸깃 우그러뜨린 듯이 엉망진창으로 일그러졌다. 매지크의, 일단 가장 성공률이 높은 마술——즉 사용 빈도가 높다는 뜻인데——

《네놈, 시야를——》

드래곤이 끝까지 침착한 목소리로 신음했다. 다만, 시야를 가로막힌 탓에 그 목소리는 매우 알아듣기 어려웠다.

"그래——."

오펜이 말했다.

"빛을 굴절시킨 거다. 본래라면 사각을 보조하기 위해 사용하는 마술이지만!"

"아아아아."

이것은 매지크가 동요해서 외친 목소리. 클리오에게 들킬 것을 걱정하는 모양이지만 그런 것을 상관할 때가 아니다.

그 동안 오펜도 마술의 구성을 짜 올렸다. 그는 오른손을──텅 빈 오른손을 들어 올리고 목청을 높였다.

"나 짓노라, 태양의 첨탑!"

꾸우우우욱──압축된 것이 부풀어 오르는, 무언가가 스치는 소리가 울리더니──

차단된 시야가 불규칙하게 진홍으로 물들었다. 조준이 빗나가지 않았다면 딥 드래곤을 불꽃으로 감쌌을 터다.

《이런 것으로 나를 능가할 수는 없다──.》

"나도 알아!"

하지만 시야를 어지럽힌 것은 딱히 상대의 마술을 교란시키기 위해서만이 아니다.

'잘 풀려라──.'

오펜은 모든 감정을 담아 기도했다. 여전히 누구에게 기도하는지는 스스로도 알 수 없었다. 아니면 드래곤 종족에게 마술의 비의(秘儀)를 도둑맞은 얼빠진 신들에게 기도하는 것일지도 모른다. 결과가 나올 때까지는──나올 경우의 이야기지만──이제 한순간도 걸리지 않을 터다.

'틀렸나──?'

각오를 하고 헛수고임을 알면서도 다음 마술을 지르려 한 바로 그
때——.

팡! 하고 너무나도 작은 파열음과 드래곤이 지르는 비명이 울려
퍼졌다.

불똥을 전신에 부른 채 땅을 울리며 딥 드래곤 펜릴은 옆으로 쓰
러졌다. 그 눈 위 부근이 축축하게 피로 젖어 있는 모습이 보였다.
마을사람들——그리고 마을을 둘러싼 드래곤들이 커다란 술렁임에
빠졌다.

"권총의 폭발이야."

오펜은 똑바로 드래곤을 노려보며 말했다.

"시야를 차단한 건 잔꾀를 숨기기 위해서이기도 했지. ——네 머
리 부근에 권총을 던져서 마술로 불꽃을 일으켰어. 이미 세 발이나
쏴서 실린더가 과열되어 있었거든. 조금이라도 열을 가하면 남은 탄
환이 폭발하고. 어차피 조악한 모조품이야. 폭발하면 산산조각으로
깨지겠지. 그 파편이 네게 잘 명중할지 아닐지는 까놓고 말해 승산
이 낮은 도박이었다만."

《그리고 정신지배를 차단해 두면 그 술책도 읽힐 일이 없다는 건
가——.》

지근거리에서 권총 폭발이 직격했으면 경상으로 그칠 리가 없었
지만, 드래곤의 말은 흔들림이 없었다.

《하지만 날 죽이는 데에는 이르지 못했군.》

"……"

그 말은 사실이었다. 드래곤에는 아직도 여력이 있는 것으로 보였
다. 거기에 마을을 포위한 수십 마리의 딥 드래곤들도 있다.

승산이 보인 것은 아니다. 오펜이 입을 다물자 펜릴은 말을 이었다.

《나는 아직 그대를 멸할 힘을 남기고 있다.》

"……."

오펜은 꾸욱 주먹을 틀어쥐었다.

하지만 뒤이어 나온 말은 완전히 오펜의 예상을 뒤엎었다.

《기리린셀로──. 그대의 이름은 알고 있다.》

"……뭐……?"

오펜은 실제로 얻어맞은 것처럼 동요의 신음을 내뱉었다. 드래곤 종족이 인간의 개인명을 알고 있을 리가 없고, 설령 들은 적이 있다고 하여도 그런 것을 기억하고 있을 리도 없다.

《그대의 지인을 알고 있다. 약속이 있기 때문에 그대를 널 죽일 수 없다. 동료를 구하기 위해 그대가 진심으로 목숨을 걸겠다면, 이 자리는 우리가 물러나겠다.》

"뭐……."

오펜은 어째서인지 혼란을 일으키며 딥 드래곤을 바라보았다. 자신의 지인──인간과 드래곤이──약속을 나눴다고?

신으로 숭배를 받는 종족과.

그런 짓을 할 수 있는 사람은──

오펜의 머릿속에 떠오른 이름은 하나밖에 없었다.

'대륙 최강의 흑마술사──인간이 떠올릴 수 있는 최고의 능력을 가진 남자──차일드맨……. 당신인가!?'

마음속으로 외쳤지만 드래곤은 대답하지 않았다.

의문을 남긴 채 드래곤이 스윽 몸을 일으켰다. 부상을 입었어도 그 움직임에는 소리가 없다.

《하지만 이 마을을 없애는 일은 그만둘 수 없다.《숲》의 최고 성역에 발을 들이려 획책한 자들은 반드시 없애야만 한다.》

그 말에 반응할 수 없었다. 반응하는 것보다 먼저 드래곤들이 일제히 움직였다. 주변을 둘러싼 모든 딥 드래곤이, 우뚝 솟은 거구의 정점에서 시선을 발하였다——.

오펜은 분명히 그 마술 대상에서 자신의 몸이 벗어나 있음을 깨달았다. 절망적인 압박감이 느껴지지 않는다. 하지만 마음에 떠오른 절망감은 지금까지와는 비교도 되지 않았다. 그는 자신도 모르게 두 눈을 꾹 감았다.

'다음에 눈을 뜨면——이제 아무도 없을 거야. ——죽었을 거야!'

눈을 감았는데도 눈꺼풀 안쪽까지 부풀어 오른 빛이 스며들어오는 듯했다.

'왜 내 힘은 너희에게 통하지 않는 거야——.'

경련하듯이 떨리는 내장의 움직임이 그의 외침도 떨리게 했다.

'죽여 버릴 거야——. 눈을 뜨고, 모두가 죽었다면, 너희를 죽여 버리겠어——!'

격렬한 감정은 체력을 소모시켰다. 그는 털썩 지면에 무릎을 꿇었다. 무력한 주먹으로 지면을 두드리며 그는 절규했다.

"나는 키리란셸로다——. 내가 죽일 수 없는 것은 없어! 차일드맨이, 그렇게 약속했으니까——. 그만두지 않으면, 너희를 죽이겠어!"

초조함으로 메마른 얼굴을 들자——모든 것이 끝나 있었다.

마을은 사라져 있었다. 완전히, 토지에서. 거뭇거뭇하게 탄 초토(焦土) 위에 대륙의 정통 지배자들——드래곤 종족이 나란히 늘어서 있다. 머리에서 피를 흘리는 드래곤을 중앙으로 하고.

그리고 자그마한 인간들은 한덩이가 되어 그런 그들과 대치하고 있다. 대치하고 있다기보다는 교사에게 혼이 나 복도에서 벌을 서는 듯한 분위기였지만.

클리오도, 매지크도, 그리고 마을 사람들도——아무도 죽지 않았다. 오펜 자신도.

오펜은 땅바닥에 웅크려 앉은 채 아연하게 드래곤 종속을 보았다. ——그의 바로 눈앞에, 그에게 등을 돌린 채로 작은 소녀가 서 있었다.

'클리오……?'

한순간 그렇게 생각했지만 그렇지 않았다. 더 어리다. 피에나——그 무녀다. 무녀복은 이미 입고 있지 않아 지극히 평범한 마을 아가씨 같은 차림이었지만.

《어째서 돌아왔지, 피에나……?》

드래곤의 목소리는 장엄하게 초토 위에 울려 퍼졌다. 오펜은 그말에 대답하는 소녀의 목소리가 긴장으로 굳어져 있음을 깨달았다. ——그리고 놀랄 정도로 또렷하다는 점도.

"알고 있었으니까……. 도망칠 수 없잖아요? 당신들이 《숲》의 성역을 침범하려 한 이 마을 사람들을 용서하지 않을 걸 알고 있었으니까요."

《그렇다……. 나는 그대에게 알렸다. 그래서 도망칠 기회를 주었을 터다. 그대와 함께 있던 그 암살자는 이미 도망쳤지?》

"예. ——사루아는 제가 《숲》 바깥까지 전이시켰어요. 그도 당신이 알고 싶어 하는 정보를 가지고 있는 것 같았으니까요. 그는 제

친구인 걸요. 당신에게는 넘기지 않을 거예요. 이곳에 있는 사람들…… 그 누구라 할지라도요."

그녀는 힐끗 매지크 쪽을 보았다. ──그리고 다시 드래곤을 바라보며 두 팔을 펼쳤다.

"당신과 오감을 공유한 덕분에 저도 당신의 마술을 쓸 수 있어요. ──딥 드래곤 종족 안에서도 유수한 힘을 가진 당신의 능력을. 알고 있죠? 당신들을 내쫓을 정도의 힘은 내지 못해도 당신늘 모두의 마술을 무효로 만드는 것 정도는 할 수 있다는 걸요."

《아무래도 그대를 선택한 것은 실수였던 모양이로군──.》

드래곤이 중얼거린 순간, 피에나의 몸이 파직, 하고 감전된 듯이 떨렸다. ──아마도 사역마로 삼기 위한 정신지배를 푼 것이리라. 그 충격으로 털썩 엉덩방아를 찧는 소녀의 몸을 오펜이 재빠르게 안았다. 그녀는 몸을 떨면서도 말을 계속했다──.

"맞아요──. 실수였어요. 더욱 강한 사람을 선택했으면 좋았을걸. ──강한 사람이라면 당신의 꼭두각시가 되지 않았겠죠. 맥두걸을 설득해 당신들에게 거스르는 무모한 계획을 철회시킬 수 있었을 텐데, 저는 무서워서 그럴 수 없었어요……."

거기까지 말을 쏟아낸 그녀는 훌쩍이기 시작했다. ──지배가 풀려 긴장의 끈이 끊어진 모양이다. 오펜은 히스테리를 일으킬 기색을 보이는 그녀의 분위기를 느끼고 매지크에게 눈짓을 보냈다. 다소나마 친분이 있는 인간이 아니면 과도하게 흥분한 인간을 진정시키는 일은 무리다.

매지크가 달려와 울먹이는 피에나의 몸을 받았다. 오펜은 벌떡 몸을 일으켰다──.

"맥두걸이 죽었어. 이제 아무도 너희의 성역인지 뭔지를 침범하려고 하지 않아. 거기에 더해 그만한 힘까지 과시했잖냐……."

《우리는 위험성에 대해 말하는 것이 아니다. 죄와 벌에 대해 말하는 것이다.》

오펜은 식은땀을 흘리며 말했다.

"이만큼이나 부쉈으면 충분하잖아."

《그대는 성역을 침범한다는 짓의 의미를 알지 못하기에 그렇게 말하는 것이다…….》

"어떤 의미가 있다는 거냐. ──몇 백이나 되는 인간을 단숨에 죄다 죽여 버릴 정도의 의미냐!"

《바로 그렇다──.》

너무나도 망설임 없는 대답에 오펜이 말을 잇지 못하자, 등 뒤에서 외침이 일었다.

"무슨 말도 안 되는 소리야! 애초에 자기 자식까지 함께 말려들게 하려는 녀석은──"

클리오다. 오펜은 황급히 뒤를 보았다. 기습을 걸려 했는지 마을 사람들의 뒤에 숨어 있다가 재빠르게 튀어나왔다. 그녀는 금발을 나부끼고 품에 안은 딥 드래곤을 높이 들어올렸다──.

"해치워 버려!"

외쳤다. 아니, 새끼 드래곤에게 명령한 것이겠지만.

순간 새끼 드래곤의 작은 눈동자가 막대한 빛을 발했다. 반짝임은 단숨에 거대한 드래곤 무리의 발밑에 꽂히더니, 그대로 더욱 몇 천 배로 부풀어 올랐다. 공간까지 일그러뜨리는 딥 드래곤의 암흑마술이 시야 전체를 휩쓸었다.

땅이 울리고──잠시 후 멀어지더니, 다음 순간에는 모든 딥 드래곤들이 사라졌다. 그 일격으로 죽었을 리가 없다. 아마도 전이하여 도망친 것이리라. 휘이──하고 바람만이 스치는 그 허공에 조용한 목소리가 남았다…….

《바로 이러하다, 인간 마술사여……. 그 아이처럼 우리는 지배를 당하면 따라야만 한다…….》

"……."

오펜은 반사적으로 클리오에게 안긴 새끼 드래곤에게 시선을 던졌다. 새끼 드래곤은 어느새 자신의 부모에게 하듯이 클리오의 목덜미에 자신의 머리를 문질렀다.

《우리가 가진 전사의 힘이란 그러한 대가 위에 얻은 것이다. 그것은 왕이나 여왕도 마찬가지……. 인간 마술사여. 그대들은 그러한 가치를 잃음과 동시에 자유도 얻었다…….》

"……."

아무도 입에 말을 담지 않았다.

《그 자유는 관리할 수 없다……. 그렇기에 위험한 것이다. 우리는 그대들을 멸하리라. 우리 종족은 이 대륙을 지켜야만 하니까…….》

"그러니까…… 왜 내게 말하는 거야, 그런 걸."

오펜은 멍하니 선 채로 신음했다. 드래곤이 대답했다. ──살짝 승리를 품은 말투로.

《말했을 텐데. 그대를 장기짝으로 삼기 위하여. 정신지배를 받든 받지 않든 이것으로 그대는 우리의 희망대로 움직일 수밖에 없게 되었다. 그대는──》

"나 발하노라, 빛의 칼날!"

오펜은 느닷없이 외치며 텅 빈 하늘에 광열파를 쏘았다. ──그 굉음으로 드래곤이 남긴 최후의 한 마디는 들리지 않았다. 듣고 싶지도 않았다.

그대로 목소리가 사라졌다. 오펜은 가만히 그 자리에 우두커니 섰다. 초토를 쓰다듬는 미풍이 《숲》의 가지와 잎사귀를 술렁이게 만들었다.

아무도 의미가 담긴 말을 내뱉지 못했다. 아직 울고 있는 피에나──흐느끼는 것이 아니라 더욱 강하게 오열하고 있다. 그 등을 두드려주고 있는 매지크와, 구사일생한 안도감에 역시 울기 시작하는 마을사람들. 그리고 자신을 따르는 드래곤을 품에 안고 가만히 이쪽을 바라보는 클리오. 투명한 푸른 두 눈동자가 자신의 모습을 비추고 있으리라고 멀리서도 왠지 모르게 상상이 되었다.

오펜은 가만히 무표정하게 모든 것들을 둘러보았다. 그리고 시선을 위로 들었다. 드디어 아침이 되기 시작한 하늘은 극단적인 그라데이션으로 물결을 치고 있었다.

에필로그

"……드래곤 종족은 옛날 인간 마술사를 없애기 위해 인간을 이용한 적이 있어요. 인간에게 마술로 만든 무기를 주거나——개중에는 인간 자체를 전투를 위한 인형으로도 만들었다고 해요……. 이 마을은 그런 용도로 인간을 모아 둔 농장 같은 곳이었어요. 마을사람들은 그들의 후예……. 그러니 순수한 드래곤 신앙자라고 할 수 있을지도 모르겠네요."

피에나의 침착한 설명을 들으며 오펜은 아무래도 좋다고 생각했다. 생각해야 할 것은 그 외에도 얼마든지 있었다.

그 뒤로 몇 시간이 흘렀지만 출발 준비는 아직도 끝나지 않았다.

마을이 잿더미로 화했기 때문에 가지고 나와야 할 짐은 무엇 하나 없었다. ——그래도 마을사람들은 시간이 필요했다. 지금까지 살던 곳을 뒤로 하는 데 필요한 시간이.

아무도 이곳에 남아 다시 살 곳을 지으려는 자는 없었다. 자신들의 드래곤 신앙이 무너졌기 때문만이 아니다. ——그것만이라면 계속 고집스럽게 남으려 하는 자도 있었으리라. 모든 것은 시간으로 치면 극히 짧은 피에나의 설득 덕분이었다. 그녀가 바깥 세계에 대해 이야기한 것이다.

마을사람들은 새카맣게 탄 흙을 밟으며 자신들의 집이 있었을 곳을 각자 바라보았다. 그런 마을사람들을 보며 오펜은 옆에 있는 피에나에게 물었다.

"그런데, 앞으로 어디로 갈 거냐? 이만한 사람을 데리고."

"……저희 마을로 돌아갈까 해요. 솔리티안으로요. 그곳이 마음에 들지 않는 사람이 있으면, 이 부근에는 작은 마을이 얼마든지 있으니까 그쪽으로 안내하고요. 어느 마을도 일손이 부족할 테니 정착할 곳이 없어 곤란할 일은 없으리라고 봐요."

"그건 네가 생각한 계획이냐?"

오펜이 씩 웃으며 묻자 그녀는 입가에 손을 대며 킥 웃었다.

"매지크가 그렇게 말했어요. 그러니까 너무 마음 앓지 말라면서요."

"……이제 드래곤 종족의 지배는?"

"받고 있지 않아요. 적어도――강하게는요."

그녀는 스윽 침착한 표정을 만들어 보였다.

"마술의 힘도 사라졌지만…… 뭐라고 할지, 그런 건 필요 없다고 깨달은 것 같아요. 당신도 도저히 당해낼 수 없는 드래곤을 상대로 싸웠고……. 그런 거겠죠?"

"글쎄다."

오펜은 어깨를 으쓱이며 얼버무렸다. 뒤이어 물었다.

"딱히 이런 걸 알고 싶지도 않지만 말이다. 넌…… 드래곤 종족의 성역이 있는 곳을 알고 있냐?"

그 질문에 피에나는 곧바로 고개를 저었다.

"아니오. 《위대한 심장》――성역에 관해서 드래곤은 아무런 이야기도 하지 않았어요. 어쩌면 저 아이라면 무언가 알고 있을지도 모르지만요."

그녀가 가리킨 것은 마을사람들 안에서 이쪽으로 걸어오는 매지크와 클리오――그리고 그 밑에서 허둥지둥 따라오는 작은 딥 드래곤이었다. 그다지 똑바로 걸을 수 없는지 비틀비틀 꺾이다가 공중제비를 돌며 브레이크를 걸고 있다. 그래도 동작이 빠르기 때문에 클리오나 매지크의 걸음 속도와 다르지 않았지만.

"저기……."

클리오를 보는 오펜의 의중을 읽은 것인지——그녀에게는 이미 마술의 힘이 없을 터인데——피에나가 입을 열었다. 그녀는 오펜을 배려하듯이 밀했다.

"당신이 그 폭발 때에 외친 말은 아무도 듣지 않았을 거예요. 그러니까——"

피에나는 그 뒤는 입 밖으로 내지 않고 클리오와 매지크를 마중하듯이 앞으로 나섰다. 클리오와 스쳐지나가 매지크의 앞에서 발을 멈추는 피에나. 매지크도 멈춰 서서 무언가 이야기를 나누기 시작했다.

클리오와 드래곤만이 이쪽으로 다가왔다. 그녀는 지쳤다는 듯이 한숨을 쉬고 동시에 입을 열었다.

"이거…… 찾아왔어. 돌려줄게."

그녀가 던진 것은 그의 펜던트였다. ——검에 얽힌 외다리 드래곤의 문장. 오펜은 그 펜던트를 받고 망가진 사슬을 손으로 만지작거리며 그녀에게 시선을 되돌렸다.

"그 지인들도 찾아봤는데, 마을사람들 안에는 없었어. 그 난리통이었는걸. ——어쩌면, 저기…… 도망치지 못하진 않았을까?"

말을 끝낼 즈음에 그녀는 이미 눈앞에 와 있었다. 오펜은 하하, 하고 웃고 문장을 주머니 안에 쑤셔 넣으며 그 가능성을 부정했다.

"실없는 소리 마라——. 그 녀석들이 죽겠냐. 여차하면 이 근처에 구멍이라도 파고 살아남을 녀석들이라고."

"……그럴 리 없잖아. 두더지도 아니고."

클리오가 믿을 수 없다는 듯이 바라보았지만, 오펜은 상대하지 않았다. 대신 금발로 뒤덮인 그녀의 머리에 툭 손을 올렸다.

"지쳤다……. 정말로. 나중에 그 마사지나 부탁하자."

한 박자 후 클리오가 눈을 동그랗게 떴다.

"정말? 그거 싫다고 했잖아."

"아니…… 생각해 보니까 그 정도가 아니면 듣지 않을 것 같단 말이지."

"그래?"

클리오는 뭔가 기쁜 듯이——연쇄폭행범이 사람을 때릴 때에 보이는 웃음과도 비슷하게 보였지만——고개를 끄덕였다. 하지만 오펜이 가볍게 손을 흔들어 제지했다.

"아, 근데 나보다 먼저 매지크 녀석에게 해 줘라. 전력으로."

"그…… 그래?"

그리고 내 차례가 되면 도망치면 되지, 하고 오펜은 남몰래 생각했다. 클리오는 방긋방긋 웃으며 말을 이었다.

"물론, 한다면 전력이지. 아버님도 죽을 정도로 노력하면 죽는 일은 없다고 말씀하시면서 거품을 뿜고 졸도한 게 병의 발단이었는걸. 잘은 모르지만."

"……."

오펜은 아무 대답도 하지 않고 클리오의 머리를 쓰다듬으며 멀리 바라보았다. 사방을 둘러싼 《숲》——대륙의 2할을 뒤덮은 거대한 수해(樹海). 그리고 그 수해 어딘가에 드래곤 종족들의 성역이——

비밀이 숨겨져 있다.

《우리의 바람대로 움직이지 않을 수 없을 것이다――》

드래곤의 말이 귓가에서 되살아났다.

'하지만 너희는 무엇보다 그걸 두려워하고 있어――.'

오펜은 홀로 되풀이하였다.

'너희는 내게 내기를 건 거야. 내기라는 건 어느 쪽으로 굴러도 복과 화가 같이 존재하는 법이시.'

그렇다면――

그 순간, 클리오가 입을 열었다.

"오펜……."

"응?"

"아파."

그렇게 말하며 그녀는 머리 위에 올라간 오펜의 손을 잡았다. 아무래도 무의식적으로 손에 힘이 들어간 모양이다.

"아―― 미안."

오펜은 손을 치웠다. 누군가의 외침이 들렸다――.

"여러분~! 슬슬 출발할게요! 해가 저물기 전에 《숲》을 빠져나가야 하니까――레인저 분들께서 길을 안내해 주실 테니, 절대로 떨어지지 않도록――"

피에나다. 매지크도 옆에서 똑같은 말을 되풀이하고 있었다.

"스승니임! 우리도 가요오!"

"그래."

오펜은 손을 들며 대답했다.

모든 결심이 끝났다. 몸도 가볍고, 팔도 가벼웠다.

그리고 모두가 사라진 후——.

　몇 분 전까지 오펜이 서 있던 지면이 불쑥 솟아올랐다. 까맣게 탄 흙을 사방에 뿌리며 지면에서 부석부석한 머리가 튀어나왔다.

　"으베헵! ——헵! ——콜록콜록!"

　입과 코에서 흙을 토하며 기침을 한 볼칸이 몸을 털었다. 그리고 새카만 얼굴을 문지르며 난리법석을 피웠다.

　"으으——숨을 쉴 수 없는 게 이렇게 괴로울 줄이야!"

　그 말에 대답하듯이 볼칸이 묻혀 있는 곳보다 더 아래에서,

　"그 정도는 좀 알자……."

　"멍청아! 숨을 쉴 수 없는 건 처음 겪는 경험이었다고!"

　하고 고함을 지르며 검의 칼집을 발밑에 꽂았다. 끄악, 하고 비명이 구멍 안에서 울렸다. 그는 아랑곳하지 않고 말을 이었다.

　"빌어먹을 것 같으니. ——그 조폭 마술사가, 남의 위에서 느긋하게 수다나 떨고 앉아선! 죽으면 어떡할 셈이야, 그 살인자! 천장의 얼굴을 세 죽일까 보다!"

　"……그럼 형도 내 머리 위에서 난리 피우는 거 그만둬……."

　"말꼬리 잡지 마라!"

　다시 칼집으로 찔렀다. 이번엔 비명은 나오지 않았지만 대신 한숨 소리가 들렸다.

　볼칸은 꾸물꾸물 구멍에서 기어 나왔다. 온 몸이 진흙 투성이였지만 평소와 별반 차이가 없다고 하면 분명 그러했다.

"으음——. 그런 그렇고 그 사채꾼 마술사는 정말 무섭군. 수많은 강호를 쓰러뜨려 왔지만 결국 최후에 앞길을 가로막는 자는 그 인간도 아닌 자식인가."

"아무도 쓰러뜨리지 못했으면서⋯⋯."

도틴도 투덜대며 구멍에서 얼굴을 내밀었다. ——하지만 볼칸이 찌릿 노려보자 포기한 듯이 다시 구멍 안으로 들어갔다.

볼칸은 홀로 말을 이었다.

"하지마안! 마지막으로 이기는 사람은 이 마스마튜리아의 투견, 볼카노 볼칸 님이다! 그 어리석은 놈, 어떻게 될지 두고 봐라——."

"어차피 멀리서 봐서 죽인다든가, 구름에 타고 흘러가 죽인다든가, 그런 거잖아⋯⋯."

"그럴 리 있냐!"

구멍 속에서 들린 중얼거림에 볼칸이 외쳤다.

"할 일은 단 하나! 나의 힘을 깨닫게 해 주는 거다!"

"⋯⋯어떻게."

아직 구멍에서 고개는 내밀지 않고 도틴이 물었다. 볼칸은 의미도 없이 저 먼 곳을 손가락으로 가리키며, 득의양양하게 말했다.

"그야 뻔하지! 녀석은 중대한 실수를 저질렀어. ——바로 살인이다! 일단 《송곳니 탑》에 가서 녀석의 잔인무도한 범죄를 고자질해 줄 거다!"

"⋯⋯어디까지나 타력본원*이라는 거네⋯⋯. 맥두걸을 죽인 자가

---

* 他力本願. 부처의 힘에 기대어 성불한다는 의미로, 현대에는 자신의 소망을 다른 사람의 힘을 빌려 이룬다는 뜻으로 쓰인다.

그 사람이 아니라는 건 우리도 제대로 봤잖아……."

"하앗핫핫핫! 그런 세론 따위 두려울 것 없다!"

볼칸은 동요라고는 추호도 드러내지 않으며 외쳤다. 간신히 구멍에서 얼굴을 내민 도틴은 중얼거렸다. 어딘지 모르게 자포자기한 말투로.

"그렇겠지. 하지만 그 명안을 실행하기 위해선 일단 이 《숲》에서 빠져나가는 길을 찾아야 하지. 어떡할 거야?"

"……으──."

볼칸의 웃음이 얼어붙었다.

《펜릴의 숲》──전사들의 고향.

키에살히마 대륙 최후의──그리고 영원한──비경. 거대하고도 말 없는 그 수해는 아무 대답도 하지 않고 초토의 흔적을 어떻게 치유할지 조용히 생각하는 듯했다.

후기

　　"여러분, 안녕하세요⋯⋯. 본권의 권말을 담당하게 된 피에나라고 합니다. 나이도 어리고 부족한 몸입니다만 마지막까지 어울려 주셨으면──어라? 왜 그러세요?"

　　"(작가) ⋯⋯아니, 저기⋯⋯ 이번엔 진행 쪽이 텐션이 낮네~, 싶어서, 좀 얼이 빠져 있었습니다."

　　"저, 텐션 낮은가요?"

　　"으음~⋯⋯ 이런 분위기는 좀 껄끄럽단 말이지이."

　　"⋯⋯."

　　"⋯⋯."

　　"⋯⋯이렇게 된 이상 배역을 교대──"

　　"자아! 페이지도 얼마 안 남았으니까 팍팍 진행합시다! 권말 진행은 '생각해 보니 지금까지의 권말 캐릭터에서 히로인다운 히로인은 나밖에 없잖아' 피에나입뉘다아~앗! 14살, 산양자리 A형──."

　　"(⋯⋯이 패턴인가.) 이것 참. 그리고 제가 작가인──"

　　"신장 151센티, 스리사이즈는 비·미·일♥ (실은 잰 적 없다) 취미는 보트와 물놀이♪ 매력 포인트는 '보이지 않는 곳에 숨겼답니다' ♥"

　　"아니, 저기──."

　　"참고로 이게 내 발도장이야♥ 내 발도장이 찍힌 사인 색지, 독자 선물 응모처는──"

"시끄러워! 하고 외치면서 미야토 소배트으으으!"

"히아아아아아아아!"

"엔진이 걸리면 멈추지 못하는 거냐, 이 자식!"

"뭐, 뭐 어때서 그래. 조금은 자기주장을 해도……."

"일회용 캐릭터의 프로필 따윈 필요없어!"

"너, 너무해(울음)"

"나 참, 쓸데없는 걸로 몇 페이지나 잡아먹고……."

"언젠가 부활해 주겠어……(중얼중얼)."

"무리야, 무리(웃음). 자, 그럼 기분을 일신하고, 깨닫고 보니 서점에 4권까지 쑥쑥 증식하게 된 이 시리즈입니다. 독자 여러분께서 주시는 성원에 매일 밤낮으로 감사를 드리는 작가입니다만(정말입니다)"

"그건 그렇고, 정말로 '깨닫고 보니'네~."

"실은 이 권에서 이 시리즈가 세상에 나온 지 1주년이 되었습니다."

"1년에 4권……. 시리즈물의 페이스로는 그럭저럭 괜찮지 않아? 연재도 있고."

"꽤 열심히 노력했는데 말이지. 더욱 페이스를 올리려고는 하고 있지만."

"뭐, 그건 그렇다 치고 조금 무서운 건……."

"뭔데?"

"이 권 내용 말인데, 깊은 숲의 비밀종교결사, 인질 납치, 총의 밀조…… 이거, 어딘가에서 들은 듯한 소재가 줄줄이 나오잖아."

"으…… 좀 그냥 넘어가긴 힘든가. ──하지만 일단 말씀을 드리자면요, 이 이야기의 플롯을 만든 건 작년 12월이거든. 그리고 실제 내용으로 만들어 보니까 그다지 관계도 없었고."

"뭐, 그렇긴 하지만──하고 말하면서도 이걸로 또 다음 권에서 지진 발생 장치를 만든 모 나라 군대를 수수께끼의 종교결사가 고소한다는 내용이 나오면 아무리 나라고 해도 화 낼 거야."

"……화 내 봐야, 이제 나올 자리 없잖냐 너."

"아, 아~! 또 그런 소리!"

"애초에 이 권말에 나온 캐릭터는 두 번 다시 출연이 없는 걸로 되어 있다고. 실은 말이지. 그러니까 1권 권말에 아자리가 나오지 않았던 거야."

"윽……. 그런 함정이 있을 줄이야……!"

"이미 늦었다. 심지어 이번 권말도 슬슬 끝이 가까워졌군. 유언 정도는 남기게 해 주마. 자, 자."

"성격 진짜 더럽다……. 하지만 히로인은 지지 않아! 전국에 계신 나의 포로♥ 여러분──저의 부활 지원 엽서는 편집부에서 접수를 받고 있답니다♥"

"없어, 그럴 기회 없어! 하고 외치면서——"

"물러터졌어! 반격! 크리스 마사노부의 의자 공겨어어억!"

"드아아아아아아아!"

아키타 요시노부

'나의 과거를 지우라, 암살자'

과거의 환영, 키리란셀로의 습격!

천재라 불린 어린 자신과의 싸움이 오펜을 각성케 한다!

오랜만에 방문한 대륙 최고봉의 마술사 육성기관 〈송곳니 탑〉

'나의 탑에 오라, 후계자'

하지만 그곳에는 〈세계서〉를 둘러싼 마술사들의 음모가 휘몰아치고 있었다!

마술사 **오펜**
뜻밖의 여행

애장판3 2016년 연속 발매 예정

 +003

글 : 카즈키 미야 / 그림 : 시이나 유우 / 번역 : 김 봄

가격 : 10,000원

숨막히고, 달콤하고, 괴롭고, 사랑스러운 소녀시대

화원을 잃어버린 여고생 네 명의 이야기

마술사 오펜 뜻밖의 여행 애장판 2

초판 1쇄 발행   2016년 9월 30일

저자 아키타 요시노부

발행인 원종우
발행처 (주)이미지프레임

주소 (13812) 경기도 과천시 용마로 2, 2층
영업부 02-3667-2653   **편집부** 02-3667-2654   **팩스** 02-3667-2655
메일 edit01@imageframe.kr   **웹** vnovel.co.kr

ISBN 978-89-6052-651-8 02830   **(세트)** 978-89-6052-649-5

Majyutsushi Orphan Haguretabi Shinsoban Vol.2
by Yoshinobu Akita
Copyright © 2011 Yoshinobu Akita   Illustrated by Yuuya Kusaka
First published in Japan in 2011 by T.O Entertainment, Inc.
Korean translation rights arranged with T.O Entertainment, Inc.
through Shinwon Agency Co.